HEISSBLÜTER

BELLA FORREST

PROLOG

Mein Fuß rutschte auf dem Eis weg und ich stürzte schmerzhaft. Der Aufprall presste den letzten Sauerstoff aus meinen Lungen. Ich lag mehrere grauenvolle Sekunden lang einfach nur da, nicht in der Lage, mich zu bewegen. Aber dann öffnete sich mein Brustkorb und ich sog kalte Luft ein, die in meinen Lungen brannte und mir Tränen in die Augen trieb. Ich konnte nicht aufhören, zu zittern, und eine große Schwere überkam mich, so als ob ich erschöpfter wäre als je zuvor in meinem Leben. Ich konnte meine Augen kaum noch offenhalten.

Meine Lider waren fast ganz geschlossen, als Angst mich durchfuhr und zusammen mit der Angst ein Schub von Adrenalin. Ich versuchte, mich aufzurappeln, weil ich wusste, dass ich meine Augen wahrscheinlich nie wieder öffnen würde, wenn ich sie jetzt schloss. Aber meine Glieder wollten mir nicht gehorchen. Es war so, als ob mein Gehirn ihnen eine Anweisung gab und sie das genaue Gegenteil davon taten. Ich ruderte und schwankte, aber ich konnte mich nicht halten. Ich konnte nicht aufstehen.

Also lehnte ich mich zurück und sah in den dunklen Himmel hinauf. Dort zog eine weitere Sternschnuppe vorbei. Bildete ich mir das alles nur ein? Hatte ich am heutigen Abend schon eine Sternschnuppe gesehen und nun sah ich gerade die zweite? Man durfte sich doch etwas wünschen, wenn man eine Sternschnuppe sah, nicht wahr?

Die Schwere kehrte zurück und lauerte wie ein Fremder am Rande meines Sichtfelds. Ich konnte nur hoffen, dass Navan unversehrt war, dass ihm nichts Schlimmes passiert war und er die Mission fortsetzen und erfolgreich beenden konnte.

Ich wünschte mir noch, dass dies nicht meine letzte Stunde wäre, aber dann ließ ich meine Augen zufallen, weil ich nicht länger dagegen ankämpfen konnte.

KAPITEL EINS

»Erinnert mich doch noch einmal daran, welches Genie vorgeschlagen hat, das hier auf mittags zu verschieben?«, hörte ich meine Freundin Angie gedämpft durch die Maisstauden rechts von mir sagen.

»Ich glaube, es war dasselbe Genie, das nicht genug Wasser eingepackt hat«, brummte meine zweite Begleiterin, Lauren, die ebenfalls vom Mais verdeckt wurde, etwa zwei Meter links von mir. Ihr normalerweise schon trockener Ton klang heute noch sarkastischer, wahrscheinlich, weil uns dank Angie vor einer halben Stunde das Wasser ausgegangen war.

Ich grinste und verschnaufte ein paar Sekunden vom Maispflücken, um mir den Schweiß mit dem Handrücken von der Stirn zu wischen. Obwohl ich ein T-Shirt und Shorts aus Baumwolle, die so dünn waren, dass man beinahe hindurchsehen konnte, trug, und außerdem einen breiten Strohhut aufgesetzt hatte und im Schatten der Maisstauden blieb, brachte mich die texanische Sonne fast um.

Dennoch mochte ich diese Arbeit – es war so befreiend, mit den Händen zu arbeiten – und ich würde mich nicht beschweren.

»Es war dasselbe Genie, das vorgeschlagen hat, dass wir unsere Ferien auf dieser entzückenden Farm verbringen«, fügte Lauren brummig hinzu. Ich sah ihre hohe, schlanke Gestalt, als sie einen noch viel zu unreifen Kolben packte und ihr die schmale, violette Brille, die an eine Bibliothekarin erinnerte, langsam aber sicher von der Nase rutschte.

»Ach komm schon, Lauren«, neckte ich sie, obwohl ich mir vorgenommen hatte, nichts mehr zu sagen, bis wir zum Haus zurückgekehrt wären und ich einen Liter Wasser getrunken hätte. »Ich weiß doch, wie sehr du es hier liebst.«

»Natürlich tut sie das«, sagte Angie und ich hörte ihr breites Grinsen förmlich. »Wie könnte es auch anders sein?«

»Wohl wahr«, brachte Lauren kurzatmig, aber nachdenklich heraus. »Ich meine, mal abgesehen von der Tatsache, dass es hier keinen Strom gibt und auch meilenweit keinen Handyempfang ... Wem würde es nicht gefallen, von gammligen Handtüchern, Kakerlakenmist auf dem Kopfkissen und ... einer Schlange in der Toilette willkommen geheißen zu werden?«

Angie und ich brachen in Gelächter aus. So, wie Laurens Stimme bebte, war klar, dass sie die Überraschungen des vorherigen Abends noch nicht überwunden hatte. Lauren hatte das Pech gehabt, die Schlange als Erste zu entdecken.

»*Nachdem* ich mich schon hingesetzt hatte, möchte ich betonen.«

»Es war doch nur eine Ringelnatter«, sagte Angie. »Und noch dazu eine hübsche.«

»Das ist mir piepegal«, brummte Lauren.

Belustigtes Schweigen breitete sich zwischen uns aus, während wir weiter unsere Säcke füllten. Dies war die zweite der drei Aufgaben, die wir heute erledigen mussten. Zuerst hatten wir Bettwäsche mit einer Handwaschmaschine gewaschen, sie in einer Trommel ausgewrungen und dann zum Trocknen draußen aufgehangen. Unsere dritte Aufgabe bestand darin, frische Kräuter im Gewächshaus zu pflücken. Herr und Frau Churnley, Freunde von Angies Großeltern und die Eigentümer und einzigen dauerhaften Bewohner der Elmcreek Farm würden uns jeden Tag drei solche Aufgaben zuweisen; im Gegenzug waren Kost und Logie frei.

Wir waren erst gestern Abend angekommen, nachdem wir von New York nach Austin geflogen waren, aber ich spürte schon jetzt die Ruhe dieses Ortes. Ohne Strom, Internet oder ein funktionierendes Telefon zu leben war ein Kulturschock, den wir erst einmal verdauen mussten, aber gerade das Fehlen dieser Ablenkungen war der Grund gewesen, warum wir beschlossen hatten, herzukommen.

Dieser Sommer war für lange Zeit die letzte Gelegenheit für Angie, Lauren und mich, zusammen zu sein, denn nachdem unsere Ferien endeten, würden wir alle drei in ganz unterschiedliche Richtungen auseinandergehen – Angie würde sogar das Land verlassen. Ich hatte mich eingeschrieben, um in Michigan Maschinenbau zu studieren, und Lauren würde ihr Studium an der juristischen Fakultät von Stanford beginnen, während Angie nach Paris davonrauschen würde, um dort bei einer angesehenen Sportmodemarke eine Ausbildung zu beginnen und so ihre beiden größten Leidenschaften miteinander zu verbinden. Wenn Angie dort drüben Erfolg hatte, würden wir sie wohl kaum noch sehen.

Angie und ich kannten uns seit dem Kindergarten und Lauren

kannten wir seit der ersten Klasse, also hatten wir beschlossen, diesen Sommer etwas Besonderes und ganz anderes zu tun – etwas, was wir nie vergessen würden.

Ich hatte davon abgesehen noch einen sehr persönlichen Grund, warum ich meine Ferien in der Mitte von Nirgendwo verbringen und ... unerreichbar sein wollte. Bevor ich nach Michigan zog, würden mich sicher meine leiblichen Eltern kontaktieren wollen – etwas, vor dem ich mich schrecklich fürchtete. Meine Adoptiveltern, Jean und Roger, würden meine leiblichen Eltern nicht mehr länger fortschicken können, jetzt, wo ich achtzehn geworden war und die Gesetze nicht mehr dieselbe Wirkung hatten wie in meinen Teenagerjahren. Nachdem ich vor drei Wochen offiziell erwachsen geworden war, war es meinen leiblichen Eltern in den Sinn gekommen, dass sie mich kennenlernen wollten. Vielleicht hätte ich mich mehr darüber gefreut, wenn sie mich mein erstes Lebensjahrzehnt nicht so vernachlässigt hätten, dass es schon als Missbrauch zu bezeichnen war. Alkohol war in ihrem Leben immer wichtiger gewesen als ich und ich sah keinen Grund dafür, warum sich daran nun etwas geändert haben sollte. Ihre Sucht hätte mich umgebracht, wenn ich nicht mit neun von zu Hause fortgelaufen wäre. Damals hatte ich mir geschworen, nie, nie zurückzugehen ...

Ich atmete aus und zwang meine Gedanken, wieder in die strahlende, schöne Welt um mich herum zurückzukehren und die Vergangenheit von der Gegenwart zu trennen.

Ja. Elmcreek war der perfekte Rückzugsort für uns drei in diesem Sommer.

»Oh Mann, mein Hut ist einfach davongeweht worden«, unterbrach Angie das Schweigen. »Orgh ... Ich erreiche ihn nicht. Könnt ihr mir helfen?«

»Riley meldet sich freiwillig«, verkündete Lauren.

Ich seufzte und verstaute den Kolben, den ich in der Hand hielt, in meinem Sack. »Schon okay, Kleine. Ich komme.«

Ich stapfte durch das Feld, wedelte Fliegen fort und schob Maisstauden beiseite, bis ich bei Angie ankam. Sie stand mit ihren 1,65 m auf den Zehenspitzen. Die blonden Locken wippten und der Saum ihres kurzen blauen Kleides hing hoch, während sie sich nach einem rosafarbenen Sonnenschlapphut streckte, der inzwischen völlig außer ihrer Reichweite war. Sie drehte sich zu mir um und sah mich mit ihren haselnussbraunen Augen an. Auf ihrem runden, schelmischen Gesicht lag ein Lächeln, und ihre blonden Augenbrauen, die im hellen Sonnenlicht kaum erkennbar waren, waren erwartungsvoll hochgezogen.

Ich sah wieder zum Hut und versuchte erst, ihn zu erreichen, weil ich ein ganzes Stück größer war als Angie, aber auch mir gelang es nicht und so dachten wir uns einen Balanceakt aus, bei dem sie auf meinen Schultern saß und mir dabei meinen Hut vom Kopf stieß.

»Wow, von hier oben sieht es aus wie eine ganz andere Welt«, rief Angie aus, als sie ihre Nasenspitze über den Maisdschungel erhob.

»Beeil dich einfach«, stöhnte ich zwischen ihren kräftigen Oberschenkeln. »Dein Hintern bricht mir das Kreuz.«

»Das ist reine Muskelmasse und das weißt du auch«, schnappte sie zurück, bevor sie sich streckte.

Doch dann hielt sie still.

»Wieso brauchst du so lange?«, fragte ich und blinzelte in das stechende Sonnenlicht hinauf.

»Hey, ich dachte, die Churnleys hätten keine Nachbarn auf dieser Seite des Waldes.«

»Was?«

»Es sieht so aus, als ob da drüben Leute sind, die sich auf Baumstämmen sonnen.« Sie deutete nach Norden, dorthin, wo der Wald an das Grundstück der Churnleys grenzte. Ich sah, dass sie ihren Hut bereits gefangen hatte und nun einfach geradeaus starrte.

»Okay. Es freut mich ja, dass du da oben eine schöne Aussicht hast, aber wenn du fertig bist, dann werde ich dich jetzt ... «

Angies Knie pressten sich auf einmal enger um meinen Hals. »Warte, Riley. Das sind Typen ... Vier. Sie sehen wie Holzfäller oder so etwas aus. Hier, sieh selbst.« Sie steckte eine Hand in die Seitentasche ihres Kleides und holte ihr Handy hervor. »Genau dafür wurde der Zoom erfunden ... Ich hab noch ein wenig Batterie.« Es klickte laut, als Angies Handykamera ein Foto schoss.

»Okay, komm jetzt runter«, stöhnte ich und zog an ihrem Fußgelenk.

Sie gehorchte und rutschte mit einem zufriedenen Blick an mir hinab. Dann blinzelte sie auf ihren Handybildschirm, um sich das Foto anzusehen, das sie gerade aufgenommen hatte, aber es war viel zu sonnig, um etwas zu erkennen.

»Tja, jetzt haben wir wohl einen extra Ansporn, um uns zu beeilen und so schnell wie möglich nach Hause zu kommen«, sagte sie mit einem Augenzwinkern, bevor sie sich ihren Hut wieder aufzog und weiter Mais pflückte.

Ich grinste, verdrehte die Augen und hob meinen Hut hoch. Dann kehrte ich zu der Stelle im Feld zurück, an der ich gepflückt hatte, als Lauren plötzlich zwischen den Stauden hervortrat. Ihre ausgewaschene blaue Latzhose war schmutzig geworden und ihr brauner Pferdeschwanz war zerzaust, aber ihre braunen Augen funkelten interessiert. Sie schob sich ihre Brille zurecht und sah uns mit einem zynischen Lächeln an.

»Habe ich da jemanden etwas von ‚Holzfällern' sagen gehört?«

Die Aussicht auf Wasser war mir Ansporn genug, um unsere Arbeit rasch zu erledigen. Nach der kurzen Pause arbeitete ich doppelt so schnell weiter und schaffte es innerhalb der nächsten Viertelstunde, alle drei Säcke zu füllen. Dann warfen wir uns jede einen Sack über die Schultern und schleppten sie zurück zu dem zweistöckigen Holzhaus, das am Rande des Maisfelds stand.

Wir gingen die Stufen zur Veranda hinauf und liefen an den drei faulen Golden Retrievern der Churnleys vorbei. Sie zuckten kaum mit der Wimper, bis wir an der Haustür ankamen. Diese war angelehnt und Angie stieß sie mit dem Fuß auf. Wir betraten den Koch- und Essbereich, wo uns der starke Geruch von Frau Churnleys Kochkünsten entgegenstieg. Die kleine, pummelige Dame stand am Herd und hatte ihr lockiges graues Haar unter einer braunen Haube versteckt. Ihr kahler Ehemann saß am Esstisch und schälte pflichtbewusst die Kartoffeln.

Die beiden sahen zu uns auf, als wir die Säcke auf dem Dielenboden abstellten.

»Wo soll das hin, Ma'am?«, fragte Angie keuchend.

»Oh, ihr lieben Mädchen!« Frau Churnley verließ die Pfanne, auf die sie aufgepasst hatte, und kam herüber, um unsere Ernte zu begutachten. »Da habt ihr ja ein paar richtige Prachtexemplare gesammelt! Ich werde Herrn Churnley bitten, ein paar davon für das Mittagessen zu schälen.«

Herr Churnley, der in etwa dieselbe Größe und Statur hatte wie seine Frau, kam zu uns geschlurft und beäugte die Maiskolben unter seinen zusammengewachsenen Augenbrauen mit einem Stirnrunzeln, während Lauren, Angie und ich zum Waschbecken stürzten. Wir nahmen uns jede einen Metallbecher vom Abtropfgestell und schenkten uns hastig Wasser aus einem großen Krug ein. Sobald wir jede zwei Becher nacheinander getrunken hatten, sagte Angie, an das Paar gewandt: »Sieht übrigens so aus, als ob Sie neue Nachbarn haben.«

Frau Churnley drehte sich um und riss die wässrigen Augen auf, während sie zu ihrer Pfanne zurückging. »Hmm?«

»Ja«, antwortete Angie. »Wir – oder besser gesagt ich – habe vier junge Männer auf dem Nachbarfeld gesehen. Sie trugen keine T-Shirts, weshalb ich mir dachte, dass sie sich wohl sonnen ...« Sie stellte ihren Becher ab und holte ihr Handy aus der Tasche, aber als sie das Foto öffnete und auf dem Bildschirm vergrößerte, runzelte sie die Stirn. »Huch. Das ist wirklich seltsam.« Sie kniff die Augen zusammen und blinzelte weiter auf den Bildschirm.

»Was?«, fragten Lauren und ich.

»Ich, äh, kann sie auf dem Foto nicht erkennen«, sagte sie verwundert. »Es sind nur die Baumstämme zu sehen. Komisch. Ich hätte schwören können, dass ich die Typen dort gesehen habe.«

Lauren lächelte schief und nahm Angie das Handy ab. »Jepp«, nickte nur. »Nur Baumstämme.«

Ich spähte über Laurens Schulter, um selbst einen Blick auf das Foto zu erhaschen. Da lagen vier Baumstämme am Rand eines flachen Felds direkt am Waldrand ... Von Holzfällern mit freiem Oberkörper keine Spur.

Frau Churnley gluckste und stupste Angie mit dem Ellbogen an. »Die Hitze macht uns wohl allen ein bisschen zu schaffen, hm? Den einzigen Typen mit freiem Oberkörper, den ich in den letzten zwanzig Jahren abgesehen von Herrn Churnley hier gesehen habe, ist Herr Doherty, unser Nachbar südlich vom Zaun, aber ich glaube nicht, dass es sich lohnt, seinetwegen die Nerven zu verlieren – es sein denn, ihr steht auf weiße, lockige Brustbehaarung.« Zu unserem Entsetzen zwinkerte sie uns zweideutig zu.

»Nora«, brummte ihr Mann mit rauer Stimme, »versetz die jungen Damen nicht in Aufregung.«

Ich wurde so rot wie die Tomaten auf der Küchentheke, als Herr und Frau Churnley in lautes Gelächter ausbrachen. Angie, Lauren und ich räusperten uns und lachten ein wenig mit, bevor wir den Rückzug antraten.

»Wir werden uns vor dem Mittagessen etwas ausruhen, wenn das in Ordnung ist«, sagte Angie mit einem aufgesetzten Lächeln.

»Natürlich!«, antwortete Frau Churnley und wir drei verabschiedeten uns schnell. »In einer Stunde ist das Essen fertig!«

Ich atmete auf, als wir den schmalen Flur betraten. Die beiden waren definitiv ein ungewöhnliches Paar. Sie hatten wohl früher in der Stadt gelebt, wo sie in einer Bank gearbeitet hatten, bis sie vom Großstadtleben so ausgebrannt waren, dass sie in einer Midlife-Krise ihr Leben umgekrempelt hatten, und zwar komplett. Sie hatten dieses Stück Land vor Jahrzehnten gekauft und dem Zustand des Hauses nach zu urteilen, war es nicht mehr renoviert worden, seit sie hier eingezogen waren.

Wir stiegen die wacklige Treppe zum zweiten Stock hinauf, wo wir drei uns ein Zimmer mit drei Einzelbetten teilten. Obwohl die Churnleys Platz für Besuch hatten, schienen sie kaum welchen zu empfangen. Es gab in unserer Etage noch zwei weitere Schlafzimmer. Eines gehörte dem alten Paar und das andere war ungenutzt. Angie vermutete, dass es dem einzigen Kind des Paares gehört hatte. Ihr Sohn war mit dreizehn an einer seltenen Krebsart gestorben.

Angies Großmutter war davon überzeugt, dass das Paar furchtbar einsam war, es aber nicht zugeben wollte, weil sie lieber »verrotten« würden, als wieder wie der Rest der Welt zu leben. Als die Großmutter erfahren hatte, dass Angie, Lauren und ich diesen Sommer etwas Unvergessliches unternehmen wollten, hatte sie daher schnell an ihre alten Freunde gedacht und sie per Post kontaktiert.

Lauren war die Erste, die das Badezimmer, das zu unserem muffigen Schlafzimmer gehörte, benutzte, während Angie und ich uns auf die knarrenden Betten fallen ließen. Der Duschhahn wurde geöffnet und wir kicherten, als Lauren hörbar seufzte: »Ah, süßer Luxus.«

Es war schon erstaunlich, wie man die Dinge zu schätzen lernte, wenn man sie eine Weile entbehren musste. Wenn ich in einem Monat nach Hause zurückkehrte, käme ich mir dort sicher verwöhnt vor.

Angie atmete leise aus und starrte an die nackten Holzbalken an der mit Spinnweben behängten Decke. »Ich könnte schwören, dass ich dort Typen gesehen habe«, raunte sie.

Ich lächelte vor mich hin. »Es war nur eine Illusion, Angie«, sagte ich schläfrig. »Ein Wunder ... Wo normale Leute eine Oase in der Wüste sehen, siehst du ...« Ich stellte meine Stimme tiefer. »Ich mache mir Sorgen darum, was das wohl über dich aussagt.«

Sie warf ihr Kissen nach mir. »Sei still.«

»Hey«, sagte ich, um das Thema zu wechseln, »warum gehen wir heute Nachmittag nicht zum Fluss? Wir könnten nach dem Mittagessen schnell die Kräuter pflücken und dann haben wir den Rest des Tages frei.«

»Perfekt«, sagte sie. »Lass uns sehen, was Lauren dazu sagt.«

Ich stand auf, streckte meine Arme und gähnte, während ich mich in dem Spiegel neben dem Fenster betrachtete. Meine braunen Haare sahen kaum besser aus als Laurens oder Angies, obwohl ich sie zum Zopf geflochten und dann eng zusammengeknotet hatte. Meine Augenwinkel waren leicht gerötet und fühlten sich auch etwas gereizt an, wo ich jetzt darüber nachdachte. Ich war es nicht gewohnt, so nah an der Natur zu sein.

Die Dusche verstummte abrupt und Lauren tauchte kurz darauf in ein Handtuch geschlungen im Zimmer auf. Ihre schulterlangen Haare waren noch voller Shampoo. »So, es gibt kein Wasser mehr«, verkündete sie und rollte die Zehen ein, als das Wasser eine Pfütze um ihre Füße bildete.

»Oh«, sagte Angie belustigt, aber entschuldigend. »Vielleicht ...«

Bevor wir hören konnten, was sie vermutete, rief Frau Churnley vom Treppenabsatz unten zu uns hinauf. »Du hast zu viel Wasser auf einmal benutzt, meine Liebe – wer auch immer gerade in der Dusche war. Herr Churnley kommt gleich rauf und zeigt euch, wie die Handpumpe funktioniert ...«

»Oh, keine Sorge, Ma'am«, rief Lauren schnell. »Herr Churnley hat bestimmt genug zu tun.«

Dann sah sie mit zusammengepressten Lippen zu uns und ich überlegte. »Vielleicht sollten wir unsere Haare im Fluss waschen und dieses Bad nur für kurze Duschen verwenden. Angie und ich wollten sowieso vorschlagen, heute Nachmittag zum Wasser zu gehen.«

Lauren blinzelte und brauchte einen Augenblick, um meinen Vorschlag zu verarbeiten. »Haarewaschen im Fluss«, sagte sie beinahe automatisch. »Klar. Okay. Ich, ähm ... werde meine Haare einfach zusammenknoten und warten. Klar. Kein Problem.«

Damit drehte sie sich um und marschierte steif wieder ins Bad zurück. Angie und ich sahen einander an und ich lachte los. Scheinbar war Lauren langsam über die Phase hinaus, in der sie erwartete, dass hier irgendetwas funktionierte, sondern ließ sich einfach auf das Abenteuer ein. Das war gut.

Es war der erste Schritt dazu, dass wir alle drei jede Menge Spaß hätten.

KAPITEL ZWEI

»Wo ist dieser Fluss genau?«, fragte Angie Frau Churnley. Wir standen auf der Veranda, nachdem wir unser Mittagessen zusammen mit dem Paar so schnell wie möglich heruntergeschlungen und unsere Aufgaben im Gewächshaus beendet hatten.

Frau Churnley deutete mit einem dicken Finger auf den Traktorpfad, der vor dem Haus verlief. »Biegt einfach hinter dem Tor nach rechts ab und folgt dem Weg. Er führt euch in etwa dreißig Minuten zum Wasser. Achtet aber darauf, vor Einbruch der Dunkelheit wieder hier zu sein, weil es keine Lampen unterwegs gibt.«

»Klingt einfach«, sagte ich freudig.

»Danke, Ma'am«, sagte Lauren, rückte sich ihren Handtuchturban zurecht, unter dem das Shampoo größtenteils getrocknet war und ihr Haar sich in eine steifklebrige Mischung verwandelt hatte.

Als wir aufbrechen wollten und schon an den faulen Hunden vorbei zur Treppe gingen, rief uns Frau Churnley noch nach: »Ach, und achtet im Fluss auf Blutegel! Weder Herr Churnley noch ich waren seit letztem Sommer am Wasser, aber normalerweise gibt es um diese Jahreszeit Egel.«

Laurens Kiefermuskel zuckte. »Danke.«

»Blutegel sind schlimmer als Schlangen, hm?«, lachte Angie, als wir am Tor vorbeigingen und den Pfad entlangmarschierten. Lauren atmete tief durch die Nase ein, schaute starr geradeaus und beschloss, keine Antwort zu geben.

Ich trug eine große Tasche mit Handtüchern, zwei riesigen Flaschen mit Shampoo und Spülung und genug Trinkwasser – dessen hatte ich mich dieses Mal persönlich versichert. Wir alle trugen unsere Bikinis schon unter der Kleidung. Lauren trug, weil sie eben Lauren war, grüne Strandsandalen.

»Dieser Ort liegt wirklich mitten im Nirgendwo, hm?«, sagte ich, während ich gleichzeitig bewundernd und eingeschüchtert auf die endlose Weite von Niemandsland um uns herum blickte. Ich war in der Stadt groß geworden und bislang nicht viel gereist, sodass die größten Naturflecken, die ich bislang gesehen hatte, die Stadtparks waren. Aber das hier war anders. Hier fühlte ich mich klein und unbedeutend, wie ein winziges Puzzleteil in einem großen Weiten, das sich nicht um meine Pläne oder Probleme scherte.

»Wisst ihr«, sagte Angie und sah sich mit mir zusammen um, »ich wünschte, dass wir länger als nur vier Wochen hierbleiben könnten.«

Eine melancholische Stille breitete sich zwischen uns aus. Selbst Lauren sagte nichts mehr. Wir brauchten uns nicht zu fragen, warum Angie sich das wünschte. Obwohl wir uns vorgenommen hatten, dass sich unsere Freundschaft trotz der Entfernung nicht verändern würde, hatten wir doch alle die gleichen Zweifel, wie sie sich während unserer nächsten Lebensphase entwickeln würde. Wenn ich ehrlich war, dann wusste ich nicht, wie unsere Freundschaft dieselbe bleiben konnte. Es schien mir unvermeidbar zu sein, dass wir uns voneinander entfremdeten, so gern wir uns auch hatten. Wir würden neue Freunde kennenlernen, andere Ideen entdecken und die kleinen Macken, die wir aneinander kannten, würden sich genauso wie unsere Gewohnheiten verändern.

Wir würden zu anderen Personen heranwachsen – das war unvermeidlich. Die Freunde, die Jean und Roger heute, mit Mitte vierzig, hatten, waren nicht dieselben wie die Freunde aus ihrer High-School-Zeit.

Der Gedanke ließ mich unsicher fühlen, aber gleichzeitig war ich auch sehr dankbar, dass wir an diesen Ort gekommen waren, der so unglaublich von allem abgeschnitten war, was uns voneinander hätte ablenken können.

Ich sah meine Freundinnen an, die auf den Kies unter unseren Füßen blickten, und beschloss, dass wir die nächsten vier Wochen so gut wie möglich nutzen würden.

Dann grinste ich breit und sah zum Waldrand, wohin der Pfad führte.

»Wer als Letzte bei den Bäumen ankommt, ist Kakerlakenmist«, rief ich und stürmte los. Lauren schrie auf, als ich ihren Arm packte und sie hinter mir herzog. Angie brauchte keine Starthilfe – sie war zwar die Kleinste von uns dreien, aber sie war die Fitteste und holte uns schnell ein. Lauren gewann, wie es vorherzusehen war, den unglücklichen letzten Platz und Angie und ich kamen zeitgleich an.

Hinter dem Waldrand blieben wir stehen und sahen uns um. Hier war es kühler und dunkler, als ich es erwartet hatte, und es überraschte mich, wie dicht der Wald war. Aus dem Blätterdach über uns war schwaches Vogelgezwitscher zu hören und es ging kaum ein Windzug.

»Irgendwie gruselig«, sagte Angie leise.

»Schön gruselig«, flüsterte ich zurück.

Wir gingen schweigend weiter. Ich genoss den Frieden und die leise Energie des Waldes um uns herum. Nur hin und wieder fielen Sonnenstrahlen auf den Pfad vor uns.

Da blieb Angie abrupt stehen. »Hey«, flüsterte sie, »habt ihr das gehört?«

Lauren und ich blieben stehen und lauschten. Zuerst wusste ich nicht, was Angie meinte, aber dann hörte ich es auch: ein fernes tack, tack, tack. Wie Metall, das auf Holz schlug.

Wir sahen einander an und ich wusste genau, was Angie sagen wollte, weil sie schon vorher diesen triumphierenden Blick hatte.

»Holzfäller!«, flüsterte sie. »Vielleicht habe ich sie mir also doch nicht eingebildet! Vielleicht haben sie meinen Kopf aus dem Feld ragen sehen und sind von den Stämmen gerollt, bevor ich das Foto gemacht habe …«

Lauren runzelte zweifelnd die Stirn, zuckte aber dann mit den Schultern. »Ich hätte wahrscheinlich dasselbe gemacht, wenn ich von irgendeinem Perversen beobachtet worden wäre.«

Angie ignorierte Laurens Kommentar, wich vom Pfad ab und ging durch das Unterholz dem Geräusch nach, während wir beide ihr nachstarrten.

Lauren hob die dichten Augenbrauen weit über die Brille und schnaubte. »Sind wir nun auf Männerjagd oder gehen wir zum Fluss? Beides liegt in entgegengesetzten Richtungen und so gern ich auch …«

Lauren verstummte, als Angie sich umdrehte und einen Finger an die Lippen legte.

Das Geräusch war verschwunden.

Gespanntes Schweigen folgte, während wir die nächsten dreißig

Sekunden darauf warteten, dass es wieder zu hören war, doch als es still blieb, seufzte Angie laut und kam zu uns zurück.

»Sie scheinen schüchtern zu sein«, sagte sie mit einem ulkigen Lachen.

»Okay, lasst uns weitergehen«, sagte Lauren entschlossen und übernahm die Führung. »Ich muss mir diesen Mist vom Kopf kratzen.«

Wie Frau Churnley es versprochen hatte, war der Fluss leicht zu finden. Wir hörten fünf Minuten vor unserer Ankunft schon Wasser plätschern und liefen noch schneller, bis wir vor einem schönen, langsam dahinfließenden Fluss standen, in den Äste herabhingen und an dessen Ufer weiße und lilane Wildblumen wuchsen.

»Wow, das ist hübsch«, räumte Lauren fast misstrauisch ein.

Wir gingen ans Ufer und suchten nach einem geeigneten Platz, um uns niederzulassen. Wir fanden einen Grasflecken und ich stellte die Tasche dort ab und packte alles aus, was wir brauchten. Dann zogen wir uns bis auf die Schwimmsachen aus, achteten etwas mehr auf den Boden, weil wir jetzt barfuß liefen, und gingen dann zum Wasser. Es war erstaunlich kalt, aber es war eine angenehme Abkühlung, denn obwohl wir durch die recht frische Waldluft gegangen waren, waren wir alle verschwitzt vom Spaziergang.

Als ich tiefer ins Wasser eintauchte, bekam ich eine Gänsehaut. Unter meinen Fußsohlen spürte ich die glatten Steine im Flussbett. Wir sahen uns im trüben Wasser nach Blutegeln um, aber als das Wasser mir bis zur Taille reichte und ich immer noch keine entdeckt hatte, nahm ich meinen Mut zusammen und tauchte in einem Zug komplett unter. Lauren und Angie folgten mir.

Dann sprang ich hoch und schnappte nach Luft. »Großartig!«

Lauren machte sich schnell daran, das getrocknete und klebrige Shampoo auszuspülen, und ich watete zum Ufer, um das Shampoo und die Spülung zu holen. Nachdem wir drei uns die Haare gewaschen hatten – was schneller ging als in einer normalen Dusche oder Badewanne, weil wir hier viel Wasser zur Verfügung hatten und die Strömung uns half – alberten wir wie anmutige Meerjungfrauen im Wasser herum. Bald arteten die Dinge zu einem wilden Wasserspritzkrieg aus. Da das Sonnenlicht durch die Baumkronen gefiltert wurde, waren wir uns der Zeit, die verging, kaum bewusst, und als ich ans Ufer schwamm, um auf meine Uhr zu sehen, war es an der Zeit, um aufzubrechen, wenn wir uns nicht in der Dunkelheit im Wald verlaufen wollten.

»Oh, Mist«, sagte Lauren, als Angie und ich aus dem Wasser stiegen. »Wo ist das Shampoo?«

Wir drehten uns zu ihr um. Sie deutete auf den Stein, der im Fluss aus dem Wasser ragte und auf dem wir die beiden Flaschen abgestellt hatten. Angie und ich hatten die Flaschen völlig vergessen und jetzt stand nur noch die Spülung da.

»Oh Mann«, sagte ich. »Eine von uns muss sie aus Versehen umgestoßen haben. Sieht so aus, als ob wir für den Rest der Zeit mit Frau Churnleys hausgemachtem Shampoo Vorlieb nehmen müssen …«

Bei dieser Aussicht schwamm Lauren zum Stein, nahm die Spülung und warf sie mir zu. »Packt ihr alles ein«, befahl sie. »Ich werde das Shampoo suchen.«

»Brauchst du deine Brille?«, fragte Angie grinsend.

»Reicht mir einfach einen langen Stock«, rief Lauren und sah sich um.

Angie und ich stiegen aus dem Wasser und suchten nach einem abgebrochenen Ast, bis ich einen fand, der lang und dick genug war, um nützlich zu sein. Ich warf ihn Lauren zu und dann trockneten Angie und ich uns ab.

Eine Minute später ließ uns Laurens Aufschrei erneut herumfahren.

»Was zum …«, fluchte sie.

»Was?«, riefen Angie und ich und wir sahen, wie sie zu uns schwamm, den Blick auf eine Stelle im Wasser etwa zwei Meter hinter dem Stein, wo wir die Flaschen abgestellt hatten, gerichtet.

»Ich habe irgendetwas losgerissen!«, keuchte sie und schwamm immer noch vor dem weg, was sie im Wasser sah.

Zuerst dachte ich, dass es ein Blutegel oder vielleicht ein ganzer Schwarm davon war, aber dann sah ich es auch. Etwas stieg aus der Tiefe des Flusses empor. Zuerst war es nur ein langer, dunkler Schatten, aber als er an die Oberfläche kam … Ich riss die Augen auf. Es dauerte einen Augenblick, bevor ich dem Ding, das ich sah, einen Namen geben konnte.

»Ein *Flügel?*«, platzte ich heraus.

Es war ein großes, schwarz glänzendes Ding, das mehrere Hand breit war. Es hatte hervorstehende Venen und eine seltsam scharfe Spitze. Es sah aus wie … eine Art riesiger, prähistorischer Fledermausflügel.

Angie watete bereits ins Wasser, um sich das Ding näher anzusehen. Sie ging an Lauren vorbei und nahm ihr den Stock ab. Als sie bei dem Flügel war, war Lauren schon aus dem Wasser gestiegen und zog sich ihre Brille auf, um weiter als einen Meter sehen zu können.

Angie schob den Flügel mithilfe des Stocks zum Ufer und sobald er nah genug war, schlang ich mir die Handtuchzipfel wie Handschuhe um die Hände und kniete mich an den Flussrand. Vorsichtig ergriff ich eine Flügelkante und zog ihn, obwohl er unerwartet schwer war, ins Gras hinauf. Wir versammelten uns um ihn herum und sahen ihn mit offenen Mündern an.

»Er muss irgendwie zwischen den Steinen im Flussbett steckengeblieben sein«, hauchte Lauren.

»Was ist das?«, grübelte Angie und beugte sich vor. Behutsam strich sie mit einem Finger über die ledrige Oberfläche, die unter ihrer Berührung nachgab. Sie kräuselte die Nase. »Iu ... Fühlt sich irgendwie geschmeidig an.«

Ich wollte nicht fragen, was das war. Gab es eine seltene Vogelart, die in dieser Gegend lebte und womöglich solch große Flügel hatte? Wenn, dann wollte ich ganz sicher keinem dieser Vögel begegnen. Nun, wo das Ding nicht mehr im Wasser trieb und ich es mir aus der Nähe ansah, erkannte ich auch den Grund dafür, warum die Spitze so scharf ausgesehen hatte – an ihr wuchs eine knorrige Kralle ... Sie sah raubtierhaft aus.

Langsam blickten wir alle drei gleichzeitig in die Baumkronen, so als ob wir damit rechneten, dass dort der Besitzer des Flügels in den Ästen saß und mit teuflisch roten Augen auf uns herabschaute.

Lauren schluckte. »Ich, ähm, denke, dass Herr und Frau Churnley sich das ansehen sollten.«

»Sehe ich auch so«, sagte Angie etwas heiser. »Wenn hier irgendeine Art komisches Tier lebt, dann sollten sie es wissen.«

Wir betrachteten wieder den Flügel und schwiegen. So wie meine Freundinnen aussahen, war ich nicht die Einzige, die die

Vorstellung, dieses Ding den ganzen Weg zurück bis nach Hause zu tragen, gruselig fand.

Ich räusperte mich, als ich merkte, dass wir viel Zeit verloren hatten. Vielleicht bildete ich es mir nur ein, aber die Umgebung sah plötzlich sehr viel dunkler aus als noch vor wenigen Minuten.

»Lasst uns gehen«, hauchte ich.

Ich zog meine Shorts und mein Shirt über meinen fast trockenen Bikini und wir packten eilig unsere Sachen zusammen. Angie und Lauren verschwendeten keine Zeit darauf, sich abzutrocknen, sondern schlangen sich einfach die Handtücher um. Mit meinem Handtuch und zwei extra Handtüchern, die wir eingepackt hatten, wickelten wir unsere Hände ein, um den Flügel nicht direkt anzufassen. Angie warf sich die Tasche über die Schulter und wir hoben zögerlich den Flügel hoch. Dann setzten wir uns in Bewegung.

Ich wusste, dass es albern war, sich derart erschrecken zu lassen – ganz sicher gab es eine völlig logische Erklärung dafür, was dieser Flügel war, aber irgendwie wurde ich das Gefühl nicht los, dass wir auf dem Nachhauseweg beobachtet wurden.

KAPITEL DREI

»Was um alles in der Welt ist das?«, rief Frau Churnley aus.

Wir erreichten das Haus, als gerade der letzte Lichtstreifen am Horizont verschwand. Keuchend und schwitzend schleppten wir den Flügel in die Mitte des Koch- und Esszimmers und legten ihn dort auf dem Holzboden ab. Meine Hände schmerzten davon, dieses Ding so lange getragen zu haben, und waren verkrampft, weil ich fest zugedrückt hatte, damit das Handtuch nicht abrutschte.

»Tja … Das wissen wir auch nicht«, sagte Angie und wischte sich mit einem Handtuch die Stirn trocken.

Herr und Frau Churnley standen vom Tisch auf, an dem sie einen Eistee getrunken hatten, und beugten sich in völliger Verwirrung über den Flügel.

»Irgendeine Ahnung, was das sein könnte?«, fragte ich.

»Es sieht aus wie ein riesiger Fledermausflügel!«, rief Herr Churnley aus und entsprach damit meinem ersten Eindruck. Er hatte die Augen ungläubig aufgerissen.

»Woher habt ihr das?«, fragte Frau Churnley aufgeregt und streckte langsam die Hand aus, um den Flügel zu berühren.

»Lauren hat ihn am Boden des Flussbetts entdeckt«, antwortete Angie mit einem leichten Grinsen auf den Lippen.

»Oh je, oh je, oh je«, murmelte Frau Churnley. »Ich habe keine Idee, was das sein könnte oder warum es im Flussbett trieb. Aber es sieht definitiv wie ein Flügel aus.«

»Ich werde morgen Herrn Doherty besuchen gehen«, sagte Herr Churnley und ging wieder zu seinem Stuhl zurück, ohne den Blick vom Flügel abzuwenden. »Ich werde ihn herbringen, damit er sich das ansieht.«

»Gute Idee, mein Honigkuchenpferd«, sagte Frau Churnley. »Vielleicht hat er ja eine Idee. In der Zwischenzeit, Mädels, solltet ihr euch vielleicht besser vom Fluss fernhalten?«

Lauren lachte trocken. »Das werden wir ganz bestimmt, Ma'am.«

Wir sahen den Flügel noch einen Augenblick angespannt an, bevor Angie zur Treppe ging. »Ich weiß ja nicht, wie es euch geht, Lauren und Riley, aber ich bin nach der frischen Luft und all den Überraschungen des heutigen Tages ziemlich müde.«

Lauren und ich nickten und wünschten dem Paar eine gute Nacht, bevor wir Angie nach oben folgten. In unserem Schlafzimmer angekommen ließen wir uns auf die Betten fallen. Ich war tatsächlich erschöpft vom Tag. So viel körperliche Aktivität war ich nicht gewöhnt, aber gleichzeitig war mein Kopf noch hellwach und dachte gar nicht ans Abschalten. Meine Gedanken waren immer noch im Erdgeschoss, in der Küche, und grübelten darüber nach, wo der seltsame Flügel verflixt nochmal herkam.

»Ich wünschte, wir hätten Internet«, murmelte ich und rieb mir die Stirn. Ich lag auf dem Rücken und sah mir die schäbige Decke an.

»Ja. Wir hätten es googeln können ... Riesenfledermäuse in Texas oder so etwas ...«, murmelte Lauren und verstummte. Sie klang müde und hörte sich im Gegensatz zu mir so an, als ob sie kurz vor dem Einschlafen war. Das kalte Wasser hatte sie wohl müde gemacht.

Angie verstand den Wink, schaltete das Licht aus und wir schwiegen. Ich lauschte auf das leise Gemurmel der Churnleys unten und dann auf ein anderes Geräusch, so als ob sie etwas Schweres über den Boden schleiften. Wahrscheinlich räumten sie den Flügel in eine Zimmerecke, wo er uns morgen früh empfangen würde ... Dann knarrten die Stufen und die Churnleys gingen zu Bett.

Laurens erster Schnarcher erklang und bald darauf folgte Angie, während ich mich auf der Matratze dem Fenster zudrehte, unter dem mein Bett stand. Mondlicht fiel durch die dünnen Vorhänge und schien mir fahl ins Gesicht und eine sanfte Brise strich mir über die Haut.

Ich schloss die Augen und hoffte, einschlafen zu können. Ganz langsam lösten sich meine Gedanken von der Außenwelt – von dem eigenartigen Flügel, dem knarrenden alten Bauernhaus und diesen verrückten Ferien, die ich mit meinen beiden besten Freundinnen unternahm – und tauchten tiefer in mein Unterbewusstsein ein und wirbelten die dort verborgenen Gedanken auf, die unter der Oberfläche warteten.

Es überraschte mich nicht, dass einer der ersten dieser Gedanken meinen Eltern galt. Ihre Gesichter waren matt und sie sahen ... so viel älter aus als an dem Tag, an dem ich mein Zuhause verlassen hatte. Es war eine Erinnerung an das letzte Mal, das ich sie von Angesicht zu Angesicht gesehen hatte – vor gut einem Monat, als sie vor meinem achtzehnten Geburtstag illegal vor meiner Schule aufgetaucht waren und behauptet hatten, dass sie mich einfach nur sehen wollten. Dass sie mir ein Geschenk mitgebracht hatten. Jean war bereits gekommen, um mich abzuholen, sodass ich nicht lange hinter dem Schulzaun gestanden und sie angestarrt hatte. Aber es war lang genug gewesen, um mit zitternden Händen das kleine braune Paket entgegenzunehmen und ihren Anblick so sehr in mein Gedächtnis einzubrennen, dass ich sie jetzt vor mir sah, als ob die Begegnung erst gestern gewesen wäre.

Du solltest dich mit ihnen treffen, flüsterte ein kleiner Teil von mir, wie er es immer tat, wenn das Licht ausgeschaltet und die Nacht still war. *Sie sind deine Eltern und sie werden nicht ewig leben, vor allem nicht bei ihrem Lebensstil. Wenn du ihnen nach all diesen Jahren ein einfaches Treffen verweigerst und ihnen etwas zustößt … Dann wirst du den Rest deines Lebens damit klarkommen müssen.*

Meine Eltern hatten mich spät gezeugt und meine Existenz war ein Schock für sie gewesen. Meine Mutter war wegen Bauchschmerzen ins Krankenhaus gegangen und hatte dann von mir erfahren. Nächstes Jahr würden beide einundsechzig werden und schon jetzt plagten sie sich mit verschiedenen gesundheitlichen Problemen.

In Nächten wie diesen fühlte ich mich wie eine schreckliche Person. Ich hatte nicht einmal das Geschenk geöffnet, mit dem sie extra zu meiner Schule gefahren waren. Es lag immer noch zu Hause unter meinem Bett, wohin ich es geschoben hatte, um es zu vergessen … weil ich mich davor fürchtete, was es enthalten könnte.

Weil ich genau wusste, was es enthielt.

Es hatte denselben Inhalt wie das letzte braune Päckchen, das sie mir sechs Monate zuvor geschickt hatten. Ich hatte es geschüttelt und es hatte nach Fotos geklungen. Als ich das letzte Paket geöffnet hatte, war ich hinterher völlig fertig gewesen. Es hatte fast zwanzig Fotos enthalten, die ein kleines, blauäugiges Mädchen im Alter von zwei bis fünf zeigten. Das Mädchen hatte immer ein breites Grinsen, aß oft Eis oder irgendeine andere Süßigkeit und wurde von einem beschützenden elterlichen Arm gehalten.

Es war, als ob sie glaubten, die Geschichte umschreiben zu können, indem sie mir diese Fotos schickten. Als ob sie die Kindheit, die sie mir gegeben hatten – all das, was passierte, wenn ich gerade nicht für die Kamera lächelte – ausradieren und durch diese Bilder ersetzen könnten ... Damit ich mich schuldig fühlte. Damit ich wie das Monster dastand.

Das Schlimmste daran war, dass es zum Teil funktioniert hatte. In dieser Nacht hatte ich nicht schlafen können und am nächsten Tag in der Schule hatte ich kaum funktioniert. Plötzlich quälten mich Selbstzweifel. Ich konnte mich nicht daran erinnern, dass sie von mir als Kind Fotos gemacht hatten. Ich war erst neun gewesen, als ich mein Zuhause verlassen hatte. So jung. Konnte ich in meinem kleinen, unreifen Kopf die Dinge womöglich übertrieben haben? Gab es noch eine andere Version der Geschichte, die ich einfach nicht sah? Immerhin waren sie meine Eltern. Sie liebten mich doch sicher? Warum hätten sie sonst Fotos von mir gemacht, wenn ich ihnen egal gewesen wäre?

Zum Glück war Jean für mich da gewesen, als ich an diesem Tag von der Schule nach Hause gekommen war. Für sie war es bestimmt schwer gewesen, diese Unterhaltung mit mir zu führen, denn einerseits wollte sie meine Eltern nicht verteufeln, aber andererseits war ich ihr sehr wichtig und sie wollte nicht, dass ich weiter unter dieser giftigen Beziehung zu leiden hatte. Letztlich hatte sie schlicht und einfach die Tatsachen klargestellt: Die Polizei hatte Beweise für körperlichen Missbrauch unter Alkoholeinfluss und dauerhafte

Vernachlässigung einer Minderjährigen festgestellt. Meine Eltern waren dafür ins Gefängnis gekommen.

Nachdem Jean mich beruhigt hatte, erinnerte ich mich auch wieder daran, warum ich mich von ihnen fernhielt. Ich erinnerte mich daran, dass es nichts mit Hass oder Rache zu tun hatte, wie sie es mich hatten glauben lassen. Ich tat es nicht ihretwegen, sondern meinetwegen. Es wäre zwar gelogen, wenn ich behauptete, dass ich ihnen gegenüber gar keinen Groll hegte, aber er war im Laufe der Jahre verblasst, so wie eine Narbe mit der Zeit blasser wird. Ich hielt mich von ihnen fern, weil ich mir ein neues Leben aufbaute. Meine Genetik und meine Erziehung zeichneten das gleiche Schicksal für mich vor, dass sie erlitten hatten – so wie es vielen jungen Erwachsenen passierte, die aus nicht funktionierenden Elternhäusern kamen und die später selbst vom Weg abkamen. Aber ich würde nicht zulassen, dass mir das passierte. Ich würde dieses alte Lied nicht wiederholen; ich würde jemand Besseres werden.

Deshalb vermied ich es, mit meinen Freunden über meine Vergangenheit zu reden, selbst mit Lauren und Angie. Ich hatte ihnen nie von den Zweifeln erzählt, die mich von Zeit zu Zeit plagten. Weil meine Freunde Teil meiner Zukunft waren. Die Leute, von denen ich mich hatte formen lassen, waren Leute mit einer glücklichen Kindheit und einer strahlenden Zukunft. Sie waren Teil eines Bildes, das ich malte, Strich für Strich. Es zeigte einen schönen Frühlingsmorgen und ich würde nicht erlauben, dass sich Schwarz in die Farbpalette mischte.

Ich war mir nicht sicher, ob meine leisen Zweifel jemals ganz verschwinden würden. Vielleicht wäre ich eines Tages bereit, meinen leiblichen Eltern zu begegnen, aber ich wollte mich nicht dazu drängen oder mich von ihnen drängen lassen. Sie hatten ihre

Entscheidungen getroffen und ich hatte mich gezwungen gesehen, meine Entscheidungen zu treffen.

Ein plötzliches Quietschen schob sich in meine Gedanken. Es klang, als ob das Tor vor dem Hof draußen bewegt wurde. Zuerst dachte ich, dass es einer der Churnleys war, aber warum sollten sie den Hof zu dieser Uhrzeit noch verlassen? Ich hatte auch die Stufen nicht knarren gehört. Ich riss die Augen auf und sah zu Angie und Lauren hinüber, aber die beiden schliefen tief und fest.

Also glitt ich aus dem Bett und schlich ans Fenster. Ich sah gerade noch, wie sich der dunkle Umriss eines Mannes mit erschreckender Geschwindigkeit dem Haus näherte.

Ehe ich mich versah, knallte es unten laut und die Hunde begann zu bellen. Lauren und Angie schraken auf und sahen sich mit weiten Augen um.

»W-was war das?«, flüsterte Angie.

Ich hatte das Zimmer bereits zur Hälfte durchquert. »Pst! Bleibt hier!«, zischte ich.

Mein Verstand war selbst von Panik umnebelt, aber meine Instinkte sagten mir, keinen Laut von mir zu geben. Wenn diese Person ein Einbrecher war, dann sollten wir einfach zulassen, dass er mitnahm, was er stehlen wollte, statt ihn zu stellen. Aber es gab hier eigentlich nichts, was sich zu stehlen lohnte, was die Situation noch beängstigender machte. Wer würde in ein altes Haus wie dieses einbrechen? Wer auch immer es war, er war womöglich bewaffnet.

Die Tür der Churnleys öffnete sich, als ich gerade am Treppengeländer ankam, und Herr Churnley kam in einem Pyjamahemd und einer Unterhose in den Flur. Er sah mich verschlafen an.

»Wer von euch …«, setzte er an, aber ich legte mir schnell einen Finger auf die Lippen, um ihn zum Schweigen zu bringen.

»Was ist los?«, fragte Frau Churnley, die im Nachthemd und mit Lockenwicklern in den Haaren hinter ihm auftauchte.

»Jemand ist eingebrochen«, hauchte ich. »Wir müssen leise bleiben.«

»Riley?«, flüsterte Angie nun hinter mir. Sie und Lauren standen blass und erschrocken im Türrahmen.

»Bleibt einfach, wo ihr seid«, sagte ich und wagte kaum zu atmen. Ich ging einen Schritt auf die Treppe zu und Herr Churnley folgte mir zitternd.

»Zum Teufel nochmal«, fluchte er leise, »meine Waffen sind unten.«

Hoffentlich knarrt keine der Dielen zu laut, betete ich, während ich mich hinhockte und den Hals reckte, um durch das Treppengeländer nach unten zu sehen, um so einen Blick darauf zu erhaschen, was der Eindringling hier tat.

Ich sah nur einen kleinen Winkel der Küche, wo gerade ein schwarzer Schatten am Esstisch vorbeihuschte. Schwere Schritte ertönten auf dem Boden und dann wandten sie sich zu meinem Erstaunen ... dem Ausgang zu. Nur wenige Sekunden später quietschte erneut das Tor.

Mir klopfte das Herz bis zum Hals und ich blieb mehrere Sekunden lang erstarrt in dieser Position, während ich mich fragte, was um alles in der Welt gerade passiert war. Hatte ich das gehört, was ich gehört zu haben glaubte? War der Eindringling tatsächlich schon wieder verschwunden? Unten blieb alles still – von den bellenden Hunden abgesehen – weshalb ich davon ausging, dass der Mann fort war.

»Ich glaube, dass er weg ist«, brachte ich heiser heraus und stand auf. Meine Knie waren vor Schreck wacklig und Adrenalin rauschte mir noch immer durch die Adern, weshalb ich mich am Geländer festhalten musste.

»Vielleicht hat er gehört, dass wir aufgewacht sind«, sagte Lauren mit zittriger Stimme.

Ich schluckte und ging die Treppe hinunter. Die anderen folgten mir. In der Wohnküche angekommen sahen wir uns um, ob etwas fehlte.

Aber alles schien sich an Ort und Stelle zu befinden. Die Stühle standen immer noch ordentlich um den Tisch herum und alle Küchenschränke und -schubladen waren verschlossen. Der Mann war kaum eine Sekunde hier gewesen und hatte offensichtlich keine Zeit gehabt, alles zu durchsuchen.

Aber was hatte er dann hier ...

»Er hat den Flügel mitgenommen!«, rief Frau Churnley plötzlich aus.

Alle stockten und sahen sich im Raum um.

Tatsächlich. Der Flügel war verschwunden.

KAPITEL VIER

Wir schliefen in dieser Nacht kaum zwei Stunden. Wir saßen um den Tisch herum und versuchten vergeblich, die Situation zu verstehen. Die absurdesten Einfälle kamen von Frau Churnley: »Vielleicht hat jemand sein Halloween-Kostüm selbstgebastelt und zum Aushärten in den Fluss gelegt, und dann hat er es einfach wieder hier abgeholt.«

Um fair zu sein, hatte sie diese Idee gegen sieben Uhr morgens gehabt, also zu einer Uhrzeit, zu der wir alle nicht mehr klar denken konnten. Uns fielen keine besseren Alternativen ein. Wir drehten uns immer wieder im Kreis, bis ich es nicht mehr aushielt und den Kopf auf den Tisch sacken ließ.

Nach ein wenig Schlaf fühlten wir uns alle etwas besser. Wir duschten und ich rechnete damit, dass die Churnleys nun so bald wie möglich die Polizei verständigen würden, aber Herr Churnley beschloss, stattdessen den nächsten Nachbarn, Herrn Doherty, zu besuchen.

»Es ist ja nicht so, dass der Mann etwas gestohlen hätte, was uns gehört«, sagte Frau Churnley, während sie in der Küche umherwuselte und uns allen ein spätes Frühstück zubereitete. »Er meinte es sicher nicht böse. Er hat nur ... mitgenommen, was ihm gehört, und ist wieder gegangen.«

Angie, Lauren und ich diskutierten dagegen an und sagten, dass es nicht schaden könnte, die Polizei anzurufen. Immerhin hatten wir einen Einbruch gehabt und die Polizei könnte dem Rätsel vielleicht auf den Grund gehen. Aber der Morgen schien der alten Dame neue Selbstsicherheit verliehen zu haben und sie wollte nichts davon hören.

»Wir leben seit Jahrzehnten ohne Hilfe der Polizei hier und wir werden sie auch jetzt nicht brauchen. Wer auch immer es war, er kommt bestimmt nicht wieder. Hebt einfach nur keine fremden Gegenstände mehr auf und bringt sie mit nach Hause.«

Ich wusste, dass es sinnlos war, weiter mit ihr zu diskutieren. Auch wenn ihre Sturheit nur ihren Vorurteilen »dem System« gegenüber entsprang, war dies ihr Zuhause und die Entscheidung lag letztlich bei ihr.

Sie bot uns an, dass Herr Churnley uns in die nächstgelegene Stadt fahren könnte, damit wir von dort aus unsere Eltern anrufen könnten, wenn wir das wollten, aber wir entschlossen uns letztlich dagegen. Ich wollte Jean und Roger nicht besorgen und Angie und Lauren ging es genauso. Wozu auch? Herr Churnley hatte recht in dem Punkt, dass der Eindringling wahrscheinlich nicht zurückkommen würde. Es war offensichtlich, dass er nur wegen dieses einen Gegenstandes gekommen war, denn wenn er ein Gelegenheitsdieb war, warum hatte er dann dieses sperrige, schwere Objekt mitgenommen, statt des anderen Küchenschnickschnacks, den er hätte einsacken können?

Beim Frühstück wanderten meine Gedanken zurück zu unserem Weg durch die Wälder nach Hause. Ich hatte mich beobachtet gefühlt. Ich erschauderte. Hatte uns tatsächlich etwas beobachtet? *Wer?*

Herr Churnley kam ins Haus, als wir gerade fertig gegessen hatten. Er trug eine blaue Latzhose und sein Hemd hatte Schweißflecken. Er tupfte sich mit einer Serviette die Stirn ab und setzte sich mit einem Knarren auf einen Stuhl, während seine Frau ihm eilig einen Teller mit Essen zubereitete.

»Ich habe noch keinen Hunger, Nora«, sagte er und trank ein Glas Wasser. »Nur ein paar Minuten und dann muss ich wieder los.«

Frau Churnley drehte sich von der Arbeitsplatte herum und sah ihn an. »Hm? Was meinst du? Wie ist es mit Brendon gelaufen?«

Herr Churnley lachte trocken. »Er ist kein Polizeisergeant. Hat genauso wenig Ahnung wie wir. Aber er hat mir eine große Portion Hash Browns spendiert ... Das ist der einzige Grund, warum ich noch nicht für deine leckere Mahlzeit bereit bin.« Er zwinkerte uns drei Mädchen zu. »Aber auf dem Rückweg ist mir aufgefallen, dass jemand einen Zaun auf der anderen Seite des Maisfelds baut.«

Angie setzte sich aufrechter hin. »Auf der anderen Seite des Maisfelds?«

Herr Churnley nickte. »Mmm«, brummte er und trank sein Glas aus.

»Aber wir haben doch gar keine Nachbarn auf der Seite!«, rief Frau Churnley aus. »Meilenweit nicht.«

Ihr Mann stand auf. »Nun, es wird auf jeden Fall ein Zaun dort gebaut. Ich werde sehen, was da los ist.«

Angie sah Lauren und mich an und ich erkannte an ihrem

Gesichtsausdruck bereits, was sie fragen wollte. »Können wir mitkommen?«

»Klar könnt ihr das«, antwortete Herr Churnley und ging zur Tür.

Wir folgten ihm und ließen Frau Churnley weiter kochen.

»Glaubt ihr …«, setzte Angie an, während wir über den Hof wenige Schritte hinter Herrn Churnley zum Truck gingen.

»Dass die Holzfäller den Zaun bauen?«, fragte Lauren und hob die dunklen Brauen.

Angie zuckte mit den Schultern.

»Das ist alles sehr eigenartig«, sagte ich.

Wir hatten die geheimnisvollen Holzfäller ja noch nicht einmal gesehen, weshalb das hier der erste Schritt war. Wir mussten herausfinden, ob sie tatsächlich existierten.

Wir stiegen in den Wagen und Herr Churnley fuhr mit uns zum Wald. Als der neue Zaun vor uns auftauchte, riss ich die Augen auf. Als Herr Churnley davon gesprochen hatte, dass jemand einen Zaun baute, hatte ich mir vorgestellt, dass bis jetzt vielleicht vier oder fünf Meter errichtet waren, da gestern noch kein Zaun zu sehen gewesen war. Doch stattdessen sah ich auf einen Zaun, der mindestens eine Meile lang war und einen großen Teil des Waldes einschloss.

»Wie um alles in der Welt …« Ich stockte, als drei große Gestalten zwischen Holzlatten auftauchten. Die Männer waren mindestens 1,80 m groß und passten definitiv auf Angies Beschreibung. Ihre Oberkörper waren unbedeckt und die Sonne brannte auf ihre bronzene Haut. Sie hielten Werkzeuge in den Händen, Hämmer und Nägel, und einer von ihnen trug eine Axt über der Schulter.

Die Männer blieben stehen und sahen uns an, während wir uns näherten.

Herr Churnley beschleunigte etwas. »Hey, Jungs!«, rief er aus seinem offenen Wagenfenster. Sein Ruf hallte durch den stillen Nachmittag.

Er bremste wenige Meter vor den Männern und wir kletterten alle aus dem Wagen. Die Fremden, die ich nun zum ersten Mal richtig sah, waren alle drei Anfang zwanzig.

Der Mann, der die Axt trug, war um einige Zentimeter der Größte der Gruppe. Er fiel mir zuerst auf und ich brauchte einen Augenblick, um sein Aussehen aufzunehmen. Seine Augen erinnerten mich an Winter. Sie waren wie identische Wasserbecken aus einem kalten, stählernen Eisblau. Alles andere an ihm schrie geradezu nach Poolpartys und Strandpicknicks.

Seine von der Sonne verwöhnte Haut glänzte und sein schwarzes Haar war an den Seiten kurz geschoren, fast wie beim Militär. Er trug eine schwarze, tief sitzende Hose und seine Brustmuskeln waren sicher das Produkt von jahrelangem Axtschwingen. Er hatte den Körper eines Bademodenmodels, mit perfekt geformten Brust- und Bauchmuskeln ..., wenn man von den Narben absah, die seinen Oberkörper überzogen. Eine von ihnen streckte sich sogar über sein Herz. Ich fragte mich, welch schrecklicher Unfall ihm diese Narben zugefügt hatte. Auch sein markanter Kiefer wies eine Narbe auf.

Plötzlich merkte ich, dass sein Blick auf mir ruhte und ich ihn viel zu lange angestarrt hatte. Schnell sah ich fort und musterte seine beiden Gefährten. Der Mann rechts von ihm war vermutlich sein Bruder. Seine Haare hatten dieselbe Farbe und einen ähnlichen Schnitt, aber seine Augen waren weniger stählern, sondern glichen eher einem Saphir. In der Form ihrer Lippen und in den markanten Gesichtszügen erkannte ich weitere Ähnlichkeiten.

Der dritte Mann, der kleinste der drei, der aber keineswegs klein war, hatte weichere Züge. Seine langen, blonden Haare waren zu einem Pferdeschwanz gebunden und er hatte blassbraune Augen.

»Wow«, hauchte Lauren und sprach damit aus, was ich dachte.

Selbst Herr Churnley brauchte eine Minute, um sich zu fassen. Seine Augen standen hervor, während er die drei Männer ansah und sich dann räusperte, als er sich daran erinnerte, weshalb wir hier waren.

»Guten Tag! Ich bin Geoffrey, Geoffrey Churnley, von der anderen Seite des Feldes, von der Elmcreek Farm. Sind Sie unsere neuen Nachbarn?«

Der Blick des größten Mannes ruhte auf Herrn Churnley und er nickte. »Nicht ganz, Sir. Wir sind zum Arbeiten hier.« Seine Stimme war tief und sein Akzent war ... definitiv nicht texanisch. Ich konnte aber nicht genau sagen, woher er war. Er klang neutral und klar, hatte aber einen leicht ausländischen Unterton, beinahe britisch, aber ... Nein, das war es auch nicht. Ich war nicht besonders gut darin, Akzente zu erkennen, weil ich noch nicht viel herumgekommen war. Vielleicht war er ein Einwanderer.

»Oh, ich verstehe«, sagte Herr Churnley. »Und was für Arbeit machen Sie hier?«

»Wir sind angestellt worden, um das alte Bauernhaus hier im Wald zu renovieren«, antwortete der Mann stoisch und blickte hin und wieder zum Zaun. »Wir werden nicht lange bleiben.«

»Der Besitzer hat also vor, hierher zu ziehen?«, fragte Herr Churnley.

Der Mann zuckte mit den Schultern und mied direkten Blickkontakt. »Das wissen wir nicht, Sir. Wir machen einfach nur unsere Arbeit.«

»Ah, natürlich«, raunte Herr Churnley und blinzelte gegen die

Sonne, als er sich den langen Zaun betrachtete. »Sie scheinen ja sehr schnell voranzukommen.«

Der Mann lächelte schwach und höflich, um zu verstehen zu geben, dass die Unterhaltung für ihn damit beendet war. Auch Herr Churnley schien die Geste so zu verstehen.

Wenn die drei zusammenarbeiteten, dann konnten sie sicher schnell einen Zaun aufstellen – vor allem, weil sie alle drei sehr durchtrainiert waren. Nicht, dass ich etwas vom Zaunbau verstanden hätte …

»Nun, danke für Ihre Zeit«, sagte Herr Churnley. »Wir …«

»Ähm, nur noch einen Augenblick, wenn es Ihnen nichts ausmacht«, schaltete ich mich ein. Ich war nicht bereit, die Männer so leicht vom Haken zu lassen. Herr Churnley schien die wichtigste Frage ganz vergessen zu haben.

Ich sah den größten Mann an, der meinen Blick direkt erwiderte. Aber es fiel mir auf einmal sehr schwer, mich zu konzentrieren. »Ich, ähm … Bei uns wurde letzte Nacht eingebrochen«, sagte ich, runzelte die Stirn und sah die zwei anderen Männer an. »Jemand ist durch die Vordertür gekommen und … Er hat nichts wirklich Wertvolles mitgenommen, aber wir haben uns natürlich trotzdem erschreckt. Das ist wohl eher unwahrscheinlich, aber vielleicht haben Sie in den letzten ein, zwei Tagen etwas Ungewöhnliches beobachtet?«

Jetzt wagte ich es wieder, den großen Mann anzusehen. Er hatte inzwischen die Stirn in Falten gelegt.

Dann zuckte er mit den Schultern und antwortete einsilbig: »Nein.«

»Klar, okay.« Ich wurde leicht rot und sah schnell zu Angie und Lauren hinüber, die so aussahen, als ob sie auch nicht wussten, was sie von der ganzen Sache halten sollten. Genauso ging es mir auch.

Ich hatte in der Nacht nicht viel vom Eindringling erkennen können, aber ich hatte den Eindruck gehabt, dass es sich um einen großen Mann gehandelt hatte. Wie groß genau, konnte ich nicht sagen, weil alles zu schnell geschehen war. Deshalb war es wohl albern, diese Männer zu verdächtigen. Millionen von Männern passten auf meine Beschreibung und so wie diese drei hier aussahen, wollten sie einfach nur mit ihrer Arbeit vorankommen und nicht länger in der Sonne herumstehen. Ich konnte mir auch nicht vorstellen, warum sie sich die Mühe machen sollten, in unser altes Haus einzubrechen, um ... einen Flügel zu stehlen.

Offen gesagt dachte ich langsam, dass wir den ganzen Vorfall wohl einfach als unerklärliches Rätsel abhaken sollten. Als etwas so Bizarres, dass es wahrscheinlich eine lustige und komplizierte Erklärung dafür gab, die wir aber wohl nie entdecken würden. So lange der Kerl nicht wiederkam, war es ja eigentlich auch egal.

Nachdem wir mehr als die halbe Nacht darüber diskutiert hatten, war das Thema für mich langsam erschöpft.

»Nun, dann werden wir Sie arbeiten lassen«, sagte Herr Churnley höflich, nickte und ging zurück zum Wagen. »Viel Glück bei der Renovierung und wenn Sie mal was brauchen, sagen Sie uns Bescheid! Wir helfen gern.«

»Danke«, murmelte der große Mann. Er sah mich noch ein letztes Mal an, bevor er seine Aufmerksamkeit wieder dem Zaun zuwandte. Seine beiden Gefährten folgten ihm schnell.

Lauren, Angie und ich gingen zum Fahrzeug zurück und kletterten auf die Rückbank. Angie räusperte sich, während Herr Churnley wendete und wir den Weg wieder zurückfuhren.

»Nun, das war ... interessant, schätze ich«, sagte sie und starrte mit verträumtem Blick durch die Scheibe. »Das waren auf jeden Fall beeindruckende Typen. Hat jemand ihren Akzent erkannt?«

Lauren und ich schüttelten den Kopf. Meine Freundinnen waren auch noch nicht oft im Ausland gewesen.

»Du hast gesagt, dass du gestern vier Männer gesehen hast, nicht wahr?«, fragte Lauren, rieb sich die Stirn und sah benommen aus.

»Ja«, antwortete Angie. »Der vierte war sicher irgendwo im Wald.«

Ich seufzte, als das Bauernhaus der Churnleys vor uns auftauchte, und ging die kurze Begegnung noch einmal in Gedanken durch. Das Timing all dieser Ereignisse war einfach seltsam – wie der erste Einbruch bei den Churnleys damit zusammengefallen war, dass diese Arbeiter hier auftauchten und …

Ich riss mich zusammen, bevor ich mich weiter in diese unsinnige Grübelei stürzen konnte. Es war sinnlos und ich würde wahrscheinlich nur Kopfschmerzen bekommen, wenn ich länger grübelte.

Es war alles ein Zufall, sagte ich mir. *Nur ein dummer Zufall …*

KAPITEL FÜNF

Es gelang mir, den Rest des Tages nicht mehr an den Vorfall mit dem Flügel zu denken, obwohl es mir schwerfiel, die Holzfäller ganz zu vergessen, zum Teil, weil sie einfach so verdammt gut aussahen, zum Teil aber auch, weil ihr Lärm den Rest des Tages zu unserem Grundstück hinüberhallte. Es klang, als ob sie inzwischen den Zaun fertig errichtet hatten, denn es waren keine umstürzenden Bäume mehr zu hören. Scheinbar hatten sie nun begonnen, zu schaufeln, entweder Steine oder Zement oder sie gruben vielleicht einfach nur den Boden um.

Wir sprachen nach der Begegnung nicht viel über die Männer und versuchten, uns mit anderen Dingen abzulenken, wobei Frau Churnley uns sehr gut half, indem sie uns unsere Tagesaufgaben zuteilte.

Wir machten uns also daran, Unkraut in den Gemüsebeeten zu jäten und gingen dann mit den Hunden spazieren. Wir liefen in die andere Richtung des Waldes, bis wir Herrn Dohertys Bauernhaus sahen. Der alte Mann saß auf seiner Veranda und hatte uns bemerkt, bevor wir umkehren konnten. Unser kleiner Spaziergang wurde so zu einem langen Ausflug, denn seine Frau und er luden uns zum Tee ein. Beide waren unglaublich nett und da der Tag so heiß war, bekamen wir zu Laurens Entsetzen mehr als genügend Gelegenheit, Frau Churnleys Bemerkung über Herrn Dohertys lockiges, weißes Brusthaar zu überprüfen.

Sobald wir uns von dem Paar verabschiedet hatten, traten wir den Rückweg an und nachdem wir Gemüse geschält und Wäsche aufgehängt hatten, ging die Sonne bereits unter.

Wir aßen mit den Churnleys auf der Terrasse zu Abend und als es dunkel wurde, bliesen wir die Kerzen aus und gingen nach drinnen. Angie, Lauren und ich gingen gerade die Treppe hinauf, denn da es dunkel war, blieb uns wohl nicht viel anderes übrig, als früh schlafen zu gehen. Die angestaute Hitze des Tages hing immer noch schwül in der Luft und ich freute mich darauf, mir im Bad wenigstens etwas kaltes Wasser ins Gesicht zu spritzen. Aber Frau Churnley rief uns nach, als wir gerade auf halbem Weg nach oben waren, und wir blieben stehen.

»Hey, Mädchen, mir fällt gerade ein, dass wir euch noch gar nicht das Baumhaus gezeigt haben, stimmt's?«

Wir drehten uns zu ihr um und schüttelten den Kopf.

»Nein, das haben Sie nicht«, antwortete Angie.

»Warum zeige ich es euch nicht jetzt? Es ist ganz nah beim Haus.«

»Jetzt?«, platzte ich heraus. Es schien mir nicht die beste Uhrzeit zu sein, um das Baumhaus zu bewundern.

»Ich dachte, dass ihr vielleicht heute Nacht dort oben schlafen wollt, weil es hier drinnen so heiß ist. Es gibt Moskitonetze und …« Sie stockte und ihre Stimme bebte kurz. »Wir haben um diese Jahreszeit immer mit unserem Ethan dort oben geschlafen. E-es ist wirklich sehr schön.«

Mir blieb die Stimme im Hals stecken, als ich verstand, wer Ethan gewesen war, und Angie sprang sofort helfend ein. »Oh, natürlich. Wir würden uns das Haus gern ansehen!«

Frau Churnley strahlte, als Angie uns bei den Händen nahm und die Treppe hinabzog. Sie schlurfte in die Küche, zog eine Schublade auf und holte vier Taschenlampen hervor. Sie reichte jeder von uns eine, behielt die letzte und führte uns dann nach draußen.

Grillen zirpten laut durch die Nacht und es wehte eine ganz leichte Brise, als wir von der Veranda aus um das Haus herumgingen. Frau Churnley brachte uns zu einem von Bäumen umsäumten Flecken, dem wir seit unserer Ankunft noch keine große Beachtung geschenkt hatten.

Dann blieb sie vor einem Baum mit einer Leiter stehen und als ich den Kopf in den Nacken legte und wir alle vier nach oben leuchteten, sah ich ein hübsches kleines, viereckiges Baumhaus, das von Ranken bewachsen war. Es hatte vier offene Fenster, vor denen Netze hingen, und das Holz sah schon etwas alt aus. Das Haus befand sich in mindestens sieben Metern Höhe und versprach einen lohnenswerten Ausblick. Wenn es nicht sicher wäre, würde Frau Churnley doch auch sicher nicht vorschlagen, hinaufzuklettern.

»Warum klettert ihr nicht hinauf und ich schicke Herrn Churnley mit Bettzeug zu euch«, sagte sie. »Ihr werdet sehen, dass dort schon drei Matratzen liegen.« Sie seufzte wehmütig und strich sich mit der Hand über den üppigen Bauch. »Herr Churnley und ich schaffen es heutzutage wohl nicht einmal mehr bis zur Hälfte der Leiter.«

Damit drehte sie sich um und ging, während wir entscheiden

mussten, wer als Erste hinaufkletterte. Wie vorherzusehen gewesen war, bot sich Angie freiwillig an und bestieg die ächzende Leiter, während Lauren und ich ihr mit unseren Taschenlampen den Weg leuchteten.

»Zuerst musst du sicherstellen, dass das Haus frei von Schlangen und Spinnen ist«, befahl Lauren. Dass wir im Dunkeln hier im Freien waren, machte sie jetzt schon hibbelig und sie trat nervös von einem Fuß auf den anderen, während sie an eingebildeten Stichen an ihren Armen kratzte.

»Und auch von Kakerlaken, Ratten, Termiten, Motten, Ohrwürmern, Rüsselkäfern …«, weitete Angie Laurens Schreckensliste auf, während sie kletterte, bis Lauren sie anfuhr, den Mund zu halten.

Sobald Angie oben war und die Tür geöffnet hatte, meldete sie sich: »Wow, sieht sehr ungeziefersicher aus!«

»Ich hoffe für dich, dass du dir da ganz sicher bist!«, sagte Lauren misstrauisch.

»Pfadfinderehrenwort. Das Holz ist gut behandelt, es hat keine Löcher und diese Netze scheinen wirklich zu funktionieren. Sie haben über die Jahre alles außen vor gehalten … Außer Staub und ein wenig Moder. Aber hey, die Decke in unserem Schlafzimmer ist auch modrig.« Damit verschwand Angies Kopf plötzlich und die Dielen knarrten. »Wow!«, rief sie kurz darauf. »Die Aussicht von hier oben ist einfach umwerfend! Kommt rauf, Mädels!«

Mich musste sie nicht zweimal fragen. Ich umklammerte die Sprossen und kletterte die Leiter hinauf. Oben angekommen sah ich, warum Angie so begeistert war. Die Aussicht war wirklich atemberaubend. Von hier aus konnten wir dank des Mondlichts meilenweit über die Felder sehen. Der Mond tauchte die Landschaft in ein blasses Licht, das sie unwirklich, beinahe märchenhaft aussehen ließ.

Ich hörte ein Schnauben hinter mir und sah, dass nun auch Lauren die letzten Sprossen erklommen hatte und in die Hütte gestolpert war. Sofort schloss sie die Tür hinter sich. Ich hatte damit gerechnet, dass sie sich zuerst vergewissern würde, ob Angie auch nicht gelogen hatte, was das Ungeziefer anging, aber auch sie wurde sofort von der Aussicht in ihren Bann gezogen.

»Okay«, sagte sie, sobald sie neben uns stand. »Das ist wirklich ziemlich beeindruckend.«

Wir genossen die Aussicht noch ein oder zwei Minuten, bevor wir mit den Taschenlampen das Innere des Hauses ausleuchteten. Dort lagen drei Matratzen auf Holzklötzen und es gab einen kleinen Nachttisch mit einer Schublade, die leer war. Wenn es hier oben weiteres Mobiliar gegeben hatte, so war es wahrscheinlich nach Ethans Tod weggeräumt worden.

»Speziallieferung!«, rief Herr Churnley fröhlich von unten hinauf.

Angie kletterte eilig die Leiter hinab und nahm dem älteren Herren einen großen Rucksack ab, bedankte sich bei ihm und kletterte wieder nach oben.

Er hatte dicke Laken gebracht, mit denen wir die alten Matratzen bedeckten, außerdem drei Kopfkissen, eine Wasserflasche und eine schwarze Gürteltasche mit dem Haustürschlüssel, für den Fall, dass wir etwas von drinnen brauchten. Dass er an Wasser gedacht hatte, war sehr nett, weil wir während der Nacht sicher Durst bekämen. Wir machten unsere Betten, genossen die Aussicht noch eine Weile und legten uns dann hin. Eine frische Brise strich angenehm durch die Fenster und über unsere Haut.

Alles in allem war ich Frau Churnley nun dankbar für den

Vorschlag. Es war hier draußen so viel angenehmer als in dem stickigen Holzhaus.

»Vielleicht sollten wir jede Nacht hier draußen schlafen«, sagte Angie.

»Nun, nicht so hastig, Fräulein Angelica«, sagte Lauren. »Die Nacht fängt gerade erst an.« Ich prustete. »Aber ich gebe zu, dass ich Hoffnungen habe, hier besser schlafen zu können als die vorherigen Nächte«, sagte sie und streckte eine Hand in die Luft. »Diese Netze sind wirklich praktisch.«

»Ich hätte meinen Bruder eingetauscht, um als Kind ein solches Baumhaus zu haben«, sagte Angie wehmütig.

»Du hättest ihn gegen alles Mögliche eingetauscht«, kicherte ich und erinnerte mich daran, wie ihr kleiner Bruder sie in den Wahnsinn getrieben hatte. Bis er zwölf war, war es sein liebster Zeitvertreib gewesen, im Haus Fallen für sie vorzubereiten, wegen derer sie oft mit Klebstoff in den Haaren oder etwas ähnlich Furchtbarem zu spät zur Schule gekommen war.

»Okay, wahrscheinlich«, räumte sie ein. »Aber trotzdem.«

»Wir hatten ein altes Baumhaus in unserem Garten«, sagte Lauren. »Zumindest in dem ersten Haus, in dem wir gewohnt haben. Aber meine Eltern sind handwerklich nicht begabt, weshalb sie es nie hergerichtet haben.«

»Du hättest von dort aus sowieso keine tolle Aussicht gehabt«, sagte Angie.

Lauren lachte. »Wohl wahr. Nur auf die Zuggleise.«

Meine Freundinnen unterhielten sich noch eine Weile, bevor sie verstummten und ich die Umgebung mehr genießen konnte. Ich lauschte aufmerksam und hörte, dass das Zirpen der Grillen nur ein

Geräusch war, das sich über eine ganze Menge anderer nächtlicher Geräusche legte. Ein sanftes Gurren kam vom Wald her, Bäume knackten und Blätter raschelten. Ich hörte sogar leises Glockenklingen in der Ferne, das von Herrn Dohertys Haus herstammte.

Meine Augen fielen zu, je konzentrierter ich versuchte, jedes einzelne Geräusch zu filtern, jedes Instrument in diesem nächtlichen Chor, in den schon bald die Schnarcher von Herrn und Frau Churnley einstimmten.

Da hallte ein lauter Schrei durch die Nacht.

Zumindest hielt ich es für einen Schrei. Es war ein lautes, kurzes Geräusch gewesen, das einfach zu menschlich geklungen hatte, als dass es ein Bellen sein konnte.

Ich drehte mich gerade zu meinen Freundinnen um, als ich es wieder hörte, dieses Mal lauter und länger. Es kam vom Wald her.

»Ihr habt das auch gehört, oder?«, fragte ich und starrte Lauren und Angie an.

Beide hatten die Augen erschrocken aufgerissen. »Ja«, sagte Angie.

»Jemand hat geschrien …«

Da war es wieder, lauter und drängender als vorher.

Wir standen auf und gingen zum Fenster. »Es kommt aus dieser Richtung, nicht wahr?«, fragte Lauren und deutete auf den Wald.

»Ja«, nickte ich. »Ich frage mich, wer …«

Der vierte Schrei war noch lauter und ich war mir dieses Mal ganz sicher, dass es sich um einen Schmerzensschrei handelte. Die Stille ringsum verstärkte das Geräusch noch und trug es mit erschreckender Deutlichkeit zu uns.

»Wer könnte es sonst sein außer einer dieser Männer?«, fragte

Angie nach einer angespannten Pause. »Ich denke, dass wir nachsehen sollten, um sicher zu sein, dass bei ihnen alles in Ordnung ist.«

Lauren und ich sahen sie an und schluckten. Dann sahen wir auf die Entfernung zwischen unserem Baumhaus und dem Beginn des Zauns, der ihren Waldbereich abgrenzte. Es waren nicht mehr als zehn Minuten zu Fuß und wir hatten ja unsere Taschenlampen dabei.

»Okay«, sagte ich. »Ich denke auch, dass wir nachsehen sollten.«

Lauren biss sich auf die Lippen. »Sollten wir nicht erst den Churnleys Bescheid sagen?«

Wir stockten und sahen zum Haus hinüber.

»Ich habe ein schlechtes Gewissen, sie aufzuwecken«, sagte Angie. »Wenn es etwas Ernstes ist, dann laufen wir zurück und sagen ihnen Bescheid, aber lasst uns erst einmal herausfinden, was dort nicht stimmt. Vielleicht hat sich einfach nur jemand den Zeh angestoßen …« Sie lächelte verlegen und ich musste grinsen.

»Okay, das finde ich gut.« Ich sah Lauren fragend an, die immer noch unsicher schien. »Was meinst du, Lauren?«

»Ich glaube, dass mir einfach nicht ganz wohl dabei ist, im Dunkeln hier umherzulaufen.«

»Du musst ja nicht mitkommen«, sagte Angie, die bereits ihre Taschenlampe schnappte. »Du kannst die Erkundungstour auch einfach Riley und mir überlassen.«

»Auf keinen Fall«, sagte Lauren mit einem Stirnrunzeln. »Wenn ihr geht, dann bleibe ich nicht hier.«

»Okay, dann also los«, sagte Angie und reichte uns unsere Taschenlampen. Lauren band sich die dunklen Haare zu einem straffen Pferdeschwanz, so als ob sie sich auf eine Schlacht vorbereiten würde, schnappte sich dann die Gürteltasche, die Herr Churnley uns gegeben hatte, und band sie sich um den Bauch. »Falls wir Wasser brauchen«, sagte sie, bevor sie aus dem Baumhaus kletterte und die Leiter herabstieg.

Es war auf jeden Fall keine schlechte Idee, Wasser mitzunehmen, weil der Abend stickig war, aber ich rechnete nicht damit, dass wir länger als zwanzig Minuten fort sein würden. Vor allem nicht, wenn wir joggten, was ich vorhatte, weil die Schreie so eindringlich gewesen waren.

Auf dem Boden angekommen eilten wir durch das Tor nach draußen und ich fragte mich, ob die Churnleys von den Geräuschen nicht auch aufwachen würden. Aber die beiden hatten einen festen Schlaf, weshalb es mich nicht überraschen würde, wenn sie durchschliefen.

Wir liefen den Pfad entlang zum Wald und leuchteten den Weg mit unseren Lampen ein paar Meter weit aus, obwohl der Mond selbst so hell schien, dass wir die Lampen fast gar nicht benötigt hätten.

Während wir joggten, redeten wir nicht viel, weil wir unsere Luft sparten, um so schnell wie möglich voranzukommen, doch sobald wir den Zaun erreicht hatten, stockten wir und sahen uns an. Die Schreie waren hier definitiv lauter, was bedeutete, dass sie aus dem eingezäunten Waldstück stammten. Aber jetzt, wo wir hier angekommen waren, standen wir vor einem Problem.

»Was sollen wir tun?«, fragte Lauren leise. »Über den Zaun klettern?«

»Nein«, antwortete Angie und beäugte den Zaun misstrauisch. »Ich denke, dass wir rufen sollten. Hoffentlich hören sie uns.«

Also fingen wir an zu rufen. »HALLO?«

»IST ALLES IN ORDNUNG?«

»BRAUCHEN SIE HILFE?«

Aber die Schreie erklangen weiter, so als ob der Mann uns überhaupt nicht hören konnte. Obwohl wir aus vollem Hals schrien, schien er taub zu sein.

Angie schnaubte, sah sich erneut den Zaun an und schaute dann auf ein paar niedrig hängende Zweige.

»Vielleicht sollten wir doch drüberklettern«, sagte sie.

Lauren sah nervös aus und biss sich auf die Lippe, nickte aber schließlich. Ich hielt es für keine große Sache. Mehrere der Bäume hatten niedrig hängende Äste, an denen man leicht nach oben klettern konnte. Es wäre nicht schwerer, als eine Leiter hinaufzusteigen.

Angie kletterte als Erste. Lauen und ich schoben sie an. Dann folgte ich. Als wir weit genug oben waren, dass wir unsere Beine über den Zaun schwingen konnten, taten wir es und sprangen einfach nach unten. Auch auf dieser Seite des Zauns gab es Bäume, an denen wir leicht hinaufklettern konnten, sodass ich mir keine Sorgen um unseren Rückweg machte – falls wir denn niemanden fanden oder uns niemand den Zaun öffnen konnte.

Sobald wir alle drei wieder festen Boden unter den Füßen hatten, liefen wir geleitet vom unablässigen Schreien durch die Bäume, bis es leiser wurde und bald nur noch ein Stöhnen war.

Wir beeilten uns und wichen Hecken und umgefallenen Baumstämmen genauso aus wie einer tiefen Grube, die in die Erde geschaufelt worden war. Ich verstand nicht, warum hier ein Loch gebuddelt wurde, aber es erklärte wenigstens die Schaufelgeräusche vom Nachmittag.

Nach weiteren fünf Minuten tauchte ein altes Holzhaus vor uns auf und ich riss die Augen auf. Es war viel größer, als ich erwartet hatte – größer als das Haus der Churnleys, mit vier Stockwerken statt zweien und etwa doppelt so breit. Als wir uns näherten, sah ich, dass alle Fenster zugenagelt worden waren und zwar mit frischem Holz, was bedeutete, dass das erst vor wenigen Tagen geschehen war. Das fand ich verwirrend, denn wenn die Männer das Haus renovierten, wie sie es uns gesagt hatten, warum sollten sie dann die Fenster vernageln?

Ich schob den Gedanken beiseite, als wir die Veranda erreichten. Fünf Stufen führten zu ihr hinauf und die Holzsäulen, die zu beiden Seiten der Tür standen, hatten schon einmal bessere Zeiten gesehen. Wie der Rest der Fassade war das Holz mit den Jahren aufgeraut, von Moder verblasst und mit Moos bewachsen.

»Bin ich die Einzige, der dieser Ort gruselig vorkommt?«, hauchte Lauren.

Ich zuckte mit den Schultern. Das Haus stand im Wald und wir waren nachts hier, weshalb wahrscheinlich eine gewisse Hänsel-und-Gretel-Stimmung aufkam. Aber tagsüber sah das Haus sicher recht hübsch aus.

Angie kam als Erste an der Tür an und wollte gerade klopfen, als sich die Tür unter ihrer Berührung aufschob. Sie knarrte leicht und Angie sah uns fragend an.

Doch Lauren und ich sagten nichts und so schob sie die Tür weiter auf, bis der Spalt breit genug war, dass wir nach drinnen schlüpfen konnten.

Wir befanden uns in einem langen, staubigen Gang. Alles war aus Holz, von den Decken bis zum Boden, und der Gang war bis auf ein paar verstaubte Gaslampen, die in unregelmäßigen Abständen an der Wand hingen, kahl.

Vor allem war ich aber überrascht davon, wie heiß es hier drinnen war. Es war, als ob uns beim Eintreten eine Welle heißer Luft entgegengeschlagen wäre, und ich blieb einen Augenblick stehen, um mich an die Hitze zu gewöhnen. Mein Mund war jetzt schon trocken. Wie gut, dass Lauren Wasser mitgenommen hatte.

»Okay, das ist ziemlich gruselig«, flüsterte Angie mit einem Blick auf unsere kahle Umgebung. Sie wich ein wenig zurück, bis sie nicht mehr vor Lauren und mir, sondern neben uns stand.

Ich konzentrierte mich wieder auf das Stöhnen, das vom anderen Ende des Ganges zu kommen schien.

»Hallo?«, rief ich leise.

Immer noch keine Antwort.

Ich fragte mich, wo die anderen Männer waren, und dem verwirrten Blick meiner Freundinnen nach zu urteilen, fragten sie sich das Gleiche. Schliefen sie alle hier? Aber das Haus schien so ... leer zu sein. Aber wo sollten sie sonst sein? Wir hatten auf unserem Weg hierher keinerlei Camp bemerkt. Es konnte natürlich auch hinter dem Haus aufgebaut sein.

Ich steckte meinen Kopf in die offenen Türen der Zimmer, an denen wir vorbeigingen, und sah mir die Räume an, die ebenfalls von Gaslampen fahl beleuchtet wurden. Sie alle waren verlassen. In den meisten standen einige Möbel, die mit einer dicken Staubschicht bedeckt und schon seit Jahren nicht mehr benutzt worden waren. Vielleicht war das Obergeschoss schöner?

Seltsamerweise wurde es immer heißer, je tiefer wir in das Haus vordrangen. Als wir den Gang zu zwei Dritteln durchquert und dabei die Treppe, die nach oben führte, hinter uns gelassen hatten, mussten wir stehenbleiben und alle einen Schluck Wasser nehmen.

»Es fühlt sich an wie in einem Ofen«, keuchte Lauren und verstaute die Flasche wieder, sobald wir alle getrunken hatten.

Ich wischte mir mit dem Handrücken den Schweiß fort, der mir schnell auf die Stirn trat, und konzentrierte mich auf die einzige Tür im Gang, die verschlossen war. Sie befand sich am Ende des Ganges, nun keine zwei Meter mehr von uns entfernt. Das Haus war viel größer, als ich angenommen hatte und der Gang schien sich ewig zu strecken. Wahrscheinlich brachte mich auch die Hitze dazu, so zu empfinden.

Vor der letzten Tür angekommen presste ich mein Ohr gegen das Holz und hörte nun noch etwas anderes als die andauernden Schmerzenslaute. Es murmelte auf der anderen Seite, was bedeutete, dass sich mehrere Personen im Zimmer aufhielten, und außerdem hörte ich etwas ... knistern?

Es klang wie das Knistern von Flammen.

»Es wird alles gut«, sagte eine Stimme auf der anderen Seite. »Es ist fast vorbei.«

»Vergiss nicht«, sagte nun eine zweite Stimme, »noch ein Tag und es ist alles vorbei. Dann musst du das nie wieder durchmachen.«

»Du schlägst dich besser, als wir geglaubt haben, Ronad«, sagte eine dritte Stimme. »Halte durch.«

Ronad?

Stöhnen unterbrach die tröstenden Worte und meine Neugier war nicht mehr auszuhalten. Ich machte einen letzten Schritt, legte meine Hand auf die Klinke und öffnete die Tür sperrangelweit, sodass wir alle drei ins Zimmer sehen konnten.

Aber nichts hätte mich auf diesen Anblick vorbereiten können.

Das musste eine Halluzination sein.

Ich runzelte die Stirn, schloss die Augen und blinzelte mehrmals, um wieder zu Sinnen zu kommen, aber jedes Mal, wenn ich die Augen wieder öffnete, war der Anblick vor mir unverändert.

Ich sah zu Angie und Lauren und ihre entsetzten Gesichter verrieten mir, dass sie genau dasselbe sahen wie ich.

In der Mitte des Zimmers brannte ein Feuer und daneben stand ein kleines Gestell mit einem runden Glasbehälter, der mit einer rotorangen Flüssigkeit angefüllt war. Vor dem Feuer, neben dem Behälter, standen vier Männer mit nackten Oberkörpern. »Männer« war zumindest das erste Wort, das mein Gehirn mir lieferte, um diese Gestalten zu beschreiben. Im Gegensatz zu allen Männern – oder allen Menschen überhaupt, die ich je gesehen hatte, war die Haut dieser Männer aschefarben, buchstäblich grau und sie hatten ... Flügel. Zwei große, breite Flügel, die aus ihren Schulterblättern wuchsen. Nur der Mann, der nah am Feuer auf dem Rücken auf einer Art Streckbank lag, hatte nicht zwei, sondern nur einen Flügel.

Lauren stieß einen ganzen Schwall von Flüchen aus und wich zurück, während Angie und ich wie angewachsen stehenblieben und nichts tun konnten, als weiter zu starren.

Die Männer wirbelten herum und ich erkannte drei von ihnen sofort. Es waren die drei Männer, die wir vor dem Zaun angetroffen hatten. Aber am Tag hatten sie wie bronzene Götter ausgesehen und nicht wie Aschedämonen, die der Hölle entsprungen zu sein schienen.

Mein Blick blieb an dem größten Mann haften, dessen Augen sich zu Sturmwolken verdunkelt hatten. Ihm fiel die Kinnlade herunter, als er uns ansah. Er war offensichtlich genauso schockiert, uns hier zu sehen. Sein Blick wurde mit einem Schlag so eisig und unlesbar, dass ich es mit der Angst zu tun bekam.

Ehe ich mich versah, schloss sich ein eisenstarker Arm um meine

Taille. Ich wurde zurückgerissen und der Boden verschwand unter meinen Füßen. Ich spürte eine starke Hitze um meinen Rumpf, wo mich der Arm festhielt, und an meinem Rücken, der gegen etwas Glattes, Steinhartes gepresst war. Die Hitze schoss durch meine Venen und mir wurde flau im Magen. Dann entwich der letzte Atemzug aus meinen Lungen und ich konnte nicht aufschreien.

Ich wurde in gefühlter Lichtgeschwindigkeit vom Boden hochgerissen und durch den Gang gezerrt. Dann landete ich mit einem Aufprall auf dem Boden und meine Knie gaben unter mir nach. Der Eisenarm ließ mich los und die Hitze verschwand. Ich sank auf den Boden, schnappte nach Luft und spürte, wie meine beiden Freundinnen ebenfalls neben mir abgeladen wurden.

Als ich kaum eine Sekunde später aufsah, war die Tür vor uns zugeschlagen worden und ein Riegel wurde vorgeschoben.

Wir waren in einen der staubigen Räume voller alter Möbel geworfen worden. Ich rappelte mich auf, eilte zur Tür, hämmerte dagegen und zerrte an der Klinke. Aber sie ließ sich nicht öffnen.

»Helft mir!«, winselte ich panisch.

Das durfte doch nicht wahr sein. Wir konnten nicht hier festsitzen. Hier bei diesen ... Ich wusste nicht einmal, was sie waren.

Meine Freundinnen eilten herbei, um mir zu helfen, aber egal, wie sehr wir auch mit unseren Fäusten gegen die Tür schlugen oder auf sie eintraten, öffnete sie sich nicht.

Ich stockte und hob eine Hand, damit auch Angie und Lauren still stehen blieben. Dann atmete ich tief durch und presste mein Ohr gegen die Tür, ängstlich, was ich wohl hören konnte.

Jemand murmelte. Wenn das Gespräch nicht so hitzig gewesen wäre, hätte ich nichts verstehen können. Aber so konnte ich die einzelnen Worte gerade ausmachen ...

Meine Freundinnen pressten ihre Ohren ebenfalls gegen dic Tür und ich starrte sie mit großen Augen an, während ich einen Finger auf die Lippen legte.

»Es ist egal«, sagte einer von ihnen. »Sie haben uns gesehen, Navan!«

»Das ist mir klar«, war die brummende Antwort.

»Was machen wir jetzt? Wir können sie nicht ewig dort eingeschlossen lassen«, sagte eine dritte Stimme, die ähnlich wie Navans Stimme klang. Sie alle hatten den gleichen, schwer zu verortenden Akzent.

»Wie schlimm wäre es, wenn wir sie einfach ... ersticken?«, schlug eine vierte Stimme vor und uns stockte der Atem.

»Vergiss es, Ianthan«, knurrte Navan. »Du weißt, dass das gegen meine Prinzipien verstößt ... Wir werden ihnen Elysium geben müssen.«

»Elysium? Wissen wir überhaupt, ob es auch bei Menschen wirkt?«

»Das wird es. Es braucht nur die richtige Dosis.«

Elysium? Ob es an Menschen *funktioniert? Was sind diese Männer?*

Lauren schien es nicht länger auszuhalten. »Bitte lasst uns frei!«, rief sie und begann, wieder heftig mit den Fäusten gegen die Tür zu hämmern. »Ich schwöre, dass wir kein Wort verraten werden, wer auch immer ihr seid! Lasst uns einfach gehen!«

Die Stimmen waren verstummt. Eine Tür wurde geöffnet und dann entfernten sich die Schritte zum Ende des Ganges. Eine weitere Tür knarrte und dann war es bis auf das leise Knistern von Flammen völlig ruhig.

Sie schienen nicht bemerkt zu haben, dass wir sie belauscht

hatten, aber das warf die beängstigende Frage auf, warum sie sich jetzt auf einmal zurückgezogen hatten.

Worüber sprechen sie nun?

Was werden sie mit uns tun?

Dieselben Fragen standen in den ängstlichen Augen meiner Freundinnen geschrieben. Wir wichen von der Tür zurück und starrten einander an.

KAPITEL SECHS

Ich wusste nicht, was geschah. Alles, was ich wusste, war, dass wir von hier verschwinden mussten, bevor sie – was auch immer sie waren – zurückkehrten.

Wir liefen in dem schmuddeligen Raum umher und suchten nach Gegenständen, die uns dabei helfen konnten, die mit Holzbrettern vernagelten Fenster zu öffnen. Aber es gab nichts, was stark genug war, um die Bretter zu lösen. Wir hätten mindestens einen Hammer gebraucht, fanden aber nichts dergleichen.

Ich hatte Angst davor gehabt, weiter zu versuchen, die Tür aufzubrechen, weil das viel Lärm verursachen und die Männer auf uns aufmerksam machen würde, aber uns schien keine andere Wahl zu bleiben. Also lief ich zur Tür zurück und Angie und Lauren folgten mir, aber wir hatten auch dieses Mal kein Glück. Es war keine Minute vergangen, als die Schritte wieder auf uns zu kamen.

Mit enger Brust wich ich zurück, packte instinktiv meine beiden Freundinnen am Arm und zog sie mit mir. Was auch immer diese vier Gestalten waren, es waren keine Menschen. Es hatte nichts Menschliches gehabt, wie sie uns hochgehoben hatten, als ob wir nichts wögen, und dann so schnell mit uns durch die Luft gerauscht waren, dass es mir den Atem verschlagen hatte. Ganz abgesehen von der unnormalen Hitze, die mich in dem Augenblick durchfahren hatte, als er mich berührt hatte. Meine Vernunft wollte das alles nicht wahrhaben, obwohl ich wusste, dass es stimmte.

Auf der anderen Seite der Tür wurde ein Riegel zurückgeschoben und die Tür öffnete sich drohend. Ich wollte den Blick abwenden oder die Augen schließen, aber stattdessen stand ich wie angewurzelt da und starrte zur Tür. Der größte Mann – Navan? – betrat das Zimmer als Erster. Die anderen beiden jungen Männer, die wir vor einigen Stunden draußen am Waldrand getroffen hatten, folgten ihm.

Ich blinzelte und sah, dass sie nun anders aussahen als in dem Augenblick, als wir den Raum mit dem Feuer betreten hatten. Ich war mir absolut sicher gewesen, dass sie Flügel gehabt hatten – dieselbe Art von schwarzem Flügel, wie wir ihn am Fluss gefunden hatten – aber jetzt warfen ihre Rücken keine Schatten mehr. Die Männer trugen schwarze T-Shirts und der einzige Hinweis darauf, dass ihr ursprünglicher Anblick keine Halluzination gewesen war, war ihre Haut: Sie war immer noch aschefarben.

»W-warum hat eure Haut diese Farbe?«, stammelte Angie, die scheinbar genau wie ich tief in ihrem Inneren noch hoffte, dass wir es doch mit Menschen zu tun hatten, und diese Männer vielleicht einfach nur einem seltsamen Kult angehörten.

Navan machte einen weiteren Schritt auf uns zu und musterte eine nach der anderen mit seinen grau-blauen Augen, bevor sein Blick an mir haften blieb. Er presste die Lippen zusammen und streckte dann seine geöffnete Hand aus. In seiner Handfläche lagen drei kleine, gleich aussehende Röhrchen, die etwa so breit wie mein

Daumen waren. Ich hatte keine Ahnung, was sie enthielten, weil das Material ein dunkles Metall war, und die Tatsache, dass der Mann uns die Röhrchen so entgegenstreckte, als ob wir wüssten, was wir damit anfangen sollten, machte die ganze Situation nur noch seltsamer.

Der Mann starrte mich weiter an, als ob ich die einzige Person im Zimmer wäre, und runzelte die Stirn.

»Wir werden euch nicht verletzen«, sagte er. Er war bis jetzt so still gewesen, dass ich mir gar nicht sicher gewesen war, ob er überhaupt etwas sagen würde. »Aber ihr hättet das nicht sehen dürfen. Wir können euch nicht einfach so gehen lassen.«

»Einfach so? Was haben wir denn gesehen?«, krächzte Lauren hinter mir.

»Etwas, das ihr wahrscheinlich nicht versteht. Aber im Augenblick ist nur wichtig, dass ihr wieder freikommt, richtig?«

»Ja«, sagten Lauren, Angie und ich einstimmig.

»Das ist ganz einfach. Jede von euch nimmt eines der Fläschchen aus meiner Hand und trinkt seinen Inhalt.«

Mir stockte kurz der Atem. »W-was? Was ist das?«, fragte ich und erinnerte mich daran, wie er *Elysium* erwähnt hatte. Womöglich war das ein Gift oder eine gefährliche Droge.

Ich wüsste zwar nicht, warum sie uns vergiften oder uns eine andere gefährliche Substanz geben sollten, aber ich verstand ja auch überhaupt nicht, was hier gerade vor sich ging.

Navan sah mich so eindringlich an, dass ich das Gefühl hatte, dass alles andere um mich herum verschwand. Ich blinzelte mit rasendem Herzen.

»Du vertraust mir nicht?«, fragte er und zu meiner Überraschung huschte ein leichtes Lächeln um seine Mundwinkel. Diese Geste hatte ich von dem brummigen Mann nicht erwartet und ich wusste nicht, wie ich darauf reagieren sollte.

»S-soll das ein Scherz sein?«, stotterte ich. »Natürlich vertrauen wir euch nicht. Wer seid ihr? Warum haltet ihr uns gefangen?«

Es war schwer, seinen Gesichtsausdruck zu lesen, aber wenn ich ehrlich sein sollte, hatte ich auch gar nicht die Nerven dazu, ihn zu analysieren, weil er einfach so unwiderstehlich gut aussah.

Hör auf damit. Das ist wirklich kein angemessener Gedanke in dieser Situation!

Aber es war beinahe so, als ob er meine Gedanken lesen konnte, denn sein neugieriges Lächeln wurde ein wenig breiter und sein Blick, der nicht von mir abwich, funkelte.

»Gefangen? Wenn ich mich nicht täusche, seid ihr doch in dieses Haus eingebrochen.«

»Wir sind nicht eingebrochen«, fauchte ich. »Die Tür stand auf und der einzige Grund, warum wir überhaupt hergekommen sind, ist, weil wir jemanden vor Schmerzen haben schreien hören. Wir dachten, dass ihr vielleicht Hilfe braucht.«

»Wie nett von euch«, antwortete er mit gehobenen Brauen und überging meine Fragen. »Wir werden uns entsprechend bedanken. Trinkt das hier einfach und eure Erinnerungen an die letzten zwölf Stunden werden verschwinden. Ihr werdet etwa eine halbe Stunde bewusstlos sein. In dieser Zeit bringen wir euch in eure Betten zurück und ihr werdet aufwachen, ohne euch daran zu erinnern, dieses Haus jemals betreten zu haben.«

»K-keine Erinnerungen an den heutigen Abend?«, platzte Lauren hervor. »Das klingt gut.«

»Moment, Moment«, sagte ich und hob meine Hand. Dann schüttelte ich stirnrunzelnd den Kopf, während ich versuchte, meine

Gedanken zu ordnen. »Zuerst einmal: Wer seid ihr alle? Warum sieht eure … Haut so aus?« Die Frage *Warum hattet ihr eben noch Flügel?* brachte ich noch nicht über die Lippen, also ließ ich es bei den ersten beiden bewenden.

Er seufzte. »Du hast viele Fragen. Es gibt nur wenig, was ich attraktiver finde als einen hellen Verstand, aber in diesem Fall seid ihr besser damit beraten, einfach zu tun, was ich euch sage.«

Attraktiv? Zu meinem Ärgernis übersprang mein Gehirn diese Bemerkung nicht einfach, aber ich bemühte mich, sie zu ignorieren. Ich wollte gerade etwas erwidern, doch bevor ich dazu kam, meldete sich der Mann, den ich für Navans Bruder hielt, rechts von ihm zu Wort. Nun konnte ich seine Stimme auch in das Gespräch, das wir belauscht hatten, einordnen. »Meine Damen«, sagte er nach einem Räuspern. Seine Stimme war fast genauso tief wie Navans. »Ihr werdet von uns nichts erfahren; wenn ihr also von hier fortwollt, dann schlage ich vor, dass ihr unser Angebot annehmt. Lasst mich euch versichern, dass ihr dieses Haus so oder so nicht mit euren Erinnerungen verlassen werdet.«

Navan streckte uns seine Hand weiter entgegen. Ich hörte, wie Lauren schluckte, als sie die silbrigen Röhrchen betrachtete, und ich musste zugeben, dass die Idee, freigelassen zu werden, verlockend war, aber … es wäre auch wirklich dumm. Es war etwas, was man aus Panik heraus tat. Aber aus Panik heraus zu handeln, war nie eine gute Idee. Alles an diesem Vorschlag fühlte sich einfach falsch an.

Ich sah zu Angie, um ihre Gedanken zu erraten, und wenn ich ihre Stirnfalten richtig deutete, dann hatte sie die gleichen Zweifel wie ich. Da ich spürte, dass Lauren kurz davor war, sich eines der Röhrchen zu schnappen, zog ich sie näher an mich. Nun sahen mich alle drei Männer an.

Ich erwiderte Navans Blick finster und versuchte, selbstsicher zu wirken.

»Wir werden nicht einfach irgendeine unbekannte Substanz trinken«, sagte ich und bemühte mich, meine Stimme nicht zittern zu lassen. »Ihr könnt uns nicht weiter hier festhalten – das ist eine Straftat. Deshalb schlage ich euch vor, dass ihr uns sofort freilasst, sonst verspreche ich euch, dass ihr in Schwierigkeiten geraten werdet. Wir haben Freunde und Familie, die unser Verschwinden sehr bald bemerken werden, und es gibt nur wenige Leute in dieser Einöde, auf die Verdacht fallen kann. Da ihr gerade erst hier angekommen seid, wird die Polizei nicht lange brauchen, um euch zu identifizieren.«

Als ich in Navans raues, aber von dem grauen Teint abgesehen sehr menschliches Gesicht sah, wurde mir klar, dass ich mit ihm wie mit einer normalen Person sprach, die vor Dingen wie der Polizeigewalt Angst hatte. Da mir noch keine bessere Alternative eingefallen war, konnte ich nur hoffen, dass diese Herangehensweise funktionierte ... Wahrscheinlich sprach ich auch so mit ihm, um nicht den Verstand zu verlieren.

Es folgte eine quälend lange Pause, während derer die Männer mich weiterhin reglos anstarrten.

»Leute«, wagte sich nun Angie mit leicht zitternder Stimme zu sprechen. »Ihr braucht uns einfach nur gehen zu lassen. Bitte. Wir haben Familien, die uns lieben und ...«

»Ich möchte euch wirklich ungern dazu zwingen, das hier zu trinken«, unterbrach sie Navan und ignorierte Angies und meine Worte völlig. Seine Präsenz war bedrückend. Mein Blick fiel auf seine stoppeligen Wangen und dann auf seinen muskulösen Oberkörper, der jetzt von einem Shirt bedeckt wurde, und ich konnte mir vorstellen, dass er seine Drohung ohne Probleme wahrmachen konnte. Seine beiden Gefährten waren ebenfalls nicht zu unterschätzen.

Trotzdem hatte er eine so herablassende Art an sich, dass ich ihm am liebsten eine Ohrfeige verpasst hätte. Wer auch immer zum Teufel er war, hatte er kein Recht dazu, uns einfach so seinen Willen aufzuzwingen, wo wir doch nur hierhergekommen waren, um zu sehen, ob bei ihnen alles in Ordnung war. Sie hatten sich geweigert, auch nur die einfachste unserer Fragen zu beantworten, und nun erwartete er, dass wir dieses Zeug tranken, das er uns unter die Nase hielt?

»Hör zu«, sagte ich und stemmte meine Hände in die Hüften. Wut kochte in meinen Adern und bestärkte mich. »Auf keinem Fall werden wir in diesem Haus irgendetwas trinken und ihr könnt nichts dagegen tun. Ihr seid nicht gerade vertrauenerweckend. Ihr habt uns erzählt, dass ihr Arbeiter seid, die dieses Haus renovieren, aber es sieht nicht so aus, als ob ihr bislang viel in dieser Richtung erreicht hättet, hm?«, sagte ich mit einer Geste auf das verfallene Zimmer. »Warum zum Teufel habt ihr die Fenster vernagelt? Das klingt für mich nicht nach einer Renovierung. Warum habt ihr alle ... um dieses Feuer herumgestanden? Was ist mit dem Mann, der stöhnend auf dem Boden gelegen hat? Warum ist eure Haut grau und warum hattet ihr Flügel?« So, nun war es endlich heraus und ich merkte an Angies Aufatmen, dass sie darauf gewartet hatte, dass endlich jemand diese Frage stellte. Wir hatten es uns eben nicht nur eingebildet, da war ich mir ganz sicher. »Was seid ihr? Was macht ihr hier? Und warum zum Teufel hat dieses Haus mitten im Sommer Temperaturen wie in einer verdammten Sauna?« Bei meiner letzten Frage wurde meine Stimme etwas schrill und ich merkte wieder, wie schrecklich heiß mir war. Meine Kleidung war klatschnass vor Schweiß, erst vor kaltem Angstschweiß, der sich aber nun zusammen mit meinem Temperament erhitzt hatte.

Navan und seine Gefährten starrten mich an und ich bereute, dass ich meine Fragen nicht strategischer gestellt, sondern alle auf einmal herausgefeuert hatte, aber ich hatte mich einfach mitreißen lassen.

»Ich versichere euch, dass die Flüssigkeit ungefährlich ist«, sagte Navan nach einem Augenblick. Er hielt seine Hand immer noch ausgestreckt. »Es ist, wie gesagt, ein Gedächtnistrank.«

»Ein Gedächtnistrank?«, sagte Angie, nun mit sicherer Stimme. »Mal im Ernst, wofür haltet ihr uns? Für Kindergarten-Kinder?«

Navans Kiefermuskel zuckte und obwohl er sein Gesicht größtenteils unter Kontrolle hatte, verriet mir dieses Zucken doch, dass auch seine Geduld ans Ende kam. Aber das war mir herzlich egal. Diese ganze Situation war absurd.

Nun, wo ich darüber nachgedacht hatte, hatten die Männer uns nicht einmal gefragt, warum wir mitten in der Nacht hierhergekommen waren. Sie schienen nur daran interessiert zu sein, dass wir diese Flüssigkeit tranken, die uns bewusstlos machen würde. *Ha. Auf gar keinen Fall.* Das war zu riskant und ich war immer mehr davon überzeugt, dass die drei einfach nur Junkies waren, die irgendeinem schrägen Kult angehörten. Das erklärte zwar noch nicht die übermenschliche Stärke, mit der sie uns in dieses Zimmer geschleudert hatten, aber vielleicht verliehen ihnen die Drogen derartige Kräfte.

»Ja, es ist ein Gedächtnistrank«, antwortete Navan und ich sah ihm an, dass er es ernst meinte und von uns erwartete, ihm zu glauben. »Ich dachte, dass ich bereits ausreichend klargemacht habe, dass wir euch nicht verletzen wollen, sondern euch einfach nur von hier fortschaffen wollen. Seht es als einen Gefallen an. Als einen sehr großen Gefallen. Denn die Alternative wird deutlich unangenehmer sein als dieses faszinierende Streitgespräch.«

»Hör zu«, sagte ich skeptisch. »Es tut mir leid, dass wir einfach so hier hereingeplatzt sind, aber wir sind wirklich nur hergekommen, weil wir glaubten, dass jemand einen Arzt braucht. Ihr scheint keine Hilfe zu wollen, also lasst uns einfach gehen und ich gebe euch mein Wort, dass wir niemandem auch nur ein Sterbenswör …«

Bevor ich ausreden konnte, zog Navan seine Hand plötzlich zurück und steckte die Röhrchen in die Hosentasche. Dann begannen seine Schultern zu beben und Stoff zerriss. Hinter ihm erhob sich etwas … Flügel. Lange, schwarze Flügel wuchsen aus seinen Schultern und dann … schossen rasierklingenscharfe Klauen aus seinen Fingerspitzen. Er fletschte die Zähne und ich sah weiße, spitze Reißzähne. Seine Haut und seine Augen wurden dunkler, während sich seine ganze Erscheinung in die einer Bestie verwandelte.

Wir waren so überrascht, dass wir ein paar Sekunden brauchten, um aufzuschreien. Lauren schrie zuerst, dann Angie, dann ich. Wir wichen bis an die hinterste Zimmerwand zurück, so als ob wir durch sie hindurchgleiten und auf der anderen Seite wieder auftauchen könnten.

Die Gestalt vor uns knurrte so tief und das Geräusch hallte in meinen Knochen wider, bevor sie mit derselben Stimme sprach, mit der Navan gesprochen hatte.

»Ich habe euch gewarnt, dass die Alternative weniger angenehm ist. Wir werden das hier also auf die harte Tour durchziehen, wie es scheint … Vielleicht überdenkt ihr mein Angebot, nachdem ihr die Nacht hier verbringt.«

Er blieb noch einen Augenblick vor uns stehen, so als ob er wollte, dass sich uns der Anblick seiner monströsen Form tief ins Gehirn einbrannte. Dann verschwanden seine Flügel, Klauen und Reißzähne genauso schnell, wie sie erschienen waren. Er drehte sich um und wir sahen, dass sein Shirt an der Stelle aufgerissen war, an der ihm Flügel gewachsen waren. Er stapfte aus dem Zimmer und die anderen beiden folgten ihm schweigend. Die Tür wurde zugeschlagen und der Riegel wurde wieder vorgeschoben.

KAPITEL SIEBEN

»Welches Genie hat nochmal vorgeschlagen, mitten in der Nacht eigenartigen Geräuschen nachzujagen?«, wimmerte Lauren, fünf Minuten nachdem die Männer den Raum verlassen hatten. So lange brauchten wir, bis wir unsere Stimmen wiederfanden.

Ihr Ton war ohne Humor, sondern voller Entsetzen und weder Angie noch ich konnten etwas antworten.

Das Erste, was ich tat, war, die Hände auf die Schultern meiner Freundinnen zu legen und sie so fest zu drücken, dass sie aufschrien, so als ob mein Verstand sich dreifach versichern wollte, dass wir nicht träumten. Aber das hier war kein Traum.

Wir waren über irgendwelche übernatürlichen Kreaturen gestolpert. Nicht einmal mein sehr rationaler Verstand konnte noch daran zweifeln. Was ich gerade gesehen hatte, war einfach zu real und zu brutal gewesen – kein Spezialeffekt der Welt hätte eine solche Wirkung erreicht.

Aber was um alles in der Welt waren diese Gestalten? Und was machten sie hier?

»D-diese Männer sind keine Menschen«, sagte Angie schließlich.

»Gott sei Dank bin ich nicht die Einzige, der das aufgefallen ist«, murmelte Lauren, zog sich die beschlagene Brille ab und wischte sie mit ihrem Shirtsaum sauber. »Vielleicht sollten wir aufhören, sie weiter als *Männer* zu bezeichnen.«

Ich sah mich erneut im Zimmer um und suchte verzweifelt nach irgendeinem Ausweg, den wir noch nicht bemerkt hatten.

»Wir müssen von hier fortkommen, bevor sie zurückkehren«, flüsterte ich.

Es machte mich wahnsinnig, dass uns nur wenige Zentimeter Holz von der Freiheit trennten. Wenn wir doch nur einen Weg fänden, die verdammten Fenster aufzubrechen! Mit meiner Taschenlampe verstärkte ich das Licht, das die beiden Gaslampen an den Wänden abgaben, damit uns kein Detail entging.

Dann durchschritt ich langsam das Zimmer und begutachtete alles; von der Uhr an der Wand, die bei 9:05 AM stehengeblieben war – wer weiß vor wie vielen Jahren - bis hin zu dem kitschigen grünen Blümchensofa, auf dem eine dicke Staubschicht lag.

Da kam mir eine Idee und ich sah zur Decke hinauf.

Die Decke sah brüchig aus, um es vorsichtig auszudrücken.

Es gab fünfzehn lange Latten, die sich von einer Wand zur gegenüberliegenden erstreckten. Ich sah weder Putz noch Zement. Wenn es uns irgendwie gelänge …

»Wir müssen einen Turm bauen«, flüsterte Angie, die meinem Blick zur Decke gefolgt war.

»Einen Turm«, wiederholte nun auch Lauren, die ebenfalls nach oben sah. »Glaubt ihr wirklich, dass die Bretter lose genug sitzen?«

Ich seufzte. »Wir müssen es versuchen. Und wir sollten es so schnell wie möglich tun.«

Navan hatte zwar gesagt, dass er uns die Nacht über hier einsperren würde, aber das garantierte nicht, dass er nicht zwischendurch vorbeikam, um uns einzuschüchtern.

Also sahen wir uns im Zimmer um und überlegten, welche Möbel wir in welcher Reihenfolge benutzen konnten. Wir entschlossen uns zuerst für einen kleinen Esstisch, dann für einen Beistelltisch und darauf für einen einfachen Stuhl. Zum Glück waren die Decken nicht sehr hoch.

Ich trat einen Schritt zurück und betrachtete das Endergebnis. Es sah nicht wirklich sicher aus und ich hatte keine Ahnung, ob es mein Gewicht halten würde, aber uns blieb keine Zeit für Zweifel.

»Ich klettere zuerst hoch«, sagte ich, weil Angie für diese Aufgabe etwas zu klein war und ich sportlicher war als Lauren und wahrscheinlich schneller wäre als sie.

»Bist du dir sicher?«, fragten mich die beiden.

Ich nickte und kletterte auf den Tisch. Ich stieg langsam nach oben und zuckte zusammen, als das ganze Werk leicht zu wackeln begann, aber ich schaffte es bis nach oben, ohne dass alles einstürzte.

Keuchend sah ich zur Decke und streckte meine Hände nach oben, um die Latten abzutasten. Die Taschenlampe hatte ich mir zwischen die Zähne geklemmt. Es war so, wie ich gehofft hatte – die Latten waren lose und hier und da konnte ich durch Lücken in das Zimmer über uns blicken.

Nun konnte ich nur noch hoffen, dass sich dort oben niemand aufhielt. Als die Männer uns alleingelassen hatten, hatte es geklungen, als ob sie sich tiefer in das Hausinnere im Erdgeschoss zurückgezogen hätten, wo sie hoffentlich weiter blieben.

Ich tastete die Dielen in meiner Reichweite ab. Sie fühlten sich alle ziemlich schwach an, so als ob ein fester Stoß sie lösen oder vielleicht sogar brechen könnte. Das Holz war über die Jahre morsch geworden und die Nägel waren rostig und locker. Dieses alte Haus war wirklich ein Wrack.

Lauren reichte mir ein Stück Holz, das Angie in einer Ecke gefunden hatte. Wahrscheinlich war es von irgendeinem Möbelstück abgebrochen. Ich umklammerte es und presste seine Spitze zwischen zwei Dielen, um eine davon hochzuhebeln, bis sie nachgab und direkt über mir ein Loch entstand. Dann hebelte ich die Nachbardielen hoch, bis das Loch groß genug war, dass ich mich hindurchquetschen konnte. Da ich selbst gesehen hatte, wie zerbrechlich die Dielen waren, hatte ich etwas Angst, mich mit meinem ganzen Gewicht an ihnen hochzuziehen, aber ... *Los geht's.*

Ich schob meine Hände durch die Öffnung, klammerte mich am Rand fest und zog mich nach oben, bis mein Kopf und meine Schultern in der oberen Etage auftauchten. Ängstlich sah ich mich in dem neuen Zimmer um. Hier war es bis auf das wenige Licht, das vom Gang kam, dunkel. Auch hier waren die Fenster vernagelt.

Ich zog mich weiter nach oben, bis ich auf allen Vieren auf den Dielen kauerte, die unter meiner Last ächzten. Ich sah durch das Loch nach unten und meine Freundinnen spähten ängstlich zu mir hinauf.

»Ich kann hier oben niemanden sehen«, flüsterte ich. Dann stockte ich und dachte, dass es keinen Sinn hatte, die beiden nach oben zu hieven. Nicht nur fürchtete ich, dass der Boden unter uns nachgeben könnte – vielleicht hielten sich diese Kreaturen deshalb scheinbar nur im Erdgeschoss auf? – sondern es war auch wahrscheinlicher, dass wir erwischt würden, wenn wir drei einen solchen Lärm veranstalteten.

»Was ist?«, fragte Angie.

Ich zögerte, weil ich nicht wusste, wie sie reagieren würden. »Ich glaube, dass ihr unten bleiben solltet.« Die beiden rissen die Münder auf, um mir etwas zu erwidern, aber wir hatten keine Zeit, um zu diskutieren. Je mehr wir sprachen, desto wahrscheinlicher war es, dass diese Kreaturen uns hörten. »Vertraut mir«, flüsterte ich. »Ich werde sehen, wo sie sich im Haus aufhalten und dann den besten Ausgang finden. Wenn ... Wenn ich glaube, dass ich es schaffen kann, dann werde ich fliehen und Hilfe holen, okay? Die Wahrscheinlichkeit, dass es eine schafft, sind besser als die, dass wir es alle drei gleichzeitig schaffen.«

Die beiden sahen mich ängstlich an und ich wusste, wie schwer ihnen diese Entscheidung fiel. Auch für mich war sie nicht leicht, aber es war unsere einzige Chance.

Die beiden sahen erst einander an und dann zu mir hinauf. Sie nickten.

»Okay«, sagte Lauren. »Aber bitte sei vorsichtig, Riley.«

Ich atmete tief durch und nickte. Dann kroch ich von der Öffnung fort und machte mich auf allen Vieren auf den Weg zur offenen Tür. Dort angekommen stockte ich und lauschte. Alles schien ruhig zu sein. Auch von dem verletzten Typen war nichts mehr zu hören. Vielleicht war er eingeschlafen.

Direkt vor mir lag eine Treppe und ich kroch darauf zu. Dann spähte ich vorsichtig nach unten, bis ich mir sicher war, dass sie leer war. Ich war noch nicht bereit, die Treppe zu betreten, weil ich Angst hatte, dass sie zu laut knarren könnte. Wie ich es meinen Freundinnen gesagt hatte, wollte ich zuerst herausfinden, wo sich die

Monster aufhielten, wenn sie denn noch im Haus waren. Also kroch ich an der Treppe vorbei den Gang entlang. Kleine Holzsplitter gruben sich in meine Hände und der raue Boden schürfte meine Knie auf, aber das alles war egal. Ich konzentrierte mich einzig und allein darauf, wo sich unsere seltsamen Nachbarn befanden.

Nach ein paar Minuten hörte ich tiefe Stimmen. Ich war mir sicher, dass sie aus dem Zimmer schräg unter mir kamen, also kroch ich in diese Richtung, behutsam und möglichst lautlos, bis ich mich direkt über ihrem Zimmer befand. Dort legte ich mein Ohr auf den Boden und lauschte.

»Ich kann nicht fassen, dass wir sie nicht vor ihrem Auftauchen gespürt haben«, brummte eine Stimme.

»Navan hat uns bereits davor gewarnt«, sagte eine andere Stimme, die ich vorher noch nicht gehört hatte. Sie klang älter als die anderen, was mir klarmachte, dass es noch mehr Kreaturen gab als die, die wir bislang gesehen hatten. »Diese enorme Hitze schwächt die Sinne eines Kaltblutes so sehr, bis sie praktisch schlechter als die eines Menschen sind.«

Kaltblut?

»Egal, was passiert ist, ist passiert«, sagte die ältere Stimme. »Es gibt nicht viel, was wir hätten tun können, um dem vorzubeugen, und ich würde mich lieber darauf konzentrieren, was wir als Nächstes tun sollten.«

»Was ist, wenn es Morgen wird, und sie sich immer noch weigern, das Elysium zu nehmen?«, fragte eine andere Stimme, die wie Navans Bruder klang. »Es ist ja nicht so, dass wir sie einfach mit zurück nach Vysanthe nehmen könnten.«

Vysanthe?

»Sie werden es nehmen«, sagte die tiefe Stimme, die ich inzwischen leicht Navan zuordnen konnte. Ein kalter Schauer fuhr meinen Rücken hinab, als ich mich an seinen teuflischen Anblick erinnerte.

»Sie müssen es innerhalb der ersten zwölf Stunden nach ihrer Ankunft hier nehmen«, drängte die ältere Stimme. »Andernfalls ist das Elysium keine Option mehr und uns wird nichts anderes übrig bleiben, als sie aus dem Weg zu räumen.«

»Das ist keine Option«, sagte Navan scharf und trotz all der anderen Fragen, die auf mich einstürmten, wunderte ich mich doch, warum er so dagegen war, uns »aus dem Weg zu räumen.« Vielleicht hatte er doch Angst vor der Polizei? Aber das konnte ich mir eigentlich nicht vorstellen, wo sie doch alle scheinbar problemlos davonfliegen konnten.

Ich war unglaublich neugierig und wünschte mir, seinen Gesichtsausdruck und den der anderen im Zimmer sehen zu können. Also hob ich den Kopf und suchte nach Rissen im Boden. Ich entdeckte einen in etwa einem Meter Entfernung, der breit genug war, und kroch vorsichtig zu ihm hinüber. Der Boden war so dünn, dass ich durch das Loch spähen und immer noch verstehen konnte, was sie besprachen.

Das Zimmer unter mir war klein, in etwa so groß wie das Zimmer, in dem sie uns eingesperrt hatten, und wurde von drei Gaslampen beleuchtet. Es war bis auf drei lange Sofas, die an den Wänden standen, und einer Art Couchtisch, auf dem in der Mitte eine große Stahlschüssel voller silberner Röhrchen, wie sie uns Navan angeboten hatte, stand, kahl.

Navan trug immer noch das zerrissene Shirt und ging in seiner humanoiden Gestalt im Zimmer auf und ab, während sich die anderen drei Männer auf die Sofas gesetzt hatten. Es war Navans Bruder, der hübsche Mann mit den langen, blonden Haaren, der vermutlich Ianthan hieß, und ein älterer Mann mit ähnlichen Zügen. Er war zwar älter als die anderen drei, aber nicht so alt, wie ich es von seiner Stimme her vermutet hatte. Er sah wie Ende dreißig oder Anfang vierzig aus. Ich fragte mich, ob er mit Ianthan verwandt war.

Die Männer schwiegen, während Navan weiter auf- und abging. Ich versuchte, so wenig wie möglich zu atmen. Doch meine Augen weiteten sich, als Navans Bruder sich vorbeugte, eine der Röhrchen aus der Schale nahm, den Deckel öffnete und den Inhalt in einem Zug austrank. Ianthan tat dasselbe und ich kam zu dem Schluss, dass die silbernen Röhrchen wahrscheinlich nur Behältnisse waren, in denen sie verschiedene Flüssigkeiten lagerten, denn die beiden würden doch sicher kein Elysium trinken.

Der ältere blonde Mann trank ebenfalls eines der Röhrchen aus und brach dann das Schweigen. »Sie zu töten muss eine Option bleiben, wenn du sie nicht dazu zwingst, das Elysium zu trinken«, sagte er. »Wir können uns einfach keine undichten Stellen erlauben. Diese Mädchen werden den Mund nicht halten, ganz egal, wie sehr sie es dir versprechen. Und nach deinem Auftritt werden sie erst recht nicht still bleiben, Navan.«

Navan blieb stehen und sah den älteren Mann finster an. »Jethro, dieses Gespräch dreht sich im Kreis. Überlasst diese Angelegenheit einfach mir. Ich werde sie so oder so regeln. In der Zwischenzeit schlage ich vor, dass ihr euch alle etwas ausruht.«

Damit ging er zur Tür, trat in den Gang hinaus und schloss die Tür laut hinter sich.

Panik erfasste mich, weil ich befürchtete, dass Navan die Treppe hinaufkommen und mich finden könnte, aber seine Schritte führten ihn nicht zur Treppe, sondern in die entgegengesetzte Richtung, tiefer ins Haus hinein. Hoffentlich zog er sich in einen anderen Raum im Erdgeschoss zurück, um sich auszuruhen.

Also konzentrierte ich mich wieder auf das Zimmer unter mir. Die beiden jüngeren Männer sahen einander kurz an und seufzten dann, bevor sie sich auf ihren Sofas ausstreckten. Der ältere Mann, Jethro, sah aufgekratzt aus, so als ob das Thema für ihn noch lange nicht abgehakt war. Aber nach einem Augenblick seufzte auch er und dämpfte das Licht.

Ich wartete, bis er sich auf seinem Sofa ausgestreckt hatte, und wagte es dann, wieder in den Gang hinauszukriechen. An der Treppe angekommen wartete ich und lauschte. Mein Herz brannte, als ich an meine Freundinnen dachte, die immer noch hilflos in diesem stickigen Zimmer festsaßen, aber ich wollte es nicht riskieren, zurückzukriechen und nach ihnen zu sehen. Damit würde ich nur wertvolle Zeit verschwenden. Nach dem Gespräch, das ich gerade mitangehört hatte, war Zeit etwas, was knapp wurde.

Sobald ich all meinen Mut zusammengenommen hatte, kroch ich quälend langsam die Treppe hinab. Meine Gedanken drehten sich darum, was Jethro darüber gesagt hatte, dass ihre »Sinne« durch die Hitze beeinträchtigt waren, und jedes Mal, wenn eine Stufe unter mir knarrte, hoffte ich, dass dies mir zum Vorteil gereichen würde.

Als ich im Erdgeschoss ankam, klopfte mein Herz bis zum Hals. Ich sah nach rechts, zur verschlossenen Eingangstür, und dann nach links. Mein Herz machte einen Sprung, als ich auf dieser Seite Mondlicht ins Haus fallen sah. Die Hintertür ... stand offen.

Ich ballte meine Hände zu Fäusten, um das nervöse Zittern zu unterbinden, und schlich im Schneckentempo zur Tür, den Blick auf das Mondlicht gerichtet. Sobald ich näher kam, spürte ich die kalte Brise durch den Türspalt blasen. Ich trat in die frische Nachtluft hinaus. Sie fühlte sich nach der Hitze im Haus unglaublich angenehm auf meiner Haut an.

Mein Herzschlag beruhigte sich ein wenig und ich sah mich um. Dicht belaubte Bäume standen auf dem Hinterhof und führten in denselben Wald, der an das Grundstück der Churnleys grenzte. In den Schatten versteckt fiel das Mondlicht auf etwas … Eigenartiges. Ich blinzelte und fragte mich, ob meine Augen mir einen Streich spielten.

Dort, halb zwischen den Bäumen verborgen, befand sich eine schöne, perfekt runde Kugel, die von den Mondstrahlen in silbriges Licht getaucht wurde. Die Kugel war groß und ihr hinteres Teil ragte in den Wald hinein. Auch so nahm sie fast ein Viertel des Hinterhofs ein. Als ich sie genauer musterte, fiel mir die Kinnlade herunter.

Ihre Form war elegant und zweifellos fremdartig. Wenn sie aus festem Metall gewesen wäre, dann hätte man sie für eine von Menschen geschaffene Skulptur halten können, aber das hier war etwas ganz Anderes. Das Äußere sah aus, als ob es die Umgebung widerspiegelte, aber das tat es nicht. Licht schien von der Kugel abzuspringen und das Spiegelbild der Bäume war in der metallisch glänzenden Kugel nicht zu erkennen. Die normalen Regeln der Physik schienen hier nicht zu gelten und ich wusste nicht, ob ich beeindruckt sein oder Angst haben sollte.

Mein Blick wanderte über die Kurven der Kugel und ich musste mir die Hände vor den Mund schlagen, um nicht nach Luft zu schnappen. Auf der silbrigen Oberfläche saß eine Gestalt, die von der Dunkelheit beinahe völlig verhüllt wurde. Wo normale Haut Licht widerspiegelte, schien die Haut dieser Gestalt das Licht aufzusaugen. Der Mann hatte sich dem Wald zugewandt und sein Oberkörper war unbedeckt. Seine Schultern waren gebeugt und die dunklen Flügel ausgestreckt. Sie rahmten die graue Haut seines muskulösen Rückens ein und hingen an seinen Seiten herab. Der Mann hatte den Kopf geneigt. Navan.

Atemlos beobachtete ich ihn und versuchte, meine Nervosität zu kontrollieren. Wenigstens hatte er mich nicht gesehen und ich hatte ihn Gott sei Dank rechtzeitig entdeckt. Nun musste ich zurückschleichen und mein Glück doch an der Vordertür versuchen. Hoffentlich konnte ich von dort aus entkommen.

Ich schlich in den Schatten des Hauses zurück, aber etwas an ihm ließ mich stocken. Es war eine Art morbide Faszination. Ich wollte dieses Wesen sehen, während es nicht auf der Hut war, während es nicht wusste, dass es beobachtet wurde.

Was bist du?

Ich hatte den Begriff Kaltblut gehört, aber er sagte mir nichts. Wenn überhaupt, dann verwirrte er mich nur noch mehr, denn ich erinnerte mich an die Hitze, die mich durchschossen hatte, sobald Navan mich berührt hatte. Diese Männer glühten wie die Hölle.

Ich sah, wie sich seine Brust sanft hob und senkte. Es war die einzige Bewegung. Davon abgesehen saß er still wie eine Art finsteres Raubtier, das auf seine Beute wartete ... Und doch hatte seine Haltung etwas Melancholisches an sich. Auf jeden Fall schien sich seine Laune sehr verändert zu haben.

Was ist deine Geschichte?

Woher kommst du?

Ich wünschte, dass ich es wüsste, aber mir blieb keine Zeit, um weiter hier zu stehen und ihn anzustarren. Ich kehrte ins stickige Haus zurück und hoffte, dass keines der anderen ‚Kaltblüter' aus seinem Zimmer käme, während ich zur Vordertür schlich. Als ich an dem Zimmer vorbeikam, in dem wir die Männer am Anfang entdeckt hatten, hörte ich tiefe Atemzüge. Der verletzte junge Mann war wohl tatsächlich eingeschlafen.

Ihm hatte ein Flügel gefehlt, den wir zufällig im Fluss entdeckt hatten. Warum hatte der Flügel im Fluss gelegen? Inzwischen hatte ich keinen Zweifel mehr daran, dass einer dieser Männer nachts in unser Haus gekommen war, um den Flügel zurückzuholen. Der Größe nach zu urteilen war es möglicherweise Navan gewesen. Verdammt nochmal, so sehr ich diesem Ort auch entkommen wollte, hatte ich das Gefühl, als ob mein Verstand explodiert wäre und ich dringend ein paar Antworten brauchte. Hoffentlich würde die Polizei uns helfen, dieser ganzen Sache auf den Grund zu gehen ..., wenn sie uns nicht für komplett durchgedreht hielten. Wenigstens hatten wir für den Flügel noch zwei andere Zeugen – Herrn und Frau Churnley. Nicht, dass man nicht auch an ihrem Urteilsvermögen hätte zweifeln können ...

An der Vordertür angekommen schob ich den Riegel zur Seite und merkte erleichtert, wie sich die Tür nun von allein öffnete. Ich hatte befürchtet, dass ich außerdem noch einen Schlüssel brauchen könnte, was ein wirkliches Problem gewesen wäre, weil ich keine Haarnadeln oder sonst etwas bei mir hatte, womit ich hätte versuchen können, ein Schloss aufzubrechen.

Ganz einfach, dachte ich, während ich die Tür langsam immer weiter aufzog, bis ich nach draußen gelangen konnte. Hier holte ich tief Luft und zog die Tür wieder hinter mir zu. Beim Gedanken an meine Freundinnen zuckte ich zusammen. *Ich komme zurück, um euch zu holen, Angie und Lauren. Das verspreche ich.*

Dann rannte ich los. Es war dunkel, weil die Bäume sehr dicht standen, aber ich hatte zu große Angst davor, mit meiner Taschenlampe Aufmerksamkeit auf mich zu ziehen, um sie zu benutzen. Also rannte ich einfach und ignorierte die Kratzer von Sträuchern und umgefallenen Baumstämmen. Stur sah ich auf die Stelle, an der der Zaun am nächsten lag. Dank des Mondlichts konnte ich ihn gerade so erkennen. Meine hastigen Atemzüge klangen laut in meinen Ohren und hin und wieder hörte ich das Heulen einer Eule irgendwo in den Bäumen über mir. Auch im Unterholz raschelten hin und wieder irgendwelche nachtaktiven Tiere.

Fast geschafft.

Gefühlte zwei Minuten später war ich nur noch einen guten Meter vom Zaun entfernt. Ich beschleunigte mit neu gefundener Kraft, als meine Ohren ein anderes Geräusch vernahmen. Es klang wie … Luft, die gewedelt wurde.

Flügelschlagen.

»Nein!«, keuchte ich und wirbelte in Richtung des Geräuschs herum. Aber ich schaffte es nicht einmal, das sich nahende Kaltblut zu sehen, bevor es auch schon über mir war, mich mit einem Arm um die Taille packte und meine Rippen quetschte, als es mich gegen seine feste Brust drückte und sich meine Füße vom Boden lösten.

»NEIN!«, schrie ich, als mich die bekannte Hitze seiner Berührung durchfuhr und mir schwindelig wurde. Dann wurde mir von der atemberaubenden Geschwindigkeit, mit der wir zum Haus zurückflogen, auch der letzte Rest Sauerstoff aus den Lungen gepresst.

Ich strampelte und wehrte mich, so gut ich konnte, aber der Arm ließ nicht locker. Ich rechnete damit, dass ich durch die Eingangstür gebracht und wieder eingesperrt werden würde, aber stattdessen schoss das Wesen zum Dach hinauf. Dort landeten wir polternd und ich krallte mich panisch an den moosbewachsenen Holzlatten fest, bis ich mein Gleichgewicht fand. Sobald ich mich halbwegs gefangen hatte, sah ich auf. Vor mir stand Navan.

Ich fluchte innerlich. Hatte er mich rennen gehört? Vielleicht waren seine Sinne wieder schärfer geworden, nachdem er sich hinter dem Haus etwas abgekühlt hatte?

»Was glaubst du, wo du hingehst?«, fragte er mit gerunzelter Stirn und verschränkte die starken Arme vor der Brust. »Dir ist schon klar, dass du wie eine Maus bist, die versucht, einem Falken zu entkommen?«

Ich sah ihn finster an und bemühte mich, den Kloß in meinem Hals zu ignorieren. Ich würde jetzt nicht weinen. Er würde auf gar keinen Fall meine Tränen zu sehen bekommen. Ich war so dicht davor gewesen, zu entkommen, und dann hatte er mich im letzten Augenblick noch erwischt. Der Frust war es mehr als die Angst, der mir die Tränen in die Augen trieb. Wütend drehte ich ihm den Rücken zu und blinzelte.

»Ich habe kein Problem damit, dass du mich anschweigst, solange du das Elysium trinken wirst.«

Schnell wischte ich mir die Augen trocken, bevor ich mich wieder zu ihm herumdrehte. »Du hast mein Leben bedroht!«, schrie ich. »Du sagst mir und meinen Freundinnen, dass wir irgendeine Substanz trinken sollen, die unsere Erinnerungen auslöscht!« Meine Stimme klang stark, aber zu meinem Entsetzen füllten sich meine Augen erneut mit Tränen und dieses Mal würde ich sie nicht wegblinzeln können. Aber ich schrie weiter, denn solange ich es tat, würden ich die Schluchzer vielleicht unterdrücken können.

»Ich werde deinen albernen Trank nicht trinken! Wir wissen nicht einmal, wer ihr seid! Oder was ihr seid! Oder was dieser Trank enthält! Wer seid ihr, um uns zu etwas zu zwingen? Ihr habt kein Recht, uns hier festzuhalten!«

Er sah mich neugierig an. »Du weinst«, sagte er schließlich.

Ich wischte mir wieder über die Augen. »Ja, Tatsache«, fauchte ich.

Er stockte, sah mich eindringlich an, so als ob er seine nächsten Worte abwog, und sagte dann: »Ich bringe Mädchen nicht gern zum Weinen.«

Ich blinzelte ihn verwirrt an. »Ach, wirklich nicht? Das hätte ich nicht gedacht. Lass uns einfach gehen, okay? Das ist alles, was wir wollen. Wir wollen einfach gehen, ohne euren komischen Trank trinken zu müssen.«

»Das verstehe ich«, sagte er nach einem Augenblick leise.

»W-was?«, stammelte ich.

Er seufzte und verdrehte die Augen. »Ich habe gesagt, dass ich das verstehe. Ich verstehe, dass wir kein Recht haben, dich und deine Freundinnen festzuhalten, aber du musst mir glauben, wenn ich dir sage, dass wir einen Grund für unser Handeln haben.«

»Was für einen Grund?«, fragte ich fordernd und neue Tränen waren gefährlich kurz davor, mir über die Wangen zu laufen. Ich schluckte sie fort, weil ich mich weigerte, weiter vor diesem Fremden zu weinen.

Er holte Luft, um etwas zu sagen, presste dann aber die grauen Lippen fest aufeinander.

»Bitte«, hauchte ich mit belegter Stimme. »Ihr könnt uns doch nicht einfach im Dunkeln halten!« Ich konnte den Gedanken nicht ertragen, in einen dieser staubigen Räume gesperrt zu werden, dieses Mal wahrscheinlich mit zwei der Kaltblüter als Wache, um sicherzugehen, dass wir keinen neuen Fluchtversuch wagten.

Ich spürte, wie Navans winterliche Augen mich musterten, so als ob er mit sich selbst rang, ob er meiner Bitte nachgeben sollte.

Ich atmete zitternd ein und flehte noch einmal, hoffentlich etwas ruhiger: »Bitte.«

Er fuhr sich mit der Zungenspitze über seine Unterlippe und nickte dann kaum merklich. Als er wieder etwas sagte, war seine Stimme viel weicher und wieder wunderte ich mich über den krassen Unterschied zwischen seiner jetzigen Erscheinung und der monsterhaften Gestalt, die er uns vor weniger als einer Stunde offenbart hatte. Er war zugänglicher, als ich es erwartet hatte, nicht nur nach dem Anblick des Monsters mit Reißzähnen, sondern auch, nachdem er sich gestern als steif und zugeknöpft präsentiert hatte, als wir ihm und seinen Gefährten zum ersten Mal am Zaun begegnet waren. Ich hatte immer noch Mühe damit, seine Persönlichkeit richtig einzuordnen.

»Ich sehe, dass mein Versuch, dich zu erschrecken, nicht wirklich funktioniert hat«, raunte er fast reumütig.

Ich runzelte die Stirn und war überrascht, dass er das offen zugab. Er wandte den Blick von mir ab und sah über das leere Dach hinweg.

»Auf jeden Fall«, fuhr er fort, »will ich euch drei einfach loswerden. Ich bin bereit, bestimmte Kompromisse zu schließen, um das zu erreichen.« Sein Blick kehrte zu mir zurück und musterte mich gebannt. »Wenn ich dir von uns erzähle, wer wir sind und warum wir hier sind, werdet ihr dann den Trank trinken?«

Ich biss mir auf die Unterlippe und dachte nach. Es schien mir nicht gerade ein fairer Vorschlag zu sein, schließlich hing unsere Bereitschaft, den Trank zu trinken, davon ab, welche Antworten er uns lieferte, aber ... Ich war verzweifelt und die Aussicht darauf, endlich ein paar Informationen zu bekommen, war einfach zu verlockend, als dass ich das Angebot hätte ausschlagen können.

»Ja«, sagte ich platt, aber in Gedanken fügte ich hinzu: *Ich werde es in Erwägung ziehen.*

»Ist das ein Versprechen?« Er trat einen Schritt näher, so nah, dass mein Herz schneller schlug, weil er sich so einschüchternd vor mir aufgebaut hatte, und mir wieder schwindelig wurde.

Ich trat einen Schritt zurück, um etwas Abstand zu schaffen, rutschte aber auf einem Moosbüschel aus und stürzte. Sein Arm schnellte hervor, um mich zu packen, bevor ich mir wehtat, und ich klammerte mich an ihm fest, um Halt zu finden. Unsere Blicke trafen sich und diese benebelnde Hitze durchfuhr mich wieder. Sein Gesicht war nur wenige Zentimeter von meinem entfernt. *Nah genug für einen Kuss,* flüsterte eine Stimme in mir und ich schüttelte erschrocken den Kopf, um den Gedanken zu verjagen. So ging mein Verstand scheinbar mit stressigen Situationen um – er machte mir lächerliche, völlig abstruse Vorschläge. Navan, was auch immer er war, zu küssen war so ziemlich das Letzte, was ich tun würde.

Ich schluckte und nickte. »Ich verspreche es«, krächzte ich.

»Gutes Mädchen«, sagte er und sein Gesicht entspannte sich.

Ich runzelte die Stirn und war mir nicht sicher, ob seine Antwort nun herablassend gemeint war oder einfach nur gutmütig, aber bevor ich etwas antworten konnte, hatte er seinen Arm um meine Taille geschlungen und meine Füße lösten sich vom Dach, während mich eine weitere Hitzewelle benommen machte. Er rauschte mit mir über das Dach und dann zum Hinterhof des Hauses hinunter, wo er mich in der Nähe der Hintertür auf dem Boden absetzte.

Sobald ich wieder festen Boden unter den Füßen hatte und der Schwindel nachließ, sah ich erschrocken, wie Ianthan und Navans Bruder Lauren und Angie durch die Hintertür nach draußen zerrten. Die beiden Mädchen strampelten und wehrten sich gegen den festen Griff der Männer. Ihre Haare waren zerzaust und Laurens Brille saß ihr schief auf der Nase.

»Hey!«, rief ich. Sie alle sahen zu mir – Lauren, Angie und die beiden Kaltblüter.

»Was ist hier los?« Alle vier stellten die gleiche Frage, was ich wahrscheinlich unter anderen Umständen sehr witzig gefunden hätte.

Navan stellte sich vor mich und ich sah mit offenstehendem Mund, wie seine Flügel in seinen Schulterblättern verschwanden ... Dies war das erste Mal, dass ich diesen Vorgang von hinten sehen konnte. Er erinnerte mich an einen dieser Staubsauger, die das Stromkabel einsaugten, sobald man mit dem Putzen fertig war. Die Flügel falteten sich erst der Länge nach zusammen und schnellten dann in seinen Körper hinein. Wo hatte er überhaupt Platz für sie? Ich meine, er hatte zwar einen breiten Rücken, aber ... Ich schüttelte den Kopf und grübelte über diese seltsame Anatomie nach, während Navan sein zerrissenes Shirt hochhob, das auf einem Baumstamm in der Nähe der Tür gelegen hatte.

Er warf es sich über und ging auf die beiden Männer zu. »Ihr könnt sie loslassen«, sagte er mit einer Geste auf meine beiden Freundinnen. »Ich habe eine Abmachung mit ihrer Freundin gemacht und im Gegenzug werden sie das Elysium trinken.«

Angie und Lauren sahen mich entsetzt an. Ich nickte ihnen aufmunternd zu, was schwer war, weil ich selbst nicht gerade zuversichtlich war. Dann eilte ich zu ihnen, nahm sie an der Hand und zog sie in den Hinterhof hinaus. Ihre Haut glühte, genau wie meine, und ich nahm an, dass sie dieselbe Hitze spürten, wenn sie von einem Kaltblut berührt wurden.

»Wir haben dich schreien gehört«, erklärte Lauren stockend. Die Arme zitterte. »Wir sind aus dem Zimmer geklettert, um dich zu suchen. Wahrscheinlich hätten wir es auch geschafft, wenn ich nicht meine blöde Brille hätte fallen lassen!«

»Du solltest wirklich wieder Kontaktlinsen tragen«, raunte Angie und strich sich ihr Shirt und die Shorts glatt.

»Hey«, flüsterte ich und warf einen zögernden Blick zu Navan, der seinen Brüdern etwas zuraunte und den Rücken zu uns gewandt hatte. »Ihr müsst mir vertrauen. Wenigstens werden wir ein paar Antworten bekommen.«

KAPITEL ACHT

Nachdem Navan mit den beiden anderen Kaltblütern gesprochen hatte, zog er sich mit Ianthan ins Haus zurück und sein Bruder kam auf uns zu. Angie und Lauren rückten etwas näher an mich heran und wir beäugten ihn misstrauisch. Er blieb wenige Schritte vor uns stehen, verschränkte die Arme vor der Brust und musterte uns.

»Da wir scheinbar alle gesprächig werden – ich bin Bashrik«, sagte er freundlich. Er hatte also auch eine nette Seite.

»Ähm, okay«, sagte ich.

»Hi ... Bashrik«, sagte Angie unsicher. Er war derjenige gewesen, der sie nach draußen gezerrt hatte, weshalb ich ihr Zögern nur zu gut verstand.

»Und ihr seid?«, fragte er und lächelte, als ob wir uns auf einem Date befänden.

»Ähm ...« Ich sah zu meinen Freundinnen, die genauso verwirrt wie ich aussahen. »Ich bin Riley und das sind Lauren und Angie.«

»Riley, Lauren und Angie«, wiederholte er unsere Namen mit einem Zungenrollen. »Interessant.«

»Nicht so interessant wie eure Namen«, sagte Lauren.

Bashrik seufzte und sah zurück zum Haus, aus dem Ianthan und Navan zurückkehrten. Die beiden trugen vier Stühle. »Das ist alles Ansichtssache.« Er ging zu der Stelle, an der sein Bruder und Ianthan wenige Meter vom Haus entfernt die Stühle ins Gras stellten.

»Ansichtssache«, wiederholte Lauren. Da sah ich, dass sie ebenfalls die eigenartige Kugel bemerkt hatte, die im Hinterhof stand, und diese nun anstarrte.

Bashrik folgte ihrem Blick und lächelte. »Ach ja ... Das wird sicher Teil unseres Gesprächs werden.«

»Was zum Teufel!«, rief Angie aus. »Was ist dieses Ding?«

Navan setzte sich mir gegenüber. »Wir hatten nicht damit gerechnet, dass heute Abend eine Gruppe von Teenager-Mädchen hier hereinschneit«, sagte er. »Deshalb ... hoffe ich, dass ihr uns vergebt, dass wir nicht gerade darauf vorbereitet waren, Gäste zu empfangen.« Er deutete auf die Stuhlgruppe.

»Ähm ... das ist schon okay«, sagte Lauren, die immer noch völlig von der Kugel abgelenkt war.

Bashrik setzte sich neben seinen Bruder, sobald Ianthan mit zwei weiteren Stühlen wiedergekommen war. Das ältere Kaltblut, Jethro, tauchte im Türrahmen auf und musterte uns unsicher, machte aber keine Anstalten, zu uns herauszukommen.

Nachdem wir alle Platz genommen hatten, stellte Bashrik uns Navan und Ianthan vor und die beiden nickten höflich. Navan richtete sich etwas auf und sah mich resigniert an. »Nun, Riley? Möchtest du diese improvisierte und sicherlich unerwartete Frage-Antwort-Stunde eröffnen?«

Natürlich hatte ich eine Million Fragen, aber nun, wo ich tatsächlich die Gelegenheit bekam, konnte ich mich nicht auf eine einzelne Frage festlegen ... Und die Art, wie er mich ansah, half mir nicht gerade dabei, mich zu konzentrieren.

»Was seid ihr?«, platzte Angie heraus, bevor ich etwas sagen konnte.

Navan lehnte sich auf seinem Stuhl zurück, betrachtete Angie kurz und sagte dann: »Wir sind als Kaltblüter bekannt, obwohl die Menschen uns wahrscheinlich eher als Vampire kennen.«

»Was?«, entfuhr es mir. Aber wenn ich darüber nachdachte, musste ich zugeben, dass sie etwas Fledermausartiges an sich hatten, zumindest was die Flügel anging. Ich hatte Geschichten gelesen, in denen Vampire und Fledermäuse mehr oder weniger artverwandt waren, ich hatte ... mir nur niemals vorgestellt, dass Vampire *so* aussahen ... oder dass sie überhaupt existierten.

»Vampire? Kaltblüter? Aber warum seid ihr dann so heiß?«, fragte Lauren mit verwirrter Miene.

»Das ist eine lange Geschichte«, antwortete Navan finster und sein Blick schweifte in die Ferne, so als ob er in Gedanken eine lange und turbulente Geschichte neu durchlebte.

Dann sah er zu seinem Bruder und Ianthan. »Was glaubt ihr, wo ich anfangen soll?«

Ianthan zuckte mit den Schultern.

»Du solltest ganz am Anfang beginnen«, sagte Bashrik. »Uns bleibt noch genug Zeit.«

Navan verdrehte die Augen. »Ich kann mich nicht daran erinnern, dass ich mich zum Hauptgeschichtenerzähler dieser Märchenstunde gemeldet habe.« Dann faltete er die Hände, rutschte auf seinem Stuhl vor und räusperte sich, so als ob er sich selbst für die

Geschichte wappnete. »Also ... Ich denke, ihr solltet zuerst verstehen, dass die Lebensformen, die ihr Menschen kennt und mit denen ihr hier auf der Erde zusammenlebt, nicht die einzigen Lebensformen im Universum sind. Es gibt andere ... Viele, viele andere. Kaltblüter sind nur eine davon. Wir kommen von einem Ort, der Vysanthe heißt – das ist eine Welt in einem abgelegenen Winkel des Universums, den die Sonne kaum erreicht.« Er sah zu Bashrik. »Das ist albern. Ich komme mir total blöd vor.«

»Du machst das gut«, sagte Bashrik.

»Oh, warte einen Augenblick«, unterbrach Angie ihn. »Eine andere Welt? Ihr ... Ihr Typen seid Aliens?!«

Ein schwaches Lächeln huschte über Navans Lippen und sein ganzes Gesicht schien sich etwas zu erhellen. Zu meinem großen Ärgernis wurde mir bei seinem Anblick flau im Magen. »Wir sind genauso Aliens für euch wie ihr es für uns seid«, antwortete er.

»Jetzt bin ich echt platt«, hauchte Lauren mit aufgerissenen Augen und starrte immer noch auf die silberne Kugel. Ja, dieses Ding sah tatsächlich so aus, als ob es aus einer anderen Welt stammen könnte.

Ich rieb mir mit den Fingerspitzen die Schläfen und sah wieder zu Navan. »Ihr ... kommt also nicht von der Erde. Warum seid ihr dann hier?«

Wieder sah Navan zu Bashrik. »Sie werden es nicht verstehen«, sagte er.

Aber Bashrik nickte ihm ermutigend zu. »Versuch einfach, es ihnen zu erklären.«

Navan schnaubte fast gereizt, entschloss sich dann aber, weiterzuerzählen. »Wir sind sehr weit fortgeschritten«, sagte er, »und zwar in einer Weise, die Menschen wahrscheinlich nicht einmal verstehen würden. Wir sind euch um Lichtjahre voraus, was das außerweltliche Reisen betrifft, und unsere Herrscher spornen das Volk zu immer weiteren Innovationen an, in allen Lebensbereichen ... Im Augenblick konzentrieren sie sich darauf, wie man das Leben verlängern kann.«

»Aber ...« Ich sah zu Angie und Lauren, um zu sehen, ob sie das auch gehört hatten. »Wenn ihr Vampire seid, seid ihr dann nicht unsterblich?«

»Wir versuchen es.«

»Ähm, kannst du uns das bitte erklären?«, sagte Lauren mit verwirrtem Blick.

»Eure Vorstellung von Vampiren stimmt nicht ganz. Wir haben zwar einige von den Eigenschaften, die in euren Geschichten beschrieben werden, wie zum Beispiel Geschwindigkeit, Stärke und übernatürliche Sinneswahrnehmungen. Aber wir werden genauso geboren wie Menschen, also durch Empfängnis, und wir sterben genauso wie Menschen, nach etwa hundert Jahren, wenn wir nicht durch andere Faktoren früher ums Leben kommen.«

»Wow. Ihr lebt also nicht viel länger als Menschen?«, fragte Angie.

»Unsere natürliche Lebenszeit ist in etwa dieselbe wie bei Menschen«, berichtigte Navan sie und warf seinem Bruder einen düsteren Blick zu.

»Wenn wir nichts anderes trinken würden als das Blut der Tiere, die auf unserem Planeten heimisch sind«, erklärte Bashrik, »dann würden wir nach etwa hundert Jahren sterben.«

»Ihr trinkt also Blut?«, fragte Lauren. »Nur Blut?«

»Blut ist unsere bevorzugte Nahrung«, antwortete Navan. »Wir können auch andere Flüssigkeiten trinken, vor allem zu medizinischen Zwecken, aber unsere Körper sind nicht dazu geschaffen, feste Nahrung zu verdauen.«

»Ihr … sitzt uns also gerade gegenüber und habt Hunger nach unserem Blut?«, wagte Lauren mit einem morbiden Blick zu fragen. »Versteht mich nicht falsch, ich biete es euch nicht an«, stellte sie schnell klar. »Ich bin nur neugierig.«

Bashrik lachte. Navan sah allerdings weniger amüsiert aus. »Euer Blut ist zu fremdartig, um uns sofort appetitlich zu erscheinen«, sagte er und sah mich dabei an, obwohl Lauren die Frage gestellt hatte. »Es müsste synthetisiert werden, damit wir uns davon ernähren könnten. Nach dieser Synthese …« Sein Blick verfinsterte sich und er stockte. Dann sah er mit verlorenem Blick in den Wald. »Danach … könnte euer Blut aber tatsächlich sehr wertvoll für uns sein.«

Seine Worte hingen bedrohlich in der Luft und einen Augenblick lang sagte niemand etwas.

»Was Navan meint«, meldete sich nun Ianthan mit seiner höheren, leicht näselnden Stimme zu Wort, »ist, dass euer Blut wahrscheinlich das ist, was unsere Art in den letzten vier Jahren gesucht hat.«

Angie zuckte zusammen. »*Unser* Blut?«

»Menschenblut im Allgemeinen.« Navans Blick fiel wieder auf mich und es lagen so viele verschiedene Gefühle darin verborgen, dass ich mich fragte, was er wohl gerade dachte. »Vor vier Jahren hat einer der … geachtetsten Alchemisten in Vysanthe etwas vorgestellt, das als die Unsterblichkeitstheorie bekannt geworden ist. Die Essenz dieser Theorie besteht darin, dass der richtige Bluttyp unser Leben unendlich verlängern könnte, solange wir dieses Blut zu uns nehmen. Jahrzehntelang wussten wir bereits, dass das Blut bestimmter fremder Arten anders auf uns wirkt. Wir wussten schon, dass wir unser Leben bis zu fünfzig Jahre über die natürliche Lebensspanne hinaus verlängern können, wenn wir das Blut der Arten unserer Nachbarplaneten trinken. Die Unsterblichkeit ist deshalb der nächste logische Schritt.

Die Theorie besagt, dass je weiter der Planet entfernt ist, desto schwerer ist es, das von dort stammende Blut zu synthetisieren, aber umso effektiver ist es, sobald wir herausfinden, wie wir es absorbieren können. Der Alchemist vermutete, dass es einen Planeten im Universum gibt, dessen dominante Art die richtige Potenz und Balance an Chemikalien enthält, um uns unsterblich zu machen. Er sagte, dass wir einfach nur weit genug reisen müssten, um dieses Blut zu finden.«

Er verstummte und ich merkte, dass ich kaum noch atmete.

»Und ihr glaubt, dass unser Blut das richtige ist«, sagte ich langsam, als ich ihn nach und nach verstand. »Ihr hattet nie vor, uns wieder nach Hause zu bringen, nachdem wir das Elysium trinken. Ihr wollt uns umbringen und unser Blut trinken!« Meine Muskeln verkrampften sich und mein Blick schoss zur Tür, wo immer noch Jethro stand.

Navan hob eine Hand und schüttelte den Kopf.

»Unsere *Art* ist hinter eurem Blut her. Wir hingegen«, sagte er mit einer Geste auf seine Gefährten, »sind es nicht.«

»Warum seid ihr dann hier?«, fragte Angie und kniff ihre blauen Augen zusammen.

»Navan würde es nie sagen, aber er selbst hat die Erde vor einem Jahr entdeckt«, sagte Bashrik.

»Soweit ich weiß, haben nur die Kaltblüter, die mit mir hier auf diesem Flecken Land sind, überhaupt Kenntnis von der Existenz der Erde«, sagte Navan, ohne auf die Bemerkung seines Bruders einzugehen.

»Wie hast du dann die Erde entdeckt?«, fragte ich. »Und wie kannst du dir sicher sein, dass ihr die Einzigen seid, die von ihr wissen?«

»Weil ich in Vysanthe ein hochrangiger Mann bin – einer der zwei Leiter der Erkundungsmissionen. Ich kenne die Art von Technologie, die unseren Teams zur Verfügung steht ... und keine davon ist ausreichend entwickelt, um so weit ins Universum zu reisen. Mein Schiff ist einzigartig.« Er sagte diesen letzten Satz zögernd, fast schüchtern, so als ob er nicht zugeben wollte, wie stolz er auf sein Schiff war. Er sah mit einer Spur von Zuneigung zu der silbrigen Kugel hinüber. »Es ist das einzige Schiff, das so weit reisen kann. Jethro ist ein begnadeter Mechaniker und außerdem ein erfahrener Arzt und zusammen haben wir einen Weg gefunden, das Schiff so zu bauen, wie es die anderen nicht können. Damals wollte ich einfach nur das beste Schiff haben und ... nun ja, eben so weit wie möglich von Vysanthe fortkommen.«

»Warum?«, fragte ich stirnrunzelnd.

Navan rückte bei der Frage unbehaglich auf seinem Stuhl umher, während meine Angst, dass wir kurz davor waren, leergetrunken zu werden, etwas abebbte. »Sicher habt ihr eure Vorstellungen darüber, wer wir sind und wie wir sind«, sagte er. »Ich wage zu behaupten, dass all diese Vorstellungen falsch sind. Lass es mich einfach so ausdrücken: Ich bin nicht stolz auf meine Spezies. Ich bin ursprünglich zum Alchemisten ausgebildet worden, aber nach der Hälfte der Ausbildung habe ich mich entschieden, stattdessen lieber ein Entdecker zu werden – vor allem, weil mir das oft die Gelegenheit gibt, mich von der Kultur zu entfernen, die ich ehrlich gesagt verachte.«

Dieses letzte Wort spuckte er förmlich aus und ich war erschrocken von seinem Ausbruch. Es war etwas sehr Persönliches, was er uns da erzählte, und ich hatte nicht damit gerechnet, dass er so sehr auf seine eigene Geschichte eingehen würde. Aber wenn er es schon tat, dann wollte ich mir die Chance nicht entgehen lassen, mehr über ihn zu erfahren. »Warum hasst du sie so sehr?«, drängte ich.

Er sah zu mir auf und plötzlich hatte ich das Gefühl, als ob alles andere um uns herum verschwunden wäre und nur noch er und ich existierten. »Ich bin mir nicht sicher, ob das wirklich Teil unserer Frage-Antwort-Stunde ist.«

»Es ist eine Frage«, sagte ich. »Also musst du antworten.«

»Muss ich das?«, fragte er leise und sein Ton schwankte irgendwo zwischen neugierig und gefährlich. »Ich bin es nicht gewohnt, dass man mir sagt, was ich tun soll.«

Ich hielt seinem Blick stand und schluckte. »Doch«, sagte ich. »Du musst antworten.«

Die Sekunden vergingen und ich war mir nicht sicher, wie er reagieren würde. Sein Blick jagte mir ein elektrisches Kribbeln durch den Körper. Die Umgebung schien zu verschwimmen und alles schien sich auf uns zwei in unserem eigenen kleinen Privatuniversum zu reduzieren. Ich hatte noch nie zuvor etwas Derartiges erlebt. War das irgendein Gedankentrick? Bei unserer ersten Begegnung am Feld hatte ich ebenfalls Mühe gehabt, seinem Blick standzuhalten. Es fühlte sich an, als ob wir eine Verbindung hatten, auch wenn mir klar war, wie verrückt das klang. Er war eine Kreatur von einem anderen Planeten – warum sollte ich zu so jemandem eine Verbindung spüren?

Er atmete tief durch, unterbrach unseren Blickkontakt und rieb sich mit der Hand über die Wangen. »Tja ... Wo soll ich anfangen?«, sagte er und sein Ton wurde wieder plaudernder. »Kurz gesagt hasse ich an meiner Art am meisten, dass unsere Leistungen immer auf

Kosten anderer erreicht werden. Meine Art ist stolz auf das, was sie plündert, statt auf das, was sie kreieren kann. Ich will nicht so sein.«

»Was meinst du damit?«, fragte ich. »Wenn ihr so fortgeschritten seid, dann habt ihr doch sicher jede Menge Dinge erschaffen?«

»Meine Spezies baut ihre Möbel aus den Knochen der Arten, die sie ausgerottet haben. Sie stellen sie in ihren Häusern stolz zur Schau; sie legen Keller mit Blutreserven an, die zu groß sind, als dass sie jemals getrunken werden könnten, bevor sie verkommen. Sie verschlingen Ressourcen anderer Planeten aus einer reinen Laune heraus, ohne daran zu denken, welche Folgen das für die dortige Bevölkerung haben kann. Sobald Vysanthe ein Land entdeckt, das etwas Interessantes besitzt, wird es daran nagen wie ein Hund an einem Rehbein, Stück für Stück, Sehne für Sehne, bis nichts mehr davon übrig ist.«

Er stockte und atmete tief durch. »Ich brauchte einfach einen Vorwand, um von dort fortzukommen, um mir Zeit zu erkaufen, in der ich einfach durch den luftleeren Raum schweben konnte, ohne auf jemanden meiner eigenen Art zu stoßen und um einen klaren Kopf zu bekommen. Das alles unter dem Deckmantel einer Mission, um neue Arten für die Pläne unserer Anführer zu entdecken. Deshalb ... bin ich so dankbar, dass Jethro mir geholfen hat, Soraya zu bauen.« Er sah das ältere Kaltblut dankbar an und blickte dann noch einmal liebevoll zu seinem Schiff.

Ich war ziemlich sprachlos, murmelte aber schließlich: »Soraya ist ein schönes Schiff.«

»Lange Zeit hat Navan niemandem etwas von seiner Entdeckung der Erde erzählt«, sagte Bashrik. »Er hat nicht einmal mir etwas davon gesagt. Könnt ihr euch das vorstellen?« Er riss die Augen auf und erwartete von uns, dass wir entsetzt waren. »Nach seiner Ankunft hier hat er Blutproben genommen und schnell entdeckt, dass die Menschen über die Eigenschaften verfügen, die wir suchen. Er hätte zurückkehren sollen, um seine Entdeckung den Anführern mitzuteilen. Wenn sie herausfinden, dass er die Erde versteckt hält, dann wird er in einer Weise bestraft werden, die ihr euch gar nicht vorstellen könnt, aber ... Du hast deine Entdeckung nicht gemeldet, nicht wahr, Navan?«

Navan seufzte. »Ich konnte es nicht.«

»Weil du nicht dafür verantwortlich sein willst, welchen Schaden deine Leute einem weiteren Planeten anrichten werden? Du riskierst es lieber, bestraft zu werden?«, fragte ich.

»So etwas in der Art ... Ich erwarte nicht, dass ihr das versteht.«

»Warum nicht? Weil ihr so viel fortgeschrittener seid als wir?«, fragte ich mit einem Stirnrunzeln. »Warum unterscheidet ihr, du, dein Bruder und deine Freunde, euch so sehr vom Rest eurer Spezies?«

Navan zuckte mit den Schultern und sein Kiefermuskel zuckte. »Jede Kreatur im Universum wird mit einem freien Willen geboren. Wir können uns dazu entschließen, anders zu sein, selbst wenn wir dieselbe Anatomie haben.«

Da hatte er recht.

»Was genau macht ihr dann alle hier?«, fragte Lauren.

»Wir versuchen, Ronad zu helfen«, antwortete Navan und warf einen flüchtigen Blick zum Haus.

»Ist Ronad auch einer deiner Brüder?«, fragte Angie und sah von Navan zu Bashrik.

»In gewisser Hinsicht, ja. Wir sind nicht blutsverwandt, so wie Bashrik und ich, aber ich sehe ihn als meinen Bruder an. Ich habe neun Brüder, aber ich vertraue nur zwei von ihnen.«

»Ich verstehe«, sagte ich langsam und fragte mich, wie es sich wohl anfühlen musste, so viele Brüder zu haben, ihnen aber nicht vertrauen zu können. Ich war ein Einzelkind und hatte keinerlei Erfahrung damit, wie es war, Geschwister zu haben, und schon gar nicht neun.

»Was ist mit ihm passiert?«, fragte Angie. »Wie ist er verletzt worden?«

»Verletzt ist nicht das richtige Wort«, antwortete Bashrik. »Er, ähm, durchläuft eine Transformation. Und wir alle haben beschlossen, ihm dabei zur Seite zu stehen.«

»Transformation?«, wiederholte ich.

Navan stand auf und begann, hin- und herzulaufen. »Als ich hergekommen bin, habe ich ein paar Experimente durchgeführt. Vor allem, weil ich neugierig darauf war, wie eine Kreatur wie ich sich besser in die Umgebung der Erde einfügen könnte, falls ich mehrere Tage hier verbringen wollte. Ich habe meine alchemistischen Kenntnisse eingesetzt, um eine Rezeptur zu entwickeln, die uns hilft, uns besser an die Atmosphäre der Erde zu gewöhnen. Aber diese Formel führt dazu, dass wir Wärme aufnehmen und praktisch zu einem Wärmeleiter werden. Je mehr Hitze wir ausgesetzt sind, desto heißer werden wir – und das Tageslicht hinterlässt Spuren auf unserer Haut. Die Haut nimmt die Strahlen auf und färbt sich selbst golden.«

»Ihr seid also wie ... Reptilien«, sagte ich, völlig verwundert von allem, was er sagte. Dass er das Wissen und die Fähigkeiten hatte, um eine so mächtige Rezeptur herzustellen, die eine derartige Transformation auslöste ... Das war gelinde gesagt umwerfend.

»Und Ronad?«, fragte Lauren nach.

Navan kehrte uns den Rücken zu und sah zum Haus. »Das ist eine Geschichte für ein anderes Mal. Wir haben – ich meine, er hat einen großen Verlust erlitten und kann es nicht länger ertragen, in Vysanthe zu leben. Lasst es mich einfach dabei belassen. Ich möchte alles tun, was in meiner Macht steht, um ihm zu helfen. Er durchläuft gerade eine Behandlung, die hoffentlich einen längerfristigen Effekt hat. Sie wird es ihm ermöglichen, dauerhaft einen warmblütigen, menschenähnlichen Körper zu haben, damit er auf der Erde bleiben kann. Eine Nebenwirkung dieser Behandlung ist, dass er seine Flügel verliert ... Das ist sehr schmerzhaft. Aber morgen Abend sollten wir hier fertig sein.«

»Und wohin werdet ihr dann gehen? Warum seid ihr gerade an diesen Ort gekommen? Warum habt ihr eine Grube vor dem Haus gegraben?«, fragte ich. Es gab immer noch so viele Fragen, die mir durch den Kopf schossen.

»Deine Fürsorge rührt mich«, antwortete Navan leicht sarkastisch, »aber du brauchst dir keine Sorge darum machen, wohin wir als Nächstes reisen werden. Wahrscheinlich werden wir nach Vysanthe zurückfliegen, damit unsere Abwesenheit nicht auffällt, weil wir es uns nicht leisten können, Verdacht auf uns zu lenken. Wir werden einen von Ronads Flügeln mit uns zurücknehmen und behaupten, dass er auf der Reise einen tödlichen Unfall erlitten hat und sein Flügel das Einzige ist, was uns von ihm geblieben ist.« Navan und Bashrik sahen einander kurz an und ich sah, dass sie sich Sorgen machten, Ronad zurücklassen zu müssen.

»Warum wir uns gerade hier niedergelassen haben?«, fuhr Navan fort. »Dieser Ort ist besonders heiß und deshalb günstig für uns. Ich war vor einer Weile in der Gegend gelandet und hatte dieses verlassene Haus entdeckt. Ich hatte etwas Geld und andere Dinge hier vor dem Haus vergraben, weshalb dort jetzt eine Grube ist.«

»Du hast den Flügel deines Bruders also in den Fluss geworfen?«, fragte Angie.

»Und bist dann in unser Haus eingebrochen, um ihn zu stehlen?«, sagte ich.

»Ich würde es nicht Stehlen nennen, wenn du etwas mitnimmst, was dir gehört«, sagte Navan und ich spürte, dass er langsam die Geduld verlor. »Niemand hätte den Flügel im Fluss finden sollen. Es ist das Beste für die Menschen, wenn sie von uns nichts wissen, was uns zum Ende dieser erleuchtenden Frage-Antwort-Stunde bringt.« Er griff in seine Hosentasche und zog die drei silbrigen Röhrchen mit dem Elysium hervor. »Ich habe mich an meinen Teil der Abmachung gehalten«, fuhr er fort. »Nun seid ihr an der Reihe. Vertraut mir, wenn ich euch sage, dass ihr besser nichts mit unserer Welt zu tun haben wollt.«

Sein kühler Blick traf mich und ich spürte plötzlich einen dumpfen Schmerz in der Brust. Wenn ich Elysium trank, dann würden alle Ereignisse des heutigen Abends aus meinem Gedächtnis gelöscht werden ...

Alle.

KAPITEL NEUN

Ich starrte auf die silbernen Röhrchen und eine Welle der Panik ergriff mich.

Ich wollte nicht einfach alles vergessen.

Meine Welt war auf eine völlig unvorhersehbare Weise erweitert worden und die Vorstellung, wieder in komplette Unwissenheit zurückzuverfallen, war einfach … unerträglich. Es war, als ob man mir etwas Kostbares entreißen wollte. Aber ich hatte Navan mein Wort gegeben und er hatte recht – er hatte seinen Teil der Abmachung eingehalten. Er hatte nicht versucht, uns anzulügen, sondern uns alles geduldig erklärt.

»Okay«, sagte ich heiser und sah widerstrebend auf die kleinen Röhrchen. »Da wir unsere Erinnerung an die letzten zwölf Stunden verlieren werden, darf ich mich kurz mit meinen Freundinnen besprechen?«

Ich hatte keinen Plan, sondern versuchte einfach nur, das Unvermeidliche aufzuschieben und ein paar letzte Minuten zu haben, um meine Gedanken zu ordnen, bevor sie gelöscht wurden.

Navan sah aus, als ob er meine Bitte ablehnen würde, aber dann lenkte er ein. »Fünf Minuten«, sagte er, schaute kurz zum Haus und sah mich dann wieder an. »Aber komm nicht auf den Gedanken, noch einmal fliehen zu wollen«, fügte er hinzu. »Vergiss nicht: Du bist die Maus.«

Ich schluckte und ging zur Hintertür. Angie und Lauren folgten mir. Jethro trat beiseite und sah uns schweigend nach. Die Hitze hüllte uns sofort wieder ein, während wir den Gang entlangliefen. Ich strich mit der Hand über die Holzwand und öffnete die erste unverschlossene Tür.

»Maus?«, fragte Lauren verwundert. »Wovon redet er?«

»Er hat mich praktisch vom Boden hochgerissen, wie ein Falke es mit einer Maus tut«, sagte ich und erinnerte mich daran, wie es sich angefühlt hatte, als er seine Arme um mich geschlungen hatte. Doch ich verdrängte diese Erinnerung schnell ... Wenn ich mich auch nur an irgendetwas erinnern wollte, musste ich mich konzentrieren. Ich hatte eine Idee, aber es war riskant, sie umzusetzen.

Wir befanden uns in demselben Raum, in dem ich vorhin das Gespräch zwischen den Kaltblütern belauscht hatte, in dem Zimmer mit den drei Sofas und der Schale mit den silbrigen Röhrchen auf dem Couchtisch. Ich sah meine Freundinnen mit trockener Kehle an. »Wollt ihr das hier wirklich alles vergessen?«, fragte ich flüsternd.

Wenn ich ihnen diese Frage vor wenigen Stunden gestellt hätte, dann hätten sie sie mir sofort bejaht, aber nun sah ich, dass sie dasselbe empfanden wie ich.

Wie konnten wir das alles einfach so vergessen?

Lauren seufzte. »Ich will es nicht vergessen. Ich meine, wenn es wirklich eine tödliche Spezies im All gibt, die nach uns sucht, dann möchte ich es wissen ... Aber ich möchte auch von hier verschwinden. Ich will nach Hause.«

Angie nickte nervös. »Ich auch. Und wir wissen nicht, was sie mit uns tun werden, wenn du dich weigerst, dich an deinen Teil der Abmachung zu halten.«

Ich hielt die Luft an und sah wieder zu der Schale.

»Riley?«, sagte Lauren, als sie meinem Blick gefolgt war. »Was hast du vor?«

Ich ging zur Schale, nahm drei Röhrchen und drehte mich dann wieder zu meinen Freundinnen um. Ich streckte ihnen die drei Röhrchen entgegen, die mit denen identisch waren, mit denen Navan draußen auf uns wartete. »Da wir uns einig zu sein scheinen ... Wie wäre es, wenn wir einen kleinen Austauschtrick üben?«

Die beiden blinzelten und sahen mich verständnislos an.

»Ich bin mir ganz sicher, dass diese Röhrchen nicht Elysium enthalten«, sagte ich. »Ich hatte noch keine Gelegenheit, euch davon zu erzählen, dass ich ein Gespräch zwischen Ianthan, Jethro und Bashrik belauscht habe. Dabei habe ich gesehen, wie sie aus diesen Röhrchen getrunken haben.«

Die beiden rissen die Augen auf und kamen zu demselben Schluss wie ich: Es wäre nicht allzu schwer. Die Röhrchen waren klein genug, dass wir sie unauffällig in der Hand halten könnten, ohne dass sie jemand bemerkte. Wir müssten die wirklichen Elysiumröhrchen nur verstecken, während wir so taten, als ob wir bewusstlos wurden.

»Aber ... Was ist denn in *diesen* Röhrchen?«, fragte Lauren und nahm mir eines aus der Hand. Wir schraubten die Deckel ab und rochen daran. Ich konnte kaum einen Geruch wahrnehmen und die Flüssigkeit schien sehr dünn zu sein.

»Es ist irgendein Getränk«, sagte ich und schraubte den Deckel wieder auf.

»Es muss Blut sein«, sagte Lauren und spitzte angeekelt die Lippen.

»Es riecht aber gar nicht nach Kupfer«, sagte Angie.

»Auf jeden Fall ist es nicht Elysium.« Uns blieb keine Zeit, weiter hier herumzustehen und zu diskutieren. Ich wollte das Zimmer verlassen, bevor sie nach uns sahen und vielleicht eins und eins zusammenzählten. »Und es wird uns wahrscheinlich auch nicht umbringen, weil sie es ja auch getrunken haben. Vielleicht macht es uns krank, weil wir ein anderes Immunsystem haben … Die Frage ist: Sind wir bereit, dieses Risiko einzugehen? Wir müssen uns beeilen und eine Entscheidung treffen.«

War die Belohnung das Risiko wert? Vielleicht war ich leichtsinnig, aber ich dachte schon, dass es sich lohnte. Uns an alles zu erinnern, was wir gerade erfahren hatten, lohnte das Risiko einer Magenverstimmung. Ich wollte aber meine Freundinnen nicht unter Druck setzen, weil dies eine Entscheidung war, die jede von uns selbst treffen musste.

Nach einem Augenblick nickten Angie und Lauren. Sie sahen zwar unsicher aus, aber auch so, als ob ihre Entscheidung feststand.

»Okay«, flüsterte ich und erklärte dann schnell, wie wir die Röhrchen austauschen könnten.

Dann gingen wir wieder nach draußen. Die vier saßen in den Stühlen, aber Navan sprang sofort auf, als wir das Haus verließen.

»Schön, dass ihr nicht auf dumme Gedanken gekommen seid«, sagte er und ich umklammerte das falsche Elysium fester in meiner Hand. Navan streckte uns nun wieder die drei Röhrchen entgegen. Ich nahm eines davon mit rasendem Herzen. Wenn ich es verpatzte, dann war alles aus. Navan beobachtete mich, aber ich tauschte die Röhrchen geschickt aus und sah Navan die ganze Zeit über an. Dann öffnete ich das falsche Elysium, das wer weiß was enthielt, und setzte mir das Röhrchen an die Lippen, nachdem ich die Augen geschlossen hatte.

Zu meinem Entsetzen wurde mein Verstand von schwarzem Nebel eingehüllt, sobald ich die leicht salzige Substanz getrunken hatte, und ich fragte mich panisch, ob ich mich geirrt und doch das wahre Elysium getrunken hatte. Mir blieb kaum Zeit, um die beiden Fläschchen in meine Tasche zu stopfen, bevor die Dunkelheit mich ganz zu sich hinabzog und Navans stechender Blick verschwand.

KAPITEL ZEHN

Der Geruch von Frittiertem weckte mich und ich merkte, dass die Sonne hinter meinen geschlossenen Lidern hell schien. Jemand sprach unten – zwei Personen – und ich lag – in einem Bett.

Es gelang mir, meine schweren Lider zu öffnen. Anfangs war ich völlig orientierungslos. Ich befand mich in unserem Schlafzimmer im Haus der Churnleys und meine beiden Freundinnen lagen in den Nachbarbetten und schliefen noch.

Mehrere Minuten lang konnte ich mich an gar nichts erinnern. Dann brachen die Ereignisse der letzten Nacht mit einem Schlag über mich herein.

Ich hatte nichts vergessen. Ich hatte nicht das Elysium genommen, wie ich es befürchtet hatte. Es war reiner Zufall gewesen, dass die Substanz, die ich getrunken hatte, mich beinahe unmittelbar bewusstlos gemacht hatte und uns ... Ich sah auf die Uhr. Mein Gott. Fast zwölf Stunden lang hatte schlafen lassen. Ich wusste zwar nicht genau, um wie viel Uhr die Kaltblüter uns zurückgebracht hatten, aber es war bereits 2:30 PM.

Ich schwang meine Beine aus dem Bett und stand auf, aber mir wurde so schwindelig, dass ich mich wieder hinsetzen musste. Ich war zu schnell aufgestanden oder vielleicht hatte es etwas mit den Nachwirkungen des Getränks der Kaltblüter zu tun. Ein leicht salziger Nachgeschmack lag in meinem Mund und der Gedanke daran, dass ich vielleicht irgendein Blut getrunken hatte, bereitete mir Übelkeit.

Ich sackte zu Boden und kroch zum Badezimmer. Dort zog ich mich am Waschbecken hoch und spülte meinen Mund aus. Nach einer Minute fühlte ich mich bereit, wieder allein zu stehen und dieses Mal klappte es, ohne dass mir gleich alles Blut aus dem Kopf wich.

Ich starrte mich im Spiegel an. Meine Augen waren blutunterlaufen und meine Haare sahen aus, als ob mich jemand durch den Dschungel geschleift hätte. Meine Kleidung war zerrissen und meine Knie und Schienbeine waren zerkratzt und hatten blaue Flecken.

Ich ging ins Schlafzimmer zurück und sah zur Fensterbank. Die Kaltblüter konnten nicht gewusst haben, dass wir diese Nacht im Baumhaus geschlafen hatten und mussten uns durchs offene Fenster hier abgeliefert haben. Überrascht sah ich, dass unsere vier Taschenlampen und die schwarze Gürteltasche, die Lauren getragen hatte, ebenfalls auf der Fensterbank lagen. Es war nett gewesen, uns diese Dinge zurückzugeben.

»Hey«, sagte Angie hinter mir, rieb sich die Augen und hielt ihren Kopf so, als ob sie einen fürchterlichen Kater hätte.

»Hey«, sagte ich, setzte mich wieder auf das Bett und faltete meine Beine im Schneidersitz. »Wie geht es dir?«

»Es ging mir schonmal besser«, krächzte sie. »Aber ich erinnere mich an alles. Und ich habe nicht das Gefühl, zu sterben – noch nicht.«

Sie beugte sich über Laurens Bett und rüttelte sie wach.

»Nein! Hör auf! Was …«, brabbelte Lauren, während sie zu sich kam. Dann setzte sie sich erschrocken auf und ihre schwarzen Haare standen in alle Richtungen. Sie blinzelte blind und griff nach ihrer Brille, die neben ihrem Bett lag. *Eine weitere nette Geste*, dachte ich.

»Ist alles in Ordnung? Erinnerst du dich?«, fragte Angie.

Lauren stöhnte und schloss die Augen wieder. Sie runzelte die Stirn und nickte dann. »Ja, ich erinnere mich. Ich glaube, dass es mir gut geht. Aber ich könnte locker noch sechs Stunden schlafen.«

»Okay, gut«, sagte ich. Wenigstens waren wir von dem, was wir getrunken hatten, nicht krank geworden. Zumindest noch nicht.

»Mädchen? Seid ihr wach?«, rief Frau Churnley von unten.

Ich bekam ein schlechtes Gewissen, als ich mich daran erinnerte, wie viel es Frau Churnley bedeutet hatte, dass wir in dem Baumhaus schliefen. Sie hatte sich solche Mühe gemacht, es uns zu zeigen, und Herr Churnley hatte uns extra Bettwäsche nach draußen gebracht. Ich fühlte mich schrecklich.

Ich stolperte zur Tür, öffnete sie und rief nach unten: »Hallo, Frau Churnley. Wir sind wach. Es tut mir leid, dass wir so …«

»Lange geschlafen habt?«, rief Frau Churnley mit leicht enttäuschtem Unterton

»Ja, wir, ähm …« Ich warf einen Blick über meine Schulter zu Angie und suchte angestrengt nach einer Ausrede dafür, dass wir wieder ins Haus gekommen waren.

Angie eilte mir zu Hilfe. »Uns ist in den frühen Morgenstunden ein bisschen kalt im Baumhaus geworden. Aber wir würden heute Abend mit ein paar extra Decken gern wieder draußen schlafen. Wir haben nicht so viel geschlafen, weshalb wir wohl erst vor Kurzem aufgewacht sind.«

»Ah, ich verstehe«, sagte Frau Churnley, scheinbar etwas versöhnt. »Das Mittagessen ist fast fertig.«

»Vielen Dank«, rief ich. »Wir kommen gleich.«

Wir schlossen die Tür, gingen wieder in unser Zimmer und sahen Lauren an. Ich steckte meine Hand in die Tasche und zog zwei silberne Fläschchen hervor. Meine Freundinnen taten es mir nach und wir schwiegen lange. Ich war mir sicher, dass wir alle dasselbe dachten.

So zu tun, als ob letzte Nacht nichts geschehen wäre, würde sehr schwer werden.

Wir waren während des Mittagessens so schweigsam, dass Frau Churnley uns mehrmals fragte, ob alles in Ordnung war. Zum Teil wünschte ich mir, dass wir den beiden einfach die Wahrheit erzählen könnten, aber ich fühlte mich so schon schlecht genug, weil ich mein Versprechen Navan gegenüber gebrochen und das Elysium nicht genommen hatte, obwohl ihm und seinen Gefährten das Wohl der Erde am Herzen lag, wenn ich bedachte, dass sie uns sehr zuvorkommend behandelt hatten und die Existenz der Erde vor ihrer eigenen Art geheim hielten. Sie hätten uns diesbezüglich natürlich auch anlügen können, aber ich hatte ihre Erzählung für aufrichtig gehalten. Warum hätten sie uns sonst gehen lassen, statt uns unseres wertvollen Blutes wegen zurück in ihr Heimatland zu entführen?

Ich erschauderte bei der Erinnerung daran, wie Navan seine Heimat beschrieben hatte. Sicher hatte er gute Gründe, warum er die

Kaltblüter vor den Menschen geheim halten wollte. Außerdem würde uns sowieso niemand glauben. Die Polizei würde denken, dass wir den Verstand verloren hatten, und wir hatten nicht einmal mehr den Flügel, um ihn untersuchen zu lassen. Es war uns auch nicht in den Sinn gekommen, ein Foto von ihm zu machen.

Wir aßen schnell zu Mittag und machten uns dann an unsere Tagesaufgaben. Wir begannen im Garten, wo wir saubermachten, und fegten und scheuerten dann den Hof, wo die Hunde die meiste Zeit verbrachten. Da wir uns so nah am Haus befanden, konnten wir nicht viel miteinander sprechen. Alle Fenster waren geöffnet und die Churnleys hätten uns hören können. Erst als Frau Churnley uns zu den hohen Brombeersträuchern am Rande des Grundstücks, in der Nähe des Waldes, schickte, entspannten wir uns ein wenig.

»Ein Teil von mir glaubt immer noch, dass das alles nur ein Traum war«, sagte Angie und bückte sich, um Brombeeren zu pflücken, die auf Kniehöhe hingen.

»Darüber bin ich schon hinaus«, sagte ich und warf eine Handvoll Beeren in meine Plastiktüte.

»Ich auch«, sagte Lauren. »Aber es fühlt sich trotzdem noch genauso eigenartig an.«

Ich nickte und seufzte. In meinem Kopf drehte sich immer noch alles und die Konsequenzen der letzten Nacht trafen mich langsam. Wir würden den Rest unseres Lebens mit der Erinnerung an diese Begegnung klarkommen müssen. Wir hatten etwas Unvorstellbares erfahren, was niemand sonst auf diesem Planeten wusste. Es fühlte sich beinahe so an, als ob wir in einer anderen Realität lebten als der Rest der Weltbevölkerung. Ihre Wirklichkeit schien auf einmal so ... schrecklich banal.

Du hättest das Elysium nehmen sollen, sagte eine kleine, nagende

Stimme in meinem Hinterkopf. *Dann hättest du einfach dein sorgloses und normales Leben weiterführen können.*

Ich konnte diese Stimme nicht ganz zum Schweigen bringen, weil ihre Botschaft einen wahren Kern enthielt. Manchmal war Unwissenheit wirklich ein Segen. Aber selbst jetzt, im Nachhinein, bereute ich unsere Entscheidung nicht, die Röhrchen auszutauschen. Ja, Unwissenheit konnte ein Segen sein, aber manchmal war die Wahrheit einfach zu erleuchtend, trotz aller Konsequenzen.

Wenigstens machten Angie und Lauren das Gleiche durch wie ich. Ohne sie hätte ich mir wahrscheinlich sehr viel größere Sorgen gemacht. Vielleicht hatte das alles ja auch sein Gutes. Vielleicht würden diese Ereignisse uns auch in unserem Erwachsenenalter zusammenschweißen, selbst wenn die körperliche Nähe uns zu trennen drohte. Das war der einzige Trost, an den ich mich klammerte, während die Erinnerungen an die letzte Nacht meinen Verstand überforderten.

Wir schwiegen und konzentrierten uns auf das Beerenpflücken. Die eintönige Arbeit half mir, mich zu beruhigen. Körperliche Arbeit hatte fast immer diesen Effekt.

Doch als ich mich dem Ende der Sträucher näherte, hörte ich auf einmal Geräusche aus dem Wald kommen. Es klang wie Stimmen – Männerstimmen.

Ich legte meine Tüte auf dem Boden ab und winkte, damit Angie und Lauren zu mir sahen. Als sie aufschauten, legte ich meinen Finger auf die Lippen und deutete ihnen, mir zu folgen. Zusammen krochen wir am Rand der Hecken entlang und spähten dahinter hervor, so weit wir uns wagten.

Es war schwer, sie zwischen all den Bäumen zu erkennen, aber schließlich sah ich die beiden dunklen, geflügelten Gestalten, die gute zwei Meter über dem Boden auf einem dicken Ast standen. Ich konnte ihre Gesichter nicht erkennen, weil sie mit dem Rücken zu uns gewandt waren, aber je besser ich sie hören konnte, desto klarer wurde mir, dass es Jethro und Ianthan waren. Sie hatten sich ein ganzes Stück aus ihrem Gebiet entfernt, denn der Zaun war mindestens zehn Minuten Fußweg von hier entfernt … Nun, wenn sie flogen, waren es wahrscheinlich nur wenige Sekunden. Aber ich fragte mich doch, was sie hier draußen, so weit von ihrem Stück Land entfernt, taten.

Wenn wir nicht mitten im Nirgendwo gewesen wären, dann hätte ich sie aus dieser Entfernung nicht hören können, aber so kam mir die ohrenbetäubende Stille hier zugute. Ich konnte ihre Worte geradeso entziffern und ihrem Ton nach zu urteilen, stritten die beiden miteinander.

» … nicht richtig durchdacht«, sagte Ianthan.

»Du hattest mehr als genug Zeit, um es zu durchdenken!«, erwiderte Jethro.

»Du hast mich unter Druck gesetzt, Vater. Und als wir noch zu Hause waren, habe ich das alles noch anders gesehen. Da lag noch so viel zwischen dem Plan und der Umsetzung. Aber ich sage dir, dass ich …, dass ich das nicht durchziehen kann. Navan ist mein bester Freund! Ich sehe lieber den Konsequenzen entgegen, als ihn zu verraten.«

»Du dummer Junge! Navan wird früher oder später erwischt werden, weil er Königin Gianne verraten hat, ganz egal, was du tust. Glaubst du wirklich, dass er diese Scharade ewig aufrechterhalten kann? Außerdem müssen wir ihn nicht einmal verpfeifen. Wir müssen nur die Blutprobe an Königin Brisha weitergeben – und wenn alles nach Plan verläuft, dann werden wir Königin Gianne nie wiedersehen. Königin Brisha wird uns Schutz vor dem Zorn ihrer Schwester gewähren und …«

»Wa -was meinst du damit, dass wir nur die Blutprobe weitergeben müssen?«

»Ich habe einem der Mädchen gestern Abend eine Blutprobe entnommen, als wir sie nach Hause zurückgeflogen haben. War nicht sonderlich schwierig. Ich habe die Blutprobe heute Morgen in einer Hülse abgeschickt, noch bevor Navan aufgewacht ist. Sie ist auf dem Weg nach Vysanthe und wartet darauf, dass wir ihr im Schiff folgen …«

»Was? Das war nicht Teil des Plans!«

»Nein, das war es nicht. Aber dass diese Mädchen in unser Haus poltern, war auch nicht Teil des Plans. Es war einfach nur die perfekte Gelegenheit, um diskret eine Blutprobe abzuschicken.«

»Aber …«

»Hör zu, Ianthan. Ich bin es leid, mit dir zu diskutieren. Vysanthe wird die Menschen früher oder später entdecken, ob wir nun etwas damit zu tun haben oder nicht – es ist nur eine Frage der Zeit, bevor sie herausfinden, wie sie Navans Schiff nachbauen können. Also können wir auch genauso gut einen Nutzen aus der Entdeckung der Erde ziehen. Denk an deine Zukunft, an deine Frau und Kinder … Auf welcher Seite möchtest du lieber stehen, wenn es hart auf hart kommt? Auf Brishas oder auf Giannes Seite? Wenn du nur halbwegs bei Verstand bist, dann wirst du dich für Brisha entscheiden, weil sie Herrscherin werden wird. Sie wird die Erste sein, die Krieg an Giannes Tore herantragen wird, und sie wird es sein, die Vysanthe wieder eint. Du wirst mir noch dafür danken, dass ich uns auf Brishas Seite gebracht habe, wenn das geschieht. Denk an meine Worte.«

Mir klopfte das Herz bis zum Hals.

Navan verraten?

Zwei Königinnen?

Sie haben eine Blutprobe von einer von uns genommen und sie nach Vysanthe geschickt?!

Mir wurde übel und ich sah erschrocken zu meinen beiden Freundinnen. Wir alle begannen panisch, auf unserer Haut nach Einstichen zu suchen. Ich sah meine Arme, Beine und meinen Bauch an, fand aber nichts. Dann bat ich Angie, die Stellen anzusehen, die ich ohne Spiegel nicht sehen konnte, während ich bei ihr dasselbe tat.

»Dein Hals!«, keuchte sie plötzlich und fuhr mit ihren Fingern über meinen Halsansatz, dicht über meinem Schlüsselbein. »Siehst du das auch, Lauren?«, fragte sie und zog Lauren dicht an mich heran. »Zwei kleine Punkte. Sie sehen so aus, als ob es auch Mückenstiche sein könnten. Wahrscheinlich sind das Spuren von seinen Reißzähnen.«

Mir wurde flau im Magen und plötzlich spürte ich eingebildete Nadelstiche. Dieser Typ … Er hatte mich gebissen, während ich geschlafen hatte. Ich fühlte mich zutiefst verletzt. Aber das war noch die geringste meiner Sorgen.

»Er hat mein Blut genommen und …« Ich stockte, als die beiden wieder miteinander sprachen.

»Navan und Bashrik wollen in weniger als einer Stunde in die Stadt fahren, um ein wenig Versorgung für Ronad nach seiner Verwandlung zu beschaffen«, sagte Jethro. »Dann müssen wir mit dem Schiff davonfliegen. Es wird schmerzlos sein, das verspreche ich. Ronad kann immer noch nicht laufen. Du wirst den Brüdern nicht einmal in die Augen sehen müssen.«

Es folgte eine weitere Pause, während derer ich betete, dass

Ianthan sich auf seine moralischen Prinzipien besinnen und sich weigern würde, auf seinen Vater zu hören.

Aber stattdessen sagte er leise und resigniert: »Okay. Lass es uns hinter uns bringen.«

Wie kannst du das nur sagen?, schrie ich ihn in Gedanken an. *Du hast gesagt, dass Navan dein bester Freund ist.*

Die beiden Kaltblüter bewegten sich und spreizten die Flügel, um abzuheben. Wir krochen rückwärts, um uns hinter der Hecke zu verstecken. Dort blieben wir erstarrt hocken und lauschten, wie sich ihr Flügelschlag entfernte, als sie zu ihrer Basis zurückflogen.

Dann starrten wir einander mit aufgerissenen und panischen Augen an.

KAPITEL ELF

Uns blieb weniger als eine Stunde, um etwas zu unternehmen – wenn wir denn überhaupt etwas unternehmen konnten. Jethro hatte ja gesagt, dass die Hülse bereits auf ihrem Weg nach Vysanthe war. Selbst wenn es uns also gelang, Navan und Bashrik zu warnen, bevor sie in die Stadt aufbrachen, und sie Ianthan und Jethro davon abhalten konnten, mit Navans Schiff davonzufliegen, wäre es vielleicht trotz allem schon zu spät?

»Aber vielleicht kann Navan in seinem Schiff der Hülse nachfliegen und sie einholen, bevor sie Vysanthe und diese ominöse Königin Brisha erreicht«, sagte Angie. »Vielleicht ist sein Schiff schneller als die Hülse.«

»Stimmt«, sagte ich und versuchte, meine sich überschlagenden Gedanken zu ordnen und die Übelkeit zu unterdrücken, die immer wieder in meinem Hals aufstieg. »Ja, d-das ist möglich. Also ... was sollen wir tun?«

Das Problem bestand darin, dass wir uns ja angeblich an nichts über die Kaltblüter mehr erinnern konnten. Selbst wenn wir Navan erwischten und unter vier Augen ein Wort mit ihm wechseln konnten, wer garantierte uns dann, dass er uns nicht die Kehle aufschlitzte, bevor wir ihn überhaupt warnen konnten? Ich hatte mein Versprechen gebrochen und vielleicht würde er sich nur darauf konzentrieren. Ich konnte die Erinnerung daran, wie er seine Reißzähne und Klauen entblößt hatte, nachdem wir das Haus betreten hatten, einfach nicht abschütteln. Er hatte sehr wild ausgesehen, so als ob er uns innerhalb von Sekunden in Stücke reißen konnte. Wer wusste, wie er reagieren würde.

Aber es stand zu viel auf dem Spiel, um es nicht zu versuchen.

Angie warf einen Blick in Richtung des Hauses der Churnleys und ich folgte ihr. Es war bizarr, auf die schönen Beete rings um das Haus des älteren Paars zu schauen, auf denen Blumen blühten und sich Bienen tummelten – das alles war solch ein Widerspruch zu dem Chaos in meinem Kopf.

»Wir sollten ein paar Waffen mitnehmen«, krächzte Angie.

»Waffen«, murmelte Lauren. »Und wie genau sollen die uns helfen?«

»Nun, wir müssen ganz offensichtlich wieder zum Haus gehen und Navan und Bashrik warnen«, sagte Angie und fuhr sich mit der Zungenspitze über die Unterlippe. »Und mit den Waffen wären wir wenigstens nicht so hilflos wie letztes Mal gegen … Hindernisse, die sich uns in den Weg stellen könnten.«

»Weißt du, wie man eine Waffe benutzt, Lauren?«, fragte ich und legte eine Hand auf ihre Schulter, um sie zu beruhigen.

»Mein Onkel hat mir einmal gezeigt, wie man schießt, aber …«

Sie brauchte ihren Satz nicht zu beenden. Angie wusste, wie man mit Waffen umging, und ich wusste es auch, obwohl ich keine von uns beiden als Expertin bezeichnen würde. »Uns bleibt nichts anderes übrig, als es zu versuchen«, flüsterte ich.

Wir standen hinter der Brombeerhecke auf, sahen kurz in den Himmel, um sicherzugehen, dass die Kaltblüter wirklich verschwunden waren, und rannten dann zum Haus. Zum Glück waren die Churnleys nicht im Erdgeschoss, sodass wir zur Wand gegenüber der Küchenanrichte liefen, wo Herr Churnley mehrere Gewehre aufbewahrte. Wir nahmen uns jeder eines und versorgten uns dann mit der Munition, die Angie in einer der Küchenschubladen gefunden hatte.

Ich machte mir Sorgen darüber, was geschehen würde, wenn Herr Churnley nach unten kam und bemerkte, dass drei seiner Gewehre fehlten, aber darüber konnte ich jetzt nicht nachdenken.

Wir schlichen uns so leise wie möglich aus der Küche und pressten die Gewehre vor uns dicht an unsere Körper, für den Fall, dass die Churnleys aus einem der Fenster sahen und uns entdeckten. Sobald wir außer Sichtweite des Hauses waren, rannten wir zum Zaun der Kaltblüter.

Dieses Mal hatten wir zumindest den Vorteil, zu wissen, wie das Gelände beschaffen war. Ich wusste ungefähr, wo sich das Haus im Bezug zum Zaun befand und wo der Hinterhof lag. Statt an derselben Stelle wie am Vorabend über den Zaun zu klettern, liefen wir ihn mit geduckten Köpfen entlang und versuchten, nicht allzu laut zu schnauben, bis ich das Gefühl hatte, dass wir uns etwa auf der Höhe des Hinterhofs befanden.

Ich spähte durch einen Spalt im Zaun und sah erleichtert, dass meine Schätzung stimmte. Ich hatte schon halb gefürchtet, dass wir zu spät kämen und Navan und Bashrik aus irgendeinem Grund früher aufbrechen würden – vielleicht auf Jethros Anregung hin – aber ich sah die seltsam metallische Oberfläche von Soraya noch unter dem dichten Blätterdach schimmern.

Vom Schiff abgesehen war der Hinterhof leer. Wir wussten nicht, wie lange das so bleiben würde, aber es war erst einmal ein gutes Zeichen.

»Okay«, flüsterte ich so leise, dass ich mich kaum selbst hören konnte. »Das Schiff ist noch da. Jetzt ...« Ich hatte überlegt, was wir als Nächstes tun sollten, und obwohl ich mir nicht sicher war, ob meine Idee funktionierte, war sie doch alles, was mir einfiel. »Ich dachte«, sagte ich, »dass ihr beide den Hinterhof im Auge behalten solltet. Steigt auf einen dieser Bäume« - ich deutete auf die niedrig hängenden Äste am Zaun - »und wenn Jethro und Ianthan auftauchen, dann ... tut ihr, was auch immer ihr tun müsst, um sie davon abzuhalten, das Schiff zu besteigen. Ich werde versuchen, mich ins Haus zu schleichen und Navan oder Bashrik zu finden.« *Ohne dabei Jethro oder Ianthan zu begegnen.* Andernfalls wären wir alle tot. Jethro hatte das ziemlich klargemacht.

»Mein Gott, Riley, willst du ernsthaft ins Haus schleichen?«, keuchte Angie und sah mich genau wie Lauren erschrocken an.

Das half nicht gerade, meine Nerven zu beruhigen. »Ich bin mir nicht sicher«, sagte ich mit zitternder Stimme, »aber i-ich habe eine Waffe.« Ich musste es tun. Ich würde nicht zulassen, dass eine von ihnen das Risiko einging.

Meine Aussage schien keine von uns wirklich zu trösten, aber wir hatten keine Zeit, um hier herumzusitzen und zu diskutieren. Ich wollte gerade aufstehen, aber die beiden hielten mich fest und umarmten mich.

»Sei vorsichtig«, flüsterten sie.

»Ihr auch«, flüsterte ich. Dann nickte ich und lief los. Mit geducktem Kopf und möglichst leisen Schritten huschte ich am Zaun entlang.

Hoffentlich funktioniert diese Idee. Andernfalls habe ich wahrscheinlich gerade unser Todesurteil unterzeichnet. Der Gedanke schoss mir beim Laufen immer und immer wieder durch den Kopf, wie eine gesprungene Schallplatte. Ich blieb einmal stehen, um nachzusehen, ob ich schon vor dem Haus angekommen war, und drehte mich um. Meine Freundinnen standen nicht mehr vor dem Zaun, was bedeutete, dass sie sich in den Bäumen positioniert hatten. *Gut.* Hoffentlich hatten sie eine Stelle gefunden, an der sie gut verdeckt waren.

Ich griff nach einem Ast vor mir, hängte mir das Gewehr über die Schulter und kletterte dann über den Zaun. Sobald meine Füße den Boden berührten, rannte ich auf das Haus zu, wobei ich mich hektisch nach allen Richtungen umsah.

Auf der Veranda angekommen sah ich, dass die Eingangstür offenstand, was ich gleichzeitig praktisch und beunruhigend fand. Jemand könnte erst vor Kurzem das Haus betreten haben und jetzt womöglich hinter der Tür lauern.

Ich lauschte auf Stimmen oder knarrende Dielen, aber es war alles still, also wagte ich es, nach drinnen zu huschen. Die Hitze des Hauses schlug mir sofort entgegen und ich begann zu schwitzen. Ich griff nach meinem Gewehr und versuchte, mich darauf gefasst zu machen, auf jemanden zu zielen, aber ich machte mehrere Schritte, ohne dass sich irgendeine aschefarbene Bestie auf mich stürzte.

An der Treppe angekommen blieb ich stehen. Jetzt hörte ich Stimmen, die aber dieses Mal aus dem oberen Geschoss zu kommen schienen. Ich näherte mich der ersten Stufe und sah hinauf. Das dämmrige Gaslicht warf dunkle Schatten auf den unteren Treppenabsatz.

Oben knarrte es, so als ob jemand nur einen Schritt von der obersten Stufe entfernt war.

Ich wich zurück und huschte durch eine unverschlossene Tür. Die Hitze war hier noch stärker und mein Kopf hämmerte. Als ich herumwirbelte, erkannte ich sofort, welches Zimmer ich betreten hatte.

Ich musste an mich halten, um nicht nach Luft zu schnappen, als ich Ronad auf dem Boden auf derselben Streckbank, die eigentlich eher so etwas wie eine Matratze war, wie vorher neben dem Feuer liegen sah. Er hatte keine Flügel mehr und seine Haut hatte keine grauen Schattierungen mehr, sondern war ganz goldgebrannt. Er schlief. Oder zumindest regte er sich nicht. Wenn er meine Anwesenheit bemerkt hatte, so zeigte er es jedenfalls nicht. Die Schritte auf der Treppe kamen näher. Jemand kam nach unten.

Ich schloss die Tür, so schnell ich konnte, und sah mich nach einem Versteck um. Ich wusste nicht, wer die Treppe herunterkam, aber ich konnte nicht riskieren, dass es Jethro oder Ianthan waren.

In einer Zimmerecke stand ein niedriger Beistelltisch. Das war das einzige Versteck in dem beinahe kahlen Zimmer. Ich tastete mich durch die Hitze und glitt schnell darunter. Dann rollte ich mich in Kindslage zusammen und wartete darauf, dass die Schritte vorbeigehen würden.

Es folgten ein paar sehr angespannte Sekunden, in denen ich mir nicht sicher war, ob die Schritte vorbeigehen würden, und ich fürchtete, dass jemand nach Ronad sehen wollte, aber dann gingen die

Schritte doch weiter ins Haus hinein. Ich wagte es, wieder zu atmen, als das Dielenknarren nun entfernter zu hören war. Nach einer weiteren Minute traute ich mich, aus meinem Versteck hervorzurutschen.

Unsicher stand ich auf und ging zur Tür.

»Nein, nicht!«

Ronads Stimme erklang plötzlich laut und ich wäre vor Schreck beinahe aus meiner Haut gefahren. Ich wirbelte herum, das Gewehr schussbereit, nur um zu sehen, dass er immer noch schlief.

Sein Gesicht war schmerzverzerrt und er schrie: »Naya, ich bin es! Bitte bleib bei mir, nicht ... du darfst nicht ... Naya ...« Er verstummte, aber sein Gesicht war von Schmerz und Verzweiflung gezeichnet und seine Lippen bewegten sich in stummem Protest weiter.

Ich starrte ihn an, während sich mein Herzrasen langsam legte. Er hatte offensichtlich einen Albtraum, aber ich fragte mich doch, was ihm geschehen war. Er sah jünger als Navan und Bashrik aus, nicht älter als neunzehn. Was hatte ihn zu einem solch verzweifelten Schritt getrieben, dazu, solche Schmerzen auf sich zu nehmen, um eine so radikale Verwandlung zu durchlaufen?

Und hatte Navan nicht damit angesetzt zu sagen, dass sie beide gelitten hatten? Aber dann hatte er sich berichtigt und gesagt, dass Ronad unter einem schweren Verlust litt. Vielleicht hatte sich Navan nur versprochen, aber ein Teil von mir hatte das Gefühl, dass sich hinter der ganzen Sache mehr verbarg, als er zugab.

Aber das war ein Thema für einen anderen Tag. Wenn ich denn noch einen anderen Tag erleben würde.

Ich ging zur Tür zurück und öffnete sie langsam, um auf den

Gang hinauszuspähen. Er schien leer zu sein und die Stimmen kamen weiter von oben. Also nahm ich all meinen Mut zusammen und ging, nachdem ich einen letzten Blick auf den jungen Mann neben der Feuerstelle geworfen hatte, nach draußen und schloss die Tür. Ich ging zur Treppe zurück und blieb dort stehen. Die Stimmen waren zu gedämpft, aber je mehr ich zuhörte, desto besser erkannte ich die Tonfälle, die mich an Navan und seinen Bruder erinnerten. Keine der Stimmen klang nach Jethro, der sich deutlich älter anhörte. Das war vielleicht ein gutes Zeichen. Wenn ich jetzt nach oben ging, erwischte ich die beiden Brüder vielleicht allein.

Ich zuckte zusammen, als mein rechter Fuß die erste Stufe betrat und mein Gewehr rutschte in meinen verschwitzten Händen. Ich stellte mir Navans Gesicht vor, wenn ich den Raum betrat. *Bitte sei mir nicht allzu böse.* Angesichts der Neuigkeiten, die ich ihm brachte, hatte er verdammt nochmal gar kein Recht darauf, böse auf mich zu sein. *Ich muss meine Nachricht nur schnell genug ausspu…*

Etwas Scharfes wurde gegen meinen Hals gepresst. Ich hatte gerade meinen linken Fuß auf die zweite Stufe setzen wollen, aber stattdessen wurde ich nach hinten gerissen und eine Hand legte sich auf meinen Mund, um meinen Aufschrei zu ersticken. Dann hörte ich schweres Atmen dicht an meinem Ohr, gefolgt von einem Flüstern:

»Ich dachte, dass wir euch losgeworden wären.«

Jethros Stimme war unverwechselbar und mir blieben wenige Sekunden, um mich zu fragen, warum ich ihn nicht hatte näher kommen hören, bevor er meinen Kopf gegen die Wand schleuderte und meinen Gewehrlauf packte. Aus Reflex drückte ich auf den Abzug und der Schuss hallte durchs Haus. Seine Hand löste sich lang genug von meinem Mund, dass ich aus voller Lunge die Treppe hinaufschreien konnte:

»JETHRO HAT MENSCHENBLUT NACH VYSANTHE GESCHICKT!«

Im nächsten Augenblick ließ Jethro mich los und rannte den Gang entlang. Ich war von der Hitze und dem Schlag gegen den Kopf so benommen, dass ich kaum etwas sehen konnte, aber ich war noch geistesgegenwärtig genug, um auf ihn zu schießen. Doch ich zielte schlecht und meine Hände zitterten. Ich schrie gellend, während er zur Tür rannte. Ianthan stürmte aus einem Nebenraum und rannte Jethro nach.

Dann polterten Schritte die Treppe hinunter und ich stand Navan und Bashrik gegenüber. Beide trugen kein T-Shirt und ich sah, dass ihre Haut inzwischen wieder goldgebräunt glänzte. Unter anderen Umständen hätte ich es lustig gefunden, wie sehr Navans Gesichtsausdruck demjenigen ähnelte, den ich erwartet hatte – absolutes Entsetzen – aber bevor er etwas sagen konnte, deutete ich den Gang entlang und schrie:

»Jethro und Ianthan stehlen dein Schiff! Lauf! SCHNELL!«

Ich konnte mir nicht vorstellen, dass meine Worte viel Sinn für ihn ergaben, aber die schiere Panik in meiner Stimme hatte die Brüder wohl in Bewegung gesetzt und nun schossen sie den Gang entlang auf die Hintertür zu. Ich rannte ihnen nach und hörte von draußen schon Angies und Laurens Schüsse.

Ich erreichte die Tür gerade rechtzeitig, um zu sehen, wie Jethro, der seine Flügel gespreizt hatte, von einer Kugel getroffen wurde. Er flatterte und stürzte zu Boden. Ianthan, der das Schiff fast erreicht hatte, eilte zu seinem Vater zurück. Doch Jethro hatte sich bereits wieder aufgerappelt, obwohl ihm das Blut in der Farbe geschmolzener Lava vom rechten Flügel tropfte.

»STEIG EIN!«, knurrte er und deutete auf Soraya, bevor er halb rennend, halb humpelnd hinter ihm herlief.

»Ianthan? Jethro?«, schrie Navan entsetzt über den Hof. Er und Bashrik rannten, während sie gleichzeitig die Flügel spreizten und dann abhoben.

»Lauren! Hör auf zu schießen!«, schrie Angie, als Bashrik plötzlich in der Luft zu taumeln begann.

Alles war viel zu schnell passiert. Bashrik und Navan hatten nur wenige Sekunden gebraucht, um ebenfalls ins Visier meiner beiden Freundinnen zu fliegen und Laurens Reflexe waren nicht schnell genug.

»Oh mein Gott!«, schrie Lauren schockiert durch die ohnehin schon chaotische Szene. »Bashrik! Nein! ES TUT MIR LEID!«

Bashrik stöhnte gequält, als er zu Boden stürzte. Ich rannte zu ihm und warf Navan, der in der Luft gestockt war, einen wütenden Blick zu, der ihn dazu bringen sollte, die anderen beiden zu schnappen. Nach einem kurzen Zögern jagte er ihnen nach, während ich neben Bashrik in die Hocke ging. Er war wie Jethro auch am Flügel getroffen worden, doch seine Verletzung schien schwerwiegender zu sein. Lavafarbenes Blut sickerte aus einer Wunde dicht an seinem rechten Schulterblatt. Die Kugel war sowohl durch seinen Flügel als auch durch seine Schulter geschlagen. Ohne nachzudenken riss ich mir mein Shirt vom Leib, um die Blutung zu stoppen. Es kümmerte mich nicht, dass nun mein Sport-BH sichtbar war.

Bevor ich Bashrik etwas Beruhigendes zuraunen konnte, hörte ich Navan so laut fluchen, dass es über den ganzen Hof hallte. Ich sah auf und erkannte, dass er das Schiff eine Sekunde zu spät erreicht hatte. Ianthan und Jethro war es bereits gelungen, sich darin einzuschließen.

Der Motor summte, die metallene Oberfläche glänzte und dann hob die Kugel in alarmierender Geschwindigkeit ab. Dabei traf sie Navan und schleuderte ihn zurück.

Er rappelte sich wieder auf und hastete dem Schiff nach. Er stürzte sich auf die Eingangsluke – eine Vertiefung in der Kugel, die ich vorher nicht bemerkt hatte. Seine Flügel schlugen heftig, als er seine Hände in diese Vertiefung legte und sich an der Tür festklammerte, während das Schiff immer weiter an Höhe gewann. Metall ächzte und kaum eine Sekunde später löste sich die Lukentür aus ihrem Rahmen, fiel zu Boden und landete keine zwei Meter von Bashrik und mir entfernt.

Mit offenem Mund starrte ich auf den Schaden, den Navan mit bloßen Händen angerichtet hatte. Das Metall der Tür war mehrere Finger breit und die Kanten, an denen Navan die Tür ausgehebelt hatte, waren verbogen worden, als ob sie aus Gummi bestünden. Seine Stärke war einfach unbegreiflich.

Nun sah ich wieder zum aufsteigenden Schiff hinauf. Navan war nicht länger zu sehen. Er hatte sich durch die Luke nach drinnen geworfen und ich hörte Stöhnen und Schnauben, Poltern und Schläge. Das ganze Schiff erbebte und ein kalter Schauer lief mir den Rücken hinab, als Jethro einen Schrei ausstieß, der mir das Blut in den Adern gefrieren ließ.

Das Schiff stürzte und ich schnappte nach Luft, als es zu Boden krachte. Zwei große Gestalten sprangen heraus und rollten über das Gras – Navan stürzte sich auf Ianthan und würgte ihn. Navans Hände, Arme und sein Oberkörper waren von lavafarbenem Blut bedeckt und sein ganzer Körper bebte vor Anstrengung, als er Ianthan einen Faustschlag ins Gesicht verpasste.

»Du Bastard«, fauchte Navan mit belegter Stimme. »Ich kann nicht fassen, dass du das getan hast.«

»Es tut mir leid, Navan«, wimmerte Ianthan. »Ich wollte es nicht durchziehen. Der Plan war nie, dich oder deinen Bruder zu verraten. Wir wollten die Blutprobe nur benutzen, um uns bei Königin Brisha gut zu stellen – das war alles.«

Navans Griff lockerte sich nicht, sondern wurde, wenn überhaupt, nur noch fester. »Du warst mein bester Freund!« Ich hörte die Enttäuschung in Navans Stimme. »Ich habe dir vertraut!« Er schlug Ianthan erneut ins Gesicht und mir wurde flau im Magen, als ich Knochen knacken hörte. Navan holte erneut aus, hielt aber dann inne. »Wie lange?«, fragte er. »Wie lange planen du und dein Vater das schon? Wie lange hintergeht ihr mich schon?«

»Mein Vater ... wahrscheinlich seit er dir geholfen hat, dieses Schiff zu bauen. Das war einer seiner Beweggründe, um dir zu helfen. Du hattest eine Erkundungslizenz und er nicht. Er hatte gehofft, dass du etwas entdecken würdest, das ihm nützlich sein könnte. Aber ich? Ich schwöre, Navan, dass es nicht einmal einen Monat her ist. Als du mich gebeten hast, dich Ronads wegen hierher zu begleiten. Ich ... Ich fühlte mich in die Enge getrieben. Mein Vater hat Elida dazu gebracht, mich unter Druck zu setzen, seinen Plänen zuzustimmen, und sie hat damit gedroht, mich zu verlassen, wenn ich ihm nicht helfe. Ich weiß, dass das keine Entschuldigung ist, aber ich verspreche, dass ich es wiedergutmachen werde. Ich erwarte nicht, dass du mir jemals wieder vertraust, aber ich werde alles tun, um ...«

»Ihr habt bereits eine Blutprobe abgeschickt?«, knurrte Navan, ließ Ianthan los und ballte die blutbefleckten Hände erneut zu Fäusten.

»Ja. Rileys Blut«, wimmerte Ianthan. »Mein Vater hat es getan, heute Morgen. Aber das war nicht Teil des Plans, dem ich zugestimmt habe. Er hat mir nichts davon gesagt, dass er …«

»Wie weit entfernt ist die Hülse?«, fragte Navan fordernd und rannte zum Schiff. Er war in totalem Bestien-Modus und sein Blick jagte mir einen kalten Schauer den Rücken hinab. Seine Augen sahen aus, als ob sie Löcher durch Eisen bohren könnten.

»Ich weiß es nicht. Aber die Hülse ist im Vergleich zu Soraya langsam. Wir können sie immer noch einholen!«

Angie und Lauren kamen nun mit blassen Gesichtern zu mir. Lauren sah entsetzt aus, als sie näher an Bashrik herantrat. Ich bat Angie, weiter mein Shirt auf seine Wunde zu drücken, und stand mit zitternden Knien auf. Immer noch hatte ich Mühe, meine Übelkeit unter Kontrolle zu bekommen. Ich lief hinter Navan zum Schiff.

Dort steckte ich den Kopf in das stahlglatte Innere der Kugel, das groß genug war, um zehn Personen zu transportieren. Jethro lag auf dem Metallboden. Sein Kopf war vom Körper abgetrennt. Ich wandte den Blick ab und Galle stieg in meinen Mund. Es war das erste Mal, dass ich einen Toten sah, und noch dazu einen so schrecklich entstellten. Andererseits überraschte es mich nicht, dass Navan ihn getötet hatte. Kaltblüter waren brutal und redeten nicht lange um den heißen Brei herum. Allein ihr Aussehen ließ das schon erahnen.

Ich schluckte die Gallenflüssigkeit und konzentrierte mich auf Navan, der sich über eine Art komplexes Kontrollpanel gebeugt hatte – oder über das, was davon übrig war. Ich brauchte keine Mechanikerin zu sein, um zu sehen, dass das Gerät zerstört war. Zifferblätter waren zertrümmert, Knöpfe abgerissen und Regler zerquetscht. Die Wände zeigten Dellen, wo Fäuste auf sie getroffen waren. Ganz zu schweigen davon, dass es keine Tür gab. Ich hatte dank Roger gelernt, Autos zu reparieren, aber das hier war weit über meiner Kategorie.

Mir stockte der Atem. »Navan«, sagte ich leise. »Wie willst du der Hülse nachfliegen?«

Er ignorierte mich und öffnete ein Fach unter dem Kontrollpanel, in dem sein ganzer Oberkörper verschwand. Ich hörte ein elektrisches Knistern und sah, wie Funken flogen. Dann stotterte das ganze Schiff, bevor der Strom komplett ausfiel. Navan tauchte eine Sekunde später aus der Öffnung hervor und stand mit funkelnden Augen auf.

»Sie haben uns verraten«, sagte er heiser und wischte sich mit dem Handrücken über die Stirn. Ich hörte den Ärger in seiner Stimme, aber auch die Fassungslosigkeit. »Und du hast recht. Dieses Schiff wird ohne größere Reparaturen nicht abheben.«

Ianthan näherte sich uns zögernd. Auf seinem Schädel sah ich blutige kahle Stellen, dort wo Navan ihm das Haar ausgerissen hatte. Sein Gesicht war ebenfalls blutverschmiert und seine Nase hing schief. Sie war definitiv gebrochen.

Navan sah zu ihm und Ianthan stand da wie ein Hund, der wusste, dass er Schläge bekommen würde.

»Was schlägst du vor, sollen wir jetzt tun?«, fragte ihn Navan. »Die Tür kann ich mit den Werkzeugen reparieren, die sich in den Schränken befinden« - er deutete auf den hinteren Teil des Schiffs, aber mein Blick folgte seiner Geste nicht, weil ich nicht noch einmal auf die Leiche schauen wollte - »aber ich habe keine Werkzeuge für das Kontrollpanel. Weißt du, ich war nicht darauf vorbereitet, hier von meinem besten Freund hintergangen zu werden. Das stand nun wirklich nicht auf der Liste von Dingen, auf die ich mich vorbereitet hatte.«

Ianthan sah sich im Schiff um und unterdrückte einen Schluchzer, als sein Blick auf seinen Vater fiel. Er zuckte zusammen, schloss die Augen und bedeckte sein Gesicht mit seinen Händen. Es dauerte eine Weile, bis er sich genug im Griff hatte, um wieder zu sprechen.

»Ja, wir haben ein Problem«, sagte er heiser. »A-aber du hast alle Werkzeuge, die du brauchst, in der Hauptbasis, nicht wahr? Allein wird die Hülse mindestens drei Wochen brauchen, um Vysanthe zu erreichen. Soraya wird selbst trotz der Verzögerung noch Zeit haben, die Hülse einzuholen. Flieg nach Alaska, hol die Werkzeuge und komm dann wieder, um das Kontrollpanel zu reparieren. Sobald es funktioniert, hast du Zugang zu den genauen Koordinaten der Hülse und kannst ihr nachfliegen.«

Ich wollte gerade fragen, was um alles in der Welt sie mit Navans »Hauptbasis« und »Alaska« meinten, als die Übelkeit, die ich während der letzten Stunde in Schüben gespürt hatte, zehnmal stärker wurde und mich in die Knie zwang. Ich stürzte rückwärts aus dem Schiff, taumelte zum Gras und presste die Hände an meinen Kopf, als ein stechender Schmerz mein Gehirn durchfuhr.

»Riley!«, hörte ich meine Freundinnen rufen und schon kam Angie zu mir geeilt. Auch Navan lief mir nach und kniete sich neben mich. Als er mich mit gerunzelter Stirn anstarrte, sah ich auf einmal doppelt.

»Ist alles okay? Was ist passiert?«, fragte er mit aufgerissenen Augen.

»Wir haben das Elysium nicht genommen«, sagte Angie und Navans Kopf fuhr zu ihr herum. »Entschuldigung!«, fügte sie schnell hinzu und hob beschwichtigend die Hände, »aber es ist doch Wahnsinn, dass du geglaubt hast, dass wir einfach so alles wieder vergessen können, was wir erfahren haben! Als wir ins Haus gegangen sind, um miteinander zu sprechen, haben wir eine Schale mit Röhrchen gefunden. Riley hatte gesehen, wie ihr davor aus diesen Röhrchen getrunken habt, und dachte, dass sie uns wahrscheinlich nicht schaden würden. Also haben wir sie ausgetauscht! Aber bitte sei nicht böse. Wenn wir das nicht getan hätten, dann hätten wir nicht gewusst, wie wir dich warnen können, nachdem wir belauscht haben, wie Jethro und Ianthan ihr Komplott geschmiedet haben …«

»Oh, um Rasks Willen!«, sagte Navan. Ich war mir nicht sicher, wer Rask war, aber so wie Navan es sagte, klang es wie ein schlimmes Schimpfwort. Er kniff seine stürmischen Augen zusammen und sah mich an. »Wonach hat es geschmeckt – das, was du getrunken hast?«

Ich öffnete den Mund, um zu antworten, aber mein Hals war schmerzhaft verklebt. »Leicht salzig.«

Navan fluchte noch einmal und legte seine kochend heißen Hände an meine Stirn. Mit seinen Daumen hob er meine Augenlider, die auf einmal so schwer geworden waren, dass ich sie unbedingt geschlossen halten wollte.

»Oh nein«, keuchte Angie. »Warum sehen ihre Augen so aus?«

»Wie denn?«, fragte ich, bemüht, nicht in Panik zu verfallen.

Navan sah mich an, aber sein Gesicht verschwamm. »Sie sind neblig.«

Meine Sicht verschwamm immer mehr, so als ob jemand langsam Vorhänge vor meinen Augen zuzog.

»Was ist mit euch beiden – wie hat eure Flüssigkeit geschmeckt?«, fragte Navan Angie und Lauren mit erschrockenem Ton.

»Meine war gar nicht salzig, sondern leicht süß«, sagte Angie.

»Meine auch«, nickte Lauren.

Navan atmete scharf aus. »Die Schale mit den Röhrchen enthielt verschiedene Substanzen. Was ihr beide getrunken habt, war wahrscheinlich das Blut eines Weißrehs. Auch wenn dies ein Tier aus Vysanthe ist, sollte sein Blut keine großen Nebenwirkungen auf euch

Erdlinge haben. Aber was Riley getrunken hat, klingt nach Silberwurzel – eine Art Stimulans, die bei uns Kaltblütern ähnlich wie Kaffee wirkt, aber für den menschlichen Verzehr viel zu stark ist. Es scheint, dass es eine Weile dauert, bis die Wirkung eintritt. Die Wurzel ist für ihre langsam wirkenden Substanzen bekannt, aber …« Er verstummte und sein Schweigen ängstigte mich.

»Aber was?«, fragte ich, inzwischen vor lauter Nebel vor meinen Augen fast blind.

»Navan«, sagte Ianthan heiser irgendwo rechts von mir. »Reise sofort nach Alaska. So kannst du zwei Fliegen mit einer Klappe schlagen. Du holst deine Werkzeuge und nimmst das Mädchen mit, um es zu heilen. Du hast doch die Reiseapotheke auf Vorrat, oder? Sicher kannst du mit den Zutaten, die du dort hast, ein Gegenmittel mischen.«

Es folgte eine Pause, in der Navan tief durchatmete. »Ich kann nicht böse auf euch sein, denn wenn ihr das Elysium genommen hättet, dann hätten wir nichts von Jethro und Ianthan erfahren. Ianthan hat recht. Ich habe die Zutaten, die ich für ein Gegenmittel brauche. Du wirst wieder gesund werden, Riley. Aber du, Ianthan«, sagte er und sein Ton wurde schroffer, »ich habe immer noch nicht entschlossen, was ich mit dir tun werde, und ich werde dich nicht aus den Augen lassen. Du wirst mit uns reisen. Lauren und Angie, ihr werdet euch um Bashrik kümmern und Ronad pflegen, falls er Hilfe braucht. Seine Verwandlung ist fast abgeschlossen, aber er wird ein paar Tage brauchen, bevor er wieder zu Kräften kommt. Ich werde die Kugel aus Bashriks Fleisch holen und euch dann ein paar Medikamente dalassen, die ihr ihm verabreichen müsst. Ich habe einen kleinen Vorrat im Schiff. Den werde ich euch zusammen mit genauen Anweisungen dalassen.«

»Was sollen wir den Churnleys sagen? Wie lange werdet ihr fort bleiben?«, fragte Angie.

Ich hörte, wie Navan schluckte. »Ich weiß nicht, was ihr ihnen sagen könnt, aber wir werden nicht länger als vierundzwanzig Stunden brauchen … Hoffentlich.«

KAPITEL ZWÖLF

Angie führte mich zu einem Stuhl und ich nahm nur benommen wahr, wie Navan und Ianthan auf dem Hof zwischen dem Schiff und dem Haus hin- und herrauschten und unseren Aufbruch vorbereiteten. Ich merkte, was vor sich ging, vor allem über mein Gehör, weil meine Sicht immer noch verschwommen war.

Ich hörte Bashrik aufstöhnen, als ihm die Kugel entfernt wurde, und dann sprach Navan leise über eine Reihe von Salben, die er den Mädchen zurücklassen würde.

Gefühlte fünfzehn Minuten und viele verwirrte Augenblicke später hatten Navan und Ianthan alle nötigen Vorbereitungen getroffen und ich spürte, wie sie auf mich zukamen. Trotz meiner schlechten Sicht erkannte ich, dass Navan sich das Blut abgewaschen hatte und einen schwarzen Rucksack auf den Schultern trug. Ianthan hielt etwas, das wie eine dicke gefütterte Jacke aussah.

Navan beugte sich vor und zog mir ein T-Shirt über, bevor er mich hochhob. Ich zuckte zusammen, weil ich erwartete, dass mir seine unerträgliche Hitze entgegenschlagen und meinen Kopf zum Platzen bringen würde, aber zu meiner Überraschung war seine Temperatur gemäßigt. Er war zwar warm, aber es war mehr als erträglich.

»W-was ist passiert?«, brachte ich heraus, als er einen Arm unter meine Knie schob und den anderen um meine Taille legte. Dann hob er mich hoch und presste mich an seine Brust, während ich meine Arme um seinen Hals schlang, um Halt zu finden. Obwohl meine Sicht immer noch verschwommen war, fühlte ich mich in seinen Armen unerklärlich sicher. Normalerweise hätte ich darauf bestanden, selbst zu laufen, aber mir war zu schummrig, um überhaupt aufzustehen. Außerdem halfen mir seine sanften Berührungen, mich zu entspannen.

»Ich will dir nicht noch mehr Unbehagen bereiten, als du ohnehin schon fühlst, wenn ich dich trage«, erklärte er. »Also habe ich etwas eingenommen, das meine Temperatur reguliert, während wir fliegen.«

»Einen Augenblick«, sagte ich, als auf seinem Rücken Flügel auftauchten. »Du wirst mit mir die ganze Strecke bis nach Alaska fliegen?« Das war mir bisher nicht klar gewesen.

»Ich fürchte, dass der letzte Zug bereits abgefahren ist. Das ist unsere einzige Chance.«

»Riley!«, rief Lauren. Sie und Angie kamen zu mir und drückten meine Hände. »Bitte pass auf dich auf.«

»Wenn wir uns beeilen, dann sollte sie sich bald erholen«, sagte Navan und eine Sekunde später lösten sich die Hände meiner Freundinnen von mir und Navan erhob sich in die Lüfte. Ianthan flog neben uns. Mir wurde flau im Magen. Ich hatte kaum »Bis bald« gehaucht, als ich einen Windhauch spürte und wir durch die Baumkronen schossen. Die heiße Nachmittagssonne brannte auf meiner Haut.

Ich wollte nach unten sehen, um auszumachen, wie hoch wir flogen und ob ich das kleine Holzhaus der Churnleys sehen konnte, aber ich konnte keinen Meter weit sehen und selbst Navans Gesicht, das sich nur wenige Zentimeter über mir befand, war schon schwer zu erkennen.

Aber vielleicht war das auch gut so. Als wir noch höher flogen, erschauderte ich beim Gedanken daran, wie viele Meter wir uns über dem Boden befinden mussten. Navan flog mit atemberaubender Geschwindigkeit und da es keine Sicherheitsgurte gab, die mich festhielten, sondern nur seine Arme unter mir und meine Arme um seinen Hals, sollte ich wahrscheinlich dankbar dafür sein, nichts sehen zu können.

Ich wollte Navan viele Fragen stellen, zum Beispiel, wie lange er glaubte, dass wir bis zu seiner »Basis« in Alaska brauchen würden, was er überhaupt mit einer »Basis« meinte und wie er zu einer Basis in Alaska gekommen war. Ich wollte ihn auch fragen, was passierte, wenn sein Gegenmittel nicht wirkte, aber mit jeder Sekunde, die verging, war ich weniger in der Lage, zusammenhängende Sätze zu formulieren, so als ob mein Gehirn sich von meinem Verstand losgelöst hätte.

Ich verlor nicht ganz das Bewusstsein, verfiel aber in einen schweren, fast traumartigen Zustand. Ich hatte noch nie im Leben einen Tropfen Alkohol getrunken, aber ich stellte mir vor, dass es sich in etwa so anfühlen musste, betrunken zu sein. Ich fühlte mich, als ob ich auf einem langsamen Fluss trieb. Alles, was mir Angst machen konnte, war zu glitschig, um es greifen zu können. Also schloss ich die Augen, während meine Kopfschmerzen langsam abebbten, und fühlte mich leichter als mein Körper, so als ob ich allein vom Wind getragen würde.

Es war beunruhigend und ich versuchte, mich an irgendetwas festzuhalten, aber meine Arme rührten sich nicht. Dann erinnerte ich mich daran, dass ich sie bereits um Navans kräftigen Hals geschlungen hatte, und dass mir nichts Schlimmes passieren konnte, solange er mich in seinen Armen trug.

Meine Lippen bewegten sich und meine Stimme erwachte zum Leben, obwohl mein Gehirn nichts davon mitbekam, was ich sagte. Ich nahm nur meine Gefühle wahr, als ich redete. Sie schwankten in mir wie ein Pendel hin und her. Eine Minute lachte ich gurgelnd und in der nächsten liefen mir Tränen über die Wangen, wahrend mich eine überwältigende Angst packte.

Irgendwo dazwischen spürte ein kleiner Teil von mir – der Teil, der sich bewusst war, dass mich ein Fremder beobachtete – Scham über mein Verhalten, aber so sehr ich mich auch bemühte, konnte ich die Kontrolle über mich nicht wiedererlangen. Das war das Erschreckendste. Ich hatte keine Ahnung, ob diese Benommenheit, in die ich gesunken war, je wieder aufhören würde. Ich hätte meine ganze Lebensgeschichte, meine tiefsten Ängste und Unsicherheiten ausplaudern können und hätte es nicht einmal gemerkt. So, wie die Gefühle über mich hereinbrachen, würde es mich nicht wundern, wenn ich genau das wirklich getan hatte.

»Riley.« Seine Stimme war sanft und leise, aber auch tief und beruhigend. Sie vibrierte in seiner Brust und lockte mich dichter an ihn, an die Sicherheit, mich an ihn zu schmiegen.

Ich war froh, dass er zu merken schien, welche Wirkung seine Stimme auf mich zu haben schien, und er sagte weiter hin und wieder meinen Namen, was mich daran erinnerte, dass es außerhalb meines

Kopfes eine eigene Realität gab. Nach und nach wurden meine Gefühle weniger unkontrolliert und es gelang mir, mich auf seinen kräftigen Körper zu konzentrieren, der meine schlaffen Glieder wie ein starkes Bettgestell hielt. Ich schloss die Lippen und hörte auf, vor mich hinzubrabbeln. Als eine tiefe Erschöpfung sich über mich legte, schmiegte ich meinen Kopf an sein Schlüsselbein.

Irgendwie gewann der Schlaf die Oberhand, hüllte meine Seele ein und dämpfte meine Sinne. Ich döste, während der Wind um mich herum peitschte, und als ich wieder aufwachte, war es extrem kalt.

Ich öffnete die Augen und sah, dass es bis auf den blassen Mond am Nachthimmel dunkel war und ich die gefütterte Jacke trug, die Ianthan mitgenommen hatte. Die Kopfschmerzen und die Benommenheit waren noch da, aber das Ausruhen hatte meine Sicht etwas besser werden lassen.

Ich sah zu Navan hinauf. Seine Haut hatte wieder diesen gräulichen Ton und seine dunklen Augen waren auf einen kleinen Platinkompass fixiert, den er in einer Hand hielt, während er den anderen Arm weiter fest um mich geschlungen hatte. Die Anzeige des Kompasses war beleuchtet und das Licht spiegelte sich in seinem markanten Gesicht wider. Unter anderen Umständen wäre es wohl ein wahr gewordener Traum, in den Armen dieses schönen Mannes zu liegen. Nun, *Mann* passte nicht ganz, aber …

Er sah mich an, als er merkte, dass ich zu mir gekommen war, und mir stieg Blut in die Wangen. Mein Schamgefühl kehrte zurück. Wenn ich mich doch nur daran erinnern könnte, was ich ihm gesagt hatte. Er sah mich in einer verständnisvollen Art an, wie er es nicht getan hatte, als wir losgeflogen waren, so als ob er mich auf unserer Reise besser kennengelernt hätte. Das hätte mir nicht unbedingt etwas ausgemacht, wenn es nicht so einseitig und ich nicht völlig ahnungslos gewesen wäre, wie viel besser er mich denn nun kannte. Ich war so gut wie allein mit ihm – Hunderte Meilen von meiner Familie und meinen Freunden entfernt, und mein Leben lag buchstäblich in seinen Händen. Ich glaubte wirklich, dass ich ihn auch besser kennenlernen und herausfinden sollte, wie viel ich über mich verraten hatte.

»Ähm«, setzte ich an, weil ich nicht wusste, wie ich das Gespräch beginnen sollte.

»Geht es dir besser?«, fragte er. Seine Stimme war rau, als ob er seit einer Weile nichts gesagt hatte, und er hob eine Braue.

Ich nickte und befeuchtete meine Unterlippe. »Ein bisschen, danke.«

»Wir müssen dich trotzdem behandeln. Du hast eine schwere Prüfung hinter dir. Ich glaube, dass dir das Ausmaß dessen ... was du getan hast, gar nicht bewusst ist.« Er sah mich besorgt an und ich hörte an seiner Stimme, wie unruhig er war. Das machte mich nervös. »Wir sind fast da.« Er blickte wieder auf den Kompass und sah dann geradeaus.

Ich folgte seinem Blick. In der Ferne erkannte ich Lichter auf einer kleinen Fläche, dort befand sich scheinbar ein Dorf, aber davon abgesehen, gab es nichts weiter als meilenweit eisig glitzernde Tundra. Die Stille war beinahe ohrenbetäubend. Nur Navans und Ianthans Flügelschlagen war zu hören.

Ianthan flog etwa drei Meter von uns entfernt. Sein Gesicht war reglos. Ich konnte mir nicht vorstellen, dass die beiden auf dem Weg viel miteinander gesprochen hatten, und ich konnte mir auch nicht ausmalen, wie Navan sich fühlte, nachdem er von seinem besten Freund derart verraten worden war. Der Gedanke, dass mich eine meiner besten Freundinnen verriet, war für mich einfach unvorstellbar. Ich vertraute ihnen voll und ganz und es hätte mir das Herz gebrochen, zu erfahren, dass eine von ihnen mich hinterging.

»Hey«, sagte ich und schob den Gedanken beiseite. »Es tut mir leid, dass ich dich getäuscht habe.« Ich sah ihn eindringlich an, als er zu mir hinabsah.

»Ich scheine in letzter Zeit öfter verraten zu werden«, sagte er kopfschüttelnd und seufzte. Sein kalter Atem strich über mein Gesicht. »Dabei habe ich immer gedacht, dass ich schwer zu belügen bin. Diese Einschätzung überdenke ich gerade.«

Ich kaute auf meiner Unterlippe und versuchte, genug Mut zusammenzunehmen, um das zu sagen, was mir auf der Zunge lag. »Ich hoffe, dass ich mich auf dem Weg nicht allzu seltsam verhalten habe. Ich ... Ich weiß nicht, was mit mir passiert ist. Ich weiß nicht, warum ich gesagt habe, was auch immer ich gesagt habe.«

Sein Adamsapfel bewegte sich, als er schluckte. Dann wandte er den Blick wieder ab und konzentrierte sich auf unsere Flugrichtung geradeaus. Ich hatte gehofft, dass er anbeißen und mir verraten würde, was passiert war, ohne dass ich ihn direkt darum bitten musste, aber seine Lippen blieben versiegelt.

»Weil ich mich nämlich nicht daran erinnern kann, was ich gesagt habe. Aber vielleicht kannst du mich ja aufklären?«

Als er mich ansah, erkannte ich Mitgefühl in seinen Augen. Meine Wangen wurden noch röter.

»Du hast ein paar Dinge gesagt«, antwortete er vage.

»Ähm, okay«, hauchte ich und beschloss, ihn nicht weiter zu bedrängen. Wenn das Gespräch darauf kam, dann war es gut so. Und wenn nicht, dann würde ich es nicht weiter erzwingen. Dadurch verschwand mein Unbehagen zwar nicht, aber es gab noch einen anderen Weg, den ich versuchen konnte ... »Es gibt einiges, das du in unserer ersten Frage-Antwort-Stunde übersprungen hast«, sagte ich und wechselte das Thema. Ich erinnerte mich an das Gespräch, das wir zwischen Ianthan und seinem Vater belauscht hatten, und an die vielen Fragen, die es in meinem Kopf aufgeworfen hatte.

Navan legte den Kopf schräg. »Was zum Beispiel?«

»Zum Beispiel: Was geht wirklich in eurer Heimat vor sich? Ich habe gehört, wie Jethro von zwei Königinnen gesprochen hat, die in eine Art Krieg gegeneinander ziehen werden? Jethro sagte, wie wichtig es wäre, dass er und Ianthan sich auf Königin Brishas Seite schlagen, weil sie diesen Krieg gewinnen wird. Das bringt mich zu der Vermutung, dass du und deine Brüder wahrscheinlich auf der Seite von Königin Gianne stehen?«

Es funkelte dunkel in seinen Augen und ich ahnte, dass die Frage unangenehm für ihn war. »Du hast recht«, sagte er schwermütig. »Ich habe viele Details ausgespart, als ich dir geantwortet habe. Aber ich möchte dich daran erinnern, dass ich davon ausgegangen bin, dass ihr sofort danach das Elysium nehmt, weshalb es keinen großen Sinn hatte, euch lang und breit den Hintergrund zu erklären ... Aber ja, Vysanthe wird von zwei Königinnen regiert. Gianne im Süden und Brisha im Norden. Sie sind Schwestern – Zwillinge – die den Thron vor etwa einem Jahrzehnt geerbt haben. Meine Brüder und ich sind Bürger in Giannes Königreich, so wie unsere Eltern und ihre Eltern vor ihnen ...«

»Wow. Aber warum hassen sich die Schwestern so sehr? Warum zieht ein Krieg herauf?«

Navan seufzte und steckte den Kompass in seinen schwarzen Rucksack, bevor er mich wieder mit beiden Armen festhielt. Meine Haut prickelte, als seine rechte Hand versehentlich unter meine Jacke glitt und die nackte Haut an meinem Rücken berührte. Seine Berührung war eiskalt – es war kein wenig Wärme mehr in ihm.

Mir stockte der Atem und ich schmiegte mich dichter an ihn, bis unsere Gesichter dicht beieinander waren, während mich eine Gänsehaut schüttelte.

»Es tut mir leid«, sagte er und unsere Blicke trafen sich. Der Schatten eines Lächelns huschte über seine Lippen. »Wie gesagt, macht uns die ‚Vermenschlichungsformel', die ich entwickelt habe, zu Wärmeleitern, aber wenn äußere Wärme, wie etwa Sonnenlicht, fehlt, dann wird unser Blut wieder kalt. Wie bei einem Reptil, wie du es beschrieben hast.«

»Kein Problem«, sagte ich, lockerte meinen Griff und schuf ein wenig Abstand zwischen unseren Gesichtern, obwohl ich nicht leugnen konnte, dass es sich ... gut anfühlte, so nah bei ihm zu sein. »Alles in allem ist es wahrscheinlich leichter, in deiner Nähe zu sein, wenn du ein Kaltblut bist.«

»Ist das so?« Ich sah ihm an, dass er sich ein Lächeln verkniff. »Ich glaube, dass mir das bisher noch niemand gesagt hat. Aber egal ... Was deine Frage angeht, warum die Schwestern gegen einander Krieg führen – das ist eine sehr lange Geschichte ... Vysanthe ist ein Planet, der hauptsächlich von einem Ozean bedeckt ist, der den Großteil des Jahres über vereist ist. Es gibt zwei verschiedene Festländer, die sich je rings um den Nord- beziehungsweise den Südpol befinden. Beide Kontinente wurden einst von einer einzigen Monarchie beherrscht – von König Hektor und Königin Shari, den Eltern von Brisha und Gianne, ihren einzigen Kindern. Aber vor etwas mehr als einem Jahrzehnt ist eine machtvolle Untergrundorganisation entstanden, die mit der Diktatur des Königs und der Königin unzufrieden war. Sie wollten ein System einführen, das eher einer Demokratie ähnelt – so würdet ihr es auf der Erde zumindest beschreiben. Auf jeden Fall ist es dieser Fraktion gelungen, den König und die Königin hinzurichten. Die beiden Schwestern konnten ihrem Tod entkommen und haben schnell ein Heer zusammengerufen, um den Widerstand zu zerschlagen. Die wenigen Rebellen, die mit dem Leben davongekommen sind, sahen sich gezwungen, wieder in den Untergrund zurückzukehren. Wenn sie ihren Wunsch nach einer Demokratie öffentlich gemacht hätten, wären sie hingerichtet worden, sodass praktisch alle, die fliehen konnten, verschwinden mussten. Die Rebellion war vorbei und die Herrschaft ging von den beiden verstorbenen Eltern auf die Töchter über.«

Er stockte und sah zu Ianthan, so als ob er sichergehen wollte, dass er immer noch neben uns flog oder vielleicht wollte er auch sehen, ob Ianthan uns zuhörte. Aber die versteinerte Miene des jungen Mannes neben uns gab keine Regung preis.

»Wow«, sagte ich. »Politik scheint dort, wo du herkommst, ein ziemlich blutiges Geschäft zu sein.«

»Ist sie das nicht überall?«, fragte er. »Die Schwestern haben den Thron bestiegen, nachdem der Widerstand beseitigt war, und beschlossen, Vysanthe so zu regieren, wie es immer regiert worden war – als eine vereinte Nation, mit regem Handel zwischen Nord und Süd, damit die unterschiedlichen Produkte, die auf den beiden Polkontinenten hergestellt werden, leicht verteilt werden können. Aber wenige Monate später begann sich die Lage zu verschlechtern. Da die beiden Schwestern Zwillinge waren, gestand keine der anderen eine höhere Autorität zu. Beide hatten unterschiedliche Ideen darüber, wie Vysanthes Zukunft aussehen sollte. Es wurde ein runder Tisch eingerichtet, um zwischen den beiden Schwestern zu vermitteln und Verhandlungen zu beginnen, aber letztlich gelang es ihnen nicht, zusammenzuarbeiten, und so beschlossen sie, Vysanthe in zwei Reiche mit zwei Regierungen aufzuteilen.«

»Viele Bürger waren zunächst verärgert und verunsichert, denn dies war etwas, was in der ganzen verzeichneten Geschichte des Planeten noch nie dagewesen war. Vysanthe ist wegen seiner langen Geschichte der Verschwendung von Ressourcen ein Ort, der nur wenig zu seinem eigenen Erhalt produziert, und muss daher von einer zentralen Autorität geführt werden, damit die vorhandenen Ressourcen gleichmäßig verteilt werden.

Doch die beiden getrennten Regime kämpften praktisch jedes für sich allein. Die Schwestern hatten zwar gewisse Abmachungen getroffen, aber es wurde schnell deutlich, dass sie ihre Herrschaft unabhängig voneinander ausüben wollen, und das erreichen sie hauptsächlich dadurch, dass sie anderen Planeten ihre Ressourcen entziehen.

Das ist die Entwicklung der letzten zehn Jahre. Die Zwillinge regieren ihre Reiche losgelöst voneinander, aber ... viele von uns glauben, dass die beiden Königinnen den derzeitigen Status quo leid sind. Denn ein Kompromiss bedeutet, dass beide Personen etwas erhalten, was sie eigentlich nicht wollten. Genau das ist passiert, als Vysanthe in zwei Reiche aufgeteilt wurde. Beide Königinnen wollten die Alleinherrschaft und beide halten sich selbst für die Qualifiziertere für diese Aufgabe. Einer der Gründe, warum Vysanthe so besessen vom materiellen Fortschritt ist – darunter fällt auch die Suche nach Unsterblichkeit – ist die Tatsache, dass beide die alleinige Herrschaft anstreben und versuchen, einander auszustechen. Jede von ihnen will beweisen, dass sie die fähigere, fortschrittlichere Anführerin nicht nur für ihr eigenes Volk, sondern auch für das Volk der Gegenseite ist. Beide wetteifern darum, alleinige Herrscherin zu werden.«

»Das klingt, als ob es eine großartige Reality-Show wäre«, sagte ich, obwohl die Lage gar nicht lustig war.

»Bislang hat es keine offizielle Stellungnahme zu einem möglichen Krieg gegeben«, fuhr Navan fort. »Im Augenblick ist es einfach nur ein Bauchgefühl, das viele von uns haben. Wir spüren das Grummeln der Unzufriedenheit auf beiden Seiten des Planeten.«

»Ich verstehe«, sagte ich langsam. »Und wo stehen du und deine Brüder, wenn es zu einem Krieg kommt? Würdet ihr auf Giannes Seite bleiben oder zu Brisha überwechseln?«

»Uns bleibt keine andere Wahl, als auf Giannes Seite zu bleiben. Brisha ist sehr wählerisch, wem sie den Aufenthalt in ihrem Territorium erlaubt, weil sie fürchtet, dass Fremde als Spione arbeiten könnten. Aufgrund des Ranges meiner Familie würde sie uns nicht vertrauen. Um auf Brishas Seite angenommen zu werden, müssten wir ihr schon etwas außergewöhnlich Wertvolles anbieten, um uns über jeden Zweifel erhaben als würdig zu erweisen.« Er warf einen Blick in Ianthans Richtung. »Aber ich bin nicht egoistisch genug, um etwas Derartiges zu tun.«

»Der Rang deiner Familie«, wiederholte ich nachdenklich, weil mir diese Worte hängen geblieben waren. »Was genau macht deine Familie denn?«

Es war Navan deutlich anzusehen, dass ihm die Frage unangenehm war. »Mein Vater ist ein hochgeschätzter ... Berater von Königin Gianne. Und meine Mutter ist eine schwache, dumme Frau, die sich niemals für etwas entscheiden würde, was den gesellschaftlichen Stand ihres Mannes schwächen könnte. Das ist so ziemlich alles, was du über sie wissen musst.«

Die Verachtung in seiner Stimme erinnerte mich daran, was ich für meine eigenen Eltern empfand, aber sein Ton war härter, vehementer und frischer, so als ob seine Narbe erst vor Kurzem wieder aufgerissen war, so wie es mir passiert war.

Meine Gedanken wanderten zu Ronad zurück und ich erinnerte mich an die ängstlichen Worte, die er in dem Zimmer, in dem er sich erholte, gerufen hatte. Vielleicht war diese Tragödie einer der Gründe für Navans Bitterkeit seinen Eltern gegenüber, aber ich wollte nicht so unsensibel sein, dieses Thema jetzt anzusprechen. Navan hatte es ziemlich deutlich gemacht, dass er nicht über Ronads Vergangenheit reden wollte.

»Das mit deinen Eltern tut mir leid«, sagte ich.

»Es muss dir nicht leidtun«, antwortete er. »Jeder hat einen freien Willen.«

Freier Wille. Dieser Begriff schien ihm wichtig zu sein, denn ich erinnerte mich daran, was er am Vortag auf eine meiner Fragen geantwortet hatte. *»Jede Kreatur im Universum wird mit einem freien Willen geboren. Wir können uns dazu entschließen, anders zu sein, selbst wenn wir dieselbe Anatomie haben.«* Dieser Satz hatte etwas in mir zum Schwingen gebracht und er tat es auch jetzt wieder. Mein freier Wille war meine einzige Hoffnung, dass ich mein Leben anders gestalten konnte, als meine Eltern ihr Leben gestaltet hatten. Obwohl dieser Mann und ich aus verschiedenen Ecken des Universums kamen, war das doch scheinbar ein Gefühl und eine Hoffnung, die wir teilten.

Obwohl ich mir vorstellte, dass seine alltäglichen Schlachten schwerer waren als meine. Schließlich war ich nicht dazu erzogen worden, eine Bestie zu sein, während er gegen seine ganze körperliche Erscheinung anzukämpfen hatte.

So sah ich Navans Persönlichkeit in einem neuen Licht und hatte endlich den Eindruck, ihn besser zu verstehen. Ich dachte an das

Verhalten, das ich bislang an ihm beobachtet hatte, an unsere erste Begegnung, als er uns seine angsteinflößende wahre Erscheinung offenbart hatte, und wie er dennoch immer wieder betont hatte, dass er uns keinen Schaden zufügen würde. Welchen Wert er darauf gelegt hatte, dass wir das Elysium freiwillig tranken, statt uns dazu zu zwingen. Kurz darauf hatte er mit mir verhandelt und sich darauf eingelassen, uns mehr über sich zu erzählen. Er war ein Kavalier gewesen und hatte dafür gesorgt, dass wir wieder in unser Schlafzimmer zurückgebracht wurden. Ich konnte Navan nicht vorwerfen, dass Jethro beschlossen hatte, mir auf dem Weg Blut auszusaugen. Keine dieser Verhaltensweisen entsprach einem typischen Vysanthiner, wie er ihn beschrieben hatte – das hatte allein Jethro schon bewiesen und das, obwohl ich davon ausging, dass Jethro noch eines der netteren Kaltblüter auf diesem Planeten war, sonst hätte sich Navan nicht mit ihm zusammengeschlossen. Die seltsamen und manchmal schrulligen Kommentare ergaben jetzt mehr Sinn für mich.

Ich erkannte, dass Navan sich in all diesen Gelegenheiten trainiert hatte. Er übte sich darin, seinen freien Willen einzusetzen und seine natürlichen Instinkte zu überwinden. Es lag zwar eine gewisse Rauheit in seiner Art, aber so, wie ich es sah, hatte er gelernt, sie zu kontrollieren und über den Dingen zu stehen, statt ein Opfer der Umstände zu werden.

Er war mit seiner Wärmerezeptur sogar so weit gegangen, herauszufinden, wie er sein Äußeres verändern konnte, um sich praktisch zum Gegenteil dessen zu verwandeln, was er eigentlich war.

Das alles brachte mich zu der Frage, ob er sein ganzes Leben lang schon so war, oder ob es eine Zeit gegeben hatte, in der er wie der Rest gewesen war. Und was ihn in diesem Fall dazu gebracht hatte, sich zu verändern ...

Auf jeden Fall respektierte ich ihn nun noch mehr, weil ich wusste, wie schwer es war, sich selbst zu verändern – vor allem, wenn man von seinem Umfeld nicht dabei unterstützt wurde. Klar, Navan hatte einen Bruder und einen Beinahe-Bruder, denen er nahestand ... und einen eher fragwürdigen besten Freund .... aber den Rest der Zeit war er von Kreaturen umgeben, die definitiv das totale Gegenteil von dem waren, was er anstrebte.

Das erklärte auch die Bemerkung darüber, warum er wollte, dass sein Schiff besser war als alle anderen – damit er fortkommen konnte, seine Ruhe hatte und seine eigenen Gedanken haben konnte. Er war nicht in den Genuss gekommen, zwei großartige Adoptiveltern zu haben oder mit einem Psychologen sprechen zu können, wenn er das Bedürfnis danach hatte. Er hatte das alles mit sich selbst ausmachen müssen. Ich konnte mir gar nicht vorstellen, welche Charakterstärke er dabei entwickelt haben musste. Das war es meiner Meinung nach, was wahren Mut ausmachte. Nicht nur zu merken, dass man sich ändern musste, sondern auch den Mut zu haben, es zu tun, und dann jeden Tag hart daran zu arbeiten.

Erst, als er mich fragend ansah, merkte ich, dass ich ihn wohl zu lange angestarrt hatte.

Beschämt wandte ich den Blick ab. »Ich dachte nur ...«, setzte ich an. »Ich denke, dass du sehr mutig bist, das ist alles.«

Er runzelte die Stirn und wusste offensichtlich nicht, wie er auf dieses Kompliment reagieren sollte, und das zu Recht, weil es völlig zusammenhanglos im Raum stand.

»Ich meine«, versuchte ich eilig zu erklären, »dass ich es mutig finde, wie du dich für deinen ‚feien Willen' entscheidest.«

»Oh, jetzt übertreib mal nicht«, sagte er. »Ich mache überhaupt nichts … Ich habe einfach nur jede Menge schlechtes Blut und das muss ich irgendwie wiedergutmachen. Ich bin wirklich kein toller Kerl.«

Ich runzelte die Stirn. »So schlimm bist du auch wieder nicht. Du hast mich immerhin die ganze Flugstrecke nach Alaska getragen.« Ich dachte an die Jungen, mit denen ich zur Schule gegangen war. Keiner von ihnen hätte auch nur annähernd so etwas getan, selbst wenn sie die Fähigkeit dazu besessen hätten. »Das ist schon ziemlich toll«, sagte ich stockend. »Und außerdem … fühle ich mich bei dir sicher.«

Ein gequälter Ausdruck legte sich über sein Gesicht und er seufzte. »Fühl dich nicht zu sicher. Ich bin kein guter Beschützer.«

Man hätte glauben können, dass er einfach nur darauf aus war, dass ich mein Kompliment noch einmal bestärkte, aber ich merkte, dass er einfach nicht in der Lage war, ein Kompliment anzunehmen, und der schmerzliche Blick war auch nicht verschwunden.

Ich schluckte und wusste nicht genau, was er damit meinte oder was ich erwidern sollte. Doch selbst wenn seine Handlungen von Schuld geleitet waren, war er immer noch eine bessere Person als der Rest seiner Art – die scheinbar nicht einmal dazu in der Lage war, Schuld zu empfinden, und es einfach als ihr gottgegebenes Recht empfand, andere auszubeuten.

Ich nahm ihm seine Selbstironie nicht ganz ab, aber ich wollte nicht länger auf dem Thema herumreiten. Wie es sich herausstellte, blieb uns ohnehin nicht mehr viel Zeit, um das Gespräch fortzusetzen, denn kaum drei Minuten später räusperte er sich und nickte auf einen hohen Felsen zu, der aus dem dunklen, vereisten Boden ragte. »Wir sind da. Halt dich gut fest.«

KAPITEL DREIZEHN

Als wir abwärts glitten, sah ich, dass wir das kleine Dorf, das ich vorhin aus der Ferne gesehen hatte, bereits hinter uns gelassen hatten. Mir wurde flau im Magen, als wir schneller hinuntersausten und in einer Geschwindigkeit aus dem Himmel stürzten, die mir nicht geheuer war. Ich hielt mich fester und auch Navan schlang seine Arme enger um mich.

Auf den letzten paar Metern schloss ich die Augen und öffnete sie erst wieder, als ich hörte, wie Navans Füße im Schnee knirschten. Ich war froh, dass wir Brombeeren gepflückt hatten, als diese ganze Ianthan-Jethro-Geschichte passiert war, denn ich hatte mir der Sträucher wegen eine lange Hose und Turnschuhe angezogen, die ich nun immer noch trug. Trotzdem war ich auch froh darüber, dass Navan mich wieder auf seinen Armen hielt, da meine Kleidung nicht wirklich schneetauglich war.

Ianthans düstere Gestalt näherte sich.

»Da drüben«, raunte Navan und deutete auf den hohen Felsen, der ein paar Meter entfernt aus dem Eis ragte.

Er trug mich schweigend, bis wir den Felsen erreichten, aber die Stille war nicht unangenehm, sondern ich hatte vielmehr das Gefühl, dass es nicht nötig war, etwas zu sagen. Die Dinge befanden sich in einem natürlichen Fluss – bei diesem Gedanken hätte ich dann doch beinahe laut aufgelacht. Hier war ich und wurde von einem Kaltblut, das mich gerade von Texas nach Alaska geflogen hatte, weil ich eine möglicherweise gefährliche Substanz getrunken hatte, auf den Armen getragen. Nichts daran war normal oder natürlich und dennoch fühlte ich mich in seinen Armen genau so.

Er blieb am Rande des Felsen stehen und strich mit seinen Stiefeln über den schneebedeckten Boden, um eine Falltür aus Metall freizulegen. Davor setzte er mich ab, achtete aber darauf, dass ich mich weiter an seiner Schulter festhielt, weil ich schwach auf den Knien war. Ich schlang mir die Jacke enger um und sah zu, wie Navan die geheime Falltür öffnete. Darunter befand sich ein Lagerraum, in dem ein großer Stahlkoffer lag, der etwa anderthalb mal anderthalb Meter maß. Navan hievte ihn in den Schnee hinauf und öffnete den Deckel, um eine Schatztruhe aus unzähligen kleinen silbernen Röhrchen vor mir zu offenbaren, die in verschiedene Unterfächer mit exotischen Namen, die mir überhaupt nichts sagten, eingeteilt waren.

Navan verschaffte sich kurz einen Überblick und zog dann drei Röhrchen zusammen mit einem Glasbecher hervor. Er mischte die drei Flüssigkeiten in dem Becher und schüttelte ihn, bevor er ihn mir entgegenstreckte.

Ich umklammerte den Becher.

»Trink alles aus«, sagte Navan streng.

Ich atmete ein und nickte dann, bevor ich den Becher an meinen Mund führte und, so schnell ich konnte, leertrank. Beinahe hätte ich alles wieder ausgespuckt, als die Flüssigkeit in meinem Hals zu brennen begann, aber irgendwie schluckte ich sie dann doch herunter.

Zu meinem großen Erstaunen setzte die Wirkung fast unmittelbar ein. Ich spürte, wie sich der Nebel vor meinen Augen lichtete und die Kopfschmerzen verschwanden. Ich fühlte mich ... wieder ziemlich normal. Durchgefroren, aber normal.

»Wow«, sagte ich. »Es hat tatsächlich funktioniert.«

Navan nickte und nahm mir den Becher wieder ab. Er wischte ihn mit einem Tuch aus, das in einer Ecke des Koffers gelegen hatte, und schloss den Koffer dann wieder.

Anschließend trat er dicht an mich heran und leuchtete mir mit einer kleinen Taschenlampe, die er aus seinem Rucksack gezogen hatte, in die Augen. »Es scheint funktioniert zu haben ... zumindest für den Augenblick.« Er zögerte.

»Was?«, fragte ich.

Er seufzte und hatte wieder den gleichen schuldbewussten Blick wie vorher, als er über meine Beschwerden gesprochen hatte. »Ich wusste nicht, wie ich es dir sagen soll, aber ... du solltest wissen, dass du die Folgen dieser Silberwurzel wahrscheinlich den Rest deines Lebens spüren wirst.«

Ich starrte ihn an. »W-was? Was meinst du damit?«

»Silberwurzeln sind sehr stark. Sie können sich sogar negativ auf das Gehirn eines Kaltbluts auswirken, wenn es zu viel davon trinkt. Eine bekannte Nebenwirkung einer Überdosis ist abgesehen von Übelkeit eine erhöhte Empfindlichkeit für andere Stimulanzien, weil die Resistenz gegen sie gesenkt wird. Da du ein Mensch bist, braucht es nur eine kleine Dosis, um ernsthafte Nebenwirkungen zu spüren. Deshalb würde ich dir raten, in Zukunft nichts zu konsumieren, was süchtig machen kann ... Sogar Nahrung könnte zu einem Problem werden, wenn du zu viel davon zu dir nimmst.« Er schüttelte den Kopf. »Ich kann immer noch nicht glauben, dass ihr die beiden Röhrchen untereinander ausgetauscht habt, ohne dass ich es bemerkt habe.«

Meine Lippen öffneten sich bei seiner Erklärung. Ich fühlte mich, als ob mir jemand einen Schlag in die Magengrube verpasst hätte.

Dank meiner leiblichen Eltern hatte ich keinerlei Verlangen danach, etwas zu mir zu nehmen, was schädlich war, weder jetzt, noch in der Zukunft, aber dass diese Substanz mich noch anfälliger machte, als ich es ohnehin schon war, vergrößerte nur eine Unsicherheit, die mich ohnehin schon ständig plagte, und so fiel es mir schwer, das Zittern meiner Hände jetzt unter Kontrolle zu bekommen. Mein Selbstbewusstsein war angeschlagen und ich musste jeden Tag hart daran arbeiten, es aufzupeppeln. Die Vorstellung, dass sogar Essen zu einer Sucht werden könnte, wenn ich nicht aufpasste, machte mir Angst.

»Es tut mir leid«, sagte Navan. »Es war gut, dass ihr Jethro und Ianthan erwischt habt, aber ... Ich wünschte trotzdem, dass du das Elysium genommen hättest, so wie ich es gesagt habe.«

Trotz des Schocks und der vielen Emotionen, die über mir hereinbrachen, fand ich etwas Beruhigendes in seinem mitfühlenden Blick, und bekam mich so wieder in den Griff. Ich hatte das unheimliche Gefühl, dass er genau wusste, was ich durchmachte, aber vor allem erinnerte er mich an etwas, worüber ich erst vor wenigen Minuten nachgedacht hatte: Wenn er trotz der riesigen Hürden, die sich ihm in den Weg stellten, stark sein konnte, dann gab es keinen Grund, warum es mir nicht auch gelingen sollte.

Dieser Gedanke beruhigte mich. »Okay.«

Navan atmete durch, nickte dann und konzentrierte sich auf eine andere Stelle im Schnee, etwa zwei Meter von uns entfernt, seitlich des Felsens. »Wir müssen weitermachen«, sagte er sanft. »Das war nur der erste Vorratskoffer.«

Ich hielt mich weiter an seinem Arm fest und wir gingen zu der Stelle, zu der er geblickt hatte. Hier befand sich eine weitere Falltür unter dem Schnee verdeckt. Navan atmete scharf aus und seine Muskeln verspannten sich, als wir die Stelle erreichten. Der Schnee war bereits beiseitegeschoben worden.

»Das kann nicht sein«, hauchte Navan.

Hastig bückte er sich und riss die Tür auf. Dann leuchtete er mit seiner Taschenlampe in eine deutlich größere Öffnung – es war ein richtiger Raum.

Er zog seine Flügel ein und sprang hinab. Ianthan folgte ihm geschwind und ich selbst bückte mich, um in den Raum blicken zu können. Er war … leer.

»Wo sind all meine Sachen? Wie konnte jemand davon wissen?«, rief Navan aus. »Alles ist verschwunden! Alles!«

»Dort ist ein Licht!«, sagte Ianthan plötzlich und deutete auf eine Tür in der hinteren Ecke des Raums. Tatsächlich schien dort Licht durch Fugen, es war warm und gedämpft, wie Kerzenlicht.

Navan verstummte und eilte zur Tür, aber bevor er seine Hand auf die Klinke legen konnte, wurde die Tür von der anderen Seite geöffnet und Licht fiel in den vorderen Raum. Ein alter Mann mit einem langen, zotteligen weißen Bart und einem schmuddeligen, früher einmal beigen Mantel stand in der Tür, eine Ginflasche in einer Hand. Er sah genauso überrascht aus wie Navan. Es folgte ein Bellen und ein Husky tauchte hinter dem alten Mann auf und stellte sich neben ihn.

»Wer seid ihr?«, lallte der alte Mann. »Gibt es hier eine Party, von der ich nichts wusste?« Er hob die Flasche, als ob er jemandem zuprostete. Dabei schwappte Flüssigkeit über seinen Arm, was er aber nicht zu bemerken schien. Auch Navans und Ianthans gräuliche Haut schien ihm nicht aufzufallen.

»Party! Es gibt keine Party!« Navan packte den Hemdkragen des Alten. »Wer bist du? Was machst du hier? Was hast du mit all meinen Sachen gemacht?«

»Sachen? Es gibt da unten Sachen?« Der Mann versuchte, sich umzudrehen, entkam Navans Griff aber nicht.

Navan knirschte mit den Zähnen. »Jetzt ist nichts mehr hier.«

»Ich habe kein Zuhause, weißt du. Ich habe dieses kleine Loch im Boden gefunden. Die Tür war offen und da bin ich einfach eingestiegen!« Er grinste und schien sehr zufrieden über seine Entdeckung zu sein. So sehr, dass er einen gierigen Schluck aus seiner Flasche nahm. »Ich dachte, dass heute mein Glückstag ist. Davon habe ich nicht allzu viele, wie du dir vielleicht denken kannst.«

Navan ließ ihn los. Es war offensichtlich, dass dieser Mann, der sich kaum auf den Beinen halten konnte, nicht der Dieb war. »Vielleicht ist heute wirklich dein Glückstag«, sagte Navan. »Aber verschwinde besser.«

»Das werde ich wohl tun, da ich nicht mehr länger hier willkommen bin«, brummte der alte Mann, schlurfte zur Leiter hinüber und stieg sie hinauf. Dabei schwankte er bedrohlich und ich fürchtete, dass er abstürzen würde, bevor er es bis nach oben geschafft hatte, aber es gelang ihm doch und ich trat beiseite, um ihn vorbeizulassen. Er warf einen glasigen Blick auf mich, bevor er hinabrief: »Könnt ihr mir wohl Charlie hinaufreichen?«

Navan war bereits im Hinterzimmer verschwunden, aber Ianthan hob den Husky hoch und reichte ihn dem Alten, der dann durch den Schnee davonstapfte, nicht ahnend, dass er sich gerade mit zwei Vampiren in einem engen Raum befunden hatte. Sein Hund trottete neben ihm her. Wenigstens brauchen wir ihm kein Elysium zu verabreichen – er hatte seine eigene Version davon in seiner Flasche.

Ich sah der kleiner werdenden Gestalt noch einen Augenblick nach und hoffte, dass er bis zum nahegelegenen Dorf kommen würde, bevor er erfror, aber ich konnte mir nicht lange über sein Wohlergehen Sorgen machen, weil ich im Augenblick wahrlich größere Probleme hatte.

Wie zum Beispiel die Sicherheit der gesamten Menschheit.

Ich sah wieder durch die Falltür nach unten. Navan war aus dem Hinterzimmer zurückgekehrt und ging nun wie ein eingesperrtes Tier im Käfig auf und ab, während er sich die Haare raufte.

Dann wandte er sich zu Ianthan und kniff die Augen zusammen. »Eine logische Person würde dich verdächtigen oder zumindest annehmen, dass du etwas damit zu tun hast!«

»Ich schwöre dir, dass ich keine Ahnung hatte, Navan!«, sagte Ianthan. »Ich habe nichts damit zu tun und ich kann mir auch nicht vorstellen, warum mein Vater so etwas tun sollte. Er wollte nur mit einer Blutprobe zu Königin Brisha überlaufen. Von ihr angenommen zu werden war sein einziges Ziel. Es gibt keinen Grund dafür, warum um alles in Vysanthe er hierherkommen und dieses Lager plündern sollte. Und wann hätte er das auch tun sollen? Wie hätte er das anstellen sollen? Was hätte er mit all deiner Ausrüstung gemacht? Das ergibt keinen Sinn!«

Navan schien beinahe erleichtert zu sein; es war wirklich nicht möglich, dass Ianthan oder Jethro diesen Raub hätten bewerkstelligen können. Es wäre wohl auch zu viel für Navan gewesen, wenn er nun herausgefunden hätte, dass sein Freund auch hinter dieser Sache steckte.

»Wir müssen dieses Schiff reparieren«, schnaubte Navan. »Das ist unsere einzige Möglichkeit.«

»Glaubst du, dass vielleicht andere Menschen diesen Ort entdeckt und geplündert haben könnten?«, fragte ich leise.

Es folgte eine lange Pause. »Das ist zwar möglich, aber nicht sehr wahrscheinlich … Ich habe aber eine andere Vermutung, was passiert sein könnte.«

»Was?«, fragte ich und kletterte die Leiter hinab.

Navan sah Ianthan finster an. »Ich glaube, dass es die Föds waren.«

Ich runzelte verwirrt die Stirn. »Hm? Die Föds?«

»Was?«, rief Ianthan aus. »Wie kommst du denn darauf?«

Navan ging weiter auf und ab, wandte sich dann aber zuerst mir zu. »Die Föds sind eine übernatürliche Föderation, die innerhalb dieses Quadranten des Universums tätig ist. Ihr Zweck besteht darin, Frieden zu wahren und gute zwischenweltliche Beziehungen aufrechtzuerhalten. Sie sind eine Schutz- und Vermittlungsagentur.«

»Was? Davon habe ich noch nie etwas gehört«, sagte ich. Wieder einmal war ich völlig überwältigt von einer neuen Facette unseres Universums, von der ich bislang keine Ahnung gehabt hatte.

»Natürlich nicht«, antwortete Navan. »Obwohl die Föds einen Stützpunkt hier auf der Erde haben, halten sie ihre Existenz vor den Menschen geheim.«

»Warum?«

Lag da eine Spur von Belustigung in seinem Blick? »Versteh das nicht falsch, aber der Rest der übernatürlichen Gemeinschaft sieht eure Art für gewöhnlich als … primitiv und unreif an, und außerdem als etwas zu schießfreudig, wenn es um Waffen geht.«

»Oh«, sagte ich. Da hatte er nicht ganz unrecht. »Ja, das mag schon sein.«

»Menschen sind nicht die mächtigste Spezies im Universum.« Nun grinste Navan offen. »Ich meine, ein Großteil eurer Bevölkerung glaubt, dass ihr die einzige intelligente Lebensform im Universum seid.« Er und Ianthan lachten auf. »Was so engstirnig und albern ist, dass es fast unvorstellbar scheint. Daher kannst du dir vorstellen, warum eure Art nie für würdig befunden wurde, offiziell der Föderation beizutreten. Daher hat die Allianz keine menschlichen Mitglieder – aber die Erde wird trotzdem beobachtet.«

»Und du glaubst, dass jemand diesen Ort gefunden und geplündert hat?«

»Ich weiß, dass sie auf der Erde arbeiten, weil ich hier vor einigen Wochen auf einen ihrer Agenten gestoßen bin.« Er spitzte die Lippen und schüttelte den Kopf. Jegliche Spur eines Lächelns war auf einmal verschwunden. »Ich benutzte meine Hologrammkarte. Sie muss eine starke, ungewöhnliche Frequenz abgegeben haben, die einen Föd-Agenten in der Nähe auf mich aufmerksam gemacht hat. Verdammt. Ich hätte es besser wissen sollen.«

»Was ist passiert?«

»Ich glaube, dass er damit überhaupt nicht gerechnet hat, dass er hier auf ein Kaltblut treffen würde. Die Föds haben in unserem Teil des Universums nicht viel zu sagen und sie verachten die Vysanthiner zutiefst. Wir stehen für alles, wogegen sie kämpfen – sie suchen Nachhaltigkeit und Gleichgewicht, während wir alles zerstören wollen. Dieser Agent hat auf mich geschossen, bevor ich ihm erklären konnte, warum ich hier war. Mir blieb keine andere Wahl, als ihn zu töten, denn andernfalls hätte er mich gefangen genommen oder Schlimmeres. Aber ich hatte trotzdem Angst, dass es ihm vorher gelungen wäre, einen Alarm an seine Basis über mein Auftauchen zu schicken. Ich habe drei Tage lang gewartet, weil ich damit rechnete, dass seine Kollegen innerhalb dieser Zeit reagieren würden. Als sie nicht auftauchten, nahm ich an, dass der Agent, den ich umgebracht hatte, seine Entdeckung noch nicht an seinen Stützpunkt gemeldet hatte. Ich musste dringend nach Vysanthe zurückkehren, also bin ich aufgebrochen ... Das war ein Fehler, wie mir jetzt klar wird.«

»Der Agent, der hinter dir her war«, sagte ich, während sich in meinem Kopf alles drehte. »Gehörte er ... zu einer anderen Art von Übernatürlichen?«

Navan nickte. »Der Erdstützpunkt wird von einer Lykan-Einheit betrieben.«

»Lykane?«

»Dir ist wahrscheinlich der Begriff *Werwolf* geläufiger, obwohl Lykane anders sind.«

»Werwölfe?«, fragte ich und versuchte, zu verstehen, was er mir da gerade sagte.

»Was sollen wir jetzt tun?«, fragte Ianthan. »Ich meine, das ist wirklich ein Problem, oder nicht? Wir stecken in großen Schwierigkeiten.«

Navan schluckte. »Es wird nur dann schwierig, wenn wir aufgeben, aber das werden wir nicht. Wir müssen mein Schiff reparieren ... Der einzige Weg, das zu erreichen, ist, die Föds zu beobachten und sie dazu zu bringen, mir meine Werkzeuge zurückzugeben.«

»Das ist doch Wahnsinn!«, rief Ianthan aus. »Die Föds werden niemals mit dir verhandeln! Du bist ein schäbiger Vysanthiner! Sie würden dich erschießen, sobald sie dich sehen, bevor du auch nur ein

Wort sagen kannst. Selbst wenn du nicht einen ihrer Agenten ermordet hättest.«

»Ich weiß.« Navan sah mich an. »Deshalb müssen wir uns eine andere Taktik einfallen lassen.«

Ich sah von ihm zu Ianthan und dann wieder zurück zu Navan. »Was?«, fragte ich. »Warum habe ich auf einmal das Gefühl, dass ich immer mehr in diese Sache hineingezogen werde?«

»Weil ein Mensch, der einen ersten Kontakt aufnimmt, zumindest ein Treffen arrangieren könnte«, antwortete Navan.

»Und was soll sie ihnen sagen?«, fragte Ianthan. »Was soll ein Mensch ihnen sagen, das sie überzeugen könnte? Dass wir unsere Werkzeuge zurück brauchen, um eine Blutprobe abzufangen, die auf dem Weg nach Vysanthe ist? Das würde nur dazu führen, dass die Föds weitere Nachforschungen anstellen, und dann würden sie herausfinden, dass Vysanthe nach der Unsterblichkeit sucht.«

»Wäre das denn so schlimm?«, fragte ich.

Ianthan schnaubte. »Wenn es etwas gibt, worin sich unsere Königinnen einig sind, dann, dass die Föds nichts über unsere Aktivitäten erfahren dürfen, weil sie dann nur auf die Idee kommen, Vysanthe genauer unter die Lupe zu nehmen, als sie es bisher getan haben«, erklärte er. »Wenn Gianne oder ihre Schwester herausfinden, dass wir hinter dieser undichten Stelle stecken, dann erwartet uns ein Schicksal, das schlimmer als der Tod ist. Und zwar uns alle.«

Ich hatte keine Ahnung, wie ein solches Schicksal aussehen sollte, aber nachdem ich Ianthans entsetzten Blick sah, wollte ich es mir auch gar nicht erst vorstellen.

»Ich sage ja nicht, dass das der perfekte Plan ist«, sagte Navan frustriert. »Glaubst du, dass ich riskieren will, dass Riley etwas zustößt? Aber es ist unsere einzige Chance. Wenn wir es nicht versuchen, dann werden wir nie zurückfliegen können. Die Blutprobe wird in Vysanthe ankommen und sie werden …«

»Du hast recht«, sagte ich. »Wir müssen es wenigstens versuchen. Ich meine, werden sie euch nicht helfen, wenn ihr sie darum bittet? Vysanthe muss ganz offensichtlich damit aufhören, andere Planeten zu terrorisieren, und die Föds sind eine Organisation, die dazu geschaffen wurde, genau dabei zu helfen. Sie streben ein Gleichgewicht an und wollen schwächere Spezies beschützen.«

»Leider ist es nicht ganz so einfach«, sagte Navan. »Wenn wir so an die Sache herangehen, dann kleben wir uns förmlich selbst die Zielscheibe auf die Brust. Die Föds können Vysanthe nicht bezwingen, selbst wenn sie es versuchten. Wenn die Königinnen bedroht werden, dann werden sie ihre Kräfte vereinen und gemeinsam die Bedrohung bekämpfen.

Nimm die Heere deines ganzen Planeten, rechne sie zusammen und du wüsstest immer noch nicht annähernd, wie stark Vysanthes Militär ist. Unsere Umgebung ist sehr rau: Es gibt nur wenige, die uns auf unserem eigenen Boden schlagen könnten. Das wissen auch die Föds ganz genau, deshalb haben sie Vysanthe so lange am lockeren Zügel laufen lassen. Das bedeutet natürlich nicht, dass die Königinnen sich in Sicherheit wiegen – sie wollen so oder so vermeiden, dass die Föds erfahren, was wir tun.«

»Was würdest du den Föds denn dann erzählen, wenn du es schaffst, ein Treffen zu vereinbaren?«, fragte Ianthan.

»Wie du sagst, bleibt uns vielleicht nichts anderes übrig, als ihnen die Wahrheit zu sagen – oder zumindest einen Teil der Wahrheit. Wir müssen sie irgendwie dazu bringen, uns zu glauben«, fuhr Navan fort, »und wir müssen sie dazu überreden, dass sie unsere Identität geheim halten ... Aber wir greifen vor. Bevor es so weit ist, müssen wir erst einmal herausfinden, wie wir dieses Treffen arrangieren können.«

»Was meinst du damit?«, fragte ich. »Ich dachte, dass ich dieses Treffen arrangieren soll?«

»Ich weiß nicht, wo sich der Stützpunkt der Föds befindet ... Aber ich habe eine Idee, wie wir ihre Aufmerksamkeit auf uns lenken können.« Er eilte an mir vorbei und legte seine Hände auf die Leitersprossen. »Aber lasst uns erst einmal aus diesem Loch klettern.«

Ianthan und ich folgten ihm und tauchten wieder in der Eiswelt über uns auf. Wie auch immer wir dieses Treffen nun verabredeten, würde ich einen Haufen von Werwölfen davon überzeugen müssen, uns Navans Werkzeuge zurückzugeben.

Das Einzige, was ich mit absoluter Sicherheit wusste, war, dass wir mit Sicherheit länger als vierundzwanzig Stunden fortbleiben würden.

KAPITEL VIERZEHN

Navan schloss die Falltür des Bunkers hinter uns und wir erhoben uns wieder in die Lüfte, um unsere Diskussion im nahegelegenen Dorf fortzusetzen. Die Kälte machte mir inzwischen schwer zu schaffen; meine Zähne hörten einfach nicht auf, zu klappern, und meine Finger waren schon vor einer Weile taub geworden. Wir landeten vor einem gemütlichen kleinen Café, das glücklicherweise zu dieser frühen Stunde bereits geöffnet war. Der dunklen Straße nach zu urteilen, in der es sich befand, war es das einzige Lokal, das so früh aufmachte. Wir standen auf der Rückseite des Gebäudes, wo die Lüftungsschächte angenehm warme Luft ausbliesen.

Ich erschauderte, kuschelte mich fester in meine Jacke und genoss die Wärme. Navan griff in seinen Rucksack und zog eine Handvoll Dollarscheine hervor. Er drückte sie mir in die Hand und nickte dann zum Eingang des Cafés. »Hol dir etwas zu essen.«

»Woher hast du dieses Geld?«

»Ich habe etwas Gold aus Vysanthe mitgebracht und es in einem Pfandhaus hier eingetauscht.«

»Ah«, murmelte ich. »Wie praktisch.« Ich wollte nicht länger darüber nachdenken, wo ich doch die Aussicht auf ein Frühstück hatte. Also eilte ich um die Ecke und betrat das Café, in dem ein ganzes Regal mit warmen Backwaren gefüllt war. Ich bestellte zwei große Croissants und eine heiße Schokolade in der größten Bechergröße, die es gab, mit doppelter Schlagsahne obendrauf.

Nachdem ich bezahlt hatte, ging ich wieder nach draußen und stöhnte beinahe vor Genuss, als mir die süße warme Flüssigkeit den Hals hinabglitt. Gierig biss ich in das Croissant und hatte es schon halb aufgegessen, bevor ich wieder bei Navan und Ianthan ankam.

Navans Rucksack kam mir immer mehr wie die Handtasche von Mary Poppins vor – die beiden Männer hatten vorher keine Hemden getragen, aber um hier nicht aufzufallen, hatten sie ihre Flügel eingezogen und sich schwarze Pullover übergezogen, die Navan ebenfalls in seinem Rucksack gehabt haben musste.

Als ich mich zu ihnen stellte, sah ich, dass Navan ein kleines rundes Gerät an sein Ohr hielt, das ich zum ersten Mal sah – es war eine Art Kommunikationsgerät. Er musste eines davon in Texas zurückgelassen haben, denn er sprach mit seinem Bruder und ich hörte, wie er ihm ungeduldig antwortete. »Ja, ich weiß, dass das gefährlich ist, Bashrik«, sagte Navan leise. »Aber welche andere Wahl bleibt uns denn? Ob die Föds nun für den Diebstahl verantwortlich sind oder nicht – wir brauchen ihre Hilfe. Sie haben selbst fortschrittliche Schiffe – vielleicht sogar fortschrittlichere als unseres. Sie werden Werkzeug haben, das ich nutzen kann, um das Kontrollpanel zu reparieren, und wenn wir sie wirklich auf gutem Fuß erwischen, dann geben sie uns vielleicht sogar ein neues Schiff. Haltet solange einfach durch.«

Navan stockte und hörte Bashrik zu. Dabei sah er mir zu, wie ich den Rest meines Essens verschlang. »Ich weiß ja, dass du dir Sorgen machst. Du hast recht und mir ginge es an deiner Stelle genauso. Ja, du musst es Rileys Freundinnen erklären. Sie werden sich wohl eine Ausrede einfallen lassen, um ihr Verschwinden wenigstens noch einen weiteren Tag zu erklären, schätze ich. Pass auf dich auf.«

Navan nahm das Gerät vom Ohr, drückte einen Knopf und verstaute es wieder in seiner Tasche. Dann fuhr er sich mit den Händen durch die Haare und sah zu mir, als ich ihm das Wechselgeld entgegenstreckte. Er nahm es und sah über meine Schulter zu einer Bushaltestelle mit Glasdach hinter mir. »Sollen wir uns hinsetzen?«, fragte er und steckte das Wechselgeld ein.

Wir drei setzten uns auf die Bank, mit dem Rücken zur Straße gewandt. Es sah nicht so aus, als ob es hier Überwachungskameras gäbe und es war immer noch dunkel, weshalb ich mir keine Sorgen darum machte, dass jemand die seltsame Hautfarbe der beiden bemerken könnte. Wir würden wahrscheinlich schon wieder unterwegs sein, bevor die Sonne aufging.

»Wie geht es Bashrik?«, fragte ich. Was auch immer Bashrik seinem Bruder gesagt hatte – es hatte so geklungen, als ob er sich große Sorgen um Navans Sicherheit machte, was ich gleichzeitig beängstigend und sehr nett fand. »Er scheint besorgt zu sein.«

»Seine Wunde heilt. Es wird hoffentlich nicht lange dauern, bis er wieder fliegen kann. Und ja, er macht sich Sorgen, aber so ist er nun einmal. Unter seiner harten Schale stecken viele Ängste.«

»Es ist schön, dass er gut heilt.« Lauren würde sicher erleichtert sein. Die Arme hatte noch nie in ihrem Leben eine Kugel abgefeuert und dann gleich beinahe jemanden versehentlich erschossen. »Meine Freundinnen haben wahrscheinlich geschlafen?«

Navan nickte. »Sie sind für die Nacht nach Hause gegangen.« Er zog zwei Röhrchen aus einer Außentasche an seinem Rucksack, reichte Ianthan eines davon und schraubte selbst den Deckel des anderen auf und trank es leer. Beim Schlucken verzog er leicht das Gesicht.

»Was war das?«

»Silberwurzel.«

»Ah.« Mir wurde etwas flau im Magen, aber es gab zu viele andere Dinge, über die ich nachdenken musste, als dass ich mich jetzt mit diesem Problem befassen konnte. »Also, wie lautet der Plan?«, fragte ich und nippte an meiner Schokolade.

»Ja, der Plan«, sagte Ianthan. »Wie sollen wir ihre Aufmerksamkeit auf uns lenken?«

Navan rieb die Hände aneinander und schaute auf die Backsteine des Cafés vor uns. »Wir müssen irgendetwas machen, das nach übernatürlichen Kräften schreit, damit die Föds kommen und die Sache untersuchen. Es muss an einem dicht besiedelten Ort sein. Ich schlage eine große Stadt vor. Zum Beispiel New York.«

Ich runzelte die Stirn. »Das ist meine Heimatstadt.«

»Hast du Lust, sie zu besuchen?«

»Ich ... Es wird doch niemand verletzt werden, oder?«

»Nicht, wenn alles nach Plan verläuft.«

»Woher weißt du eigentlich so viel über die Geografie der Erde? Du scheinst dich mit den Bräuchen hier im Allgemeinen gut auszukennen.«

»Tue ich das?«

»Ja. Du wusstest, was eine Pfandleihe ist.«

»Pfand. Das ist ein universell benutztes Wort.« Navan zuckte mit den Schultern. »Ich habe viel Zeit auf der Erde verbracht, seit ich sie entdeckt habe, unter dem Vorwand, dass ich andere Planeten auf der Suche nach einem Unsterblichkeitselixier erkunde. Und ich habe eine gute Bibliothek gefunden.«

Ich lächelte und stellte mir vor, wie Navan zwischen Bücherstapeln an einem kleinen Bibliothekstisch gebeugt saß. »Wo bist du zum ersten Mal gelandet?«

»Hier in Alaska. Ich wurde von der Temperatur angezogen. Damals hatte ich die Rezepturen noch nicht erfunden. Aber, um wieder auf den Plan zurückzukommen ... Ich habe dich noch nicht gefragt: Bist du damit einverstanden, uns zu helfen? Wie gesagt werden wir einen Menschen brauchen.«

Ich nickte. Ich musste ihnen helfen. Es gab schließlich nur drei Menschen auf der ganzen Erde, die theoretisch helfen konnten, und zwei von ihnen befanden sich in Texas. Seit ich beschlossen hatte, das Elysium nicht zu trinken, das Navan mir angeboten hatte, war ich Risiken eingegangen, und wenn dies die Konsequenzen waren, dann würde ich sie wohl hinnehmen müssen.

»Bist du dir sicher?«, fragte er mich mit gehobenen Augenbrauen. »Ich möchte, dass du diese Entscheidung aus freien Stücken triffst. Und ich will, dass du weißt, dass ich alles tun werde, um dich zu beschützen, aber ...«Er schluckte. »Wie ich vorhin schon gesagt habe, bin ich nicht unfehlbar. Ich kann für nichts garantieren.«

Ich nickte erneut und umklammerte meinen Becher etwas fester. »Ich werde helfen.«

Navan seufzte. »Ich bringe dich wirklich nicht gern in diese Lage, aber in diesem Fall ...«

Ich hörte nicht, was Navan sagen wollte, denn auf einmal hallten

Schüsse durch die Nacht und das Glas hinter uns zersplitterte. Mein Becher fiel mir aus der Hand, als Navan mich packte und zu Boden warf. Sein Körper presste sich gegen meinen und sein Atem blies hastig über meinen Hals. Seine Augen waren aufgerissen und wie die eines Tieres in höchster Alarmbereitschaft.

»Was …«, keuchte ich.

Doch er riss mich schon hoch und als die Schüsse weiter um uns herum niederprasselten, hob er mich hoch und wir flogen so schnell in die Luft hinauf, dass ich die Augen kaum offenhalten konnte. Die Kugeln schienen uns zu verfolgen, aber wir hatten uns rasch über das Café erhoben und waren damit außer Reichweite. Navan flog weiter, über Wohnhäuser und Gärten hinweg, bis wir mehrere Meilen entfernt wieder landeten.

Er setzte mich auf einer Bank ab und packte meine Schultern. »Bleib hier«, keuchte er. »Wir haben Ianthan verloren. Ich komme gleich wieder.« Damit flog er wieder davon, über die Häuser an dieser Straße hinweg zurück in Richtung des Cafés.

Ich hielt den Atem an, als mir ein kalter Schauer den Rücken hinunterlief, und ich lauschte, während ich gleichzeitig zu verstehen versuchte, was gerade passiert war. Es klang so, als ob die Schüsse inzwischen verstummt waren.

Wer hatte geschossen? Und warum auf uns?

Es wäre doch ein sehr seltsamer Zufall, wenn es sich um eine beliebige Schießerei gehandelt hatte. Wer würde mitten im Nirgendwo so früh am Morgen auf ein Café schießen, wenn praktisch noch niemand auf den Beinen war?

Ich verschlang meine Finger ineinander und sah in den dunklen Himmel hinauf, um auf Navans Rückkehr zu warten. Ich rechnete damit, dass die Schüsse wieder einsetzten, aber es blieb still und so hörte ich nur mein ersticktes Atmen.

Schließlich tauchte Navan am Himmel auf und schlug kräftig die schwarzen Flügel, bis er neben mir landete. Er war allein.

»Ich konnte ihn nicht finden«, röchelte er.

»Was meinst du damit? Wohin kann er denn gegangen sein?«

»Ich weiß es nicht. Sobald die Schüsse begannen, habe ich mich darauf konzentriert, dass wir zwei von dort fortkommen. Ianthan muss in eine völlig andere Richtung geflogen sein. Ich habe mich in der ganzen Gegend umgesehen, aber ich habe keine Spur von ihm finden können. Auch von unserem Angreifer war nichts mehr zu sehen – außer einem Haufen verwirrter Anwohner, die auf die Straße strömten und sich die zerschossene Bushaltestelle ansahen.«

Ich rieb mir die Stirn und versuchte, zu verstehen, was passiert war. »Glaubst du, dass der Angreifer Ianthan mitgenommen hat?«

Navan sah sehr besorgt und gleichzeitig völlig ahnungslos aus. »Ich weiß es nicht.« Er sackte auf die Bank und ich blieb musternd vor ihm stehen. »Ein Teil von mir fragt sich, ob das vielleicht ein geplanter Fluchtversuch von Ianthan war, aber, ... das wäre unmöglich, nicht wahr? Wer hätte ihm helfen sollen? Wie hätte er mit jemandem Kontakt aufnehmen können? Ich habe ihn nicht aus den Augen gelassen, seit wir Texas verlassen haben. Ich wüsste nicht, wie er das angestellt haben sollte ...«

»Aber wer hat dann auf uns geschossen?«

»Ich weiß es nicht.« Er ballte die Hände zu Fäusten.

»Wie konnte nur alles so schnell so kompliziert werden? Vielleicht hätte ich ihn umbringen sollen, wie ich es mit seinem Vater getan habe? Aber ich ... Ich konnte einfach nicht ...«

»Nein, nein«, sagte ich leise und legte eine Hand auf seine Schulter. Ich sah, wie seine gegensätzlichen Persönlichkeiten miteinander rangen, und ich wollte ihm Mut zusprechen. »Du hast das Richtige getan, Navan. Er war dein bester Freund. Du hast richtig gehandelt, indem du ihm einen Vertrauensvorschuss gegeben hast. Ich habe während Jethros und Ianthans Gespräch selbst gehört, dass Ianthan dich nicht freiwillig verraten wollte.« *Aber wie lässt sich dann sein jetziges Verhalten erklären, wenn er wirklich geflohen ist?*

Ich sah Navan an, wie schwer es ihm fiel, sich mit der Möglichkeit abzufinden, dass sein bester Freund ihn vielleicht nicht nur einmal, sondern zweimal verraten hatte. Ianthan hatte versprochen, bei Navan zu bleiben und ihm zu helfen, was auch immer Navan als Nächstes vorhatte.

Ich schluckte und fragte mich, was wir nun tun sollten, wenn Ianthan wirklich abgehauen war.

Bevor ich etwas sagte, zögerte ich, weil ich Navan nicht noch mehr Schmerzen bereiten wollte, aber es war wichtig, dass wir darüber sprachen. »Glaubst du, dass er versuchen könnte, vor uns mit den Föds Kontakt aufzunehmen?«

Navan sah in die Ferne. »Ich weiß es nicht. Das ist scheinbar meine neue Standardantwort auf alles: Ich weiß es nicht.«

»Wir haben gerade darüber gesprochen, dass die Föds eure einzige Chance sind, wieder nach Vysanthe zurückzukehren. Wenn er versucht, vor dir mit ihnen zu sprechen, und einen Weg findet, um nach Vysanthe zu kommen, vielleicht in einem anderen Schiff, dann könnte er den Plan seines Vaters einfach mit einer anderen Blutprobe vollenden ...«

Das klang zwar weit hergeholt, aber der Zeitpunkt seines Verschwindens war mehr als eigenartig – wo wir doch gerade unseren nächsten Schritt besprochen hatten. Konnte er seine Flucht tatsächlich derart organisiert haben?

Mir schwirrte der Kopf vor lauter verwirrender Gedanken.

Navan seufzte, schüttelte den Kopf und stand auf. »Ich brauche Zeit, um darüber nachzudenken. Aber ich glaube, dass es sicher ist, anzunehmen, dass wir uns mit Ianthan im Wettlauf gegen die Zeit befinden. Wir dürfen keine Sekunde verlieren.« Er stockte und sah mich aus seinen grauen Augen an. »Sieht so aus, als ob es jetzt nur noch du und ich sind.«

KAPITEL FÜNFZEHN

Ich schlang meine Arme um Navans Hals und meine Beine um seine Taille, bevor wir wieder abhoben. Ich würde ihm nie verraten, wie sehr ich diese Weise des Transports inzwischen genoss. Hin und wieder sah ich zu ihm auf und unsere Blicke trafen sich kurz, bevor Navan wieder in die Ferne schaute. Trotz allem, was passiert war, lag ein leichtes Lächeln auf seinen Lippen, was mir verriet, dass es ihm nichts ausmachte, mein zusätzliches Gewicht zu tragen.

Wir flogen zu seinem unterirdischen Lager zurück. Auf dem Weg dorthin warf ich einen Blick auf die Straße des Cafés, in der die Sirene eines Streifenwagens leuchtete und sich eine Menschenmenge versammelt hatte, die versuchte, herauszufinden, was geschehen war. Ich hatte das Gefühl, beobachtet zu werden, obwohl ich mir sicher war, dass der dunkle Himmel uns genug Schutz bot, um von dort unten nicht entdeckt zu werden, aber dennoch hielt das Gefühl an, während wir weiterflogen.

Ein Teil von mir hoffte immer noch, dass Ianthan irgendwo hier in der Nähe war, sich aus Angst vor dem Angreifer versteckt hatte und nun darauf wartete, sein Versteck wieder verlassen zu können, aber er tauchte nicht bei uns am Himmel auf und ich sah keine Spur von ihm.

Ich schüttelte das beunruhigende Gefühl ab, als wir wenige Meter vor der versteckten Lagertür landeten, unter der Navan seine Röhrchen verstaut hatte. Er füllte seinen Vorrat auf, bis sein Rucksack prall gefüllt war. Hoffentlich platzten seine Nähte nicht, denn es lag noch eine lange Reise vor uns.

Dann zog Navan eine Karte von Nordamerika und seinen Kompass hervor. Nach einer guten Minute, in der er stirnrunzelnd zwischen Karte und Kompass hin- und hergeschaut hatte, packte er die Karte wieder ein und wir flogen weiter.

»Wenigstens haben die Föds die Vorräte nicht gefunden«, sagte Navan, seinen Mund so dicht an meinem Ohr, dass ich seinen kühlen Atem spüren konnte. Es kam mir in den Sinn, dass ich nur den Kopf ein wenig zu drehen bräuchte, damit sich unsere Gesichter berührten – und sich unsere Lippen trafen. *Ist er schon einmal geküsst worden?*, fragte ich mich gedankenverloren, während wir weiterflogen. *Natürlich ist er das, aber bestimmt noch nie von einem Menschen ...*

»Wie lange glaubst du, wird es dauern, bis wir New York erreichen?«, fragte ich, um mich von meinen abschweifenden Gedanken abzulenken.

»Ich schätze einen halben Tag«, antwortete er. »Obwohl ich nicht gerade in Höchstform bin, weshalb es vielleicht länger dauern kann.«

Ich sah mir sein Gesicht an und bemerkte die Linien der Erschöpfung. Ich hatte nicht gedacht, dass Übernatürliche auch müde werden könnten, aber jetzt, wo ich darüber nachdachte, hatte Navan so ziemlich die Hölle durchgemacht, seit er das letzte Mal geschlafen hatte. Ich hatte keine Ahnung, wie lange das schon her war. Seine Erschöpfung war nicht nur körperlich, sondern auch geistig und emotional. Der Schock über Ianthans und Jethros Verrat, dann der Kampf mit den beiden und sofort danach der Flug bis nach Alaska. Er hatte während des Flugs nicht dösen können, so wie ich es getan hatte. Er war so darauf konzentriert gewesen, mich nach Alaska zu bringen, dass er sich nicht darum gekümmert hatte, was er brauchte.

»Vielleicht sollten wir erst irgendwo Halt machen, damit du ein wenig schlafen kannst«, schlug ich vor und sah zum Horizont, der langsam aber sicher heller wurde. Die ersten Sonnenstrahlen durchbrachen die Dunkelheit. Ich wusste, dass wir uns mehr denn je beeilen mussten, um von den Föds das zu bekommen, was wir brauchten, um Soraya zu reparieren, damit Navan dann der Hülse nachjagen konnte, aber ich tröstete mich ein wenig damit, dass auch Ianthan sich irgendwann ausruhen müssen würde, wenn wir denn tatsächlich im Wettrennen gegen ihn waren.

Navans Brust hob sich, als er seufzte. »Vielleicht. Aber ich werde erst einmal weiterfliegen, solange ich kann.«

Und so flog er weiter, über eisbedeckte Berge und gefrorene Ebenen, bis die Sonne aufging und wir ein weniger kaltes Gebiet erreichten, in dem mehr Grün-, Braun- und Blautöne die Landschaft prägten.

Fasziniert sah ich zu, wie sich Navans Haut in der hellen Umgebung veränderte. Es geschah nicht mit einem Schlag, sondern am Anfang beinahe unmerklich. Seine Haut verfärbte sich in dem Maße, in dem die Sonnenstrahlen stärker wurden, bis sie wieder diesen beeindruckenden goldenen Ton angenommen hatte.

»Ich muss schon sagen, dass das ziemlich cool ist«, sagte ich.

Er lächelte. »Nenn mich einfach ein Chamäleon.«

Wir hatten während der ersten Stunde unseres Flugs nicht viel miteinander gesprochen, weil wir wohl jeder in unseren eigenen Gedanken versunken waren, aber nun schien mir der richtige Augenblick gekommen zu sein, um über die Details zu sprechen. Wir waren auf dem Weg nach New York und ich hatte immer noch keine Ahnung, was er genau vorhatte.

»Was werden wir tun, sobald wir ankommen?«

»Wir müssen uns einen öffentlichen Bereich aussuchen. Du darfst ihn aussuchen, weil es deine Heimatstadt ist. Ich werde mich so lange offenbaren müssen – also meine wirkliche Gestalt – bis wir genug Aufsehen erregt haben, aber nicht zu lange. Ich muss so schnell fliegen, dass ich auf Kameras nur verschwommen zu sehen bin, aber dennoch deutlich genug erkennbar, dass die Föds meine Spur verfolgen wollen. Wenn sie ihren Job richtigmachen, dann überwachen sie die Nachrichtenkanäle permanent auf der Suche nach unerklärlichen Zwischenfällen und eine Stadt wie New York hat für sie Priorität. Wer weiß, vielleicht haben sie dort sogar eine Zweigstelle. Sobald wir den Ort ausgesucht haben, kann ich mir die Logistik genauer überlegen.«

»Und was genau soll ich tun?«

»Wir sollten uns so koordinieren, dass du die Erste bist, die sie ansprechen, damit du helfen kannst, die Lage ein wenig zu entspannen. Du musst ihnen sagen, dass eine Blutprobe auf dem Weg nach Vysanthe ist. Daran führt wohl kein Weg vorbei. Wenn sie mehr wissen wollen, dann müssen sie ein Treffen mit ihrem Einsatzleiter hier auf der Erde für uns arrangieren. Ich hoffe, dass dieser Informationshappen genug ist, damit er oder sie einem Treffen zustimmt.«

»Verstehe«, murmelte ich. Das ergab Sinn – wir würden sie mit dieser Information locken und erst einmal einen Fuß in die Tür bekommen, statt alles auf einmal zu verraten. Möglicherweise hörten sich die Föds sonst alles an, halfen uns aber trotzdem nicht. Ich hatte die Angst in Ianthans Augen nicht vergessen, als er daran gedacht hatte, seine Art zu verraten und den Zorn der Königin auf sich zu ziehen – wir mussten unsere Informationen so lange wie möglich für uns behalten.

Dann wanderten meine Gedanken wieder zu den Lykanen zurück. Ich fragte mich, wie sie wohl aussahen und wie sie sich von normalen Werwölfen, wie die Menschen sie sich vorstellten, unterschieden. Hoffentlich waren sie gesprächiger als Navan es bei unserer ersten Begegnung gewesen war.

Wir setzten unsere Reise schweigend fort und versanken wieder in unsere Gedanken. Ich spürte, wie Navans Körper wärmer wurde – dank seiner Regulierungsrezeptur nicht zu heiß – aber warm genug, dass es mir in meiner dicken Jacke zu stickig wurde. Ich öffnete den Reißverschluss, um etwas Luft hineinzulassen und spürte Navans feste Brust nun dichter an mir. Das Fehlen einer Stoffschicht zwischen uns ließ mein verräterisches Herz schneller schlagen und ich bemühte mich, mich auf unsere bevorstehende Aufgabe zu konzentrieren.

Die Sonne stieg weiter und tauchte uns in warmes Licht und obwohl es unmöglich war, in dieser Position wirklich eine bequeme Haltung einzunehmen, während ich wer weiß wie viele Meter ohne Sicherheitsgurt über dem Boden schwebte, war es doch nicht allzu unbehaglich.

Ich hatte in meinem Leben nur wenige Staaten besucht und in den letzten vierundzwanzig Stunden jede Menge Sightseeing nachgeholt. Aber trotz der atemberaubenden Aussichten spürte ich, wie die angenehmen Sonnenstrahlen mich schläfrig machten.

Bis ich ein seltsames Geräusch hinter uns vernahm. Ich hatte mich inzwischen so an die ruhige Umgebung gewöhnt und die einzigen Laute waren Navans tiefes Atmen und das rhythmische Schlagen seiner Flügel um uns. Aber dieses Geräusch ... war etwas anderes gewesen.

»Hast du das gehört?«, fragte ich und warf einen Blick über seine Schulter, sah aber außer blauem Himmel und Wolken nichts.

»Was?«, fragte er.

Vielleicht hätte ich nicht erwarten sollen, dass er etwas hörte, weil ich ja wusste, dass die Sinneswahrnehmung eines Kaltblutes beeinträchtigt wurde, wenn es zu einem »Heißblut« wurde.

Es hatte wie ein Schnauben geklungen – laut genug, um für mich hörbar zu sein, aber kurz genug, um mich doch zweifeln zu lassen, ob ich es mir nicht eingebildet hatte. Ich hielt mehrere Sekunden lang den Atem an und wartete, ob ich das Geräusch noch einmal hörte. Als ich es nicht tat, kam ich zu dem Schluss, dass ich es mir wahrscheinlich tatsächlich eingebildet hatte.

Dennoch blieb ein leichtes Unbehagen zurück. »Nichts«, sagte ich, weil ich meine eigene Paranoia nicht auf Navan übertragen wollte, wenn meilenweit nichts zu sehen war. Er hatte schon genug Sorgen.

Aber dann, keine zehn Minuten später, hörte ich ein weiteres Geräusch. Ich hätte schwören können, dass ein zweites Flügelpaar flatterte.

»Navan«, murmelte ich und riss die Augen auf, um mich umzusehen. »Ich ... ich weiß, dass das verrückt klingt, aber ich habe das Gefühl, dass uns jemand verfolgt.«

»Hm?«

»Ich weiß nicht.« Wieder sah ich in den leeren Himmel. »Ich höre Geräusche. Erst ein Schnauben und dann etwas wie ein zweites Flügelpaar. Vielleicht bin ich einfach nur müde, aber …«

Navan wirbelte abrupt in der Luft. Ich schrie auf und klammerte mich fester an seinen Pullover, als er nach oben schoss und dann eine Schleife zog, um sich umzusehen, ohne an Schwung zu verlieren.

»Ich sehe niemanden«, sagte er mit einem Stirnrunzeln. »Wir Kaltblüter haben keinen Trank für Unsichtbarkeit. Es ist sicher nur eine Fantasie.« Dennoch drehte er eine weitere Schleife und sah sich besorgt um. »Vielleicht sollten wir eine Pause einlegen – wir brauchen sie wohl beide.« Er sah nach unten, auf ein Gebiet, das dicht besiedelt war und in einem Tal mit glitzernden Seen lag.

Ich nickte, dankbar für seinen Vorschlag. Ich hatte gespürt, wie Navans Geschwindigkeit unterwegs nachgelassen hatte. Er hatte sich zwar bemüht, nicht langsamer zu werden, aber es war sinnvoller, anzuhalten und uns auszuruhen, um danach mit neuer Kraft weiterzufliegen.

»Du hast recht«, sagte ich. »Selbst wenn wir nur ein oder zwei Stunden Pause machen, wird uns das schon helfen.«

Ich hatte das kaum ausgesprochen, als er mich fester packte und abrupt nach unten schoss. In halsbrecherischer Geschwindigkeit sausten wir auf die Stadt zu. Navan steuerte auf eine Baumgruppe zu und wir landeten in einem friedlichen Wald. Er zog seine Flügel durch seinen Pullover ein, der von unserer Flucht früher sowieso zerrissen war. Nachdem er sich den Rucksack wieder auf die Schultern gezogen hatte, gingen wir durch die Bäume zu einer ruhigen Straße.

Wir beide sahen in den Himmel, sobald wir aus dem Wäldchen

traten. Obwohl mein Verstand wusste, dass uns niemand folgte, spielte mir meine Vorstellungskraft Streiche und bereitete mir eine Gänsehaut. Ich brauchte einfach ein paar Stunden ordentlichen Schlaf ohne Unterbrechungen.

Über uns war außer blauem Himmel und Sonnenschein nichts zu sehen. Trotzdem hielten wir uns im Schatten und nahmen einen verschlungenen Weg durch die Stadt. Wir gingen unter den Markisen der Stände entlang, die einen Marktplatz dicht füllten. Dem Akzent der Leute nach zu urteilen befanden wir uns in Kanada. Wir kamen an einem Bekleidungsstand vorbei und kauften uns mit den kanadischen Dollars, die Navan in seinem Rucksack dabei hatte, jeder passende Kleidung. Navan kaufte sich einen neuen Pullover, den er sich sofort überzog, weil sein zerrissener Pullover mehr Aufmerksamkeit auf uns lenkte, als uns lieb war – vor allem die Aufmerksamkeit junger Touristinnen, die uns anstarrten, als sie an uns vorbeigingen. Ihnen fiel auf, dass Navan nicht von hier war, und eine von ihnen hielt ihn scheinbar sogar für irgendeine Berühmtheit und bat um ein Foto mit ihm. Navan runzelte seine Stirn und lehnte die Bitte der kurvigen Blondine höflich ab.

Ich fiel etwas zurück und warf einen verstohlenen Blick auf Navan, während er vor mir herging. Still genoss ich seine … Ästhetik aus der Ferne, jetzt, wo wir uns nicht in unmittelbarer Lebensgefahr befanden. Wow. Es war schwer, mich nicht glücklich zu schätzen, dass er mich die letzten Stunden an seine Brust gedrückt hatte. Wenn ich während des Fluges nicht so nervös gewesen wäre, hätte ich diese Erfahrung deutlich mehr genossen.

Als Navan einen Blick über seine Schulter warf und mich stirnrunzelnd ansah, weil er sich wahrscheinlich fragte, warum ich hinter ihm zurückgeblieben war, beschleunigte ich meine Schritte. Wir liefen weiter durch die Stadt und versuchten, unauffällig zu bleiben, während wir nach einem Ort suchten, an dem wir ein oder zwei Stunden in Sicherheit ausruhen konnten. Schließlich suchten wir Unterschlupf im »Cricklewood House«. Es war ein kleines, gemütlich aussehendes Hotel am Rande des geschäftigen Marktplatzes und erfüllte unsere Anforderungen nach einem unauffälligen Hotel. Also betraten wir die Rezeption. Keiner von uns hatte einen Ausweis dabei, aber zum Glück konnte ich die Besitzerin mit einer Voraus-Barzahlung beruhigen. Die ältere Frau schien sich von unseren müden Gesichtern erweichen zu lassen und führte uns in ein Zimmer … das, wie ich bemerkte, als sie die Tür öffnete, ein Doppelbett enthielt.

»Ähm, wir sind kein Paar …« Aber bevor ich noch nach einem Zimmer mit zwei Einzelbetten fragen konnte, hatte sie sich umgedreht und ging schon wieder die Treppe hinab. Da wir Glück gehabt hatten, überhaupt ein Zimmer zu bekommen, wollte ich unser Schicksal nicht weiter herausfordern. Wir würden so zurechtkommen müssen.

Wir betraten das Zimmer, in dem schöne Blümchengardinen vor den offenen Fenstern hingen. Der Luftzug, der ins Zimmer strömte, trug den Geruch von frischem Brot aus der Bäckerei neben an zu uns. Mein Blick fiel auf zwei große Wasserflaschen und einen Korb mit Obst und Sandwichs auf einem kleinen Tisch in einer Zimmerecke. Dorthin ging ich zuerst. Der erste Schluck Wasser zeigte mir erst, wie durstig ich war, und ich trank die halbe Flasche aus, bevor ich über die Sandwiches herfiel.

Navan schloss die Tür hinter mir mit einem Klicken und ich sah zu ihm hinüber. Er warf einen Blick auf das kleine Zimmer und das Doppelbett.

»Du kannst hier schlafen«, sagte ich schnell, bevor die Dinge zu unangenehm wurden. »Ich habe während des Flugs geschlafen und du musst dich wirklich dringender erholen als ich.«

Er sah mich erst zögernd an, widersprach aber nicht – so müde war er. Er zog seine schweren Stiefel neben der Tür aus, zog seine Pullover – den alten und den neuen, den er darüber gezogen hatte – aus und hängte sie über einen Stuhl. Meine Kaubewegungen verlangsamten sich, als ich mir seinen tief gebräunten Oberkörper ansah. Die Narben, die kreuz und quer darüber verliefen, waren bei diesem Hautton viel deutlicher sichtbar. Er ging zum Bett und legte sich auf eine Seite – die Seite, die sich näher an der Tür befand – mit dem Gesicht zur Decke. Ich wollte ihn nach seinen Narben fragen, aber dies schien nicht der richtige Augenblick zu sein.

Ich sank tiefer in meinen Stuhl und konzentrierte mich wieder aufs Essen, während Navan es sich bequem machte. Er machte sich nicht die Mühe, sich mit einer Decke oder einem Laken zuzudecken, weil die Temperatur ihm so angenehm zu sein schien. Er streckte seine Beine lang aus, sodass seine Füße etwas über den Bettrand ragten, und legte seinen Kopf auf die Kissen. Dann entspannte er die Armmuskeln und wurde bis auf ein sanftes Heben und Senken seiner Brust ruhig.

Ich aß meine Sandwiches langsam zu Ende und sah zwischen der Aussicht aus dem Fenster und der Aussicht ... auf dem Bett hin und her. Ich aß vier Sandwichs und zwei Bananen und trank den Rest des Wassers.

Dann schlich ich auf Zehenspitzen ins Badezimmer, um Wasser zu lassen und mich etwas frisch zu machen. Mein Blick in den Spiegel verriet mir kein Geheimnis – ich sah aus wie eine Hexe. Scheinbar steckte ich das Reisen nicht so gut weg wie Navan. Ich hatte dunkle Ringe unter den Augen und mein Haar war elektrisch aufgeladen und stand in alle Richtungen ab. Meine Haut war ausgetrocknet und meine Lippen waren kurz davor, aufzuspringen.

Also ging ich in die Dusche, wusch mir die Haare und schrubbte mir den Reisestaub vom Körper. Ich genoss es, wie mir das heiße Wasser den Rücken hinunterlief. Dann zog ich mir die frische Kleidung an, die wir auf dem Markt gekauft hatten; eine warme Hose, ein langärmeliges Thermo-Shirt und einen flauschigen Pullover. Im Badezimmerschrank fand ich eine kleine Tube mit Hautcreme und so cremte ich mir das Gesicht und die Hände ein, bevor ich meine Haare trockenföhnte. Als ich fertig war, war ich mehr als bereit fürs Bett. Aber es gab kein Bett für mich, es sei denn, ich wollte es mit einem Vampir teilen.

Zu meiner Überraschung war Navan noch wach, als ich das Bad verließ. Er starrte mit offenen Augen an die Decke, aber sein Blick huschte kurz zu mir, als ich das Zimmer betrat.

»Hey«, sagte ich. »Kannst du nicht schlafen?«

»Ich dachte, dass ich einschlafen würde, noch bevor mein Kopf das Kissen berührt, aber ich kann meinen Kopf einfach nicht abschalten.«

Langsam ging ich um das Bett herum, setzte mich auf die andere Seite, stützte meinen Kopf gegen die Lehne und sank in die Kissen. Navan griff in seinen Rucksack und zog ein silbernes Röhrchen daraus hervor. Er trank es aus und ich fragte mich, ob es wohl ein Blutsnack gewesen war oder etwas, das ihm beim Einschlafen helfen sollte.

Ich wartete ein paar Minuten, bevor ich wieder etwas sagte, weil ich ihn schlafen lassen wollte, aber obwohl ihm seine Augenlider hin und wieder zufielen, öffnete er sie sofort wieder, so als ob ihm etwas durch den Kopf ging, das ihn nicht zur Ruhe kommen ließ.

Irgendwann drehte er sich auf die Seite und sah mich an. »Was hast du noch aus dem Gespräch zwischen Ianthan und seinem Vater mitanhören können?«

»Ähm, ich habe nicht viel mitbekommen, weil ich nicht lange zugehört habe, aber ...« Ich dachte daran, was ich ihm bereits erzählt hatte, und versuchte, mich darüber hinaus an weitere Gesprächsfetzen zu erinnern. Es gab tatsächlich etwas, was mir Sorgen bereitete, über das ich aber durch all die Ablenkungen noch nicht viel hatte nachdenken können. »Jethro sagte, dass Vysanthe früher oder später ohnehin von der Erde und den Menschen erfahren wird, und dass es nur eine Frage der Zeit ist, bevor sie die Technologie ihres Schiffes weiterentwickeln werden, so wie Jethro und du es getan habt. Sein Argument war, dass sich die beiden deshalb genauso gut einen Vorteil von der Entdeckung des von Vysanthe gesuchten Menschenbluts verschaffen können, weil es sowieso entdeckt werden würde.«

Navan atmete durch und strich sich mit der Hand über sein Gesicht.

»Ist das wahr?«, fragte ich leise. »Dass sie früher oder später über die gleiche Technologie verfügen werden?«

»Natürlich ist das möglich. Als einer der beiden Hauptentdecker kann ich Teams in andere Quadranten führen und sie von der Erde fernhalten, selbst wenn die Technologie so weiterentwickelt wird, dass wir diesen Teil des Universums erreichen können. Aber das wäre natürlich keine Garantie. Es bräuchte nur einen Querschläger, ein Team, das der Anweisung nicht folgt, oder ein Team von Königin

Brisha, das neugierig wird und hier landet …« Er wandte den Blick ab und biss sich auf die Zähne. »Letztlich kann ein einziger Mann – oder eine kleine Gruppe – nur wenig unternehmen, um eine ganze Rasse aufzuhalten, insbesondere, wenn es sich um eine so brutale wie meine handelt. Ich weiß nur, dass ich meinen Teil dazu beitragen muss, sie aufzuhalten und diesen Tag so lange wie möglich hinauszuschieben. Mehr kann niemand unternehmen.«

Ich schluckte. »Stimmt.« Es war besorgniserregend, um es vorsichtig auszudrücken, wenn ich bedachte, dass wir all diese Schwierigkeiten auf uns nahmen, um Navans Schiff zu reparieren, nur damit die Kaltblüter ihre eigenen Schiffe bauten und die Erde vielleicht wenige Monate später entdeckten. Trotzdem hatte Navan recht. Was sollten wir sonst tun, außer alles uns Mögliche zu versuchen? Nachdem wir die Blutprobe aufhielten, könnten wir vielleicht darüber nachdenken, wie sich die Erde auf die Möglichkeit des Entdecktwerdens vorbereiten konnte. Vielleicht würden wir den Menschen von den Kaltblütern erzählen müssen, damit die Regierenden auf der Erde sich auf ihre Ankunft vorbereiten konnten. Navan und Bashrik könnten sich mit ihnen treffen, um die Existenz der Kaltblüter zu beweisen.

Aber eines nach dem anderen. Das dringendste Problem war erst einmal die Blutprobe – meine Blutprobe – die sich derzeit fröhlich auf dem Weg nach Vysanthe befand.

Ich sah Navan an und fragte mich erneut, was ihn dazu brachte, uns zu helfen. Was hielt ihn davon ab, so wie Jethro zu denken und uns für ein angenehmeres Leben zu verraten. Er hatte von Schuld gesprochen, aber welche Schuld konnte so groß sein, dass er ein derartiges Opfer für eine Spezies brachte, mit der ihn nichts verband? Eine

Spezies, von deren Existenz er bis vor Kurzem nicht einmal etwas gewusst hatte.

»Navan«, wagte ich zu sagen. Mit ihm zu reden half ihm sicher nicht dabei, einzuschlafen, aber ich konnte einfach nicht anders. »Kannst du mir sagen, warum du das alles für uns tust? Du setzt dich so sehr für uns ein. Es wäre doch viel leichter für dich, wenn du, du weißt schon ...« Ich verstummte, als ich sah, dass er mich auch so verstanden hatte.

Er setzte sich auf, lehnte sich gegen die Kissen und hob seinen Kopf etwa auf meine Höhe, bevor er das Gesicht verzog. »Erinnerst du dich daran, dass ich dir in unserer ersten Frage-Antwort-Stunde von einem Alchemisten erzählt habe, der die Unsterblichkeitstheorie begründet hat? Der Mann, der diese ganze rasende Suche der Kaltblüter nach Blut in weit entfernten Ländern überhaupt ausgelöst hat?«

Ich nickte.

Sein Gesicht wurde finster. »Dieser Alchemist ist mein Vater.«

Ich starrte ihn an und meine Lippen öffneten sich. »Oh.«

»Du erinnerst dich daran, dass ich ursprünglich auch ein Alchemist war? Bevor ich den Beruf gewechselt habe und zum Entdecker geworden bin?«

»Ja«, sagte ich unsicher.

»Nun, mein Vater war mein Alchemie-Lehrer und während der ersten Jahre meiner Ausbildung habe ich ihm dabei geholfen, seine Theorie zu entwickeln. Er war der Leiter des Projekts, aber ich habe viel der grundlegenden Arbeit geleistet.« Er setzte sich auf, wandte sich beschämt ab, stellte die Füße auf den Boden und sah dann wieder zu mir. »Ich war der einzige seiner zehn Söhne, der sich für seinen Beruf entschlossen hatte, hauptsächlich des Egos wegen. Mein Vater ist ein in ganz Vysanthe anerkannte Experte auf seinem Gebiet und meine Brüder wollten nicht in seinem Schatten arbeiten. Aber mir machte das nichts aus, weil ich mich wirklich für dieses Thema interessierte. Also habe ich es erforscht ... und es bereut. Damals wusste ich nicht, was diese Theorie auslösen würde oder welchen Sinn viele der Labortests hatten, die mein Vater mich ausführen ließ. Aber das kann niemals etwas daran ändern, dass ich praktisch der Mitbegründer der Theorie bin und damit ... für all das hier mitverantwortlich bin. Ich bin verantwortlich für viele Dinge, die ich gern ungeschehen machen würde.«

Er sagte den letzten Satz mit solcher Schwermut, dass ich sie bis in meinem tiefsten Innersten spürte. Ich konnte seine Gefühle, seine Reue und seinen Frust so gut nachempfinden, als ob ich sie selbst spüren würde. Ich konnte mir gar nicht vorstellen, wie schlecht er sich deshalb fühlen musste – und das, obwohl das Geschehene doch nicht seine Schuld war.

Okay. Das erklärt eine Menge. Ich war mir nicht sicher, wie ich auf diese Enthüllung reagieren sollte. Er wollte kein Mitleid oder Trost von mir, sondern hatte meine Frage einfach nur ehrlich beantwortet. Also schwieg ich und wartete darauf, dass er fortfuhr.

»Als mir klarwurde, was ich meinem Vater zu entdecken geholfen hatte, gab ich die Alchemie auf und beschloss, ein Entdecker zu werden. Ich wollte das beste Schiff haben und obwohl ich nicht wusste, wie lange ich meine Entdeckung geheim halten könnte, wollte ich der Erste sein, der dieses Blut, wenn es denn existierte, findet, weil ich so viel Unheil in Gang gesetzt habe.«

»Warum glaubst du, hat dein Vater seine Theorie vor dir geheim gehalten, wenn ihr doch zusammengearbeitet habt?«, fragte ich.

»Nicht etwa, weil er glaubte, dass ich dagegen sein könnte, falls du das vermutest. Er ging einfach davon aus, dass ich auf seiner Seite stand. Aber er hat sie vor mir geheim gehalten, weil er keine undichte Stelle riskieren wollte. Er wollte der erste und einzige Alchemist sein, der seine bahnbrechende Theorie Königin Gianne vorstellte. Das würde seinen ohnehin schon hohen Status noch weiter verbessern und er wollte nicht, dass ich jemandem etwas verriet, nicht einmal aus Versehen. So ist mein Vater eben. Aber bei einem Vorfall, hinter dem meiner Meinung nach nicht Jethro steckte, sondern ein anderer Spion, den Königin Brisha in den Palast ihrer Schwester hat einschmuggeln können, wurden einige Unterlagen meines Vaters gestohlen und seine Theorie wurde an die andere Seite weitergegeben. Sobald beide Königinnen die Theorie kannten, begann der Wettlauf darauf, wer von ihnen zuerst das richtige Blut finden würde. So kam die ganze Sache ins Rollen.«

Nun sah er schließlich wieder zu mir und sein Blick war so eindringlich, dass ich zusammenzuckte und ihm kaum standhalten konnte. »Unzählige Leben sind meinetwegen beendet worden. Meine Leute ziehen auf der Suche nach dem magischen Blut plündernd von einem Planeten zum nächsten. Ich werde noch sehr viel mehr Schaden zu verantworten haben, bevor mein Leben vorbei ist. Vielleicht verstehst du jetzt besser, warum ich tue, was ich tue. Jede Kreatur, die nicht ein absolutes Monster ist, würde sich genauso verhalten. Es ist weder nobel noch mutig, ... sondern einfach nur der Versuch, mit mir selbst leben zu können.«

Er verstummte und seine Worte hallten in der Luft nach. Ich wusste nicht, was ich sagen sollte.

Navan drehte sich um, holte ein weiteres Röhrchen hervor und trank es leer. Dann legte er seinen Kopf wieder auf das Kissen und drehte mir den Rücken zu.

Er sagte nichts mehr und ich schwieg ebenfalls. Etwa zwanzig Minuten später spürte ich, dass er endlich eingeschlafen war, aber ich konnte einfach nicht schlafen, nicht nach diesem Gespräch. Also sah ich ihm zu und versuchte, alles zu analysieren, was er mir gerade erzählt hatte – alles, was ich gerade über diesen aufgewühlten und gequälten Mann erfahren hatte.

KAPITEL SECHZEHN

Ich hatte nicht geglaubt, dass ich würde schlafen können, aber nachdem Navan länger als anderthalb Stunden geschlafen hatte, hatte mich sein ruhiger, gleichmäßiger Atem ebenfalls in den Schlaf gelullt. Ich wachte auf, weil ich etwas Hartes und Warmes unter meiner Wange spürte, und als ich langsam wieder zu mir kam, wurde mir klar, dass ich zum Teil auf Navan lag. Mein Kopf lag auf seiner Brust und ich hatte einen Arm um seine Taille gelegt. Meine Beine waren mit seinen verschlungen.

Als ich verstand, warum ich aufgewacht war, zuckte ich zusammen und wich zurück. Navan hatte meinen Namen gesagt.

Das Blut schoss mir in die Wangen und ich kroch so schnell von ihm weg, dass ich beinahe aus dem Bett gefallen wäre. »Oh mein Gott!«, rief ich beschämt aus.

Er runzelte die Stirn und seine blaugrauen Augen funkelten leicht erheitert. »Gott, ich wusste nicht, dass ich so schrecklich aussehe.«

Ich wurde noch röter. »Nein! Das ist nicht … Ich meine … Es tut mir leid.«

»Das ist schon okay.« Ein Lächeln lag auf seinen Lippen. »Wahrscheinlich bist du im Schlaf einfach von meiner Wärme angezogen worden.«

»Ja«, hauchte ich. Als ich mich an unser letztes Gespräch erinnerte, war ich froh, dass ich ihm ein Lächeln hatte entlocken können, selbst wenn es auf meine Kosten war.

Ich schaute mich im Zimmer um, weil ich mich etwas orientierungslos fühlte, und sah, dass die Sonne bereits ziemlich tief stand. »Wie spät ist es?«, fragte ich und rieb mir die Stirn.

Er deutete auf eine Uhr auf dem Sims. »Sieben Uhr abends. Deshalb habe ich dich auch geweckt. Ich habe auch verschlafen und bin nur ein oder zwei Minuten vor dir aufgewacht.«

»Oh Mann.« Ich schwang meine Beine aus dem Bett, stand auf und fuhr mir mit den Händen durch meine frisch gewaschenen Haare. »Wir sollten aufbrechen.«

»Ja.«

»Ich, ähm, gehe nur schnell ins Bad.«

Ich stolperte ins Badezimmer, schloss die Tür und lehnte meinen Kopf dagegen, um durchzuatmen, damit mein Herzrasen sich etwas legte. Dann wusch ich mir das Gesicht mit kaltem Wasser und cremte mir noch einmal das Gesicht und die Hände großzügig ein, bevor ich mir die Zähne mit einer der Zahnbürsten, die das Hotel bereitgelegt hatte, putzte.

Nachdem ich das Badezimmer verlassen hatte, betrat Navan es. Ich hörte, wie er den Duschhahn aufdrehte, und versuchte, mir vorzustellen, wie die Badezimmer wohl in Vysanthe waren – ob sie den unseren ähnelten oder ganz anders funktionierten. Dann fragte ich mich, wie das Leben in Vysanthe überhaupt aussah. Die Vorstellung einer anderen hochentwickelten Zivilisation weit draußen im Universum war etwas, an das ich mich noch gewöhnen musste.

Ich versicherte mich, dass wir alles eingepackt hatten, und aß dann noch zwei Bananen. Wir würden die letzte Strecke bis nach New York fliegen und ich war mir nicht sicher, wann ich wieder etwas zu essen bekam. Wenn wir ankamen, würden wir wahrscheinlich in ein anderes Hotel einchecken oder vielleicht auch direkt in ein Internet-Café gehen, um unsere Aktion zu planen. Gott. Mir war immer noch nicht ganz klar, in was ich da hineingeraten war. Wenn alles nach Plan verlief, dann würde ich bald einer weiteren übernatürlichen Art gegenüberstehen – den Lykanen.

Navan tauchte zehn Minuten später wieder aus dem Bad auf. Er trug frische Kleidung und sein schwarzes Haar, seine Augenbrauen und Wimpern waren noch feucht.

»Fertig?«, fragte er und warf noch einen Blick ins Zimmer.

»Ja.«

Ich zog meine Jacke an und Navan nahm den Rucksack. Nachdem wir ausgecheckt hatten, gingen wir denselben Weg zum Wald zurück, in dem wir gelandet waren, weil wir von hier aus auch unbemerkt wieder losfliegen konnten.

Doch als der Zeitpunkt gekommen war, mich wieder an Navan zu klammern, wurde ich erneut rot und erinnerte mich an die Situation im Hotelbett, auch wenn das albern war – schließlich hatte ich mich davor während unseres Flugs länger als zehn Stunden eng an ihn geschmiegt. Aber in einem Schlafzimmer fühlte sich das doch ... irgendwie anders an.

Er warf einen Blick auf seinen Kompass und auf die Karte, bevor wir abhoben. Heftiger Wind rauschte uns entgegen, sobald wir uns über den Baumkronen befanden, und Navan flog gefühlt dreimal schneller als vorher. Offensichtlich hatte ihm die Ruhepause gutgetan. Obwohl das den Flug für mich unangenehmer machte, weil mir ständig flau im Magen wurde, meine Augen tränten und ich Mühe hatte, ruhig zu atmen, war das doch eine nötige Veränderung, weil wir viel verlorene Zeit einzuholen hatten.

Wir brauchten weniger Zeit, als ich angenommen hatte, bis nach etwas mehr als einer Stunde die hellen Lichter von New York vor uns auftauchten. Navans Haut nahm bereits einen grauen Ton an, als er seinen Flug etwas verlangsamte. Wir näherten uns den Hochhäusern und ich spürte einen kleinen Stich in der Brust, als ich auf meine Heimatstadt hinabblickte. Ich fragte mich, wo Jean und Roger wohl waren und was sie in diesem Augenblick taten. Wenigstens hatten sie keine Ahnung, was ich gerade tat. Andernfalls hätten sie wohl einen Herzinfarkt erlitten.

So wie es mir beinahe passiert wäre, als ein schwerer Gegenstand an meinem rechten Ohr vorbeirauschte. Eine Sekunde später zersplitterte eine nahe Fensterscheibe. Was auch immer an uns vorbeigeflogen war, es war nur wenige Zentimeter von meinem Kopf entfernt gewesen.

»Was war das?«, keuchte ich.

Nun sauste etwas links an mir vorbei und ein zweites Fenster zerbrach. Ein Alarm wurde ausgelöst und aus dem Gebäude kamen laute Stimmen. Ich war mir sicher, dass jemand das Wort »Messer« rief. Navan stürzte sich in freiem Fall nach unten, rauschte das ganze

Gebäude entlang, aber die seltsamen Gegenstände – Messer? - flogen uns immer noch um die Ohren.

»Was zum Teufel ist das?«, schrie ich.

Navan fing sich, flog vorwärts durch die Dunkelheit und bahnte sich einen Weg durch das Labyrinth von Häusern. Er flog so schnell, dass wir auf einer Sicherheitskamera bestimmt nur als verschwommener Streifen wahrzunehmen waren.

Die Gegenstände flogen uns nicht mehr nach, aber das beunruhigende Gefühl, das ich schon früher am Tag gespürt hatte, blieb, nun zehnmal stärker, zurück. Es war niemand am Himmel zu sehen, genauso wie vorher. Aber es musste jemand da sein, wenn Navan und ich nicht den Verstand verloren hatten. Ich hatte doch die zerbrochenen Fensterscheiben gesehen und den Klang der erschrockenen Stimmen gehört. Das konnte ich mir doch nicht eingebildet haben.

Navan flog etwa zehn Minuten lang in einem verworrenen Zickzack zwischen den Gebäuden weiter, so als ob er versuchte, einen unsichtbaren Verfolger abzuhängen. Schließlich landete er auf dem Dach eines zwölfstöckigen Gebäudes, die Augen in Alarmbereitschaft aufgerissen, und setzte mich auf dem Boden ab, während er in den Himmel hinaufstarrte. Dann zog er mich zur Tür, die ins Haus führte. Daneben gingen wir in Deckung. Die Sorge, die ich vorher in seinem Blick bemerkt hatte, war wieder da.

Er sagte nichts dazu, was ich verstand – was sollte er auch sagen? Wir duckten uns eine Weile und suchten den leeren Himmel ab, bevor Navan mich wieder hochhob und wir weiterflogen.

Dieses Mal flogen wir nur eine kurze Strecke, denn Navan steuerte direkt auf den Central Park zu, der nur wenige Straßen entfernt lag. Wir landeten an einem dunklen, verlassenen Flecken des Parks und Navan zog sich die Kapuze seines Pullovers tief ins Gesicht, sodass dieses von Schatten verborgen wurde.

»Okay«, sagte er und führte mich zum Ausgang des Parks, aber mir entging die Nervosität in seiner Stimme nicht. »Ich weiß nicht, wie ich es erklären soll, aber wir sollten den Himmel für den Augenblick meiden. Wir müssen unseren Plan sofort umsetzen. Je schneller wir es hinter uns bringen, desto schneller sind wir außer Gefahr.«

»Glaubst du, dass uns vielleicht die Föds folgen?«, fragte ich. »Verfügen sie über die nötige Technologie, um sich unsichtbar zu machen und uns immer wieder aufzuspüren? Könnten sie in Alaska auf uns geschossen haben?«

Navan atmete durch und sah sehr aufgewühlt aus. »Vielleicht haben sie Unsichtbarkeitstechnologie, aber die Föds waren nicht da, als wir am Bunker angekommen sind. So, wie es aussah, sind sie lange vorher verschwunden. Ich wüsste nicht, wie sie unsere Spur verfolgen sollten ... Aber in jedem Fall müssen wir uns an unseren Plan halten. Wenn die Föds hinter dieser Sache stecken, werden wir es sehr bald herausfinden, aber wir werden ein paar zusätzliche Vorsichtsmaßnahmen treffen müssen.«

»Welche zum Beispiel?«

»Wir müssen achtsamer sein. Selbst wenn sie in irgendeiner unsichtbaren Maschine umherfliegen und unsere Spur aufnehmen können, haben wir wahrscheinlich immer noch eine Chance, mit ihrem Leiter zu verhandeln. Im Augenblick versuchen sie mich einfach auszuschalten, weil sie glauben, dass ein Kaltblut die Erde entdeckt hat. Sie wissen noch nichts davon, dass sich eine Blutprobe auf dem Weg nach Vysanthe befindet. Ich hoffe, dass diese Information die Spieldynamik verändern wird. Sie muss es einfach tun«, fügte er mehr an sich selbst gewandt hinzu.

Ich holte laut Luft. »Ja, hoffentlich.« Diese Leute schienen mehr als bereit zu sein, in ihrem Versuch, Navan zu töten, mich ebenfalls umzubringen. »Ich frage mich, ob sie Ianthan vielleicht erwischt haben?«, sagte ich leise. »Vielleicht haben wir seinen Körper einfach nicht finden können.«

Navan schluckte. »Vielleicht ... Wir sollten weitergehen.«

»Sollen wir direkt in ein Internet-Café gehen?«, fragte ich, als mir klar wurde, in welcher Gefahr wir uns befanden. »Dort können wir uns die, ähm, logistischen Einzelheiten überlegen«, sagte ich, bemüht um einen ruhigen Ton.

»Ja, das tun wir zuerst und dann suchen wir nach einem Ort, an dem wir uns ausruhen können.«

Wir verließen den Park und gingen – vor allem Navan – mit gesenkten Köpfen durch die vollen Straßen und suchten nach einem Internet-Café. Nach wenigen Minuten hatten wir eines gefunden, das fast leer war. Ich ging mit etwas Bargeld vor, um einen Computer zu reservieren, wählte den aus, der am nächsten am Fenster stand, und winkte Navan zu, der draußen gewartet hatte. Er schlüpfte diskret ins Café und setzte sich neben mich, den Rücken zum Ladentisch gewandt.

Nachdem wir eine halbe Stunde lang das Netz durchsucht, Karten analysiert und die heutigen Veranstaltungen geprüft hatten, entschieden wir uns für ein Freiluft-Musikfestival, das am darauffolgenden Tag stattfinden sollte. Das schien uns zwar eine lange Wartezeit, aber Navan und ich mussten uns vor Ort umsehen und uns auch geistig vorbereiten.

Wir druckten eine detaillierte Karte des Veranstaltungsorts aus. Es war ein Park in Brooklyn ... In der Nähe von Jeans und Rogers Haus. Hoffentlich würden sie nicht durch einen dummen Zufall das

Festival besuchen – auch wenn es unwahrscheinlich war, dass sie mich in der Menschenmenge erkannten.

Wir verließen das Café und machten uns auf die Suche nach einem Ort, an dem wir schlafen konnten. Wir entschlossen uns für ein Hotel in einer billigeren Gegend, das uns nicht wegen meines fehlenden Ausweises das Zimmer verwehrte. Dort gab es Zimmer mit Einzelbetten, sodass ich nicht befürchten musste, wieder aus Versehen mit Navan zu kuscheln. Dieses Mal mussten wir uns jedoch etwas einfallen lassen, um Navan ins Zimmer zu schmuggeln, denn seine Hautfarbe wäre im hellen Hotellobby-Licht zu sehr aufgefallen. Nachdem ich also eingecheckt hatte, ging ich wieder nach unten zu Navan, der draußen wartete, und sagte ihm, zu welchem Fenster er hinauffliegen musste. Obwohl das Fenster in einer Seitenstraße lag, die recht ruhig war, hatte ich dennoch Angst, dass jemand sehen könnte, wie er nach oben flog oder durch das Fenster kletterte. Er beeilte sich und schon kurz darauf saßen wir im Zimmer, jeder auf seinem eigenen Bett.

Navan zog seinen Rucksack auf seinen Schoß und wühlte darin herum, bis er sein Kommunikationsgerät hervorholte. »Ich sollte mit Bashrik sprechen. Er ist sicher schon ein völliges Nervenbündel.«

Ich ging zu ihm, als er einen Knopf drückte und sich das Gerät ans Ohr hielt. Jemand antwortete am anderen Ende und ich stand dicht genug neben Navan, um zu hören, dass nicht Bashrik antwortete, sondern Angie. Ich beugte mich etwas weiter vor, als sie sagte: »Navan?«

»Angie?«, sagte er stirnrunzelnd. »Wie geht es dir? Wie geht es Bashrik und Ronad?«

»Uns allen geht es gut. Lauren und ich sind bei den beiden. Wir haben es geschafft, uns von den Churnleys wegzuschleichen. Aber hey, ich muss mit Riley sprechen. Es gibt da ein paar, ähm, Neuigkeiten.«

Ich hielt den Atem an und verkrampfte sofort. Navan reichte mir das Gerät und ich hielt es mir ans Ohr. »Angie? Was gibt es?«

»Riley!« Sie klang erleichtert, meine Stimme zu hören, genauso wie ich erleichtert war, nach allem, was passiert war, mit ihr sprechen zu können. »Wie geht es dir?«

»Mir, ähm, geht es gut«, antwortete ich. Dies war wohl nicht der richtige Zeitpunkt, um ihr zu erzählen, dass jemand versucht hatte, uns zu töten – schon wieder. Ich wollte es lieber Navan überlassen, Bashrik davon zu berichten. »Was gibt's?«

»Na ja, wir hatten Probleme, den Churnleys unser Verschwinden zu erklären. Uns ist nichts anderes eingefallen, als ihnen zu sagen, dass ... kurz gesagt, dass du dich Hals über Kopf in einen der Holzfäller verschossen hast und mit ihm nach Austin durchgebrannt bist.«

Mein Gesicht glühte. »Oh mein Gott, das habt ihr ihnen doch nicht wirklich erzählt?«

»Hör zu, was sollten wir ihnen denn sonst sagen?«, fragte Angie. »Ernsthaft!«

Ich seufzte. Sie hatte recht. Es war sehr schwer, sich auch nur eine annähernd einleuchtende Erklärung dafür einfallen zu lassen, dass ich so plötzlich verschwunden war, und mir wäre wahrscheinlich auch nichts Besseres eingefallen. Aber es war trotzdem super peinlich.

»Unser größtes Problem ist«, fuhr Angie fort, »dass die Churnleys sich mit Jean und Roger in Verbindung gesetzt haben, und die zwei sind praktisch ausgeflippt. Verständlicherweise machen sie sich Sorgen darüber, dass du mit einem Kerl, den du nur einen Tag kennst, abgehauen bist.«

Ich fluchte leise. Mist, Mist, Mist. »Was genau haben meine Eltern gesagt?«, fragte ich mit zugeschnürter Kehle.

»Sie wollen, dass du sie so bald wie möglich anrufst. Sie machen sich Sorgen um dich.«

»Klar, ich soll sie anrufen«, schluckte ich.

»Und sie wollen, dass du nach Hause kommst.«

Verdammt. Jean und Roger waren eigentlich keine kontrollierenden Eltern, aber sie waren offensichtlich krank vor Angst um mich – vielleicht fürchteten sie sogar, dass ich entführt worden war.

»Sie wollen, dass ich nach Hause komme«, wiederholte ich und biss mir auf die Unterlippe.

»Ja. Sie machen sich wirklich große Sorgen. Ich schätze, dass sie die Polizei anrufen werden, wenn sie nicht bald von dir hören.«

Ich atmete laut aus und starrte Navan an. Er saß dicht genug neben mir, um jedes Wort mitanzuhören, und sah mich ruhig an.

»Okay, die gute Nachricht ist, dass wir in New York sind und versuchen, ein Treffen mit den Föds zu arrangieren« – ich ging davon aus, dass Bashrik ihr und Lauren bereits erklärt hatte, wer die Föds waren, und die Tatsache, dass sie nicht nachfragte, bestätigte meine Vermutung. »Ich ... Wir könnten sie morgen früh besuchen. Wir haben sowieso etwas freie Zeit.«

»*Wir*? Du meinst, du wirst Navan mit zu ihnen nehmen?«

Ich wusste, wie verrückt das klang, aber ich musste ein paar extra Tage aushandeln und meine Eltern mussten damit einverstanden sein. Wir hatten schon genug um die Ohren, als dass wir es uns leisten konnten, dass sie nun auch noch die Polizei einschalteten. Lauren und Angie hatten ihnen sowieso schon erzählt, dass ich eine Sommerliebe gefunden hatte ... weshalb es nur logisch war, dass sie ihn kennenlernten. Außerdem war ich mir seltsam sicher, dass Navan dieses kleine

Schauspiel meistern konnte. Ich hatte gesehen, dass er sich wie ein Kavalier verhalten konnte, und ich machte mir keine allzu großen Sorgen darum, dass er auffiel, denn er kannte viele der hiesigen Umgangsformen bereits. Wir sollten sie tagsüber besuchen, wenn seine Haut eine normale Farbe hatte. Wir würden das Ganze natürlich etwas vorbesprechen müssen, um die Liebespärchen-Geschichte etwas zu üben.

»Ja«, antwortete ich.

»Okay, na dann …« Angie klang skeptisch und ich konnte es ihr nicht verdenken. »Viel Glück damit.«

»Ist Lauren da?«

»Sie ist bei Bashrik. Er hat sich hingelegt.«

»Okay, sag ihr viele Grüße. Und kannst du den Churnleys bitte sagen, dass sie sich keine Sorgen machen sollen – ich werde die Sache mit meinen Eltern klären.«

»Okay«, antwortete Angie.

»Möchtest du mit deinem Bruder sprechen?«, fragte ich Navan und nahm mir das Gerät vom Ohr.

Zu meiner Überraschung schüttelte er den Kopf. »Ich spreche nächstes Mal mit ihm. Wenn er sich jetzt noch mehr Sorgen macht, dann wird das seiner Erholung nicht gerade zuträglich sein. Sag Angie einfach, dass sie den beiden ausrichten soll, dass es uns gut geht und dass wir uns melden werden, sobald sich etwas Neues ergibt.«

Ich nickte und gab seine Nachricht weiter. Dann reichte ich Navan das Gerät zurück und er schaltete es aus. Ich atmete noch einmal tief durch und kehrte wieder zum anderen Bett zurück. Wir sahen uns einen Augenblick lang schweigend an, bis ich in die Stille hinein sagte:

»Also, ähm, bist du bereit, meine Eltern kennenzulernen?«

KAPITEL SIEBZEHN

Die Tatsache, dass uns jemand zu verfolgen schien, machte mir mit Blick auf unseren Besuch bei Jean und Roger Sorgen. Das Letzte, was ich wollte, war, sie in Gefahr zu bringen. Nachdem Navan zugestimmt hatte, die beiden kennenzulernen, erzählte ich ihm ein paar grundlegende Dinge über meine Eltern. Sie würden sicher nicht erwarten, dass er viel von ihnen wusste, denn schließlich hatten Navan und ich uns ja gerade erst kennengelernt. Wir beschlossen, möglichst nicht zu fliegen, sondern ein Taxi zu ihrem Haus zu nehmen – ich hoffte, dass uns das mehr Sicherheit bot.

Dann rief ich meine Adoptiveltern an und sprach mit Jean, die gleichzeitig angespannt und erleichtert klang, als sie meine Stimme hörte. Ich sagte ihr, dass ich normalerweise nicht so etwas tun würde, wie mit Navan durchzubrennen, aber da es mein letzter Sommer vor der Universität war, hatte ich mich von der Spontanität der ganzen Sache einfach hinreißen lassen. Ich zuckte innerlich zusammen, als ich das sagte, aber sie schien es mir abzukaufen. Dennoch wollte sie, dass ich nach Hause käme, um mich mit eigenen Augen zu sehen, und freute sich, als ich ihr vorschlug, Navan mitzubringen. Wir vereinbarten unseren Besuch für den nächsten Vormittag.

Navan und ich zogen uns nach dem Gespräch schnell ins Bett zurück, aber ich schlief kaum, sondern warf mich unruhig hin und her, während ich darüber grübelte, was uns der folgende Tag bringen würde. Dabei machte ich mir weit größere Sorgen um unsere Aktion am Abend als um den Besuch bei meinen Eltern. Auch Navan schien nicht viel zu schlafen, denn er drehte sich auf der anderen Zimmerseite ebenfalls ständig hin und her.

Wir verließen das Hotel am nächsten Morgen zeitig und gingen noch in ein Geschäft, um uns passendere Kleidung zu kaufen.

»Was für ein Outfit würde dein Traummann tragen?«, fragte Navan, während wir zwischen den Kleiderständern umherliefen. »Das hier?«, fragte er, hielt sich einen lilafarbenen Samtanzug an und strich mit den Fingern über die Ärmel. »Zusammen mit einer limettenfarbenen Fliege?«

Ich schnaubte. »Ähm, das würde mein Traummann definitiv nicht tragen.«

»Sondern?«

Es gab alle möglichen Anzüge aus Leinen, Tweed und Velours. Hemden mit weißen Kragen waren in ihrer Plastikverpackung zu perfekten Rechtecken gefaltet. Reihen von Krawatten in allen Farben des Regenbogens hingen ebenfalls aus. Navan würde in allem gut aussehen, aber wir wollten ja nur Jean und Roger besuchen und nicht etwa einen eleganten Firmenempfang.

Also gingen wir zur Freizeitabteilung hinüber. »Wie wäre es damit?«, fragte Navan und hielt einen grauen Bademantel hoch. »Das macht doch einen guten ersten Eindruck.«

Ich unterdrückte ein Lachen. »Wie wäre es stattdessen hiermit?«

Ich nahm eine Jeans vom Ständer. »Jeans und … das hier.« Ich zog ein einfaches schwarzes T-Shirt hervor.

»Gefällt mir«, sagte er. »Was ist mit dir?«

»Du wirst gut darin aussehen. Das ist ein Klassiker.«

»Nein, ich meine, was ist mit deiner Kleidung? Was wirst du anziehen?« Er sah mich neugierig an.

»Oh, wir können in die Damenabteilung gehen. Aber vorher solltest du die Kleidung anprobieren, um zu sehen, ob sie dir passt.«

Navan hielt sich die Jeans an. »Ach, ich habe ein ziemlich gutes Augenmaß. Die hier sind eine Größe zu klein. Und die Beine sind zu kurz.«

»Okay.« Ich hängte die Hose zurück und suchte die nächste Größe. »Du solltest sie trotzdem anprobieren. Die Umkleide ist gleich dort drüben.«

Navan ging mit seiner Hose und dem T-Shirt zur Umkleide. »Ich warte hier«, sagte ich und setzte mich auf eine Lederbank, die vor den Kabinen stand. Ein Dreifachspiegel stand vor mir und warf mir mein Spiegelbild dreifach zurück.

»Ähm --- Ich brauche vielleicht doch eine andere Größe«, rief Navan und trat aus der Kabine hervor. Die Jeans passte ihm perfekt, aber das Shirt war viel zu klein. Seine Muskeln spannten unter dem Stoff und der Saum berührte kaum den Hosenbund.

Ich lachte, ging zur den T-Shirts zurück und wählte eines, das zwei Nummern größer war. »Hier«, sagte ich.

Wenige Sekunden später kam er wieder mit ausgestreckten Armen aus der Umkleide. »Wie sehe ich jetzt aus?«

Ich hätte am liebsten gepfiffen. Verdammt gut sah er aus. »Perfekt«, sagte ich.

Dann gingen wir in die Damenabteilung, wo es Kleider in allen möglichen Farben und Formen gab.

»Was hältst du hiervon?«, fragte Navan und hielt ein lächerlich gelb gepunktetes Kleid mit einem langen, weiten Rock und einer weißen Schleife im Rücken hoch.

»Das ist wahrscheinlich das albernste Kleid, das ich jemals gesehen habe«, sagte ich. Ich ging zu einem Ständer mit Maxikleidern und suchte mir eines mit Blümchendruck aus. »Das hier sollte passen.«

»Du hast recht, das finde ich auch besser«, sagte er lächelnd und ich sah ihm an, dass er Spaß hatte. Ich fragte mich, wie es war, in Vysanthe einkaufen zu gehen – gab es dort überhaupt Geschäfte?

»Soll ich mit dir in die Umkleide gehen und dir dabei helfen, das Kleid anzuziehen? Ein guter Freund würde das sicher tun, oder?«

Einen verrückten Augenblick lang war ich mir nicht sicher, ob er spaßte, aber dann sah ich, wie er erwartungsvoll die Augenbraue hochgezogen hatte und seine Augen belustigt funkelten.

»Ich denke, ich schaffe es auch so«, antwortete ich, bemüht, weder zu lachen noch rot zu werden. Ich genoss meine Dosis eines entspannten Navan. Wahrscheinlich gab es nicht viele Gelegenheiten, in denen er sich so vergnügen und einfach sein konnte, wie er wollte. Auf jeden Fall kam er in seinem Heimatland nicht dazu und deshalb kostete er es jetzt mit mir völlig aus ... nicht, dass ich mich darüber beschwerte. Ganz im Gegenteil fand ich den fröhlichen Navan unglaublich süß.

In der Umkleide stellte ich fest, dass ich die richtige Kleidergröße ausgesucht hatte. Das Kleid stand mir sehr gut, wenn ich das so sagen durfte. Es betonte meine Taille und das Farbmuster unterstrich meine blauen Augen. Ich riss das Preisschild ab, damit ich bezahlen konnte, ohne das Kleid wieder auszuziehen, warf noch einen letzten Blick in den Spiegel und verließ dann die Kabine.

Draußen wartete Navan auf mich, die Arme vor der Brust verschränkt. Als er mich sah, erstarrte er, und ich hätte schwören können, dass seine Augen aufleuchteten.

»Oh, das …« Er räusperte sich und zögerte einen Augenblick lang, so als ob er nach den richtigen Worten suchte. Dann löste er seine Arme voneinander und trat einen Schritt zurück, um mich eingehender zu mustern. »Das sieht so viel besser aus als mein T-Shirt«, sagte er schließlich, während sein Blick von meinen Beinen zu meinem Gesicht zurückkehrte und er mich bewundernd anlächelte.

Ich grinste und nahm sein Kompliment an. »Danke.«

Er wandte den Blick nicht von mir ab, als ich auf ihn zuging und meine Wangen glühten. Mist. Ich hatte in der High-School genügend Dates gehabt, aber ich hatte mich noch nie so mädchenhaft in der Gegenwart eines Jungen gefühlt.

Auf unserem Weg nach draußen kamen wir an dem Dreifachspiegel vorbei und Navan nahm meine Hand, damit ich neben ihm vor dem Spiegel stehenblieb.

»Sieh uns an«, sagte er und legte seinen Arm um mich, was meinen Atem zum Stocken brachte. »Wir geben wirklich kein schlechtes Bild ab. Bist du bereit, deine Eltern umzuhauen?«

»Ähm, ich hoffe, dass sie nicht so beeindruckt sind, dass sie umfallen. Es wäre schön, wenn wir das vermeiden könnten.«

Er lachte und ließ seinen Arm um mich gelegt, während wir das Geschäft verließen. Wahrscheinlich war ihm nicht klar, welche Wirkung das auf mich hatte. Mein Gesicht war knallrot, als ich einem Taxi winkte und wir in Jeans und Rogers Wohnviertel fuhren.

Sobald wir ins Taxi eingestiegen waren, dachte ich darüber nach, was vor uns lag. Bis jetzt war ich wegen unseres Besuchs nicht sehr aufgeregt gewesen. Navan war offensichtlich entspannt und ich sagte mir, dass er locker mit der Situation fertig werden würde. Wir hatten sowieso nicht vor, lange zu bleiben. Ich hatte meinen Eltern gesagt, dass wir uns mit Navans Bruder verabredet hatten, der in der Stadt wohnte. Dennoch waren meine Handflächen verschwitzt, als wir in die Straße meiner Adoptiveltern einbogen und auf unser bescheidenes Haus mit drei Schlafzimmern zufuhren. Ich hatte das Gefühl, dass sich so viel verändert hatte, seit ich das letzte Mal hier gewesen war. Immerhin war meine ganze Welt aus den Fugen geraten und es fiel mir schwer, so zu tun, als ob nichts geschehen wäre.

Ich blieb in der Auffahrt stehen und atmete tief durch. Dann sah ich zu Navan. Er sah entspannt aus, etwas nachdenklich, und mir wurde klar, dass er es war, der ein Recht darauf hatte, nervös zu sein. Ich klammerte mich an diesem Gedanken fest und versuchte, mich damit zu beruhigen, als Sally, unsere Labradorhündin, zu bellen begann.

»Riley!« Jean musste hinter der Tür gewartet haben, denn sie wurde sofort aufgerissen und Jeans schmales Gesicht tauchte auf. Sie lächelte und um ihre warmen braunen Augen legten sich Fältchen. Aber als ihr Blick auf Navan fiel, spürte ich, wie sie verkrampfte. Ihre Augen öffneten sich weiter, während sie einen Blick auf seine beeindruckende Gestalt warf. Sie hatte sich den Mann, mit dem ich durchgebrannt war, offensichtlich ganz anders vorgestellt als den Mann, der nun vor ihr stand.

Ich musste mein Lächeln unterdrücken, als Roger hinter ihr auftauchte und ebenfalls die blauen Augen aufriss. Der Ausdruck in seinem rotbärtigen Gesicht glich Jeans Miene sehr. Roger war mit seinen fast 1,80 m keineswegs klein, aber selbst er musste den Kopf leicht anheben, um Navan in die Augen schauen zu können.

»Und das ist Navan?«, fragte Jean und ich nickte und unterdrückte mein Lächeln immer noch.

»Der schneidige Freund, der sich Riley geschnappt hat«, sagte Navan und lächelte herzlich, was seine Züge weicher erscheinen ließ. »Das bin ich. Es tut mir leid, wenn ich Ihnen Sorgen bereitet habe. Es ist mir eine Ehre, Sie kennenzulernen.« Sein sanfter, höflicher Ton stand im Widerspruch zu seiner rauen Erscheinung und ich sah meinen Eltern an, dass sie positiv überrascht waren. Er sprach mit einem neutralen amerikanischen Akzent, so wie wir es vereinbart hatten, um Fragen nach seinem Herkunftsland zu vermeiden, weil sein normaler Akzent nicht amerikanisch klang. Er hörte sich immer noch nicht perfekt an, aber es war passabel.

»Kommt rein, kommt rein«, sagte Jean und winkte uns lächelnd ins Haus. Navan musste seinen Kopf einziehen, um unter dem Türrahmen hindurchzupassen, ohne sich anzustoßen. Im Flur zogen wir unsere Schuhe aus.

»Es tut mir wirklich so leid, dass ich euch erschreckt habe«, sagte ich, als wir durch den Flur gingen, und schob Sally zur Seite, die an Navan hochsprang und ihn beschnüffelte.

»Nun, die Hauptsache ist, dass du in Sicherheit und glücklich bist«, sagte Jean, obwohl ich immer noch Zweifel in ihrer Stimme hörte.

Wir betraten das Esszimmer, von dem aus man in den kleinen Garten hinausschauen konnte. Navan und ich setzten uns nebeneinander an den Tisch und Jean stellte zwei Stühle auf die andere Seite. Es entstand ein unangenehmes Schweigen, währenddessen meine

Adoptiveltern uns musterten. Dann sagte Jean: »Ich werde das Essen servieren!«

»Also«, setzte Roger an und fixierte Navan mit halb freundlichem, halb misstrauischem Blick, »woher kommst du, Navan?«

»Ich bin in Austin geboren und aufgewachsen«, sagte er freundlich.

»Navan macht Renovierungsarbeiten«, erklärte ich. »Er hat auf dem Grundstück neben dem der Churnleys gearbeitet.«

Jean kam mit einem Tablett mit Tee, Kaffee und Häppchen zurück und ich griff sofort nach einem koffeinfreien Kräutertee, weil mir der Silberwurzelvorfall noch zu frisch im Gedächtnis war.

Navan nahm einen Kaffee und ich war neugierig, wie er auf dieses warme Getränk reagieren würde. Ich war mir nicht sicher, ob er schon einmal Kaffee probiert hatte.

»Wie haben Riley und du sich kennengelernt?«, fragte Jean.

»Nun«, sagte Navan in einem selbstsicheren, fast dramatischen Ton, »Es war ein sehr heißer Tag und aus irgendeinem Grund hielt ich es für den richtigen Zeitpunkt, um Holz zu fällen. Ich muss dabei ein wenig zu laut geächzt haben. Denn ehe ich mich versah, tauchte Riley auf, um zu sehen, ob alles in Ordnung war. Scheinbar hatten sie und ihre Freundinnen im Garten der Churnleys gearbeitet und mich über das Feld hinweg gehört.«

Jean strahlte mich an. »So ist unser Mädchen«, sagte sie. »Riley hat ein gutes Herz, wie du sicher schon festgestellt hast. Sie macht sich immer Sorgen um das Wohlergehen anderer.«

»Da haben Sie völlig Recht«, sagte Navan und drückte mit einer aufwendigen Geste meine Hand. »Sie ist etwas ganz Besonderes.«

Ich sah ihn an und fühlte mich plötzlich sehr unbehaglich, weil alle Blicke auf mich gerichtet waren. Er zwinkerte mir zu.

»Sie ist außerdem die mutigste Frau, der ich jemals begegnet bin«, fügte er hinzu. Dieses Mal war sein neckischer Ton verschwunden und er war ernst geworden.

Ich wurde rot und Jean und Roger lächelten begeistert, während ich mich am liebsten unter dem Tisch versteckt hätte.

Er hatte die perfekte Antwort gegeben, weil seine Worte meine Eltern sehr ansprachen. Ich sah sofort, wie sie sich ihm gegenüber öffneten. Sie gingen wahrscheinlich davon aus, dass ich ihm etwas über meine Vergangenheit und darüber, was ich durchgemacht hatte, erzählt hatte, aber ich selbst hätte mich deshalb nie als mutig beschrieben. Ich hatte einfach überlebt.

»Gut!«, sagte Roger und klatschte in die Hände. »Wir sehen auf jeden Fall, dass du Charisma hast, Navan.«

Jean lächelte leicht verlegen. »Jetzt verstehe ich auch, wie du auf die Idee gekommen bist, eine kleine Sommerromanze anzufangen.«

Ich setzte ein steifes Lächeln auf, um meine Scham dahinter zu verbergen.

»Was ist mit dir, Riley?«, fragte Roger. »Navan sagt, dass du die mutigste Frau bist, die er jemals kennengelernt hat – und da will ich ihm nicht widersprechen, aber was magst du so sehr an ihm?«

»Ähm ...« Geschah das wirklich gerade? War es ein großer Fehler gewesen, herzukommen? Ich hatte gewusst, dass Roger und Jean Navan unter die Lupe nehmen würden, aber eine solche Frage hatte ich nicht erwartet. Navan lehnte sich in seinem Stuhl zurück und war offensichtlich kaum noch in der Lage, sich ein Lachen zu verkneifen. Sie alle sahen mich erwartungsvoll an.

»Ich weiß nicht genau, was ich darauf antworten soll«, sagte ich langsam. »Er hat mir einfach ... den Boden unter den Füßen weggerissen.«

Jetzt hatte Navan noch mehr Mühe, nicht zu kichern. Roger nickte verständnisvoll und Jean seufzte.

»Junge Liebe«, sagte sie. »Etwas so Wundervolles.«

Den Rest des Gesprächs bestritten wir mit Small Talk und ich sah meinen Eltern an, dass das Absicht war. Sie wollten den Typen, für den ich plötzlich schwärmte, einfach nur beobachten, damit sie danach beruhigter wären, wenn ich Zeit mit ihm verbrachte. Als wir aufgegessen hatten, hatte Navan es geschafft – er hatte sich sogar viel besser geschlagen, als ich es erwartet hatte. Es war schwer, Respekt und Freundlichkeit zu spielen und ich kannte Jean und Roger gut genug, um zu wissen, dass sie es ehrlich meinten.

Ich konnte mir nur schwer vorstellen, dass ich neben demselben Mann stand, der kaum einen Tag zuvor jemandem mit bloßen Händen den Kopf abgerissen hatte.

Vertrau nie deinem ersten Eindruck, dachte ich trocken.

Als die Stunde fast um war, stellte ich meine Tasse ab. »Es tut mir leid, dass wir nicht länger bleiben können, aber wir wollen uns mit Navans Bruder treffen. Er lebt hier in New York und hat ein Zimmer in seiner Wohnung für uns frei. Wir werden etwas Zeit bei ihm verbringen und dann nach Texas zurückkehren.«

»Zurück nach Texas?«, fragte Jean und trank ihren Tee aus. »Wie wollt ihr denn wieder nach Texas zurückkommen?«

»Ähm, das wissen wir noch nicht so genau. Aber ich sage euch Bescheid, sobald wir es wissen.« Ich wollte noch etwas sagen wie *‚Ihr erreicht mich immer über mein Handy‘,* erinnerte mich aber dann daran, dass ich es gar nicht dabei hatte. Bislang hatten meine Eltern nichts dazu gesagt, dass ich keine Handtasche dabeihatte und auch mein Telefon nicht einmal aus der Tasche gezogen hatte, und ich hoffte, das Treffen zu beenden, ohne dass sie es bemerkten. »Wir sollten uns wohl auf den Weg machen«, sagte ich und wischte mir die eingebildeten Krümel von der Hose, als ich aufstand.

Ich ging zu Jean hinüber, umarmte sie und küsste sie auf die Wange, bevor ich mich auf gleiche Weise von Roger verabschiedete. Als die beiden Navan die Hand schüttelten, zuckte ich zusammen, weil ich mich an seine Wärme erinnerte. Dank seiner Rezeptur war seine Berührung zwar nicht mehr so furchtbar heiß, aber er war immer noch wärmer als ein durchschnittlicher Mensch. Aber die beiden bemerkten es zum Glück nicht oder falls sie es bemerkten, sagten sie jedenfalls nichts dazu und dachten sich wahrscheinlich einfach nur, dass er eben ... ein heißer Typ war.

Ich ging als Erste vom Wohnzimmer aus in den Gang, der zur Haustür führte, und verabschiedete mich auf dem Weg von Sally. Aber noch ehe ich an der Tür ankam, klingelte es an der Haustür.

Ich öffnete, wich aber sofort zurück und hätte mich beinahe an meiner Zunge verschluckt, als ich die zwei Personen anstarrte, die vor mir standen.

Meine Eltern. Meine leiblichen Eltern.

Mein Magen verkrampfte sich bei ihrem Anblick und mir wurde übel. Ich trat einen Schritt zurück und rempelte gegen Navan und Jean, die dicht hinter mir gestanden hatten. Jean legte ihre Hand auf meine Schulter und war sofort auf der Hut, als sie sah, wer da vor unserer Tür stand.

»Sasha, George. Kann ... ich euch behilflich sein?«, fragte sie.

Die beiden warfen einen verwirrten Blick auf Navan und beachteten Jean kaum, bevor sie sich wieder auf mich konzentrierten.

Meine Mutter trug ein weiß-blau geblümtes Sommerkleid, das in sehr unschmeichelhafter Weise an ihrer knochigen Figur herunterhing. Ihre blauen Augen waren gerötet. Ihr Gesicht war blass und die

Haut schlaff. Die dünnen grauen Haare hatte sie zu einem losen Pferdeschwanz gebunden. Ich konnte mich nicht daran erinnern, dass ich sie schon einmal in einem Kleid gesehen hätte, und das verstörte mich, weil es bedeutete, dass sie es extra für mich angezogen hatte. Mein Vater trug sein übliches Outfit – eine Jeans, die ihm eine Nummer zu groß war, und ein lockeres, zerknittertes Hemd, dessen Ärmel er der Hitze wegen hochgerollt hatte. Sein schnurrbärtiges Gesicht sah genauso eingefallen aus wie das meiner Mutter. Ich sah, dass sich sein Haar am Scheitel lichtete.

Warum sind sie hier? Woher wussten sie, dass wir hier waren?

»Wir wollten uns vergewissern, dass es Riley wirklich gut geht«, sagte meine Mutter mit einer Stimme, die so rau war, als ob Nägel auf Zement entlangkratzten.

Jean stellte sich neben mich und lächelte mich steif an. »Entschuldigt uns bitte einen Augenblick.« Sie gab mir keine Chance, zu reagieren, sondern nahm meine Hand, zog mich weiter nach drinnen und schob die Haustür zu, bis sie fast geschlossen war, damit wir ein halbwegs privates Wort wechseln konnten.

»Wieso sind sie hier?«, flüsterte ich.

Jean sah mich entschuldigend an. »Sie haben mich gestern Abend zufällig angerufen – bevor du mich angerufen hast, um mir zu sagen, dass alles in Ordnung ist. Deine Mutter hat angerufen, weil sie gern wissen wollte, wann du aus Texas zurückkommst und, nun ja, ich habe mir solche Sorgen über dein Verschwinden gemacht, dass ich es für richtig hielt, ihnen zu erzählen, dass du aus Elmscreek verschwunden bist. Danach hast du mich angerufen, also habe ich Sasha zurückgerufen, um sie wissen zu lassen, dass es dir gut geht und du heute Vormittag vorbeikommen würdest. Im Nachhinein hätte ich ihr die Uhrzeit nicht sagen sollen – es ist mir einfach so herausgerutscht, aber ich habe ehrlich nicht damit gerechnet, dass die beiden so uneingeladen hier auftauchen würden.« Sie stockte und atmete durch. »Hör zu, du musst jetzt nicht mit ihnen reden. Ich kann ihnen einfach sagen, dass du noch nicht bereit dafür bist …«

Sie stockte erneut und ich schüttelte langsam den Kopf. So unangenehm diese Überraschung auch war, sagte mir etwas, dass ich nicht ewig davonlaufen konnte, sondern dass ich das hier einfach hinter mich bringen musste. Die beiden hatten seit Wochen versucht, mit mir zu sprechen, und nun waren sie hier, vor meiner Haustür. Ich musste einen Abschluss finden, mehr zu meinem eigenen Besten als ihretwegen, so schmerzhaft es auch werden könnte.

Navans und mein Blick trafen sich kurz, als ich mich umdrehte, und ich sah, dass er sich Sorgen machte. Aber ich schob den Gedanken beiseite, öffnete die Tür wieder und stellte mich in den Türrahmen.

Die beiden standen auf der unteren Stufe und sahen mich erwartungsvoll an, vor allem meine Mutter. Ihre Augen waren so voller Hoffnung und ich fühlte mich aufgerieben.

Doch ich wappnete mich innerlich und erwiderte ihre Blicke mit erhobenem Kopf.

»Mom, Dad«, sagte ich kalt. »Was kann ich für euch tun?«

»Oh, sei doch bitte nicht so formell, Riley«, sagte meiner Mutter mit ihrer kratzigen Stimme. Sie streckte ihre Hand aus, um meinen Arm zu berühren, doch ich zuckte zusammen. Ich war ja bereit, mit ihnen zu reden, aber *das* ging einen Schritt zu weit.

Meine Mutter war am Boden zerstört, aber ich konnte kein wirkliches Mitgefühl mit ihr empfinden.

»Aber wir haben gute Neuigkeiten«, sagte sie. »Und wir wollten sie dir gern persönlich mitteilen.«

»Was?«, fragte ich misstrauisch.

Meine Eltern sahen einander an. »Wir sind erlöst worden.«

»Entschuldigung, was?«, sagte ich.

»Erlöst?«, fragte Navan hinter mir.

Die beiden nickten entschlossen. »Es gibt eine Kirche, die wir fast täglich besuchen«, sagte mein Vater. »Wir sind schon immer daran vorbeigekommen, aber wir haben sie kaum beachtet, um ehrlich zu sein.«

»Sie hat sehr schöne bunte Glasfenster«, sagte meine Mutter. »Das war mir schon lange aufgefallen.«

»Klar, abgesehen von den Glasfenstern meine ich. Also davon abgesehen sind wir einfach immer an dem Bau vorbeigegangen. Bis deine Mutter und ich vor Kurzem Hand in Hand wieder daran vorbeigingen und auf einmal einen starken Drang spürten, die Kirche zu betreten. So als ob wir es einfach tun müssten. Also sind wir hineingegangen und haben uns auf eine Bank gesetzt. Wir saßen einfach eine Weile da und waren beide voller ... voller ... Ich weiß gar nicht, wie ich es beschreiben soll. Wir waren so voller ...«

»Wir waren erfüllt von der Liebe Gottes«, unterbrach meine Mutter ihn. »Und das hat alles verändert.«

»Wir haben unsere Fehler erkannt.«

»Wir möchten alles, was wir getan haben, wieder gutmachen.«

Ich starrte die beiden mit offenem Mund an.

»George, Sasha«, sagte Jean. »Das sind ... wundervolle Nachrichten.«

»Ich weiß, dass wir nicht einfach so hätten herkommen sollen«, sagte meine Mutter. »Aber wir wollten dir diese Neuigkeit gern persönlich überbringen, Riley.«

»Hat dir dein Geburtstagsgeschenk gefallen?«, fragte mein Vater.

»Ich ... ich habe es noch nicht aufgemacht.«

Die beiden seufzten schwer. »Riley«, sagte meine Mutter. »Was wir versuchen, dir zu sagen, ist, wie sehr es uns leidtut. Das alles tut uns wirklich sehr leid und wenn wir die Zeit zurückdrehen könnten, dann würden wir alles ungeschehen machen. Wir würden dich so behandeln ...« – an dieser Stelle versagte ihr fast die Stimme – »wie das schöne Mädchen, das du bist, und so gut, wie du es verdient hast.«

Ich wandte den Blick ab. Mein Kiefermuskel zitterte, während ich mich bemühte, einen gleichgültigen Gesichtsausdruck beizubehalten. »Okay«, sagte ich. »Ist das alles, was ihr sagen wolltet? Abgesehen von der guten Neuigkeit, dass ihr euren Glauben an Gott wiedergefunden habt?«

»Wir haben etwas für dich.«

Mein Vater griff in die Plastiktüte, die er trug, und holte einen Umschlag daraus hervor. Ich sah ihn zögernd und widerwillig an und vermutete sofort, dass er noch mehr blöde Fotos enthielt. Ich nahm den Umschlag, drehte ihn um und merkte, dass er zu leicht war, um Bilder zu enthalten. Es konnte nicht mehr als ein Zettel im Umschlag stecken ...

»Es ist ... eine kleine Starthilfe für die Universität«, sagte meine Mutter mit ihren geröteten, traurigen Augen. »Wir haben gespart. Ich weiß, dass es nicht viel ist, aber wir hoffen, dass es dir hilft.«

Sobald ich verstanden hatte, dass sie mir einen Scheck überreicht hatten, hätte ich den Umschlag am liebsten fallen lassen. Nein, dafür war ich nicht bereit. Fotos waren eine Sache, aber Geld war noch einmal etwas ganz anderes.

Ich drückte meinem Vater den Umschlag wieder in die Hand.

»Ich weiß die Geste zu schätzen«, sagte ich, »aber ihr könnt es behalten.«

Ich konnte nicht leugnen, dass Geld für mein Studium natürlich toll gewesen wäre, aber ich war nicht bereit, die Verpflichtungen einzugehen, die mit diesem Scheck kamen. Ich hatte zu hart daran gearbeitet, auch den letzten unsichtbaren Einfluss, den meine Eltern auf mich hatten, über die Jahre zu beseitigen. Selbst wenn sie sich verändert hatten und wirklich bereuten, was sie getan hatten, würde es Zeit und deutlich mehr als Worte brauchen, um mir das zu beweisen.

Meiner Mutter stiegen Tränen in die Augen, als sie sah, dass ich das Geld nicht annehmen würde. »Warum, Riley?«, fragte sie. »Hasst du uns immer noch so sehr? Ich weiß, dass wir dir viel Leid zugefügt haben, meine Kleine, und wir erwarten nicht von dir, dass du uns vergibst, aber wir geben uns wirklich sehr große Mühe, uns zu bessern und zu den Eltern zu werden, die du verdient hast. Wirst du es uns nicht wenigstens versuchen lassen, die Dinge gutzumachen?«

»Mom, i-ich kann nicht.« Entsetzt merkte ich, wie meine Fassade zu bröckeln begann. Ich spürte, wie mir heiße Tränen in die Augen schossen. Ich hatte das Ganze ruhig gehändelt, aber zu sehen, wie diese erwachsene Frau vor mir zusammenbrach, beschwor Gefühle in mir herauf, die ich für gut verschlossen geglaubt hatte. Gleichzeitig machte es mich wütend, weil ich mich fragte, ob die Tränen meiner Mutter überhaupt echt waren oder ob sie nur versuchte, mich auf diese Weise zu manipulieren. Wie dem auch war – es funktionierte.

Ich trat zurück und atmete tief durch. Ich *weigerte* mich, zu weinen. Stattdessen presste ich meine zitternden Finger gegen die Schläfen und suchte nach den richtigen Worten, um ihr zu erklären, warum ich das Geld nicht annahm und warum sich die beiden bis auf Weiteres aus meinem Leben heraushalten sollten. Ich hatte tausendmal darüber nachgedacht, warum ich mich ihnen gegenüber so verhielt, aber auf einmal war es schwer, mich an meine Gründe zu erinnern, jetzt, wo die zwei vor mir standen und so alt, zerknirscht und reumütig aussahen. »I-ch …«, stammelte ich. Am liebsten hätte ich vor Frust losgeweint, als sich eine unerwartet schwere und warme, starke Hand auf meine Schulter legte.

Navan war direkt hinter mich getreten und sah meine Eltern eindringlich an.

Die beiden sahen zu ihm hinauf und ihre Augen weiteten sich.

»Ihre Tochter hasst Sie nicht, Herr und Frau Fenton«, sagte er sachlich und seine tiefe, ruhige Stimme war genau das, was meine gereizten Nerven jetzt brauchten. »Sie weist Sie auch nicht zurück. Sie trifft ihre Entscheidungen völlig unabhängig, ohne dass sie das böse meint. Sie möchte sich einfach auf ihr eigenes Leben und ihre eigene Weiterentwicklung konzentrieren. Sie wäre Ihnen dankbar, wenn Sie das akzeptieren könnten. Wenn Sie mit Ihnen in Verbindung treten möchte, dann wird sie sich melden. Ich bin mir sicher, dass das für Sie als Eltern schwer zu akzeptieren ist, aber Sie müssen hinnehmen, dass Riley ihre Wahl getroffen hat.«

Ich sah ihn genauso sprachlos an wie meine Eltern. Er hatte genau das ausgedrückt, was ich sagen wollte, aber nicht in Worte fassen konnte, so als ob er in mein Gehirn hätte hineinblicken können.

Meine Eltern machten einen Schritt nach hinten und meiner Mutter liefen noch ein paar Tränen über die Wangen, während sie ihn anstarrte, aber ich glaubte, einen Hauch von Verständnis in ihrem Gesicht zu sehen.

Stille breitete sich zwischen uns aus und ich sah zwischen meinen Eltern hin und her, während Navan sich an Jean und Roger wandte. »Es war mir ein Vergnügen, Sie kennenzulernen.« Dann legte sich seine große Hand um meine und ehe ich mich versah, führte er mich aus dem Haus hinaus, an meinen Eltern vorbei und über die Auffahrt zum Tor.

Mir blieb gerade noch genug Zeit, um mich umzudrehen und »Auf Wiedersehen« zu rufen, bevor wir durch das Tor auf die Straße traten und um die Ecke bogen.

»Wow«, sagte ich, packte seinen Arm und brachte ihn zum Stehen. »Navan, was war das denn? Wie hast du ... Warum ...« Ich verstummte und sah ihn sprachlos an.

»Ich wollte nicht so lange im Freien stehenbleiben. Das war gefährlich.«

»Nein, ich meine, woher wusstest du das alles?« Und woher kannte er den Nachnamen meiner Eltern? Ich konnte mich nicht daran erinnern, ihn erwähnt zu haben.

Er zuckte mit den Schultern und ein Lächeln breitete sich auf seinem Gesicht aus. »Oh, das war keine Eigenleistung. Ich habe nur das wiederholt, was du mir erzählt hast.«

Oh Mann. Das hätte ich mir ja gleich denken können. Obwohl ich mich in meinem Delirium sicher nicht so klar ausgedrückt hatte, hatte er aufmerksam zugehört und war einfühlsam genug gewesen, um meine Worte richtig zu deuten. »Was habe ich dir noch erzählt, als ich im Delirium war?«

»Du hast mir praktisch deine Lebensgeschichte erzählt, hauptsächlich Dinge, die mit deinen Eltern zu tun haben. Darüber, dass du nicht unter Druck gesetzt werden willst, sie sehen zu müssen. Tief in dir drin liebst du sie, aber du hast Angst davor, ihnen zu nahe zu kommen, für den Fall, dass sie dich wieder enttäuschen. Außerdem weißt du nicht, ob du dich nicht vielleicht in jemanden verwandeln könntest, der du nicht sein willst.«

Seine graublauen Augen schienen sich bis in meine Seele vorzubohren, als er mich voller Mitgefühl ansah. Ich fühlte mich von ihm völlig verstanden. Er wählte die Worte für das, was ich empfand, so einfach und eloquent, dass ich spürte, dass er dabei auf seine eigenen Erfahrungen zurückgriff. Und dennoch hatte ich das Gefühl, dass er mich fast besser kannte als ich mich selbst – dass er die Dinge klar sah, die ich noch nicht ganz erkannt hatte. Was er zum Beispiel darüber sagte, dass ich meine Eltern liebte – ich war mir dessen nicht bewusst gewesen, aber nun dachte ich noch einmal darüber nach. Ehrlich gesagt konnte ich mich nicht daran erinnern, dass ich jemals Liebe für einen von ihnen empfunden hätte. Schuldgefühle ja, aber Liebe? Sie war mir nicht bewusst gewesen und die Wahrheit aus meinem tiefsten Inneren von Navans Lippen zu hören, gab mir das Gefühl, mich selbst besser zu verstehen, obwohl er immer noch fast ein Fremder für mich war. Gleichzeitig fühlte ich mich nun nicht mehr so schlecht, weil ich das Geschenk meiner Eltern abgelehnt hatte. Weil Navan Recht hatte. Ich liebte sie, auch wenn diese Liebe unter vielen Schichten aus anderen Gefühlen verdeckt war. Ich hatte sie mit meiner Ablehnung nicht verletzen wollen. Vielleicht bedeutete ihr neu entdeckter Glaube an Gott ja, dass sie ein für alle Mal mit dem Trinken aufhörten – wenn sie denn die Wahrheit sagten. Wenn das geschah, dann konnten wir vielleicht wirklich wieder eine Art Beziehung zueinander haben.

»Danke«, sagte ich leise.

Er zuckte mit den Schultern. »Du brauchst mir nicht zu danken. Ich habe nichts gesagt, was du nicht selbst vorher gesagt hast.«

»Vielleicht nicht, aber du hast es deutlich besser ausgedrückt, als ich es gekonnt hätte.«

Er lächelte. »Vielleicht sollte ich anfangen, Gedichte zu schreiben.«

Ich hatte mich zwar bei ihm bedankt, aber es fühlte sich nicht als ausreichend an. Ich wusste aber auch nicht, was ich sonst noch sagen sollte, weshalb ich meine Dankbarkeit für mich behielt und in meinem Herzen speicherte. Vielleicht würde ich die richtigen Worte finden, um sie ihm später zu sagen.

Navan wandte sich von mir ab und nickte auf das gegenüberliegende Straßenende. Dann sah er mich ernst an. »Wir sollten uns auf den Weg machen. Wir haben vor heute Abend noch viel zu tun.«

KAPITEL ACHTZEHN

Sobald die Dunkelheit hereingebrochen war, verließen wir unser Hotelzimmer durch das Fenster. Navan breitete seine Flügel aus und wir flogen bis zum Veranstaltungsort. Dieses Mal riskierten wir es, zu fliegen, weil unser Ziel nicht weit entfernt war, und wenn unser Verfolger mit den Föds zu tun hatte, dann würden wir sie sowieso bald zwingen, sich zu erkennen zu geben.

Wir hatten den Ort nach unserem Besuch bei Jean und Roger ausgekundschaftet und die Einzelheiten geplant. Nun blieb uns nur noch, das Geplante in die Tat umzusetzen.

Im Park angekommen hörten wir schon die Musik und sahen den Dampf, der von den Menschenmassen emporstieg. Wir hielten uns in den Baumkronen versteckt. Wir hatten wieder unsere dunklen, unauffälligen Sachen angezogen, die uns dabei halfen, nicht vorzeitig bemerkt zu werden.

Nachdem Navan über eine Reihe von Bäumen hinweggeglitten und dann in das Blätterdach eingetaucht war, versicherte er sich, dass die Luft rein war und setzte mich auf dem Gras ab.

Er war in höchster Alarmbereitschaft, als er einen Blick zur Bühne warf und dann wieder zu mir schaute. »Okay«, sagte er leise, »du weißt, was du zu tun hast?«

Ich nickte und schluckte. Er wandte sich ab, aber bevor er davonfliegen konnte, ergriff ich seine Hand. »Pass auf dich auf«, hauchte ich.

»Das werde ich«, sagte er eindringlich. »Du auch.«

Damit entfernte ich mich von den Bäumen und sah diskret zum Himmel hinauf, wo Navan wie ein Schatten zwischen den Baumkronen hindurchflog und sich seinen Weg zum hinteren Teil der Bühne bahnte. Die Menge begann zu jubeln und zu klatschen, als eine Sängerin die Bühne betrat und zu singen begann. Ein langer Stoffvorhang hing hinter ihr und ihrer Band von der Decke bis zum Boden herab. Auf ihn wurden Bilder projiziert. Hier würde Navan seinen ersten Halt machen.

Er war inzwischen auf der Höhe der Bühne angekommen und ich sah, wie er schnell hinter die Leinwand flog, so schnell, dass ich ihn übersehen hätte, wenn ich in diesem Augenblick geblinzelt hätte. Er verschwand aus meiner Sicht und ich konnte nur davon ausgehen, dass er jetzt versuchte, sich in den Backstage-Bereich einzuschleichen. Wir hatten ihm am Mittag einen Backstage-Pass gekauft, aber das bedeutete noch lange nicht, dass sich Navan leicht Zugang zum Projektor würde verschaffen können.

Ich trat näher an die Menge heran und zog meine Kapuze tiefer ins Gesicht. Als das erste Lied endete und das zweite begann, hielt ich meine Augen starr auf die Leinwand gerichtet. Meine Fingernägel vergruben sich während zwei weiterer Lieder in meinen Handflächen und ich machte mir langsam Sorgen, dass Navan auf Schwierigkeiten gestoßen war, als er auftauchte. Seine imposante Silhouette wurde auf die Leinwand geworfen. Seine langen Flügel waren ausgebreitet und anerkennendes Klatschen erklang von der Menge, die dieses Bild für einen Teil der Spezialeffekte hielt.

Dieser Eindruck wurde jedoch zerstört, als sich Navan plötzlich nach vorn stürzte, in die Leinwand hinein, und den ganzen Stoff aus seinen Halterungen riss. Er fiel über ihm zusammen und hüllte ihn ein, während Navan darunter mit den Flügeln schlug und den Vorhang in die Luft hob. Stoff zerriss und der Vorhang fiel zu Boden, auf das Publikum, während Navan sich genug in Deckung hielt, um nicht genau von den Leuten erkannt zu werden. Das Einzige, was man gut erkennen konnte, waren die Spitzen seiner langen, schwarzen Flügel – das wäre für die Föds mehr als ausreichend.

Die Leute starrten in den Himmel, aber die Mehrheit hielt das alles immer noch für einen Teil der Show oder vielleicht für einen Scherz.

Doch das änderte sich, als Navan mich in der Menge entdeckte, mit halsbrecherischer Geschwindigkeit herabschoss, mich packte und in die Lüfte zerrte.

Ich wedelte mit den Armen und kreischte verzweifelt, während Navan darauf achtete, mein Gesicht möglichst vor der Menge unter uns verborgen zu halten. Er hatte mich zu sich gedreht und bedeckte mich teils mit demselben Stoff, mit dem er sich selbst einhüllte. Wenn es jemandem gelang, ein Foto von mir zu machen ... Nun, das wäre sehr kontraproduktiv für den Besuch, den wir Jean und Roger am Morgen abgestattet hatten.

Aber mein Akt musste überzeugend genug sein, dass die Menschen zu schreien begännen und um Hilfe riefen.

»Wie lange müssen wir das noch abziehen?«, keuchte ich.

»Nicht mehr lange«, antwortete er, während er mich weiter durch die Luft wirbelte. »Aber wir wollen sichergehen, dass wir einen bleibenden Eindruck hinterlassen.«

Navan drehte eine weitere Schleife, von der mir schwindelig wurde. Selbst nach all der Erfahrung, die ich bislang damit gemacht hatte, wie er mich Hunderte von Metern über der Erde trug, war es furchtbar beunruhigend, mit den Beinen frei baumelnd an ihm zu hängen, aber ich vertraute seinem festen Griff um meine Taille und spielte weiter meine Rolle als in Not geratenes Fräulein.

Als uns diese Idee gekommen war, hatte ich befürchtet, dass jemand versuchen könnte, auf Navan zu schießen, aber zum Glück war niemand so dumm. Abgesehen von der Tatsache, dass Navan viel zu schnell flog, als dass ein Mensch ihn hätte erwischen können, war es auch wahrscheinlicher, dass ich dabei getroffen wurde und nicht etwa er.

»Okay«, sagte Navan nach einem weiteren Augenblick. »Das reicht. Jetzt müssen wir von hier verschwinden und eine Stelle finden, an der wir warten können …«

Doch bevor Navan seinen Satz beenden konnte, rammte uns etwas Schweres so plötzlich und unerwartet, dass sich Navans Griff um mich löste und ich beinahe gefallen wäre. Ich schrie auf und dieses Mal war es nicht gespielt.

Navan schwankte, packte mich und drückte mich an seine Brust. Dann rauschte er vorwärts, fort vom Park, fort von dem unsichtbaren Ding – was auch immer es war, das uns beinahe aus der Luft gerissen hatte.

Wir waren aus dem Park entkommen und flogen nun niedrig zwischen den Hochhäusern hin und her, als scharfe Gegenstände durch die Luft flogen und ich ein Déjà-vu an die Ereignisse des Vorabends hatte. Ich nahm an, dass Navan nun noch schneller fliegen würde, um Vorsprung zu unserem unsichtbaren Angreifer zu gewinnen, aber in einer Bewegung, die mein Herz beinahe stehenbleiben ließ, schoss er zum Ende einer dunklen Gasse und blieb dort stehen. Als zwei weitere Messer auf uns zurasten, schob er mich hinter sich und in einem Augenblick, in dem mein ganzes Leben vor meinem inneren Auge vorbeizog, riss mich Navan zu Boden, sodass die beiden Messer die Backsteinwand hinter uns trafen und dann klirrend zu Boden fielen. Ich konnte kaum einen Blick auf sie werfen, bevor Navan die Messer schnappte und in atemberaubender Geschwindigkeit die Gasse entlangschoss, sodass sie auf die geschäftige Straße auf der anderen Seite zuflogen, und das alles, bevor ich überhaupt verstand, was geschah.

Aber statt die andere Straße zu erreichen, stoppten die Messer auf einmal mitten in der Luft, keine zwei Meter von uns entfernt.

Zwei markerschütternde Schreie erklangen und an den stählernen Messerspitzen tropfte Blut herab, an einem in der Farbe geschmolzener Lava und an dem anderen in dunklem Rot. Keine Sekunde später fielen zwei Gestalten zu Boden.

Eine von ihnen war Ianthan, in dessen Brust tief ein Messer steckte, und die zweite war eine Kreatur, die auf Ianthans Rücken geflogen sein musste. Das zweite Messer hatte sie in den Hals getroffen. Aber die Gestalt sah ganz und gar nicht wie ein Lykan oder ein Werwolf aus, sondern war dünn und federlos wie ein Vogelbaby, drahtig und trug einen eisblauen Anzug. Ihre Haut war pink und so blass, dass sie beinahe durchsichtig aussah, und die langen Haare waren fast weiß. Die Hände und Füße waren etwas größer als die eines Menschen und die Finger waren lang und knochig. Das Wesen hatte hervortretende Augen, die tief orange waren.

»Ianthan«, keuchte Navan und ging neben seinem Freund in die Knie. »Was machst du ...« Dann sah er alarmiert die andere Kreatur. »Ein *Gestaltwandler*?«

»Ist es tot?«, stammelte ich.

Navan ignorierte mich, packte die Kreatur auf Ianthan bei den Haaren und warf sie beiseite. Dann ergriff er Ianthans Schultern und drehte ihn um, um das Ausmaß seiner Wunde besser einschätzen zu können. Ich bezweifelte, dass eine von Navans Rezepturen Ianthan noch helfen konnte, aber das hielt Navan nicht davon ab, in seine Tasche zu greifen und zwei Röhrchen herauszuholen. Er kippte ihren Inhalt auf die Wunde. Wahrscheinlich waren sie dazu da, Blutungen zu stoppen, aber sie waren nicht genug, denn das Messer hatte sich zu tief in Ianthans Brust gegraben. Ianthan sog keuchend Luft ein. »Es tut mir leid, Navan. Er hat mich gezwungen ...« Seine Stimme verstummte und er regte sich nicht mehr.

Navan hielt die Luft an und begann seinen Freund zu schütteln, so als ob ihn das wieder zum Leben erwecken könnte. »Ianthan, nicht«, röchelte er und ihm stiegen Tränen in die Augen. Obwohl Ianthan an Jethros Verrat beteiligt gewesen war, hatte Navan seinen Freund immer noch sehr geliebt und hätte ihm mit der Zeit sicher vergeben.

Navan schien seine Trauer in Wut auszudrücken, denn er wirbelte zu der Kreatur herum, die neben Ianthan lag. Der »Gestaltwandler« war noch am Leben, aber so wie er aussah, würde er es nicht mehr lange bleiben. Aus seinem Mund tropfte But und seine Brust zog sich krampfartig zusammen. Navan packte ihn im Nacken und im selben Augenblick verwandelte sich der Gestaltwandler zu meinem

Entsetzen in den Obdachlosen, den wir am Vorabend in Navans Bunker angetroffen hatten. Danach flackerte das Bild und er verwandelte sich in einen anderen Menschen, den ich nicht erkannte. Wieder flackerte es und ich sah einen Alaskabär vor mir. Dann schien seine Fähigkeit, sich zu verändern, erschöpft zu sein, und er nahm wieder seine eigene, blasse Erscheinung an. Vor uns lag ein nun toter Gestaltwandler.

»Was ist passiert?«, hauchte ich und mein Herz klopfte wild in meiner Brust.

Navan trat unsicher einen Schritt zurück und starrte auf die beiden Leichen vor uns. Seine Antwort kam stockend, so als ob sein Gehirn immer noch versuchte, das Geschehen zu verarbeiten. »Er war es ... Dieser Gestaltwandler. Aus irgendeinem Grund hat er auf uns gewartet, in meinem Bunker, um zu sehen, ob jemand zurückkommt. Und dann ... ist er uns gefolgt, als er herausgefunden hat, was wir vorhaben? Er ist vielleicht von jemandem geschickt worden und hat uns immer wieder aufgespürt. Sie müssen unsere Spur verloren und dann wiedergefunden haben. Er hat Ianthan als Träger benutzt.«

Ich starrte ihn an. »Was? Wie kann er uns gefolgt sein? Und warum?«

»Gestaltwandler können jede beliebige Form annahmen. Sie können sich an die Umgebung anpassen, sodass sie praktisch unsichtbar sind. Diese Wirkung können sie durch ihre Berührung auf andere übertragen. Irgendwie hat sich dieses Wesen Ianthan geschnappt, weshalb wir ihn nicht finden konnten. Ich ... ich wusste nicht, dass es auf der Erde überhaupt Gestaltwandler gibt. Es ergibt keinen Sinn, dass sie mit den Föds zusammenarbeiten, denn soweit ich weiß, verstehen sie sich nicht gut mit ihnen. Das Verhältnis zwischen Föds und Gestaltwandlern ist fast so schlecht wie das zwischen Föds und Kaltblütern.« Er schüttelte den Kopf. »Das alles ergibt einfach keinen Sinn.«

»Na ja, vielleicht haben die Föds in diesem Fall eine Ausnahme gemacht?« Ich hatte noch nie jemanden vor meinen Augen sterben sehen, und auch wenn die beiden nicht direkt Menschen waren, war es doch eine erschütternde Erfahrung.

Aber uns blieb keine Zeit, um länger hierzubleiben, weil sich am Ende der Gasse bereits eine Menschenmenge versammelte.

Ich packte Navans Arm und erwartete, dass er die Flügel spreizen und uns von hier fortfliegen würde, aber sein Blick war starr auf zwei große, kräftige dunkle Gestalten in hautengen schwarzen Anzügen gerichtet, die sich flink durch die Menge schoben. Stahlmasken bedeckten ihre Gesichter und sie bewegten sich mit einer Selbstverständlichkeit auf uns zu, die mir Angst machte. Breite Gürtel voller Waffen hingen um ihre Taillen.

»Hier sind sie«, hauchte Navan und ich spürte, wie er seine Hand in einer beschützerischen Geste auf meine Schulter legte. »Lykane.«

Ich atmete tief ein. Unser Plan war völlig schiefgegangen. Wir hätten die Lykane zuerst entdecken sollen, damit ich dann den ersten Kontakt aufnehmen konnte.

Instinktiv stellte ich mich vor Navan und ging dann auf die beiden Männer zu. Die Menschenmenge am anderen Ende der Gasse rührte sich nicht von der Stelle und sah zu, wie sich uns die beiden Männer näherten, die sie scheinbar für Polizisten hielten.

Ich erkannte die Augen der Lykane, als die beiden näherkamen. Sie waren leuchtend grün und bernsteinfarben und mein Herz schlug bis zum Hals, als sie einen Meter vor mir stehenblieben.

Ich erhob meine Hände in einer hoffentlich universell verständlichen Geste der guten Absichten, während die Blicke der beiden auf die zwei übernatürlichen Leichen hinter mir fielen. Auch wenn ich am liebsten zuerst gefragt hätte, ob der Gestaltwandler für sie gearbeitet hatte, musste ich sparsam mit meinen Worten sein, denn die beiden griffen bereits an ihre Gürtel und zogen kleine silberne Handschusswaffen.

»Da habt ihr ja ein ganz schönes Chaos angerichtet, hm?«, fauchte einer der beiden und starrte Navan an. Er deutete mit der Waffe auf Navans Brust. »Was macht ein Blutsauger wie du hier auf der Erde? Spuck es aus, bevor ich dir das Gehirn wegpuste.«

»Bitte«, sagte ich und sah die beiden flehend an. Ich sah die Frage, die ihnen durch den Kopf schoss, deutlich in ihren Augen: *Was macht dieser Mensch bei dem Kaltblut?* »Ich weiß, wonach das hier aussieht, aber wir sind nicht hier, um Ärger zu verursachen. Wir haben das Konzert nur gestört, um eure Aufmerksamkeit auf uns zu lenken. Wir haben eine dringende Nachricht für euren Leiter und ihr müsst uns zu ihm bringen. Eine Menschenblutprobe ist auf dem Weg nach Vysanthe.«

Die beiden stockten. Ich konnte unmöglich sagen, ob sie mir glaubten, weil ich ihren Gesichtsausdruck unter den Masken nicht sehen konnte. Aber beide verstummten einen Augenblick lang und sahen einander an, was hoffentlich ein Zeichen dafür war, dass sie zumindest über meinen Vorschlag nachdachten.

Dann streckte einer von ihnen die Hand aus und packte meinen Arm. Navan machte automatisch einen Schritt nach vorn, aber der andere Lykan richtete seine Waffe auf ihn.

»Keine Bewegung«, knurrte er.

Ich hörte Motorengeräusche und sah, dass ein schwarzer Helikopter nur zehn Meter über uns flog. Vier maskierte Gestalten in schwarzen Anzügen seilten sich vom Helikopter zu uns hinab. Sie landeten auf dem Boden und drei von ihnen gingen sofort auf Navan zu und rissen ihm unsanft die Arme auf den Rücken.

Der Lykan, der mich festhielt, schob mich zu dem vierten Lykan, der noch am Seil hing. Dann warf er Navan einen letzten Blick zu. »Aber selbstverständlich nehmen wir euch mit uns.«

KAPITEL NEUNZEHN

Die Seile zerrten uns in den Nachthimmel hinauf und spulten uns bis in das Innere des Helikopters. Die offene Luke unter uns wurde geschlossen und Navan und ich standen in einem kleinen Raum, dessen Wände mit Metallplatten verkleidet und an denen Bänke festgeschraubt waren. Zwei Lykane warteten hier zusätzlich zu den Vieren, die sich mit uns nach oben geseilt hatten, und packten uns unsanft an den Handgelenken, um uns Handschellen anzulegen. Ich war mir nicht sicher, ob Navan sie nicht aufbrechen könnte, aber es war fraglich, welchen Sinn das haben sollte – schließlich mussten wir kooperieren, wenn wir eine Chance auf ein Treffen mit dem Leiter haben wollten.

Ich warf einen besorgten Blick zu Navan, der wenige Schritte von mir entfernt stand. Obwohl ich die Unruhe in seinen Augen sehen konnte, bewahrte er äußerlich die Fassung. Er sah mich beruhigend an und ich versuchte, mich an seinem Blick aufzurichten und mein rasendes Herz etwas unter Kontrolle zu bringen.

Einer der Lykane führte mich zur Bank und setzte mich dort ab, während die anderen Navan neben mir platzierten. Eine Sekunde später wurde mir ein schwarzer Stoffsack über den Kopf gezogen und ich konnte nichts mehr sehen.

»Ist das wirklich notwendig?«, fragte ich nervös, aber die Lykane ignorierten mich. Es klang, als ob sie den Raum verließen, aber ich hörte noch, wie einer zu dem anderen sagte: »Sergis und Masta werden sich um die Aufräumarbeiten kümmern.«

Ich spürte, wie Navans warme Hand mein Knie berührte, so als ob er mich trösten wollte. »Es ist schon okay«, flüsterte er. »Sie wollen nur nicht, dass wir den Weg zu ihrem Hauptquartier mitbekommen.«

Ich schluckte, als die Stimmen der Lykane hinter der sich schließenden Tür verhallten. »Was meinen sie mit ‚Aufräumarbeiten'?«

»Ich nehme an, dass sie ihre eigene Rezeptur haben, um Erinnerungen zu löschen«, antwortete er. »Ich bezweifle, dass sie sich bei den Besuchern des Konzerts diese Mühe machen werden, weil ich mich ja nie ganz gezeigt habe – wahrscheinlich ist die Geschichte morgen als Titelstory im *National Enquirer* zu lesen. Aber die Sache in der Gasse war zu grafisch. Sie werden die Menschen suchen müssen, die alles von der anderen Straßenseite aus beobachtet haben.«

Die Härchen auf meinem Arm stellten sich auf, als der Helikopter wer weiß wohin davonflog. Ich fühlte mich schrecklich angreifbar. Wir hatten keine Ahnung, wohin diese Lykane uns brachten, was sie mit uns vorhatten oder ob sie uns tatsächlich das Treffen arrangieren würden, von dem alles Weitere abhing. Vielleicht waren sie stattdessen auf dem Weg zu einem abgelegenen Ort, an dem sie uns hinrichten wollten. Wenn uns etwas überhaupt noch am Leben hielt, dann war es wohl das, was ich über die Blutprobe, die auf dem Weg nach Vysanthe war, gesagt hatte. Hoffentlich hatte sie weiterhin dieselbe Wirkung.

Ich rückte auf der Bank näher an Navan heran, weil ich mich nach seiner Wärme sehnte. Es war kühl in dieser Höhe und obwohl Navans Wärme bald abkühlen würde, war er von dem lauen Sommerabend noch etwas aufgewärmt. Er musste meine Unsicherheit gespürt haben, denn er legte seine Hand wieder auf mein Knie und drückte es. »Du machst das großartig«, sagte er. »Ich meine es ernst. Du bist sehr mutig.«

Seine Worte hatten mir vorher schon viel bedeutet, aber jetzt bedeuteten sie mir noch viel mehr. »Danke«, flüsterte ich und drückte seine Hand.

Es war schwer zu sagen, wie lange der Flug dauerte – vielleicht ein paar Stunden, obwohl es sich mit dem schwarzen Sack über dem Kopf wie eine Ewigkeit anfühlte.

Wir wussten, dass wir uns unserem Ziel näherten, als sich die Cockpittür öffnete und Schritte näherkamen. Sie blieben wenige Meter von uns entfernt stehen, bis der Helikopter zu einem schnellen Sinkflug ansetzte, der mir Übelkeit bereitete.

Sobald wir holprig aufsetzten, kamen die Schritte auf uns zu und ich wurde von einem schraubstockartigen Griff nach oben gerissen. Jemand warf mich über seine Schulter und die unerwartete Drehung brachte mich zum Husten. Aber mir blieb nichts anderes übrig, als mich an die neue Position zu gewöhnen, denn der Lykan trug mich ein paar Stufen hinab und trat dann auf scheinbar felsigen Boden, denn Steine knirschten unter seinen Stiefeln. Ich hörte weitere Schritte die Treppe hinabsteigen – Navan und die anderen folgten uns also – und mein Lykan ging auf einer unebenen Strecke voran.

Die Luft fühlte sich hier anders an als in New York. Sie war zwar ebenfalls frisch, aber hier wehte ein scharfer Wind, der den Geruch von Salzwasser zu uns trug. Wir befanden uns an einem Ozean, aber an welchem? Waren wir überhaupt noch in den Vereinigten Staaten?

Schließlich setzte mich der Lykan ab. Wir gingen weiter und nach ein paar Schritten wechselte der Schotter in zerklüfteten Felsboden, auf dem ich sicher gestolpert wäre, wenn der starke Mann nicht meinen Arm gepackt und mich weitergeführt hätte. Dann betraten wir eine ebene Oberfläche, vielleicht geschliffenen Stein oder Marmor. Türen öffneten sich vor uns und schlossen sich hinter uns wieder. Wir hatten eine Art Halle betreten, vielleicht eine Lobby oder einen Empfangsbereich, denn die Stimmen hallten hier wider.

Wir traten vor etwas Hartes und Festes, das sich wie ein Schreibtisch anfühlte, und mein Begleiter sagte brummig: »Ist Verhörzimmer Nummer 3 frei?«

»Ja, Sie können durchgehen«, sagte eine höhere Stimme, die vermutlich einem weiblichen Lykan gehörte.

Also gingen wir weiter und der Lykan führte mich durch die Halle. Ich hörte, wie sich vor uns weitere Türen öffneten. Er zerrte mich hindurch und nach einer weiteren Minute blieben wir stehen. Es piepte und dann schoben sich weitere Türen vor uns auf. Ich spürte ein blendend weißes Licht durch den Stoff hindurch, der zwar dicht gewoben war, aber das Licht musste so grell sein, dass es trotzdem ein wenig hindurchdrang.

Ich wurde auf einen Stuhl gesetzt und hörte, wie Navan neben mich gesetzt wurde. Dann wurden uns die Säcke vom Kopf gezogen und das grelle Neonlicht traf uns mit voller Wucht. Ich musste meine Augen mit den Händen bedecken, weil das Licht so sehr in meinen

Pupillen brannte, und konnte mich erst nach einer Minute umsehen. In der Zwischenzeit hatten unsere Begleiter bis auf einen das Zimmer auch schon wieder verlassen. Ich sah zu Navan hinüber, der sich schneller an das Licht gewöhnt zu haben schien als ich und den verbleibenden Lykan nicht aus den Augen ließ.

Dieser trug immer noch seine Maske, durch die nur die leuchtend korallfarbenen Augen zu sehen waren. Doch dann setzte er sich uns gegenüber, zog seine Maske ab und enthüllte ein Gesicht, das ... sehr ungewöhnlich war. Seine Knochenstruktur war schmal und kantig. Die Augen lagen tief und die Stirn war vorgeschoben. Der Lykan hatte aschbraune Haare, die eher wie eine Mähne in sein Gesicht hingen. Seine Koteletten waren die längsten, die ich je bei einem Mann gesehen hatte, und sein ganzes Gesicht und sein Hals war von feinen braunen Härchen bedeckt. Seine schmalen Lippen öffneten sich und entblößten gezackte Zähne. Als der Mann seine Hände vor sich faltete, sah ich, wie wenig menschlich sie aussahen – sie waren knorrig und länglich und hatten Klauen, die sich nicht einziehen ließen.

Er sah zwischen Navan und mir hin und her und hob eine buschige Augenbraue. »So«, sagte er mit tiefer Stimme, »wer möchte anfangen?«

Ich blickte unsicher zu Navan, aber er sah lässig geradeaus. »Bevor wir beginnen, können Sie uns sicher Ihren Rang nennen«, sagte er. »Ich verfüge über sensible Informationen, die ich unbedingt direkt an Ihren Leiter übermitteln muss oder an die ranghöchste Person hier, die die Entscheidungen trifft.«

»Nun, ich bin nicht der Leiter dieses Ortes«, antwortete der Lykan geschmeidig, »aber ich bin der Leiter der Verhöre und es ist meine Aufgabe, zu entscheiden, welche Angelegenheiten so wichtig sind, dass sie unserem Chef gemeldet werden müssen. Oder glauben Sie etwa, dass er sich mit jedem trifft, den wir von der Straße auflesen? Ich schlage vor, dass Sie zu reden beginnen, Kaltblut, sonst werden die Wächter ihrem ersten Instinkt folgen, Sie zu töten, und dem Menschenmädchen alle Erinnerungen löschen und sie wieder in der Stadt absetzen.«

Navans Kiefermuskel zuckte, aber er verlor nicht die Fassung. Ich wusste, welche Konsequenzen Navans Verrat für ihn haben könnte, wenn jemand in seinem Heimatland herausfand, dass er den Föds von den Aktivitäten in Vysanthe erzählt hatte.

Navan räusperte sich. »Ich verstehe Ihr Argument. Ich werde Ihnen alles erklären, aber wie Sie sicher auch verstehen werden, werde ich meine Identität nicht eher preisgeben, als dass Sie mir garantieren, das alles, was wir hier besprechen, streng vertraulich behandelt wird. Sie müssen verstehen, dass ich unsere Leben aufs Spiel gesetzt habe, indem ich zu Ihnen komme und hier Geheimnisse verrate. Mein Heimatland würde mich dafür umbringen.«

Der Verhörleiter machte zwar ein gutes Pokerface, aber es war nicht so undurchdringlich, dass er bei dem Wort »Geheimnisse« nicht gezuckt hätte. Navan sah in eine Ecke der Decke, wo sich eine Kamera befand. »Ich werde Sie außerdem bitten, diese Kamera auszuschalten und die bisherigen Aufnahmen von uns zu löschen«, sagte er.

Die Augen des Lykans weiteten sich bei dieser Forderung, so als ob er nicht fassen konnte, dass Navan das zu fordern gewagt hatte. Er öffnete den Mund und ich war mir sicher, dass er ablehnen würde, aber dann schien er es sich noch einmal zu überlegen und zog ein Kommunikationsgerät von seinem Gürtel. »Rus, schalte die Kamera in VZ 3 aus und lösch die Aufnahmen der letzten fünf Minuten.«

»Sind Sie sich sicher, Sir?«, fragte eine tiefe Stimme durch den Lautsprecher.

»Tu es einfach.«

»Die Kamera ist ausgeschaltet und ich lösche gerade die Aufnahmen.«

Der Lykan schaltete das Gerät aus.

Die Kamera befand sich aus Sicherheitsgründen im Verhörzimmer und es erstaunte mich ein wenig, dass der Lykan dieser Forderung so leicht nachgegeben hatte. Seine Neugier musste seine Vorsicht überwiegen.

Dann sah er wieder zu Navan und nickte. »Reden Sie weiter.«

Navan rutschte auf seinem Stuhl umher, um sich aufrechter zu setzen, bevor er seine Erklärung begann. Er sprach davon, dass Vysanthe von der Idee besessen war, ein Unsterblichkeitselixier zu finden, wie er die Erde entdeckt hatte und versucht hatte, sie vor seinen Landsleuten verborgen zu halten. Wie er über mich gestolpert war und dann alles, was geschehen war, seit wir Texas verlassen hatten. Was Navan ausließ, war, dass er einen Lykan-Agenten getötet hatte, der seinen Bunker entdeckt hatte, und glücklicherweise schien dieser Lykan hier nichts davon zu wissen, dass im Norden ein Agent vermisst wurde, was vielleicht Navans Verdacht bestätigte, dass der Föd, der ihn verfolgt hatte, allein unterwegs gewesen war.

Als Navan fertig war, hatte der Lykan die Stirn in Falten gelegt und seine Miene war furchtbar schwer zu entziffern. Der Blick, den er Navan zuwarf, konnte entweder ein tiefes Nachdenken oder aber völliger Unglaube sein.

»Dieser Gestaltwandler, der Navans Freund als Geisel genommen hat, um uns zu verfolgen«, sagte ich, um das Schweigen zu brechen, das sich immer länger dehnte, »war er ein Verbündeter der Föds? Hat er für Sie gearbeitet?«

Der Lykan sah mich an und lachte dann trocken auf. »Definitiv nicht. Wir würden nicht eher mit Gestaltwandlern zusammenarbeiten als mit Kaltblütern. Sie sind unehrliche, hinterhältige Kreaturen.«

Ich spürte, wie mir das Blut aus den Wangen wich, und ich sah zu Navan hinüber. »Aber wer war er dann?« *Warum hat er in Navans Bunker auf uns gewartet und warum hat er uns verfolgt? Hatten Gestaltwandler Navans Lager entdeckt und all seine Ausrüstung gestohlen?*

Navan schien von meiner Frage verwirrt zu sein, aber er schob sie zur Seite, um zum Wesentlichen zurückzukommen. »Also, werden Sie mir helfen, mein Schiff zu reparieren, oder nicht?«, fragte er. Vielleicht hatten die Föds seine Werkzeuge nicht gestohlen, aber Navan war sich scheinbar sicher, dass sie selbst über Ausrüstung verfügten, die fortschrittlich genug war, um ihm nützlich zu sein.

Der Lykan wandte den Blick ab und stand auf. Dann verschränkte er die Hände auf dem Rücken und ging im Zimmer auf und ab. »Das Problem ist«, setzte er an und mir wurde sofort flau im Magen, als ich seinen kühlen Ton hörte, »dass ich keine Ahnung habe, ob ich irgendetwas von dem, was Sie mir erzählt haben, glauben kann. Das alles klingt sehr dringend und lebensbedrohlich, aber ich bin noch nie in meinem Leben einem Kaltblut begegnet, das nicht ein absolut berechnender Bastard war.« Er stockte und sah Navan an. »Es hat Nachteile, zu einer so sadistischen und verdorbenen Rasse zu gehören, verstehen Sie? Alle rechnen immer damit, dass man Hintergedanken hat.«

»Bitte«, flehte ich. »Sie irren sich. Er ist nicht wie die anderen –

das verspreche ich. Warum würde ich ihm helfen, wenn ich damit nicht meine eigene Art schützen könnte?«

»Er könnte Sie erpressen oder vielleicht sind Sie einfach nur eine sehr gute Schauspielerin.« Er verdrehte die Augen. »Vielleicht sind Sie sogar ein Gestaltwandler, der beschlossen hat, sich mit einem Kaltblut zusammenzutun.«

Ich atmete frustriert aus. »Was nun? Sie werden einfach alles ignorieren, was wir Ihnen erzählt haben? Ist das Risiko denn nicht viel größer, wenn Sie uns nicht helfen?«

Der Lykan setzte sich wieder auf seinen Stuhl und sah uns nachdenklich an. »Ich habe nicht gesagt, dass wir Ihnen nicht helfen werden. Diese Entscheidung liegt nicht bei mir. Aber angesichts der Tatsache, dass unsere Ressourcen begrenzt sind und wir im Augenblick ausgelastet sind, muss ich den Wahrheitsgehalt der Informationen prüfen, auf die wir stoßen, bevor ich sie an meine Vorgesetzten weiterreiche.

Unsere normale Antwort an ein Kaltblut wäre ein Kopfschuss, aber ich muss zugeben, dass das, was Sie mir erzählt haben, besorgniserregend ist, wenn es denn wahr ist. Aber vielleicht wollen Sie uns damit auch nur aufs Glatteis führen und unsere Agenten in eine gefährliche Situation locken. Bevor ich also erwäge, Ihre Informationen an unseren Leiter weiterzugeben, muss ich mir verdammt sicher sein, was Sie beide im Schilde führen. Als Kaltblut haben Sie sicher schon damit gerechnet, dass Sie hier nicht so leicht durchkommen.«

»Wir sagen die Wahrheit«, sagte Navan. »Wir werden tun, was Sie von uns verlangen.«

Der Lykan atmete tief durch, lehnte sich nachdenklich in seinem Stuhl zurück und stand dann doch wieder auf. »Warten Sie hier.«

Damit ging er zur Tür und verließ den Raum.

»Ich kann das einfach nicht glauben«, sagte ich hörbar frustriert. Mir war schmerzlich bewusst, wie die Sekunden verstrichen und sich diese kleine Hülse, die meine Blutprobe enthielt, Vysanthe unaufhaltsam näherte. Wir hatten keine Zeit, um lange angezweifelt zu werden!

Navan schien zwar ebenfalls verärgert zu sein, war aber wohl von der Antwort des Lykans keineswegs überrascht. »Wie er richtig gesagt hat, ist das der Preis dafür, ein Kaltblut zu sein«, sagte er. »Er verhält sich richtig damit, mir nicht zu glauben. Ich an seiner Stelle würde mir auch nicht vertrauen.«

Seine abschätzigen Worte ließen mich zusammenzucken. Ich wusste, dass es nicht leicht für ihn war, so behandelt zu werden – einfach aufgrund der körperlichen Erscheinung derart diskriminiert zu werden – obwohl er doch so viel für das Wohl der Erde aufs Spiel setzte. Am liebsten hätte ich meine Hand ausgestreckt und seine Schulter getätschelt, um ihm zu versichern, dass ich wusste, dass er ein guter Mann war, aber ich tat es nicht, denn wenn ich eines in der kurzen Zeit, die ich Navan kannte, an ihm beobachtet hatte, dann war es, dass er kein Mitleid wollte.

Der Lykan betrat den Raum wieder mit einem Ordner voller Dokumente, den er vor Navan auf den Boden fallen ließ.

»Ich werde Ihnen eine Chance geben, Ihre Motivation unter Beweis zu stellen«, sagte der Mann. »Das ist eine kleine Aufgabe, damit es mir leichter fällt, Ihnen zu glauben. Was den Gestaltwandler angeht, so war es ein Zufall, dass Sie ihm über den Weg gelaufen sind. Wir nehmen an, dass es vor Kurzem einen Befall von Gestaltwandlern hier auf der Erde gegeben hat, obwohl die Erde für sie verbotenes

Gebiet ist – das hat die Föderation schon vor Jahrzehnten deutlich gemacht.

Dieser Ordner enthält Beweise, die darauf hinweisen, dass die Gestaltwandler dabei sind, ein organisiertes Lager aufzubauen, wenn sie es nicht bereits getan haben. Ihre Motive sind uns aber noch unbekannt. Ich bitte Sie mit diesen Unterlagen um zwei Dinge: Erstens sollen Sie die Koordinaten ihres Lagers entdecken und zweitens sollen Sie mir eine Schätzung der Lagergröße liefern. Wir wollen ungefähr wissen, gegen wie viele Gestaltwandler wir antreten müssen. Sie werden mir diese beiden Informationen melden. Ein fairer Handel.«

Navan erblasste. »Das ist keine leichte Aufgabe, Lykan. Es wird Zeit brauchen, ihr Lager zu entdecken, weil es sicher gut getarnt ist, und das ist genau das, was wir nicht haben – Zeit. Abgesehen davon gibt es keine Garantie dafür, dass ich lebend zurückkehre. Bis vor ein paar Stunden wurden wir von einem Gestaltwandler verfolgt, der uns ganz offensichtlich umbringen wollte.«

»Es muss nicht sehr lange dauern – das kommt ganz darauf an, wie klug Sie es anstellen«, sagte der Lykan. »Damit will ich natürlich nicht sagen, dass es leicht sein wird. Wir werden Sie mit Waffen und anderen Geräten ausrüsten, sodass das Risiko sinkt. Außerdem haben Sie diese Unterlagen, um sich zu orientieren. Wenn Sie unser Vertrauen gewinnen wollen, dann ist das unsere Bedingung. Wenn Sie Erfolg haben, wird sich unser Leiter sicher eher mit Ihnen beschäftigen und gewillter sein, Ihnen zu glauben.«

Navan sah einen Augenblick auf den Ordner hinab und atmete dann bebend aus. »Okay, ich bin bereit, alles Notwendige zu tun, damit Sie mir zuhören. Aber von der Ausrüstung abgesehen brauche ich auch meinen Rucksack zurück.«

»Kein Problem«, antwortete der Lykan und mir fiel erst jetzt auf, dass Navan seinen Rucksack gar nicht bei sich trug. Man musste ihn ihm im Helikopter abgenommen haben.

Navan nickte knapp, obwohl die Sorge in seinen Augen nicht verschwand und seine Unruhe sich auf mich übertrug.

Der Lykan lächelte kurz und wölfisch, bevor er die Hände rieb. »Dann wollen wir mal loslegen.«

KAPITEL ZWANZIG

Ich bekam keine Gelegenheit dazu, noch ein Wort mit Navan zu wechseln, bevor der Lykan auch schon zwei Wachmänner ins Zimmer rief. Sie stülpten uns wieder Stoffsäcke über den Kopf und begleiteten uns dann durch den Gang in den Empfangsbereich und von dort aus durch die Schiebetüren nach draußen. Sobald mich ein Mann wieder über die Schultern warf, wurde mir klar, dass wir in den Helikopter zurückgebracht wurden.

»Was ist mit meinem Rucksack und unserer Ausrüstung?«, hörte ich Navan angespannt fragen.

»Keine Sorge«, sagte die Stimme des Verhörleiters, der neben uns herlief. »Dafür habe ich bereits gesorgt.«

Wir erreichten die Stufen, die zum Helikopter hinaufführten, und ich fragte mich, wo sich das Hauptquartier wohl befand. Ich wünschte, einen Blick auf die Umgebung erhaschen zu können, bevor wir wieder in den Helikopter getragen und auf die Bank gesetzt wurden.

»Wohin bringt ihr uns?«, fragte ich, als Navan neben mir abgesetzt wurde.

»Ins ferne Sibirien«, antwortete der Befrager. »Dort verschwinden seit Monaten Menschen aus Dörfern in einer bestimmten Gegend, weshalb es offensichtlich ist, dass da ein Zusammenhang besteht.«

»Moment mal, es verschwinden Menschen?«, fragte ich alarmiert. »Sie haben uns nie etwas davon gesagt, dass die Gestaltwandler das tun.« Bis jetzt hatte ich noch nicht darüber nachdenken können, warum die Gestaltwandler in den Augen der Föds so lästig waren, doch nun leuchtete es mir langsam ein.

»Alles, was Sie wissen müssen, steht in dem Ordner, den ich Ihnen gegeben habe.«

»Warum glauben Sie, entführen sie die Menschen?«, fragte ich und biss mir auf die Zunge, bevor ich hinzufügen konnte: *Ist das nicht eher etwas, was Kaltblüter tun würden?* Das Verhältnis zwischen Navan und den Lykanen war auch ohne diesen Kommentar schon angespannt genug.

»Wir nehmen an, dass es ihres Fleisches wegen ist, aber wir sind uns noch nicht sicher. Sie werden uns dabei helfen, es herauszufinden.«

Ich seufzte und lehnte mich zurück, den Kopf an die kühle Metallwand des Helikopters gestützt.

Eine Tür im hinteren Bereich wurde aufgezogen und es klang so, als ob der Helikopter mit schwerer Fracht beladen wurde. Ich drehte den Kopf in die Richtung des Lärms, als unser Befrager erklärte: »Ihre Ausrüstung wird wie versprochen gerade geladen.«

Die Schritte zogen sich dann zurück, stiegen aus dem Helikopter aus und gingen die Stufen hinab. Einen Moment später rief er: »Sie sind startklar. Viel Glück. Vielleicht sehen wir uns bald wieder.«

Sein letzter Satz klang wie eine Drohung nach, als er die Luke schloss. Eine Minute später erhob sich der Helikopter in die Lüfte und beschleunigte.

»Wann werden Sie uns diese Säcke von den Köpfen nehmen?«, fragte ich.

»Sobald wir so weit vom Hauptquartier entfernt sind, dass sein Standort nicht mehr erkennbar ist«, sagte der Wachmann angespannt und ich schnaubte.

Navan war ungewöhnlich still und ich spürte seine Aufregung. Aber mir fiel nichts ein, was ich sagen könnte, um das gespannte Schweigen zu brechen, und da mindestens ein Wachmann bei uns im Raum geblieben war, fühlte ich mich nicht wohl dabei, dass er uns zuhörte.

Also saß ich da und wartete etwa eine Stunde lang, völlig gelangweilt, weil es nichts anzusehen gab. Dann kam der Wachmann zu uns und zog uns die Säcke ab, was die Dinge etwas erträglicher machte. Ich sah den Wachmann an, der sich wieder uns gegenübersetzte. Er trug eine Maske, die alles bis auf seine mandarinfarbenen Augen verbarg. Dann sah ich zu Navan, der stur geradeaus auf die gegenüberliegende Wand starrte und die Zähne zusammenpresste. Er warf mir einen Blick zu, musterte mich kurz von oben bis unten, um zu sehen, ob ich okay war, und starrte dann weiter die Wand an. Damit war mehr als klar, dass er nicht in der Stimmung war, zu reden. Zu meiner Enttäuschung hatte unser Raum keine Fenster, sodass ich während der nächsten Flugstunden nur das kahle Innere des Hubschraubers ansehen konnte.

Als wir endlich zum Sinkflug ansetzten, atmete ich erleichtert auf. Nach unserer Landung nahm der Wachmann uns die Handschellen ab.

Die Luke öffnete sich und ein eisiger Wind fuhr uns entgegen, der mich sofort erschaudern ließ. Als ich die Stufen hinabstieg, sah ich, dass wir auf einem verschneiten Berg gelandet waren, von dem man meilenweit auf Wälder, Felder und mehrere kleine Dörfer, die in verschiedenen Abständen voneinander verstreut lagen, hinabschauen konnte. Es war Abend und am Horizont ging die Sonne unter.

Ich stöhnte. Es war nicht gerade eine verlockende Aussicht, mir schon wieder den Hintern abzufrieren. Seit wir Alaska verlassen hatten, hatte ich die milderen Temperaturen genossen. Aber wahrscheinlich hatten die Gestaltwandler genau wie die Kaltblüter einen Hang zur Kälte, wenn ich bedachte, dass sich der Erste, dem wir begegnet waren, in Navans Bunker herumgetrieben hatte ... Ich musste immer noch darüber hinwegkommen, dass der obdachlose alte Mann, der mir so leidgetan hatte, sich später als Gestaltwandler entpuppt hatte. Und die Frage, die mir immer noch unbeantwortet im Kopf herumschwirrte, war: warum?

Aber ich schob den Gedanken beiseite, als Navan von der untersten Stufe stieg. Der Wachmann führte uns zum hinteren Teil des Helikopters, wo Navans Tasche bereits auf dem Boden stand, sowie zu meiner Überraschung auch ein kleines Fluggerät. Es erinnerte mich an einen Minijet, war gute drei Meter lang und hatte ein schmales Cockpit, in das nicht mehr als zwei oder drei Personen passten.

Ich holte meine Jacke aus Navans Rucksack und zog sie mir über, während der Wachmann ein Fach im hinteren Teil des Helikopters öffnete, in das sich eine ausgewachsene Person zusammengerollt hineinlegen konnte. Darin befand sich eine Werkzeugkiste aus Metall und eine Reihe von Ausrüstung – Gewehre und andere Überlebensausrüstung, darunter Metalldraht, Seil, Kerzen, ein Gaskocher, ein dicker Schlafsack und Messer. Auch der Ordner war hier, aber es gab nichts zu essen. In einer Plastiktüte entdeckte ich Rubel, mit denen wir wahrscheinlich in einem der Dörfer etwas zu essen kaufen konnten. Navan wäre versorgt, weil er in seinem Rucksack noch ein paar Röhrchen hatte.

»Das ist die Standardversorgung, die wir unseren Agenten geben. Sie können mitnehmen, was Sie wollen«, sagte der Wachmann. Navan und ich stellten uns neben ihn, als er eine der Waffen nahm, eine silberne Langlaufpistole. »Ich gehe davon aus, dass Sie wissen, wie die Waffen zu benutzen sind?«, fragte der Mann mit einem Blick auf Navan und dieser nickte. »Die Munition ist dort.« Der Mann stellte die Waffen ab und deutete auf ein Seitenfach. Dann schob er seine Hand in das zweite Fach und zog einen beigefarbenen, hautengen Anzug hervor, der aussah, als ob er aus Silikon wäre. »Sie haben einen solchen Anzug, der praktisch sein kann. Er muss unter der Kleidung getragen werden und wenn er aktiviert wird« – er drückte auf eine kleine knopfförmige Erhebung am rechten Ärmel des Anzugs – »dann wird der Träger unsichtbar. Das ist teure Technologie, passen Sie also gut auf den Anzug auf.«

Ich starrte das Kleidungsstück erstaunt an und konnte nicht leugnen, dass ich neugierig darauf war, ihn anzuprobieren. Außerdem fragte ich mich, was für andere atemberaubende Technologien diese übernatürliche Organisation noch für uns eingepackt hatte.

»Und dieser Jet?«, sagte Navan und deutete auf ihn. »Den leihen Sie mir auch?«

»Sie brauchen einen Ort, um die Ausrüstung zu verstauen, und außerdem wird er Ihnen nachts als Schlafquartier dienen. Der Jet ist nicht stark genug, um das Weltall zu erreichen, also versuchen Sie es erst gar nicht. Er funktioniert nur in der Erdatmosphäre. Kommen Sie auch nicht auf die Idee, damit fliehen zu wollen. Der Jet ist mit einem Ortungsgerät ausgestattet, sodass wir ihn jederzeit leicht aufspüren können.«

Navan nickte. »Verstanden.«

»Wenn Sie Fragen zu seiner Funktionsweise haben, dann sollten Sie sie mir jetzt stellen.«

Navan ging zum Cockpit und öffnete die Seitentür. Dann setzte er sich hinter die Steuerung und musterte sie einen Augenblick lang, bevor er an Reglern schob und Hebel betätigte. Eine Minute später hatte er den Motor gestartet und schwebte in der Luft.

Navan hatte die Augen geweitet und sah sich erstaunt im Inneren des Jets um. »Das ist ... unglaublich leicht zu bedienen«, sagte er. »Ihre Technologie ist im Vergleich zur unsrigen offensichtlich weit fortgeschritten.«

Der Lykan brummte und warf einen Blick zum Helikopter zurück. Er hatte es wohl eilig, wieder davonzufliegen. »Die Steuerkarte ist mit einem Kommunikationsgerät ausgestattet«, sagte er. »So können Sie sich im Notfall mit unserem Hauptquartier in Verbindung setzen. Das wäre alles. Was auch immer passiert – wir werden einen Agenten in drei Tagen zur selben Zeit herschicken, um nach Ihnen zu sehen. Ich schlage vor, dass Sie sich jetzt den Ordner durchlesen, vielleicht ein wenig schlafen und dann Ihre Suche am frühen Morgen beginnen.«

Navan landete den Jet wieder im Schnee. »In Ordnung.«

Der Lykan nickte, drehte sich um und eilte zum Helikopter zurück, der kurz darauf abhob und mit alarmierender Geschwindigkeit davonrauschte. Das bestätigte meinen Verdacht, dass es sich nicht um einen normalen Helikopter handelte. Ich sah ihm nach, bis er nur noch ein kleiner Punkt am Horizont war, bevor ich Navan ansah und einen tiefen Zug der kalten Luft einatmete.

»So, nun sind wir wieder allein«, sagte ich und lächelte schwach, um die Stimmung etwas zu heben.

»Unter anderen Umständen wäre ich erfreut, das zu hören«, sagte Navan. Er wandte den Blick nicht vom Jet ab und ich sah ihm an, dass er von der Maschine wirklich beeindruckt war. »Irgendwie sind wir also zu Gestaltwandler-Jägern geworden.« Er setzte sich wieder in das Cockpit, schob seinen Rucksack hinter sich und legte den Ordner auf seinen Schoß. »Bereit für eine Lesestunde?«

Ich setzte mich in den Sitz des Kopiloten und schloss die Tür.

»Nein«, sagte er, sobald ich die Tür geschlossen hatte. »Lass mich das umformulieren: Bist du bereit, nach Texas oder New York zurückzukehren? Du kannst dir den Ort aussuchen.« Er klopfte auf das Kontrollpanel. »Wenigstens wirst du eine stilvolle Landung hinlegen.«

Ich starrte ihn an. »Was?«

Die Vorstellung, nach Hause zurückzukehren und Navan allein mit dieser ganzen Sache zurückzulassen, war etwas, das mir noch gar nicht in den Sinn gekommen war. Um fair zu sein, war es natürlich eine Option, wahrscheinlich sogar eine vernünftige. Wie konnte ich, das Menschenmädchen, Navan hier draußen schon behilflich sein? Wir hatten Kontakt zu den Föds aufgenommen, weshalb er mich ursprünglich gebraucht hatte. Aber trotzdem sträubte sich jede Faser in mir gegen seinen Vorschlag und ich wusste, dass mir diese Mission – und er – zu wichtig waren, um einfach nach Hause zu fliegen.

»Ich werde dich nicht in diese Sache hineinziehen, Riley«, sagte er. »Auf gar keinen Fall. Du hast deine Arbeit gemacht. Mission erfüllt. Danke. Ich hätte es nicht ohne dich geschafft. Das meine ich ehrlich so.«

»Danke für das Kompliment, aber wir sind noch nicht fertig. Ich werde dich nicht einfach alleinlassen.«

»Doch, das wirst du«, antwortete er. »Lass es uns nicht noch schwerer machen, als es ist. Wenn du mir nicht sagst, wohin du fliegen möchtest, dann werde ich die Entscheidung für dich treffen. Also ... Wohin soll es gehen? Nach Texas oder nach New York?«

»Keins von beidem. Ich bleibe hier.«

Er seufzte. »Dann entscheide ich eben.« Er drückte auf ein paar Knöpfe und der Jet hob vom Boden ab. Ich sprang auf, riss die Tür auf und warf mich nach draußen. Ich fiel einen guten Meter bis zum Boden. Dann stand ich auf, klopfte den Schnee ab, verschränkte meine Arme vor der Brust und sah Navan finster an, als dieser den Jet wieder landete.

»Bist du verrückt geworden?«, rief er. »Du hättest dich verletzen können! Steig wieder ein und hör auf, so stur zu sein!«

»Du kannst mich nicht zwingen, zurückzufliegen«, erwiderte ich. »Außerdem ist das bescheuert. Wir sind hier, im verflixten Sibirien, und du schlägst vor, mich den ganzen Weg bis in die Staaten zurückzufliegen und dann wieder herzukommen? Die Föds orten diesen Jet – glaubst du nicht, dass sie es eigenartig finden werden, wenn du sofort in die entgegengesetzte Richtung davonjagst? Sie werden glauben, dass du dich mit ihrer Ausrüstung aus dem Staub machen willst. Sie werden dich verfolgen und dann hast du keine Chance mehr ...«

Ich verstummte, als Navan aus seinem Sitz sprang. Er stapfte um den Jet herum zu mir und ich stellte mich breitbeiniger auf und vergrub meine Füße tiefer im Schnee, während ich ihn unsicher ansah, weil ich nicht wusste, was er vorhatte.

Er blieb vor mir stehen und runzelte die Stirn. »Ich weiß deine Fürsorge zu schätzen, aber wenn die Föds mein Verhalten verdächtig finden, dann werden sie zuerst versuchen, sich mit mir in Verbindung zu setzen. Dann erkläre ich ihnen, dass ich beschlossen habe, dich nach Hause zu bringen – schließlich haben sie nicht angeboten, das für mich zu tun – und dass ich sofort danach nach Sibirien zurückfliegen werde. Ich will dich wirklich nicht in den Jet zerren, während du kreischst und strampelst, okay? So bin ich nicht. Aber ich werde dich nicht in noch größere Gefahr bringen, als ich es ohnehin schon getan habe.«

Bevor ich etwas erwidern konnte, begann Navans Kommunikationsgerät in seiner Tasche zu piepen. Er atmete aus, wirbelte herum und rannte zum Jet zurück, um es zu holen. Er riss es aus der Tasche und hielt es an sein Ohr.

»Bashrik«, sagte er. Zögernd näherte ich mich ihm so weit, dass ich Bashriks verzerrte Stimme in der stillen Umgebung hören konnte.

»Hey Mann. Was zum Teufel ist los? Warum bist du nicht drangegangen?«

Navan seufzte und seine Schultern hoben sich. »Ich habe dir gesagt, dass du dir keine Sorgen machen sollst, aber ich wusste, dass das sinnlos ist. Wir sind am Leben und wir haben es geschafft, Kontakt mit den Föds aufzunehmen. Ich hatte nur ein paar Stunden lang keinen Zugriff auf meinen Rucksack und konnte deine Anrufe deshalb nicht beantworten. Hör zu, ich habe nicht viel Zeit, also …«

»Hey, warte. Erzähl mir alles, was passiert ist, seit wir das letzte Mal miteinander gesprochen haben.«

Navan erzählte Bashrik widerstrebend, dass ein Gestaltwandler und Ianthan uns verfolgt hatten und als er fertig war, war Bashrik sprachlos. »I-ich kann es einfach nicht fassen«, stammelte er.

»Ich weiß. Es ist … Ich muss selbst erst einmal damit klarkommen. Aber ich habe keine Zeit, um länger mit dir zu sprechen.«

»Was machst du jetzt? Wo bist du?«

»Wir sind in Sibirien. Ich muss eine kleine Aufgabe für die Föds erledigen, um ihr Vertrauen zu gewinnen, damit sie mir helfen.«

»Warte, was meinst du mit ‚einer kleinen Aufgabe'?«, drängte Bashrik.

»Es ist nicht wichtig«, antwortete Navan. »Ich erzähle dir alles, sobald wir fertig sind. Wie heilt deine Wunde?«

»Nein, Navan«, beharrte Bashrik, »sag mir, worin die Aufgabe besteht.«

Navan stockte. »Ein Gebiet ist von Gestaltwandlern befallen und alles, was ich zu tun brauche, ist, ihr Lager ausfindig zu machen und in etwa zu schätzen, wie groß es ist.«

Ich runzelte die Stirn, als ich hörte, wie Navan unsere Aufgabe kleinredete, wo er doch dem Lykan noch vor wenigen Stunden gesagt hatte, dass sie schwer und gefährlich war. Bashrik nahm ihm seine Version nicht ab, sondern ging beinahe in die Luft. »Nein, Navan! Vergiss es! Du treibst es mit dieser ganzen Besessenheit, die Erde retten zu wollen, zu weit. Du wurdest auf deinem Weg zu den Föds mehrfach beinahe umgebracht! Ianthan wurde getötet. Das sollte dir doch klar genug sagen, dass du aufhören und umkehren musst.«

»Bashrik …«

»Nein, hör mir zu, Bruder. Ich war vor deinem Aufbruch zu dieser Reise nervös, dass dir so etwas passieren würde. Du hast mir gerade gestanden, dass ein Gestaltwandler versucht hat, dich umzubringen. Und jetzt suchst du auch noch eine ganze Horde von ihnen? Du treibst diese ganze Geschichte zu weit – das ist doch Selbstmord!«

Seine Stimme bebte. »Ich habe bereits eine Schwester verloren – ich werde dich nicht auch noch verlieren.«

Mein Herz setzte bei diesen Worten einen Schlag lang aus und ich fragte mich, wovon er sprach. Es folgte eine lange Pause und als Navan antwortete, klang es, als ob er seine Stimme gestählt hätte und sich völlig gegen Bashriks Gefühle abschottete. »Du bist nicht der Einzige, der eine Schwester verloren hat«, antwortete er kühl. »Ich habe nicht vor, dich das noch einmal erleiden zu lassen. Ich bin gut ausgerüstet und habe einen schnellen Jet, der vermutlich auch kugelsicher ist.«

»Aber Navan ...«

»Nein«, fauchte Navan und ich sah, dass seine Hände leicht zitterten. »Ich kann es nicht gebrauchen, dass du dich auch noch stur stellst.« Damit drückte er auf einen Knopf an der Seite des Geräts, um es völlig auszuschalten, und warf es wieder in seinen Rucksack.

Sein Gesicht war wutverzerrt und er atmete schwer, als sein Blick wieder auf mich fiel. »Das ist alles zu viel für mich«, sagte er. »Ich werde also bis drei zählen und dir die Chance geben, freiwillig wieder in den Jet zu steigen. Eins.«

»Navan, ich ...«

»Zwei.«

»Ich werde nicht ...«

»Drei.«

Sobald er das letzte Wort ausgesprochen hatte, stürzte er vor und packte meine Taille. Sein Oberkörper war eng gegen meinen gepresst, als er mich zum Jet zurückschleifte. In mir stieg ein Zorn auf, wie ich ihn schon seit Langem nicht mehr gespürt hatte.

Als er das Cockpit erreichte und damit rang, mich in meinen Sitz zu hieven, fuhr meine rechte Hand wie von selbst aus und verpasste ihm eine schallende Ohrfeige. Sie war so hart, dass meine Handfläche eine Spur auf seinem Gesicht hinterließ.

Sofort lockerte sich sein Griff, er trat einen Schritt zurück und starrte mich an. Der Überraschung in seinen Augen nach zu urteilen, hatte er definitiv nicht damit gerechnet, was mir einen Augenblick verschaffte, um wieder zu Atem zu kommen.

»Was ist mit dem freien Willen?«, fragte ich. »Ist das nicht dein Ding? Das hier ist auch meine Verantwortung und du wirst mich nicht davon abhalten können. Ich bin schon bis hierher gekommen. Ich habe mich bereits in Gefahr gebracht. Ich kann mich eine Weile lang in den Jet setzen, wenn dir das hilft, aber ich werde dich nicht hier alleinlassen. Was ist, wenn du in Schwierigkeiten gerätst und jemanden brauchst, um Hilfe zu rufen? Lass mich dir einfach helfen!«

Es folgte eine lange Pause. »Ich bin es nicht gewohnt, mich auf die Hilfe anderer zu verlassen«, antwortete er. »Und ich bin es definitiv nicht gewohnt, geohrfeigt zu werden.«

»Ach ja? Tja, ich bin es nicht gewohnt, von einem Mann umhergeschleift und gegen meinen Willen zu etwas gezwungen zu werden.«

Wir starrten einander noch einen Augenblick lang an. »Du hast recht«, sagte er schließlich leise. »Du hast einen freien Willen und wenn du darauf bestehst, hierzubleiben, dann kann ich dich nicht zwingen, etwas anderes zu tun. Ich ... Ich will einfach nur nicht, dass dir etwas passiert, okay? Ich habe schon genug Schuld auf mich geladen und ich glaube nicht, dass ich es ertragen könnte, dass dir etwas zustößt, während du unter meiner Obhut stehst. Verstehst du das denn nicht?«

»Natürlich verstehe ich das«, antwortete ich. »Und ich möchte auch nicht, dass einem von uns beiden etwas Schlimmes zustößt.

Aber du kannst mich jetzt auf keinen Fall zurückschicken, also kannst du mir genauso gut ein paar von diesen Dokumenten herüberreichen, damit wir anfangen können.« Ich streckte erwartungsvoll die Hand aus und machte eine entschlossene Miene.

Navan zögerte, ging aber dann den Ordner holen. Er öffnete ihn, nahm die Hälfte der Papiere heraus und reichte sie mir. Unsere Fingerspitzen berührten sich sanft.

Er seufzte noch einmal und sah mich an. »Wir stecken also wirklich gemeinsam in dieser Sache.«

KAPITEL EINUNDZWANZIG

Wir beschlossen schnell, besser einen warmen Ort in der nahen Stadt zu suchen, um die Dokumente zu lesen, also schob ich mir die Papiere zusammen mit der Plastiktüte voller Rubel in die Jackentasche. Navan hob mich hoch und wir flogen in die Stadt. Zum Glück gab es noch genug Tageslicht, das Navans Haut aufnehmen konnte und somit eine natürlichere Farbe annahm, obwohl seine Körpertemperatur sehr viel kälter war, als mir lieb war.

Das Restaurant, an dem wir ankamen, war eine Art Taverne, die spärlich mit Tischen und Stühlen eingerichtet war. Unsere Kellnerin sah so aus, als ob sie schon seit einem Jahrhundert hier arbeitete, und wenn sie überrascht war, zwei fremde Gesichter hier zu sehen, so ließ sie es sich zumindest nicht anmerken. Ich hatte großen Hunger und bestellte einen Teller mit Knödeln, einer der vier Hauptspeisen auf der Karte.

»Das Geschäft brummt ja richtig«, sagte Navan mit einem Blick auf das fast leere Lokal. Außer uns war nur ein weiterer Tisch besetzt. Dort saß eine alte Frau vor einer Teetasse.

Ich holte die Papiere wieder hervor und wir begannen, sie zu lesen. Es handelte sich hauptsächlich um Berichte von verschwundenen Dorfbewohnern und Karten, auf denen mit einem X die Stelle markiert worden war, an der die Menschen verschwunden waren. Die Berichte ähnelten sich auf schaurige Weise, obwohl die Gestaltwandler keine besonderen Kriterien zu haben schienen, was ihre Opfer anging. Junge, Alte, Männer, Frauen ... die einzige Gemeinsamkeit schien darin zu bestehen, dass sie alle Menschen waren.

Navan warf seine Papiere auf den Tisch. »Riley«, sagte er. Ich hörte zu lesen auf und sah zu ihm hoch. Er sah mich aufgewühlt an.

»Wir werden das Rätsel schon lösen«, sagte ich. »Ich weiß, dass es schwer aussieht, aber wir schaffen das.«

»Das meine ich nicht«, sagte er kopfschüttelnd. »Na ja, zum Teil, aber ... Was gerade passiert ist. Ich hätte dich nicht einfach so in den Jet zerren sollen.«

Er hatte immer noch einen leichten Abdruck im Gesicht, dort, wo meine Hand ihn getroffen hatte. »Ist schon okay«, sagte ich. »Ich weiß, dass du es getan hast, weil du nicht willst, dass mir etwas passiert. Das weiß ich zu schätzen.« Ich stockte. »Während meiner ersten Lebenshälfte hatte ich nicht wirklich jemanden, der sich so um mich gekümmert hat. Deshalb ... bedeutet es mir viel, dass du dir Sorgen um mein Wohlbefinden machst. Auch wenn du es vielleicht nicht gerade auf die beste Weise gezeigt hast. Dich zu ohrfeigen war auch nicht gerade nett. Es tut mir leid, dass ich das getan habe.«

»Ich könnte es mir nie vergeben, wenn dir etwas zustößt«, sagte er. »Ich fühle mich manchmal so schuldig, dass ich glaube, es nicht mehr aushalten zu können. Ich weiß, dass das sehr dramatisch klingt, aber ich meine es ernst.«

»Du solltest dich nicht schuldig fühlen«, sagte ich. »Was bringt dir das? Du wusstest ja nicht, was dein Vater vorhatte. Du kannst dir deshalb keine Vorwürfe machen.«

»Es ist nicht nur das.«

»Was ist es dann?«

Er sah sich um, so als ob er sichergehen wollte, dass uns niemand belauschte. »Ich möchte die Vergangenheit nicht noch einmal aufleben lassen – sie einmal zu leben, war mehr als genug – aber ich sollte wohl ehrlich mit dir sein, was den Grund angeht, warum ich hier auf der Erde bin.«

»Hast du ihn mir nicht schon genannt?«

»Nun ja ... in gewisser Weise schon. Aber da ist noch mehr. So wie es dir mit deinen Eltern geht, habe auch ich etwas, über das ich nicht reden möchte, weil ich denke, dass es dann weniger wehtut. Aber wir wissen wohl beide, dass das nicht immer so funktioniert.«

Ich nickte. »Da hast du recht. Wenn du mir mehr erzählen möchtest, dann höre ich dir gern zu.« Ich dachte daran, wie ich unbewusst Navan mein Herz ausgeschüttet hatte und wie er mir danach geholfen hatte, mich selbst besser zu verstehen. Vielleicht konnte ich ihm auf dieselbe Weise helfen.

Er atmete tief durch. »Es ist schon eine Weile her, seit ich darüber geredet habe. Ich hatte eine kleine Schwester namens Naya. Sie war meine beste Freundin. Als sie sechzehn wurde, begann sie mit Ronad auszugehen, obwohl unsere Eltern – und ein paar meiner Brüder – völlig dagegen waren.«

»Warum?«

»Nun … aus verschiedenen Gründen. Einige meiner Brüder hatten das Gefühl, dass Ronad ebenfalls unser Bruder war. Unsere Eltern hatten ihn aufgenommen und hielten es für unangemessen, dass er mit Naya zusammen war. Was albern war, aber doch irgendwie verständlich. Meine Eltern wollten nicht, dass Naya eine Beziehung mit ihm einging, weil er praktisch ein Waise war und sie ihn nicht für gut genug für sie hielten. Beiden ist die Meinung anderer Leute sehr wichtig und sie hatten das Gefühl, dass die Beziehung ihrer Tochter mit jemandem wie Ronad ein schlechtes Licht auf die ganze Familie werfen würde.«

»Wie lange hat Ronad bei euch gelebt?«

»Seit er etwa zehn war. Seine Eltern haben sich nie um ihn gekümmert und ihn praktisch verlassen. Also war er immer bei uns, bis meine Eltern ihm eines Tages angeboten haben, einfach bei uns zu bleiben.«

»Kommt mir bekannt vor«, sagte ich.

Navan nickte. »Ja, daran habe ich noch gar nicht gedacht. Aber Naya und Ronad waren schon befreundet, lange bevor er bei uns eingezogen ist. Sie haben von klein auf miteinander gespielt. Für mich war es irgendwie logisch, dass sie und Ronad irgendwann ein Paar werden würden.«

»Und was ist dann passiert?«

»Meine Eltern haben Ronad verboten, Naya weiter zu sehen und ihm gesagt, dass er ausziehen müsste. Aber die beiden haben sich heimlich weiter getroffen. Aber es ist unmöglich, ein Geheimnis vor meinem Vater zu verbergen. Und welche brillante Idee hatte mein Vater? Er hat ein Elixier zusammengemischt, das ähnlich wie Elysium wirkt, nur sehr viel stärker. Zusätzlich hat er noch Schwarzwurzel hinzugegeben, was die Vysanthiner Version der Tollkirsche ist.«

Ich riss die Augen auf. »Er wollte Ronad umbringen?«

»Nein, er wollte ihn nicht umbringen, aber er wollte ihn krank genug machen, dass Ronad eine Weile nicht aus dem Bett aufstehen könnte und da das Elixier ähnlich wie Elysium wirkte, hätte er Naya sowieso vergessen. Während er sich erholte, so hofften meine Eltern, würde Naya über ihn hinwegkommen. Sicher hatten meine Eltern schon eine ganze Reihe passender Partner ausgesucht, um sie Naya vorzustellen. Da Ronads Geburtstag nahte, schickte mein Vater ihm ein vorzeitiges Geburtstagsgeschenk – eine Ampulle mit Ramphastidae-Blut.«

»Ich habe keine Ahnung, was das ist.«

»Es ist ein Vogel, so wie hier ein Tukan. Allerdings sind diese Vögel in Vysanthe zwei Meter groß und ihre Schnäbel sind halb so lang wie ihre Körper. Das Blut aus dem Schnabel eines Ramphastidae ist eine seltene Delikatesse und nur schwer zu bekommen. Vielleicht hätte Ronad daher ahnen können, dass etwas nicht stimmte, denn mein Vater ist kein sehr großzügiger Mann. Aber Ronad ist vertrauensselig und schöpfte keinen Verdacht. Was meine Eltern nicht wussten, war, dass Naya sich davongeschlichen hatte, um Ronad zu treffen. Er gab ihr die Ampulle. Er glaubte nicht, dass er je wieder in seinem Leben eine Ampulle mit Ramphastidae-Blut in der Hand halten würde, weshalb er sie ihr schenkte.«

Mir wurde flau im Magen. »Oh nein.«

Navan nickte mit grimmigem Gesichtsausdruck. »Mein Vater hat die genaue Menge an Schwarzwurzel in die Mischung gegeben, um Ronad zu verletzen. Aber Naya war sehr viel zierlicher als Ronad, sodass die Dosis für sie tödlich war. Sie wirkte schnell und Naya starb in Ronads Armen.« Navan sah in die Ferne. »Und da es eine Variation von Elysium war, verlor Naya ihre Erinnerungen und erkannte Ronad nicht mehr.«

»Navan.« Er blinzelte und sah mich mit schmerzerfüllten Augen an. Ich wusste nicht, was ich sagen sollte. Alles schien mir völlig unpassend zu sein. »Das ist furchtbar.«

»Das Furchtbare ist«, sagte er langsam, »dass ich Naya über den Weg gelaufen bin, als sie sich von Zuhause davongeschlichen hat. Ich hätte ihr befehlen können, wieder ins Haus zu gehen, aber ich habe es nicht getan.«

»Du konntest nicht wissen, was passieren würde.«

»Sie war meine kleine Schwester und es war meine Aufgabe, sie zu beschützen.« Er atmete tief durch. »Aber ich habe völlig darin versagt. Ich werde nicht noch einmal versagen. Alles, was Naya sich immer gewünscht hat, war, von Vysanthe fortzukommen. Sie hasste es, wie wir die Ressourcen dort so verschwendeten, als ob sie unendlich wären, und wie wir die Schwächeren ausbeuteten. Sie war nicht so, Ronad ist nicht so und ich bin auch nicht so, wenn du mir das glauben kannst.«

»Natürlich glaube ich dir das«, sagte ich. »Du bist hier und setzt dein Leben aufs Spiel, um die Erde zu retten, obwohl du uns einfach den Rücken zukehren und dich der Sache nicht annehmen könntest.«

»Du solltest etwas essen«, sagte er und schob mir meinen Teller zu. »Es ist inzwischen bestimmt kalt geworden. Und dann sollten wir uns wieder mit diesen Unterlagen befassen.«

Er nahm eine der Seiten hoch und starrte sie an. Er war jemand, der keine Komplimente und kein Lob akzeptieren konnte. Ich fragte mich, ob das etwas mit seinem Vater zu tun hatte.

Ich sah ihm kurz beim Lesen zu, wie seine Augen über die Zeilen flogen und er diesen konzentrierten Gesichtsausdruck hatte. Alles an

Navan ergab nun mehr Sinn. Mein Herz schmerzte, wenn ich an Ronad dachte, vor allem, wenn ich mich daran erinnerte, wie er so verzweifelt Nayas Namen gerufen hatte, als ich mich in seinem Zimmer versteckt hatte. Es musste schrecklich für ihn gewesen sein, die Liebe seines Lebens in seinen Armen sterben zu sehen, während sie sich nicht mehr an ihn erinnerte. Ich spürte, wie Wut auf Navans Vater in mir aufstieg. Warum sind manche Eltern nur so gestört?

Navan räusperte sich und ich glaubte kurz, dass er etwas sagen würde, aber er schwieg und las weiter, also wandte ich mich meinem Essen zu. Die Knödel standen schon seit einer Weile auf dem Tisch, aber sie waren immer noch lecker. Der Teig war weich und flockig. Ich aß alles auf und trank zwei Tassen heißen Tee. *Ahh.* Ich fühlte mich schon viel besser.

»Die Gestaltwandler waren definitiv fleißig«, sagte Navan. »Diesen Berichten zufolge denken die Dorfbewohner, dass hier Tonrar, der Teufel, am Werk ist.« Er erschauderte. »Was gar nicht so falsch ist, um die Gestaltwandler zu beschreiben – garstige kleine Dinger. In allen Berichten, die ich bis jetzt gelesen habe, reden die Leute davon, dass sie Wolfsgeheul gehört oder eine Art haariges, vierbeiniges Tier gesehen haben. Aber keiner hat gesehen, wie dieses Tier einen Menschen entführt hat.«

»Was glaubst du, machen sie mit den Menschen?«, fragte ich und dachte an den Gestaltwandler, der auf Ianthan geritten war, und daran, wie er tot in der Gasse gelegen hatte.

»Ich weiß es nicht.« Navan sah stirnrunzelnd den Zettel an, den er in der Hand hielt. »Ich habe ein paar Vermutungen, aber wir werden es nicht sicher wissen, bevor wir einen der Gestaltwandler finden und befragen können.«

»Wir werden einen von ihnen befragen?«

»Wir werden es zumindest versuchen. Die Fähigkeit, das Aussehen zu verändern, ist allerdings eine ziemlich praktische Fähigkeit, wenn man nicht geschnappt werden will.«

Wir wandten uns wieder den Papieren zu und ich trank meine dritte Tasse Tee. Der Wind draußen war inzwischen stärker geworden und rüttelte an den Fensterläden. Der Jet würde uns zwar vor dem Wind schützen, aber ich wusste nicht, wie warm es sein würde, und so wollte ich mich vorher wenigstens so gut wie möglich aufwärmen.

Ich war mir nicht sicher, wie viel Zeit vergangen war, aber ich hatte meine dritte Tasse Tee schon lange ausgetrunken, als die alte Frau, die an dem anderen Tisch gesessen hatte, auf uns zukam. Sie und die Kellnerin sahen sich so ähnlich, dass sie Schwestern hätten sein können. Sie trug ein ausgeblichenes Kopftuch, das ihr etwas nach hinten gerutscht war und ihr dickes, graues Haar zeigte. Ihre Haut war von tiefen Falten überzogen und ihre Augen waren milchig, aber sie hatte ihren Weg zu unserem Tisch dennoch ohne Hilfe gefunden.

»Ich habe euch von Tonrar reden gehört«, sagte sie. Ich warf Navan einen Blick zu. Wie hatte sie das aus der Entfernung hören können? »Schlimme Dinge sind hier passiert. Die Leute tuscheln, dass es das Werk von Tonrar ist, aber sie irren sich. Sie haben ihm Opfer dargebracht, um ihn wohlzustimmen, aber die Menschen verschwinden immer noch. Erst vor zwei Wochen ist mein nächster Nachbar nicht vom Schafe hüten zum Abendessen zurückgekommen. Verschwunden, einfach so. Die Menschen haben Angst. Niemand weiß, was zu tun ist.« Sie streckte die Hand aus und berührte Navans Hand. Er wollte sie noch zurückziehen, bevor sie ihn berühren konnte, damit sie nicht spürte, dass seine Temperatur nicht der eines normalen Menschen entsprach, aber die Frau war wohl stärker, als sie aussah, denn ihre Finger schlossen sich um Navans Hand und ließen sie nicht los. »Aber du weißt es«, sagte sie. »Du weißt, was zu tun ist. Und du wirst es tun.« Dann ließ sie seine Hand los, nachdem sie sie kurz getätschelt hatte, so als ob er ein kleiner Junge und sie seine Großmutter wäre. Dann drehte sie sich um und ging davon.

Navan und ich sahen ihr nach, bis sie durch die Tür nach draußen ging.

»Sie ist eine Seherin«, sagte er schließlich.

»Wie ein Medium?«

»Ja. Sie wusste, was ich bin. Hast du gesehen, wie sie nicht auf meine kalten Hände reagiert hat, als sie mich berührt hat?«

»Ja, das habe ich.«

»Es gibt viel mehr von ihrer Art auf der Erde, als die Menschen vermuten«, sagte er. »Die Menschen neigen dazu, Leute mit einem sechsten Sinn zu stigmatisieren. Sie schließen sie ein oder behandeln sie mit Medikamenten.«

»Na ja ... Das liegt sicher daran, dass diese Leute oft wie Verrückte wirken oder dass sie Dinge sagen, die andere nicht hören wollen.«

»Die Menschen haben eine sehr engstirnige Sicht auf das, was sie für möglich halten.«

»Nicht alle von uns.«

Er lächelte. »Ich weiß.«

Nachdem wir noch eine Weile im Restaurant geblieben waren, machten wir uns auf den Weg. Der Wind hatte sich etwas gelegt, aber es war immer noch beißend kalt und als Navan mich hochhob, um loszufliegen, schmiegte ich mich eng an ihn.

Als wir am Jet ankamen, sagte Navan, dass er mich hier zurücklassen würde, um einen kurzen Rundflug über die Gegend zu machen, um zu sehen, ob wir hier sicher waren.

»Aber woran willst du das merken?«, fragte ich. »Ich meine, wenn es hier Gestaltwandler gibt, dann könnten sie sich doch in irgendetwas verwandeln, was dir gar nicht auffällt, wie in einen Vogel oder so etwas. Was ist, wenn sie sich einfach unsichtbar machen?«

»Das kann schon sein, aber ich sollte sie trotzdem spüren können. Außerdem werde ich heute Nacht viel besser schlafen, wenn ich mich wenigstens einmal kurz umsehe, bevor wir einschlafen. Dir wird hier in der Zwischenzeit nichts passieren.«

»Darum mache ich mir keine Sorgen«, sagte ich.

Er lächelte. »Das sehe ich.«

Obwohl ich wusste, dass er nicht weit fliegen würde, wäre ich doch am liebsten wieder in seine Arme gelaufen, bevor er abhob, um mit ihm zu fliegen und nicht von seiner Seite zu weichen. Der Drang danach war beinahe überwältigend, aber ich blieb im Jet und sah zu, wie seine kräftigen Flügel auf und ab schlugen und ihn immer höher in die Lüfte trugen. In der Dunkelheit sah ich eine Sternschnuppe vorbeirauschen und ich blinzelte, erstaunt über all die Dinge, die in so kurzer Zeit passiert waren. Vor nicht allzu langer Zeit hatte ich mit meinen zwei besten Freundinnen in der brennenden Sonne mitten in einem Maisfeld gestanden und nun war ich hier, am Ende der Welt und sah einem Kaltblut, für das ich höchstwahrscheinlich gerade gewisse Gefühle entwickelte, dabei zu, wie er in den nächtlichen Himmel flog.

Ein elektronisches Piepen riss mich aus meiner Träumerei und ich sah mich erst einmal verwirrt um, bevor ich verstand, dass es Navans Kommunikationsgerät war, das piepte. Ich ging zum Rucksack, holte das Gerät heraus, das immer noch piepte, drückte auf einen Knopf und hielt es an mein Ohr.

»Hallo? Hallo, Navan, bist du es?«, fragte Bashrik.

»Ich bin es, Riley«, sagte ich.

»Riley! Wo ist Navan? Ist alles in Ordnung? Warum hat er nicht abgenommen? Ist etwas passiert?«

Ich unterdrückte ein Lächeln, als ich die Nervosität in seiner Stimme hörte. »Alles ist in Ordnung«, sagte ich. »Relativ in Ordnung. Navan sieht sich nur gerade in der Umgebung um, deshalb ist er nicht hier. Ich weiß, dass ich wahrscheinlich nicht hätte abnehmen sollen, aber ich habe vermutet, dass du es sein würdest, und ich wollte nicht, dass du dir Sorgen machst.«

»Tja, dafür ist es ein bisschen zu spät. Wir machen uns hier alle ganz furchtbare Sorgen, um ehrlich zu sein. Du kennst meinen Bruder nicht, so wie ich ihn kenne. Er hat ein Talent dafür, sich in Situationen zu begeben, die ihm dann entgleiten. Ich weiß, dass Navan das alles herunterspielt, aber falls du es noch nicht bemerkt hast – so geht er immer mit Problemen um. Es ist alles keine große Sache – bis es eben doch eine ist. Ich will ja keinen falschen Alarm schlagen oder so etwas – aber ihr steckt wirklich in Schwierigkeiten. Und ihr seid ganz allein? Es wäre vielleicht etwas anderes, wenn ich da wäre, um euch zu helfen, aber so schwebt ihr in großer Gefahr. Es ist …«

»Ist das Riley?«, hörte ich Angies Stimme klar und deutlich, fast so, als ob sie neben mir hier im Jet sitzen würde. Irgendwie wünschte ich mir, sie wäre hier. Es knackte in der Leitung. »Riley? Bist du das?«

»Hey«, sagte ich und lächelte, als ich ihre Stimme hörte. »Es ist gut, deine Stimme zu hören.«

»Wann kommst du zurück?« Sie klang genauso angespannt wie Bashrik. »Ist alles in Ordnung?«

»Ja, es geht uns gut«, sagte ich. »Ich weiß noch nicht genau, wann wir zurückkommen. Hoffentlich bald. Wir müssen hier erst noch etwas erledigen. Aber wir fliegen so schnell wie möglich wieder zurück.«

»Das klingt nicht gerade sehr beruhigend«, seufzte Angie.

»Ich weiß. Es tut mir leid, dass ich dir keine bessere Antwort geben kann. Versucht einfach, euch nicht so viele Sorgen zu machen, okay?«

»Okay. Lauren lässt dich grüßen. Ich werde dieses Ding wieder an Bashrik zurückgeben. Pass auf dich auf, Riley.«

»Das werde ich.«

Bashrik löcherte mich weiter mit Fragen, als er das Gerät wieder entgegennahm, und obwohl ich versuchte, ihm so gut wie möglich zu antworten, wusste ich, dass meine Antworten ihn nicht zufriedenstellen würden. Er wollte nur hören, dass Navan und ich uns alles noch einmal überlegt hatten und auf dem Rückweg waren.

»Vielleicht ist dir schon aufgefallen, dass Navan sich in manche Dinge ein wenig hineinsteigert«, sagte Bashrik. »Und wenn ich ›ein wenig‹ sage, dann meine ich damit in Wirklichkeit ›extrem‹. Er hat sich diese Idee in den Kopf gesetzt, dass er irgendwie dazu in der Lage ist, die Erde zu beschützen, so als ob das der Sinn seines Lebens wäre.«

»Er hat mir von eurer Schwester erzählt«, sagte ich. »Es tut mir sehr leid.«

Bashrik stockte. »Das hat er?«

»Ja.«

»Das … ist überraschend. Ich habe nicht geglaubt, dass er jemals mit jemandem außerhalb unserer Familie darüber reden würde.« Er seufzte. »Naya wäre Feuer und Flamme für diese kleine Mission gewesen, die ihr beide da abzieht. Ich weiß, dass das eine Rolle in der Weise spielt, wie er seine Entscheidungen trifft. Er glaubt, dass er es irgendwie wiedergutmachen kann, obwohl sie tot ist. So als ob er die Tatsache, dass er sie nicht retten kann, damit ausgleicht, dass er die Erde rettet. Auch wenn das alles überhaupt nicht seine Schuld war.«

»Das sieht er anders.«

»Natürlich.« Bashrik seufzte wieder und als er weitersprach, klang sein Ton weicher, resignierter. »Navan war immer der Stärkste und Größte von uns Geschwistern. Auch der Klügste. Ein paar meiner Brüder haben ihn darum beneidet, aber ich nicht. Warum auch? Navan ist nicht unsterblich – noch nicht, jedenfalls. Manchmal benimmt er sich zwar so, aber wir wissen alle, dass er es nicht ist. Ich will nicht, dass jemand ihn umbringt. Du musst auf ihn aufpassen, Riley. Ich weiß, dass er sich darauf konzentrieren wird, dich zu beschützen, aber vielleicht kannst du ja auch etwas tun, um ihn zu beschützen.«

»Ich werde es versuchen«, sagte ich, obwohl ich mich fragte, was Bashrik von mir erwartete. Schließlich war ich nur ein Mensch und einem Kaltblut in jeder Hinsicht unterlegen. Aber wenn es etwas gab, was ich tun konnte, etwas, wobei ich helfen konnte, dann würde ich natürlich mein Bestes geben.

»Danke«, sagte Bashrik. »Naya zu verlieren war schon schwer genug. Ich weiß nicht, ob ich es ertragen könnte, auch noch Navan zu verlieren.«

»Wir werden uns bald wieder bei dir melden«, sagte ich.

Bashrik verabschiedete sich und ich beendete das Gespräch. Dann steckte ich das Gerät wieder in Navans Tasche. Ein Windstoß rüttelte an dem Jet und draußen klapperte etwas. Ich erschauderte und spähte nach draußen, aber von Navan war nichts zu sehen.

Wie lange hatte ich telefoniert? Hatte er nicht gesagt, dass er nur eine kurze Runde drehen und dann wieder zurückkommen würde? Was war, wenn ihm etwas zugestoßen war? Ich hatte keine Ahnung, wie dieser Jet zu fliegen war, um ihn suchen zu gehen. Ich steckte hier hilflos fest.

Mein Herzschlag beschleunigte sich und ich atmete mehrmals tief ein, während ich mir sagte, dass ich mich nicht verrückt machen durfte, dass sicher alles in Ordnung war und dass ich die Ruhe bewahren musste.

Doch es vergingen mehrere Minuten und Navan tauchte immer noch nicht wieder auf.

Er sollte inzwischen wieder hier sein. Schließlich konnte ich diesen Gedanken nicht länger unterdrücken.

Ich stieg aus dem Jet und sah in den Himmel hinauf, während ich so gut wie möglich den Wind ignorierte, der an meinen Haaren zerrte. Es war kalt und die Dunkelheit schien so endlos zu sein, als ob es nichts anderes hier draußen gäbe.

»Navan?«, sagte ich und hatte das Gefühl, als ob der Wind mir das Wort aus dem Mund riss und mit sich forttrug. Ich stapfte etwas vom Jet fort. Wenn ich mich bewegte, dann würde das wenigstens meine Durchblutung anregen und vielleicht würde mir etwas wärmer. Vielleicht fand ich so Navan. Vielleicht hatte er sich getäuscht, was seine Fähigkeit anging, Gestaltwandler zu spüren, vor allem, wenn sie unsichtbar waren. Was war, wenn sie ihn in einen

Hinterhalt gelockt hatten, oder er verletzt war und nicht zurückfliegen konnte?

»Navan?«, schrie ich mit einem ängstlichen Unterton in der Stimme. Aber vom Rauschen des Windes abgesehen hörte ich nichts.

Ich ging weiter, bis es mich wie ein Schlag traf, dass ich mich in einer endlosen Weite befand. Ich drehte mich um und sah, dass ich viel weiter gegangen war, als ich geglaubt hatte. Ich konnte den Jet nicht mehr sehen, aber ich wusste nicht, ob es an der Dunkelheit oder der Entfernung lag. Starr vor Angst und Kälte blieb ich stehen. Es war dumm gewesen, den Jet zu verlassen. Ich hatte aus Panik heraus gehandelt und obwohl ich wusste, dass das nicht klug war, hatte ich mich nicht zurückhalten können. Der Gedanke daran, dass der Vampir in Schwierigkeiten steckte, schien meinen Verstand gelähmt zu haben.

Ich drehte mich um und wollte meine Fußspuren zurückverfolgen. Aber der Schnee war alt und eine harte Eisschicht hatte sich darüber gebildet, sodass ich gar keine Fußspuren hinterlassen hatte. Ich konnte nur hoffen, dass ich in die richtige Richtung ging, aber ohne Anhaltspunkt hatte ich keine Gewissheit. Ich riss die Augen auf und blinzelte dann, um in der Finsternis irgendetwas zu erkennen.

Ich musste mich förmlich dazu zwingen, weiterzugehen, weil die Kälte mir inzwischen in die Knochen gekrochen war und ich das Gefühl hatte, dass meine Gelenke nicht mehr funktionierten. Ich ging so weit, wie ich glaubte, auf dem Hinweg gegangen zu sein, doch als ich diese Entfernung zurückgelegt hatte, sah ich nur Dunkelheit. Irgendwie hatte ich den falschen Weg gewählt und hatte nun keine Ahnung, wie weit ich mich von dem Ort entfernt hatte, an den ich gelangen wollte.

Gelangen *musste*. Ich biss mir auf die Zähne und ging weiter, obwohl ich wusste, dass es immer aussichtsloser wurde. Hatte ich Bashrik nicht versprochen, dass ich versuchen würde, Navan zu beschützen? Und nun stand ich hier, völlig allein und verloren mitten in der eiskalten Tundra. Ich wäre ja sauer auf mich geworden, wenn ich nicht solche Angst gehabt hätte.

Mein Fuß rutschte auf dem Eis weg und ich stürzte schmerzhaft. Der Aufprall presste den letzten Sauerstoff aus meinen Lungen. Ich lag mehrere grauenvolle Sekunden lang einfach nur da, nicht in der Lage, mich zu bewegen. Aber dann öffnete sich mein Brustkorb und ich sog kalte Luft ein, die in meinen Lungen brannte und mir Tränen in die Augen trieb. Ich konnte nicht aufhören, zu zittern, und eine große Schwere überkam mich, so als ob ich erschöpfter wäre als je zuvor in meinem Leben. Ich konnte meine Augen kaum noch offenhalten.

Meine Lider waren fast ganz geschlossen, als Angst mich durchfuhr und zusammen mit der Angst ein Schub von Adrenalin. Ich versuchte, mich aufzurappeln, weil ich wusste, dass ich meine Augen wahrscheinlich nie wieder öffnen würde, wenn ich sie jetzt schloss. Aber meine Glieder wollten mir nicht gehorchen. Es war so, als ob mein Gehirn ihnen eine Anweisung gab und sie das genaue Gegenteil davon taten. Ich ruderte und schwankte, aber ich konnte mich nicht halten. Ich konnte nicht aufstehen.

Also lehnte ich mich zurück und sah in den dunklen Himmel hinauf. Dort zog eine weitere Sternschnuppe vorbei. Bildete ich mir das alles nur ein? Hatte ich am heutigen Abend schon eine Sternschnuppe gesehen und nun sah ich gerade die zweite? Man durfte sich doch etwas wünschen, wenn man eine Sternschnuppe sah, nicht wahr?

Die Schwere kehrte zurück und lauerte wie ein Fremder am Rande meines Sichtfelds. Ich konnte nur hoffen, dass Navan unversehrt war, dass ihm nichts Schlimmes passiert war und er die Mission fortsetzen und erfolgreich beenden konnte.

Ich wünschte mir noch, dass dies nicht meine letzte Stunde wäre, aber dann ließ ich meine Augen zufallen, weil ich nicht länger dagegen ankämpfen konnte.

Der Wind blies um mich herum. Ich wusste nicht, was nun passieren würde. Ich dachte, dass es sich vielleicht so anfühlen würde, wie durch einen Tunnel zu fallen, und dass mein ganzes Leben vor meinen Augen vorbeiziehen würden. Aber da war ... einfach nur diese Kälte, die sich bis in mein Blut vorgekämpft zu haben schien und die nun meine Adern gefrieren ließ. Doch auf einmal wurde ich hochgehoben und der Wind blies mir stärker ins Gesicht. Ich bemühte mich, die Augen zu öffnen, und rechnete fast damit, meinen Körper immer noch auf dem Boden liegen zu sehen, während meine Seele ins Unbekannte davon driftete, aber stattdessen sah ich einen Arm, der um mich geschlungen war, und der Boden entfernte sich immer weiter unter mir.

»Was zum Teufel machst du hier?« Ich spürte Navans Stimme mehr, als dass ich sie wirklich hörte. Als ich erkannte, dass er mich gefunden hatte und ich nicht allein hier draußen in der Kälte sterben würde, spürte ich einen Energieschub und versuchte, mich aufzurichten. »Halt still«, sagte er. »Sonst fällst du. Was machst du hier draußen? Ich bin zum Jet zurückgekommen und du warst verschwunden!«

»Es tut mir leid«, versuchte ich zu sagen, aber ich brachte keinen Ton heraus. Ich begann, unkontrollierbar zu zittern, und versuchte mich so gut wie möglich an ihn zu schmiegen. Er umklammerte mich fester und seine Stimme klang heiser, als er sprach.

»Was ist, wenn ich nicht rechtzeitig zurückgekommen wäre? Wenn ich dich nicht gefunden hätte? Dann wärst du jetzt tot, ist dir das klar?«

Es vergingen gefühlt nur Sekunden, bis wir den Jet erreichten. Navan setzte mich sanft ab und rollte den Schlafsack aus. Dann zog er meine Schuhe aus und half mir, mich hinzulegen. Er wickelte mich in den Schlafsack ein, aber meine Zähne klapperten immer noch und mein ganzer Körper zitterte. Ich versuchte, das Zittern durch tiefe Atemzüge unter Kontrolle zu bringen, aber mir war zu kalt. Der Schlafsack schien keinen großen Unterschied zu machen, weil mein Körper nicht mehr über genug Restwärme verfügte.

Ich öffnete die Augen, als ich hörte, wie Navan den Gaskocher anzündete. Ich sah ihm einen Augenblick lang verwirrt zu. Auf dem Kocher stand ein Topf, in dem er zwei Kerzen einschmolz. Dann tauchte er erst eine und dann auch die zweite Hand in das geschmolzene Wachs. Das musste doch wehtun!

Ich versuchte, mich aufzusetzen, aber ich hatte keine Kraft mehr. »W-was machst du da?«, brachte ich heraus, aber meine Stimme war nicht mehr als ein Flüstern und er schien mich nicht zu hören. Das Wachs trocknete um seine Hände herum und er bröselte es in den Topf zurück, schaltete den Kocher aus und kam zu mir herüber. Er setzte sich hinter mich und zog mich an sich. Seine Hände waren von dem heißen Wachs noch warm und sofort spürte ich, wie endlich Wärme in den Schlafsack strömte. Mich umgab das wohligste Gefühl, das ich wahrscheinlich jemals gespürt hatte. Obwohl Navan keine eigene Körperwärme hatte, schien er das bisschen Wärme aufzunehmen, das mein Körper schließlich erzeugte, und strahlte sie an mich zurück, sodass wir beide sicher und warm eingepackt waren.

Ich brauchte nichts zu sagen, obwohl ich mich gern bei ihm

bedankt hätte – nicht nur für die kleine Geste, mit der er mich warmhielt, oder dafür, dass er mein Leben gerettet hatte, als ich mich schon damit abgefunden hatte, dass alles vorbei war, sondern dafür, dass er mir so ehrlich von seiner Schwester erzählt hatte und dafür, dass er sein Leben für einen Planeten riskierte, auf dem er nicht einmal lebte.

KAPITEL ZWEIUNDZWANZIG

Ich war mir nicht sicher, wie lange ich geschlafen hatte, aber als ich aufwachte, lag ich allein im Schlafsack. Er war immer noch angenehm warm und obwohl ich mich fragte, wo Navan war, hatte ich es nicht eilig, aufzustehen und mich der Kälte erneut zu stellen.

Also schloss ich die Augen und döste noch für ein paar Minuten, bis ich ein Geräusch hörte und Navan den Jet betrat. Er hatte eine braune Papiertüte in der Hand, die er zu mir brachte, sobald er gesehen hatte, dass ich wach war.

»Es ist früh«, sagte er. »Zum Glück beginnen die Bäcker mit der Arbeit noch vor Sonnenaufgang. Ich dachte, dass du nach deinem Abenteuer gestern Nacht sicher Hunger hast.« Er setzte sich neben mich und ich setzte mich in dem Schlafsack auf und zog die Papiertüte zu mir. Sie war voller noch warmer Croissants.

»Oh mein Gott, danke«, sagte ich. Gestern Abend war ich zwar von den Knödeln satt geworden, aber jetzt hatte ich das Gefühl, seit Wochen nichts gegessen zu haben. Ich nahm drei große Bissen, womit das erste Croissant zur Hälfte verschwunden war, und sah zu Navan auf. »Es tut mir leid«, sagte ich, nachdem ich gekaut und geschluckt hatte. »Ich wollte mich schon gestern Abend entschuldigen, aber ich habe kein Wort herausgebracht.«

»Klar«, sagte er finster. »Weil du praktisch erfroren warst. Was zum Teufel hast du dir nur dabei gedacht? Warum bist du einfach so abgehauen? Ich war auf dem Rückweg und dann bin ich hier angekommen und du warst nirgends! Das hat mich wirklich wahnsinnig gemacht! Was hast du dir dabei gedacht?«

»Ich ... ich weiß es nicht. Ich meine, ich habe nicht versucht, davonzulaufen. Ich habe gemerkt, dass du länger fort warst, als ich angenommen hatte, und ich habe mir Sorgen gemacht. Ich wusste nicht, ob dir vielleicht etwas passiert war oder ... ich wusste es einfach nicht. Ich habe Panik bekommen und bin losgegangen, aber dann habe ich den Jet aus den Augen verloren. Ich hatte nicht vor, mich zu verlaufen. Ich wollte ... doch nur helfen.«

»Ich weiß deinen Tatendrang ja zu schätzen, aber bitte mach so etwas nicht noch einmal«, sagte Navan. »Versprich mir, dass du es nicht tun wirst.«

»Ich verspreche es.« Ich nahm einen weiteren Bissen vom Croissant und kaute langsam.

»Du wirst für den Rest der Mission hierbleiben«, fuhr er fort.

Ich starrte ihn an. »Was meinst du damit?«

»Genau das, was ich gesagt habe. Es ist für dich hier sicherer. Wir werden nicht allzu bald wieder in warmes Klima kommen. Du solltest überhaupt nicht hier sein. Es ist nicht das richtige Wetter für dich und es wird sehr gefährlich werden. Deshalb ist es für uns alle das Beste, wenn du einfach hierbleibst.«

»Du kannst mir nicht einfach befehlen, hierzubleiben. Wir hatten diese Diskussion schon einmal, erinnerst du dich? Freier Wille und das alles? Außerdem, sag mir doch mal, wie ich dir helfen soll, wenn ich hierbleibe?«

»Du hilfst mir, weil ich mir keine Sorgen um dich machen brauche. Vertrau mir, das ist schon ein großer Fortschritt. Wie soll ich denn diese Mission erledigen, wenn ich die ganze Zeit an dich denken muss?«

»Ich interpretiere das als rhetorische Frage.« Trotzdem musste ich beim Gedanken daran, dass er die ganze Zeit an mich dachte, lächeln und ich spürte ein warmes Kribbeln auf meinem Rücken.

»Was?«, sagte er und sah mich an. »Warum lächelst du so? Planst du etwa deine nächste Nahtoderfahrung?«

»Nein«, antwortete ich düster. »Bei dir klingt es so, als ob ich eine Art Adrenalin-Junkie wäre.«

»Und ... bist du es?«

»Ich glaube nicht. Ich war einfach nur ... Ich weiß es nicht. Ich will nicht sagen, dass ich es genieße, schließlich sind wir in Sibirien und jagen Gestaltwandler, aber ... irgendwie genieße ich das alles doch ein wenig.«

Er grinste. »Siehst du? Ich habe es ja gesagt: Adrenalin-Junkie.«

»Aber mal im Ernst, du kannst mich nicht dazu zwingen, die ganze Zeit über im Jet zu bleiben. Ich will helfen. Ich will etwas Produktives tun. Ich weiß zwar noch nicht genau, was, aber ich habe das Gefühl, dass du mich irgendwann außerhalb dieser Flugmaschine brauchen wirst.« Ich grinste. »Man kann nie wissen – vielleicht rette ich dir am Ende ja das Leben.«

»Du bist so stur.«

»Ich versuche nicht, das hier noch schwerer zu machen. Aber ich bin hier, also kannst du mich nicht dazu zwingen, die ganze Zeit hier zu warten. Ich habe einen freien Willen und ich bin freiwillig hier und werde dir so gut ich kann helfen. Nichts, was du sagst, kann daran etwas ändern.«

Navan seufzte. »Fein! Na schön. Ich habe mir ein paar der Karten angeschaut, während du geschlafen hast. Und es sieht so aus, als ob es ein Muster bei den Dörfern gibt, die die Gestaltwandler heimsuchen.«

»Ach ja?«

»Ja. Ich habe ein gutes Gefühl dabei, dieses Dorf zu besuchen«, sagte Navan, faltete eine Karte auf und deutete auf einen Punkt. »Wenn wir heute dorthin gehen, dann sollten wir zumindest einen Gestaltwandler erwischen. Das sagt mir mein Bauchgefühl. Das Dorf liegt nicht weit von hier, weshalb wir nicht lange brauchen werden, um dorthin zu gelangen.«

»Was tun wir, sobald wir dort ankommen?«

»Wir werden dir etwas zu essen suchen und vielleicht einen Ort, um dich aufzuwärmen. Dann sehen wir, was passiert. Aber bevor wir etwas davon tun, werden wir ein paar Vorbereitungen treffen müssen.«

»Was denn?«

»Wir haben hier eine ganze Reihe von Waffen, die du wahrscheinlich noch nie gesehen hast.«

Ich hob eine Augenbraue. »Und du wirst mich sie benutzen lassen?«

»Das habe ich nicht gesagt. Aber falls es notwendig wird, solltest du wenigstens etwas mit ihnen vertraut sein.«

Ich folgte ihm zu der hinteren Ecke, in der sich der Metallkasten befand. Er sah aus wie die Werkzeugkisten, die Bauarbeiter auf den Ladeflächen von Pickups umherfuhren. Navan hob den Deckel und sah sich den Inhalt an. Ich stand neben ihm und spähte ebenfalls in die Kiste.

Ich sah nicht viel, was ich nicht schon vorher so oder leicht abgewandelt gesehen hatte. Es gab eine Schachtel mit Munition, zwei silberne Langlaufpistolen, etwas, das wie ein Sturmgewehr aussah, ein Schwert und eine Reihe von Messern.

»Was ist das hier?«, fragte ich und deutete auf die Messer. Sie sahen nicht wie normale Messer aus, die man in der Küche hatte, sondern eher wie Dolche, lange, spitze Dreiecke mit einem schmalen Griff und einem hohlen Ring am Ende.

»Das sind Wurfmesser«, sagte Navan. »Sie sind sehr scharf und du solltest dich von ihnen fernhalten.«

»Aber du hast doch gesagt, dass du mir zeigen würdest, wie einige der Waffen funktionieren.« Ich streckte die Hand aus und fuhr mit den Fingerspitzen über eines der Messer. Etwas an ihnen schien mich magisch anzuziehen. »Ich möchte sie ausprobieren.« Navan öffnete den Mund, so als ob er etwas sagen wollte, aber dann stockte er. »Ich werde deinen Gesichtsausdruck einfach ignorieren«, sagte ich.

Er hob die Brauen. »Welchen Gesichtsausdruck?«

»Diesen Blick, der mir sagt, dass du glaubst, dass ich keine Ahnung davon habe, was ich tue, und dass ich wahrscheinlich jemanden verletzen werde, wenn ich die Messer benutze.« Ich hob das Messer hoch, das ich gerade berührt hatte.

»Weißt du, wie man sie benutzt?«

»Das tue ich«, sagte er. »Weil ich darin geübt bin. Das ist nicht etwas, was man einfach so instinktiv beherrscht.« Er hob die Hände. »Ich will dich ja nicht entmutigen – na ja, vielleicht ein wenig. Ich dachte eher, dass du etwas ausprobieren könntest wie ...« Er blickte auf die Waffen vor uns. Ich wartete neugierig darauf, was er für mich aussuchen würde, aber es verging eine Sekunde und dann eine weitere und es wurde offensichtlich, dass er nicht wusste, was er sagen sollte.

»Ich verstehe schon«, sagte ich. »Du glaubst, dass ich das nicht kann und dass ich keine Waffe in die Hand nehmen sollte, weil ich ein Mädchen bin oder so etwas. Lass es mich einfach versuchen.« Das Messer lag gut in meiner Hand. Ich hatte ein gutes Gefühl, so als ob es genau das war, was ich hatte hochnehmen sollen. Mit einer Schusswaffe oder dem Samurai-Schwert wäre ich vielleicht nervös gewesen, aber aus irgendeinem Grund passte das Messer zu mir.

»Vorsichtig«, sagte Navan und griff in den Kasten. Er reichte mir den Rest der Messer, bevor er das Gewehr und das Schwert ebenfalls auspackte. »Lass uns nach draußen gehen. Diese Waffen sind nicht für geschlossene Räume geeignet.«

Draußen ging die Sonne langsam auf und ein leuchtendes Orange lag über dem blassblauen Himmel. Wir stapften über den harten Schnee und liefen auf ein Tannenwäldchen zu. Ich folgte Navan zwischen den Bäumen hindurch zu einer Lichtung.

»Ich bezweifle zwar, dass hier draußen jemand zufällig über uns stolpert, aber es ist trotzdem besser, doch ein wenig außer Sichtweite zu sein. So, hast du die Messer?«

»Ja.«

»Warum legst du sie nicht erst einmal dort drüben ab. Wir werden uns gleich mit ihnen befassen. Ich möchte dir nur zuerst ein paar Selbstverteidigungsbewegungen zeigen. Hoffentlich wirst du sie nicht einsetzen müssen, aber es wird mich ein wenig beruhigen, wenn du ein paar grundlegende Dinge weißt.«

»Klar«, sagte ich, obwohl ich hoffte, dass ich nicht mit einem

Gestaltwandler ringen musste – die Vorstellung, eines dieser Wesen berühren zu müssen, bereitete mir eine Gänsehaut.

»In Vysanthe haben wir eine Kampfsportart, die Aksavdo heißt. Am ehesten entspricht das hier wohl dem Krav Maga. Aksavdo ist ein militärisches Selbstverteidigungssystem und jeder in Vysanthe muss es beherrschen, sobald er achtzehn wird.«

»Wirklich?«, fragte ich. »Das ist ziemlich cool.«

»Nun«, sagte Navan düster. »Die Jungen müssen es beherrschen.«

»Das klingt schon weniger cool.«

»Aber auch viele Mädchen in Vysanthe lernen Aksavdo. Ich werde dir nur ein paar Abblock-Bewegungen zeigen, und wie du dich aus bestimmten Griffen befreien kannst. Ich sage es noch einmal: Ich hoffe nicht, dass du in die Lage kommst, diese Bewegungen anwenden zu müssen, aber ... für alle Fälle. Das Problem daran, mit einem Gestaltwandler zu kämpfen, ist die Tatsache, dass er seine Erscheinung verändern kann. Wenn du kämpfst, solltest du deshalb seine verletzlichsten Bereiche angreifen, aber das kann schwierig sein, wenn dein Gegenüber ständig das Aussehen wechselt.

Das ist also die erste Empfehlung, wenn du mit einem Gestaltwandler kämpfst: Du musst immer in Alarmbereitschaft sein. Die Augen, der Hals, die Nase, die Lenden ... Das sind die Punkte, die du angreifen musst. Wenn der Gestaltwandler zum Beispiel als Wolf auftritt und es dir gelingt, seine Nase zu schlagen, dann wird er vermutlich so überrascht sein, dass er sich in seine natürliche Gestalt verwandelt, in der er sehr viel verletzlicher ist. Du hast ja einen von ihnen in der Gasse gesehen. Sie sind hässliche Kreaturen und sie haben keine starken Abwehrkräfte, von ihren Zähnen abgesehen. Wenn ich dich also von hinten angreife« – Navan stellte sich hinter mich, presste seinen Körper gegen meinen und legte seinen Arm um meinen Hals – »und dich zum Beispiel so festhalte, wie würdest du mir entkommen?«

Ich stemmte mich nach vorn, aber sein Griff um meinen Hals wurde nur fester. Dann versuchte ich, mich nach unten loszuwinden, aber mein Kopf passte nicht durch die Öffnung.

»Nein«, sagte Navan. »So kommst du nicht weiter und das gibt mir nur mehr Zeit, um meinen Griff noch weiter zu festigen. Nimm meinen Arm.«

Ich hob meine Hände und legte sie um seinen Unterarm. »Gut«, sagte er. »Jetzt zieh so fest du kannst an meinem Arm. Du musst etwas Platz zwischen meinem Arm und deinem Hals schaffen.« Ich zerrte mit beiden Händen an seinem Arm. »In dem Augenblick, in dem du das Gefühl hast, dass der Druck etwas nachlässt, beugst du deinen Kopf nach vorn und schiebst dein Kinn nach unten – ja, genau so. Jetzt kann ich dich nicht mehr genau so würgen, selbst wenn du meinen Arm loslässt. Stell jetzt dein Bein hinter meines und setz dich hin.«

»Ich soll mich hinsetzen?«, fragte ich und kam mir vor, als ob wir eine bizarre Version von Twister spielten. Ich versuchte, mich zu konzentrieren und seinen Anweisungen zu folgen, aber die Tatsache, dass er so dicht hinter mir stand und seine Arme um mich geschlungen hatte, erschwerte es mir, mich zu konzentrieren.

»Setz dich einfach hin«, sagte er. »Lass dein Gewicht nach unten fallen.«

Ich tat es und er stolperte. Ich landete mit einem dumpfen Laut auf ihm. »Gut«, sagte er. »Ab diesem Moment kannst du deine Ellbogen, deine Knie, deine Füße einsetzen und den verletzlichen Punkt schlagen oder treten, den du erreichen kannst.«

Ich wirbelte herum, riss meinen Ellbogen hoch und streifte sanft seine Wange.

»So etwa?«

»Sehr gut.«

Ich wusste, dass ich wahrscheinlich hätte aufstehen sollen, damit er mir eine weitere Bewegung zeigen konnte, aber so auf ihm zu sitzen, fühlte sich einfach … herrlich an. So, als ob ich in diesem Augenblick genau das tun sollte. Es war leicht, zu vergessen, dass wir mitten im Nirgendwo waren und dieses Selbstverteidigungstraining nur deshalb abhielten, weil wir die gefährliche Aufgabe hatten, Gestaltwandler aufzuspüren. Die kalte Luft knisterte zwischen uns und wir waren nah genug, um uns zu küssen. Sein Blick fiel auf meinen Mund, aber dann schüttelte er den Kopf und schob mich von sich, sodass ich mich fragte, ob ich mir diesen Augenblick nur eingebildet hatte.

»In Ordnung«, sagte er brummig und räusperte sich. »Das war ziemlich gut, aber lass es uns nochmal etwas schneller versuchen. In Echtzeit.«

»Okay«, murmelte ich, sprang auf und hoffte, dass ich nicht allzu rot geworden war.

Wir verbrachten etwa eine Stunde damit, an den verschiedenen Verteidigungstechniken zu arbeiten, und ich war erschöpft, als Navan schließlich sagte, dass wir zu den Waffen übergehen könnten. Aber ich fühlte mich gut, weil ich etwas Neues gelernt hatte, an das ich mich im Notfall erinnern konnte und was mir sicher nützen würde.

»Du hast dich also von den Messern angezogen gefühlt«, sagte Navan. »Warum fangen wir nicht damit an?« Er sah sich um und deutete dann auf einen Baum, an dem ein Stück Rinde fehlt und das blasse, glatte Holz hervorsah. Der Baum war etwa sieben Meter entfernt. »Glaubst du, dass du diese Stelle am Baum treffen kannst?«

»Ich werde es versuchen.«

Ich hatte noch nie im Leben ein Messer geworfen, aber trotzdem hatte es etwas Vertrautes an sich. Ich stellte mich breitbeinig auf und sah auf die Stelle am Baum. Dann hob ich den Arm und warf das Messer. Es drehte sich einmal und bohrte sich dann wenige Zentimeter über der Stelle ohne Rinde in den Baum.

Navan stieß einen Pfiff aus. »Okay«, sagte er. »Du hast mir also deine Identität als professionelle Messerwerferin erfolgreich vorenthalten.« Er ging zum Baum und zog das Messer heraus. »Du hast ein wenig daneben getroffen, aber für einen ersten Wurf war das ziemlich beeindruckend. Versuch es noch einmal.«

Ich nahm ihm das Messer ab, korrigierte meinen Stand und zielte dann noch einmal etwas tiefer, bevor ich das Messer schleuderte. Es blieb in der Mitte der kahlen Holzstelle stecken.

»Na schön«, sagte Navan. »Ich glaube, dass wir uns mit den Messern nicht länger zu beschäftigen brauchen.«

»Ich schwöre, dass ich das noch nie im Leben gemacht habe, aber … es fühlt sich irgendwie vertraut an.«

»Du hast eine natürliche Begabung dafür. Lass uns ein paar andere Waffen ausprobieren.«

Er stellte ein paar Holzblöcke auf und ließ mich mit einer der Pistolen schießen, erst im Stehen und dann im Liegen. Ich zielte nicht perfekt, traf aber doch mehrere Male. Schusswaffen hatten etwas Mächtiges an sich, aber es gefiel mir besser, Messer zu werfen.

»Ich mache mir schon viel weniger Sorgen um dich«, sagte Navan.

Ich lächelte. »Das werde ich als Kompliment auffassen.«

»Das solltest du auch. Du hast wirklich Talent. Zu schade, dass wir nicht mehr Zeit zum Üben haben.«

Wir gingen zum Jet zurück. »Jetzt hoffe ich«, sagte Navan, »dass du im Flugzeug bleiben wirst. Ich sehe mich fast versucht, dir zu verbieten, den Jet zu verlassen.«

»*Fast* ist das Hauptwort«, sagte ich. »Weil du weißt, dass ich dir wahrscheinlich nicht zuhören würde, wenn du das tätest. Wenn du Hilfe brauchst, dann werde ich da sein, um dir zu helfen. Warum haben wir sonst gerade trainiert, wenn du mich die ganze Zeit im Jet zurücklässt?«

»Das Training war mehr für meinen Seelenfrieden«, sagte er. »Wie ich dir gesagt habe, wird es für mich leichter sein, mich zu konzentrieren, wenn ich mir keine Sorgen um dich machen muss. Ich meine, ich werde mir natürlich trotzdem Sorgen machen, aber jetzt, wo du diese Messer hast, ist es nicht mehr ganz so schlimm.«

Ich wurde rot und versuchte, ein Lächeln zu verbergen. Er schien keine Bedenken zu haben, mir zu sagen, welche Sorgen er sich um mich machte, was ich gleichzeitig sehr liebenswert aber auch ein bisschen irritierend fand. Ich wollte nicht das in Not geratene Fräulein abgeben, auch wenn mein Handeln letzte Nacht mich genauso hatte dastehen lassen. Mein Herz schlug ein wenig schneller beim Gedanken daran, dass ich ihm etwas bedeutete, denn nach allem, was wir gemeinsam durchgemacht hatten, wurde mir klar, dass auch er mir etwas bedeutete. Mehr als nur etwas. Meine Gefühle für ihn hatten sich verändert, seit wir Texas verlassen hatten. Ich dachte nicht mehr nur, dass er gut aussah, sondern es war etwas anderes, was ich nicht so leicht beschreiben konnte. Ich hatte diese fast unaufhaltsame Anziehungskraft, die ich gespürt hatte, als ich zum ersten Mal in seine

Augen gesehen hatte, als ob nur wir zwei auf der Welt existierten, noch nicht vergessen.

Ein Teil von mir wollte auf unser subtiles Schweigen pfeifen und einfach sagen, was ich dachte, aber ich tat es nicht, denn vielleicht empfand er nicht dasselbe. Vielleicht machte er sich nur in solcher Weise Sorgen um mich, wie er es bei einer kleinen Schwester tun würde, und nach allem, was er mir über Naya erzählt hatte, wäre das nur logisch. Ich wollte Navan gern zeigen, dass ich nützlich sein konnte, dass ich auf mich selbst aufpasste und dass ich eine wichtige Rolle in dem spielen konnte, was wir vorhatten.

Als wir zum Jet zurückgingen, gab er mir den Unsichtbarkeitsanzug. »Du musst das hier unter deine Kleidung ziehen«, sagte er. »Ich werde draußen warten, während du dich umziehst.«

Nachdem er gegangen war, zog ich mir mein T-Shirt aus, stockte dann aber. Musste ich meinen BH und meinen Slip auch ausziehen? Wahrscheinlich – schließlich war das ja auch Kleidung. Also zog ich alles aus, streifte mir dann schnell den Anzug über und zog meine Kleidung wieder an. Der Anzug passte gut und sobald ich meine Kleidung wieder darübergezogen hatte, bemerkte ich ihn mit Ausnahme des kleinen Knopfs am Ärmel kaum.

Ich öffnete die Tür und streckte meinen Kopf nach draußen. Navan warf mir einen kurzen Blick zu. »Bist du angezogen?«

»Ja.« Also stieg er wieder in den Jet und musterte mich von Kopf bis Fuß. »Okay. Um den Anzug zu aktivieren, musste du einfach nur auf den Knopf am Ärmel drücken.«

Ich tat es. »Ich sehe mich noch«, sagte ich und schaute auf meine Beine.

»Aber ich kann dich nicht mehr sehen«, sagte Navan. »Und die Gestaltwandler werden dich auch nicht sehen können, selbst wenn sie auch unsichtbar sind. Der andere Vorteil an dem Anzug ist, dass er die Fähigkeit anderer Wesen, wie einem Lykan oder einem Gestaltwandler, dich aufzuspüren, deutlich einschränkt. Nur ein sehr hoch entwickeltes Wesen wird dich noch spüren können. Und davon werden wir wahrscheinlich nicht sehr vielen begegnen.«

»Um die Funktion auszuschalten, drücke ich einfach noch einmal auf den Knopf?«

»Ja. Du musst ihn ein paar Sekunden lang gedrückt halten.«

Als ich das tat, schien die Luft um mich herum kurz zu schimmern. Navan sah mich an und lächelte.

»Wir haben noch ein paar Kleinigkeiten zu erledigen und dann sind wir startklar.«

»Was fehlt uns noch?«

»Ich habe ein paar Pfeile dabei, die ich mit diesem Gift namens Dakhye befeuchten muss.«

»Was bewirkt das Gift?«

»Es wird die Gestaltwandler, denen wir über den Weg laufen, außer Gefecht setzen. Es wird sie außerdem davon abhalten, sich in ein anderes Wesen zu verwandeln.«

»Das wäre wirklich sehr hilfreich«, sagte ich.

»Wir könnten auch etwas davon auf die Messerklingen auftragen. Selbst wenn es kein tödlicher Stoß ist, würde das Biest trotzdem stillgelegt werden.« Er grinste. »Nicht, dass ich daran zweifle, dass deine Würfe tödlich sind, nach dem, was ich heute gesehen habe. Und dann muss ich dir noch beibringen, wie man diesen Jet steuert.«

Ich hob eine Augenbraue. »Glaubst du, dass ich mich so sehr in den Jet verliebe, wenn du mir zeigst, wie man ihn fliegt, dass ich gar nicht mehr aussteigen will?«

»Ah, du hast mich durchschaut. Wir Kaltblüter und unsere

Hintergedanken«, sagte Navan trocken. »Dieses Ding zu fliegen ist ziemlich einfach.«

»Ach ja? Das überrascht mich.«

»Komm, ich zeige es dir und dann bearbeite ich die Pfeile.«

Wir gingen zum Cockpit. Navan deutete mir, mich in den Pilotensitz zu setzen, und er nahm neben mir Platz. Es gab ein Lenkrad, ähnlich wie bei einem Auto, aber etwas größer, vielleicht eher wie das Steuerrad eines Boots. Außerdem gab es unzählige Knöpfe und Hebel sowie eine Gangschaltung. Ich tastete mit den Füßen auf dem Boden umher und spürte zwei Pedale.

»Ich fühle die Pedale«, sagte ich.

»Rechts ist das Gas und links die Bremse.«

»Okay. Und muss ich die Gänge umschalten?«

Navan schüttelte den Kopf. »Du brauchst keine Gänge zu schalten. Diese Schaltung kontrolliert deine Flughöhe. Schalte nach oben, um höher zu fliegen, und schalte nach unten, um niedriger zu fliegen. Die Pedale regeln die Geschwindigkeit. So wie bei einem Auto oder einem Fahrrad wird die Fahrt holprig, wenn du zu schnell beschleunigst. Aber zuerst musst du die Maschine anschalten. Mit diesem Knopf hier.« Er deutete auf einen runden Knopf, der blass türkis war und sich rechts neben dem Steuer befand. »Drück ihn.«

Ich drückte den Kopf und der Motor des Jets sprang sofort an.

»Wenn du schweben willst, dann schalte ein wenig hoch.« Der Jet reagierte sofort und erhob sich wenige Handbreit über den Boden. Ein Lächeln huschte über mein Gesicht. »Das ist so cool«, sagte ich.

»Das Steuer erklärt sich praktisch von selbst, obwohl du aufpassen musst, wenn du bei hoher Geschwindigkeit drehen willst«, fuhr Navan fort. »Du hättest zwar nicht denselben Schaden wie bei einem Auto, aber du könntest dich trotzdem verletzen, wenn du versuchst, zu schnell Kurven zu fliegen. Der andere Knopf, den du kennen solltest, ist dieser hier.« Er tippte auf einen blassgrünen Knopf, der sich etwa eine Handbreit von dem türkisfarbenen Knopf entfernt befand. »Er aktiviert die Hypergeschwindigkeit und sollte nur benutzt werden, wenn du fliehen musst. Warum drehst du nicht ein paar Runden, um ein Gespür für die Maschine zu bekommen?«

Das ließ ich mir nicht zweimal sagen. Ich packte den Schaltknüppel und schob ihn nach vorn, damit der Jet etwas höher in die Luft flog. Dann drückte ich meinen Fuß auf das rechte Pedal und der Jet beschleunigte. Meine Sicht betrug fast 180 Grad. Ich drehte das Steuer leicht und der Jet glitt nach links. Als ich etwas stärker auf das Gaspedal trat, reagierte das Flugzeug sofort.

»Du hast Talent«, sagte Navan. Er beugte sich zu mir und streckte seinen Arm aus. »Warum versuchst du nicht, zwischen den zwei Bäumen dort hindurchzufliegen?«

Die Bäume waren zwei hohe immergrüne Bäume, die weit genug auseinander standen, dass ich mir sicher war, dass das Flugzeug hindurchpasste. Dennoch war ich ein wenig nervös, als wir uns ihnen näherten. Ich musste ein paar kleinere Bäume umfliegen, um durch die Lücke zu passen, aber es gelang mir und Navan deutete auf eine weitere Baumgruppe, über die ich dieses Mal hinwegfliegen sollte. Auch das schaffte ich locker und lächelte die ganze Zeit über.

Als ich das Flugzeug zurücklenkte, lächelte auch Navan. »Ich muss mir keine Sorgen machen, wenn du dieses Flugzeug fliegst, so viel steht fest.«

Als er mich anlächelte, spürte ich wieder, wie sich mein Herzschlag beschleunigte, und plötzlich fühlte ich den Drang, mich zu ihm hinüberzubeugen, ihn zu mir zu ziehen und herauszufinden, wie seine Lippen wohl schmeckten. Aber ich erlangte die Kontrolle über meine Gedanken noch rechtzeitig wieder. Dies war nicht der richtige Augenblick – was noch eine völlige Untertreibung war – selbst, wenn ich den Mut aufbringen würde, den ersten Schritt zu machen.

Aber jetzt mussten wir uns vorbereiten, um uns auf den Weg zum Dorf zu machen.

KAPITEL DREIUNDZWANZIG

Das Dorf war klein und urig, mit einer Bäckerei, einem Markt, ein paar Geschäften, einer Poststelle, einer Taverne und zwei Kirchen, die je an einem Ende des Dorfes standen. Navan ließ mich und das Flugzeug an einem guten Aussichtspunkt über den Ort zurück. Wir befanden uns auf einem kleinen Hügel, von dem aus wir das Gebiet überblicken konnten und gleichzeitig hinter einem Wäldchen verborgen waren, für den Fall, dass die Dorfbewohner zu uns hinaufsahen.

»Ich werde mich umsehen«, sagte er. »Für den Augenblick ist es sinnvoller, wenn du hierbleibst. Wir wollen nicht mehr Aufmerksamkeit auf uns ziehen als nötig.«

Ich nickte, obwohl ein Teil von mir ihn begleiten wollte. Aber er hatte natürlich recht – er würde allein schnell und unauffällig umherfliegen können. Es war sicherer, im Jet zu bleiben, obwohl ich dadurch insofern einen Nachteil hatte, dass ich mich nicht unbemerkt fortbewegen konnte.

Navan flog davon und ich setzte mich in den Pilotensitz, meinen

Blick starr auf Navan gerichtet. Mehrere hundert Meter flog er in einer geraden Linie dicht über den Bäumen hinweg. Nichts schien ungewöhnlich zu sein.

Doch dann stoppte Navan plötzlich und änderte die Richtung, um an den Waldrand zu fliegen. An der Art, wie er sich bewegte, sah ich, dass er etwas gespürt hatte, dass etwas vor sich ging, und so schnell ich konnte, legte ich den ersten Gang ein und flog ihm nach, wobei ich versuchte, ihn nicht aus den Augen zu verlieren. Sein Zickzackflug machte es mir schwer, aber das Flugzeug war erstaunlich wendig, fast so, als ob es wüsste, wohin ich fliegen wollte, bevor ich überhaupt am Lenkrad drehte.

Navan flog auf eine Waldlichtung zu, als ich sah, dass er das Schussrohr mit den Pfeilen gezückt hatte und auf etwas zielte. Aber worauf? Ich konnte nichts sehen. Der Gestaltwandler musste unsichtbar sein.

Navan landete, rannte los und hielt weiter das Rohr ausgestreckt, schoss aber nicht. Ich landete mit dem Jet am Rande der Lichtung und sprang heraus, nachdem ich mir zwei der Messer geschnappt hatte. Ich bezweifelte, dass ich sie einsetzen konnte, wenn der Gestaltwandler unsichtbar blieb, aber ich fühlte mich einfach besser, wenn ich sie für alle Fälle bei mir trug.

Ich hörte Geräusche, konnte aber nichts sehen. Ein Angstschauer lief mir über den Rücken. Der Lärm war schrecklich und klang wie ein wild gewordenes Rudel von Hyänen. Darüber hinweg waren qualvolle Schreie zu hören, die definitiv von Menschen stammten. Zuerst waren es Hilferufe, dann nur noch unverständliche Schreie. Aber wo? Ich sah mich überall um und Navan tat das Gleiche.

Dann hob er das Rohr und schoss, woraufhin der Pfeil durch die Luft sauste und plötzlich stockte. Ich hörte einen dumpfen Aufprall und die Luft schimmerte, bevor auf einmal ein Gestaltwandler sichtbar wurde. Er lag auf dem Boden und der Pfeil steckte in seinem Bein. Doch die Schreie verstummten nicht und so schoss Navan einen weiteren Pfeil ab. Ein zweiter Gestaltwandler fiel zu Boden und Blut tropfte aus seinem Mund. Der Pfeil hatte sich in sein Auge gebohrt.

Navan ließ das Rohr fallen und zog eine seiner Schusswaffen hervor. Er zielte sorgfältig und gab dann einen Schuss ab. Ein weiterer Gestaltwandler schien aus dem Nichts aufzutauchen und fiel zu Boden. Navan gab einen zweiten Schuss ab und mir stockte der Atem. Ein Mann tauchte unter dem Gestaltwandler auf, auf den Navan gerade geschossen hatte. Der Gestaltwandler war tot. Auch der Mann war tot. Seine Kehle war aufgeschlitzt und aus seinem offenen Oberkörper hingen die Eingeweide heraus.

Navan landete und spreizte die Flügel, um mir die Sicht zu versperren. »Das willst du mit Sicherheit nicht sehen«, sagte er und ging zu dem ersten Gestaltwandler hinüber. Er zog ihm den Pfeil aus dem Fleisch. »Er lebt noch«, sagte er mit einem Blick auf das Wesen. »Aber er atmet so flach, dass er nicht allzu bald aufwachen wird. Vielleicht war ich etwas zu großzügig mit dem Dakhye.«

»Was meinst du damit?«

»Dass er entweder sterben oder sehr viel länger als beabsichtigt schlafen wird.« Er blinzelte und sah sich das Gesicht der Kreatur genauer an. »Ich glaube nicht, dass er stirbt. Noch nicht jedenfalls. Komm, wir müssen ihn zum Jet tragen.«

Navan hob den Gestaltwandler hoch, als ob er nicht mehr als ein Bündel Holz wäre, und warf ihn sich über die Schulter. Dann band er seine Hände und Füße zusammen und reichte mir eine seiner Pistolen.

»Ich werde die Leichen begraben«, sagte er. »Es wird nicht lange dauern. Ich bin mir hundertprozentig sicher, dass dieses Ding hier eine ganze Weile im Land der Träume verbringen wird, aber kannst du für alle Fälle ein Auge auf ihn werfen und diese Pistole auf ihn richten, bis ich fertig bin?«

»Okay«, sagte ich. Ich nahm die Pistole und setzte mich hin, während ich mich fragte, wie lange es wohl dauern würde, bis der Gestaltwandler wieder aufwachte.

Bis jetzt regte er sich nicht. Ich starrte die Kreatur an. Wenn mir jemand vor zwei Wochen erzählt hätte, dass ich hier in einem Lykan-Jet in Sibirien sitzen und einen betäubten Gestaltwandler bewachen würde ... dann hätte ich es nie, nie, nie im Leben geglaubt. Selbst jetzt hatte ich noch Schwierigkeiten, zu glauben, dass mir das passierte.

Der Gestaltwandler hatte nicht einmal mit der Wimper gezuckt, als Navan zurückkam, sodass Navan vorschlug, ins Dorf zu gehen.

»Du bist wahrscheinlich am Verhungern. Es ist schon eine Weile her, seit du etwas gegessen hast.«

»Ich ... Ich habe keinen großen Hunger«, sagte ich, weil mir das Bild des toten Mannes noch vor Augen stand.

»Ich weiß, dass das nicht leicht mitanzusehen ist«, sagte Navan sanft, »und ich werde dich nicht zwingen, etwas zu essen. Aber du wirst Kraft brauchen, weshalb wir wenigstens einen Blick ins Dorf werfen sollten.«

Ich sah mir den Gestaltwandler an. »Können wir ihn wirklich hier zurücklassen?«

»Ja. Wir verschließen den Jet, sodass er nicht fliehen kann, selbst wenn er aufwacht. Er kann seine Gestalt nicht verändern. Aber ich habe wirklich keine Lust, den ganzen Abend im Jet sitzen zu bleiben und ihn anzustarren. Ich denke, es ist eine gute Idee, eine Runde durchs Dorf zu drehen.«

»Okay«, sagte ich. »Wenn du meinst.«

In dem Dorf herrschte überraschend viel Betrieb, womit ich nicht gerechnet hatte. Alle schienen guter Laune zu sein, mehrere Leute lächelten und winkten uns zum Gruß und eine Frau, die Nudeln an einem Essenswagen verkaufte, fragte uns, ob wir nur zu Besuch hier seien oder ob wir hierherziehen wollten.

»Wir sind nur zu Besuch hier«, antwortete Navan lächelnd. »Obwohl das wirklich ein sehr schöner Ort ist.«

»Das hier war einmal ein sehr beliebtes Touristenziel, ob Sie es mir glauben oder nicht«, sagte die Frau mit einem Hauch von Stolz in der Stimme. »Wir haben hier einige der besten heißen Quellen auf der ganzen Welt. Erst in den letzten Jahren ist bekannt geworden, dass ...« Sie stockte.

»Dass was?«, fragte ich leise.

»Dass hier schlimme Dinge geschehen sind. Ein amerikanischer Tourist ist vor zwei Jahren verschwunden und nie gefunden worden. Es war nicht das erste Mal, dass so etwas passiert ist, aber dieses Mal hat die Presse mehr Wind darum gemacht. Weil er ja Amerikaner war. Wir hatten viele Amerikaner hier. So habe ich auch mein Englisch verbessert. Ach, aber diese Zeiten sind vorbei. Wir sind auf jeden Fall froh, dass Sie uns jetzt besuchen!«

»Danke«, antwortete ich. »Ich würde gern die Nudeln probieren«, sagte ich dann mit einem Blick auf den dampfenden Topf auf einem transportierbaren Kocher.

»Aber gern doch«, sagte die Frau. Sie servierte mir eine große Portion und ich bezahlte sie mit Geld aus meinem Plastikbeutel. »Wir sehen hier nicht allzu oft neue Gesichter, wie Sie sich bestimmt vorstellen können. Werden Sie zu dem Festival gehen?«

»Festival? Ich wusste nicht, dass hier ein Festival veranstaltet wird.« Ich sah zu Navan, der den Kopf schüttelte.

Es wurde darüber diskutiert, es dieses Jahr ausfallen zu lassen«, sagte die Frau. »Wegen der verschwundenen Personen. Die Leute haben Angst, wissen Sie? Aber das Leben geht weiter, nicht wahr? Was auch immer um einen herum geschieht, muss man irgendwie weiterleben. Also wurde beschlossen, dass wir nicht etwas ausfallen lassen werden, was seit Generationen eine Tradition in diesem Dorf ist. Es wird erst bei Einbruch der Dunkelheit anfangen, aber die Menschen versammeln sich schon früher. Es ist sehr lustig – Sie sollten kommen.«

»Das würden wir sehr gern«, antwortete ich und Navan musste an sich halten, um nicht die Augen zu verdrehen.

»Ernsthaft?«, fragte er, sobald wir außer Hörweite waren. »Was hast du vor? Das hier ist kein Urlaub und es interessiert mich nicht, wie toll die heißen Quellen hier sind. Wir haben einen gefesselten Gestaltwandler in unserem Jet liegen.«

Ich schlürfte eine Nudel und nahm dann einen Schluck von der Brühe. »Können wir uns irgendwo hinsetzen? Das ist mir schon klar. Aber du hast selbst gesagt, dass der Gestaltwandler wahrscheinlich lange bewusstlos bleiben wird. Und hast du nicht auch gesagt, dass du keine Lust hast, ihn die ganze Zeit über anzustarren?«

Er presste die Lippen aufeinander. »Wohl wahr. Aber ich tanze nicht. Also komm ja nicht auf dumme Gedanken.«

»Warum habe ich bloß das Gefühl, dass du wahrscheinlich ein wirklich guter Tänzer bist?«

»Du musst mich mit Bashrik verwechseln.«

Vor der Taverne stand eine freie Bank, auf die wir uns setzten, bis ich meine Nudeln aufgegessen hatte. Dann schlenderten wir eine Weile umher und wurden schließlich vom Menschenstrom zum Festival geführt, das nur wenige Straßen entfernt stattfand. Es war ein Freiluftfestival, das auf einer Grünfläche mitten im Ort abgehalten wurde. Die Sonne ging unter und schon bald war der Himmel dunkel, aber klar, und ein fast voller Mond stieg am Horizont auf. Millionen von Sternen leuchteten. Papierlaternen waren zwischen niedrigen Ästen aufgehängt worden und es brannten mehrere Lagerfeuer. Die Band hatte sich in der Nähe eines der Feuer aufgestellt. Ich sah mehrere Geiger, ein einfaches Schlagzeug und ein Akkordeon. Die Musik war lebhaft und alle waren guter Laune. Selbst Navan schien sich zu entspannen und ich erwischte ihn, wie er unter seiner Kapuze lächelte, als Leute vor ihm entlangtanzten.

»Die Musik ist großartig!«, sagte ich.

»Sie ist okay.«

Ich stupste ihn mit dem Ellbogen an. »Komm schon, lass uns tanzen. Nur ein Lied!«

Navan schüttelte den Kopf, aber bevor er antworten konnte, trat jemand vor ihn. Er sah gut aus, hatte dunkle Augen, einen markanten Kiefer und war wahrscheinlich nicht viel älter als ich selbst.

»Hat da jemand etwas von Tanzen gesagt?«, fragte er und streckte mir seine Hand entgegen. »Ich bin Dolan.«

»Ich bin Riley«, sagte ich und schüttelte seine Hand.

Aber er ließ sie nach der Begrüßung nicht los. »Möchtest du tanzen, Riley?«

Navan stand hinter Dolan und es schien so, als ob Dolan seine Anwesenheit gar nicht bemerkte.

»Ich tanze sehr gern«, sagte ich und genoss Navans Blick. »Und diese Musik ist toll ...« Das Lächeln auf Dolans Gesicht wurde breiter, während Navan hinter ihm immer finsterer dreinschaute. »Das ist vielleicht meine einzige Gelegenheit, heute Abend zu tanzen.«

»Nicht, wenn es nach mir geht«, sagte Dolan und Navan verzog das Gesicht, als ob er sich übergeben wollte.

Dolan war ein guter Tänzer. Das Lied war schnell und fröhlich, also packte er meine linke Hand und legte seine andere Hand auf meine Taille. Wir hüpften seitlich zwischen den anderen Tänzern hindurch und hin und wieder wirbelte Dolan mich herum oder legte seine beiden Hände auf meine Taille und hob mich hoch. Die ganze Zeit über war ich mir Navans Blicken bewusst, die mich auf Schritt und Tritt verfolgten.

Ich war fast außer Atem, als das Lied endete. Als die Band das nächste Lied anspielte, begannen alle zu klatschen.

»Ich brauche eine kleine Pause«, sagte ich zu Dolan.

»Du bist eine ausgezeichnete Tänzerin«, sagte er. »Wir müssen später noch einmal tanzen.« Dann fiel sein Blick über meine Schulter. »Dieser Typ hat dich die ganze Zeit über angestarrt«, sagte er. »Ist das dein fester Freund?«

»Nein«, sagte ich. »Er ist einfach nur ein Freund.«

»Ist er ... krank?«

Ich sah Nolan an. »Krank?«

»Er sieht ... ich weiß auch nicht ... ein wenig blass aus. Und ziemlich sauer. Er sieht total sauer aus. Ist er vielleicht anämisch?«

Navans Kapuze bedeckte sein Gesicht zwar so, dass es zum größten Teil im Schatten lag, aber wenn man ihn aufmerksam ansah, dann sah seine Haut im Vergleich zu den anderen Personen um uns herum doch eigenartig aus.

»Nein, er ist ganz bestimmt nicht anämisch«, sagte ich.

Dolan sah ihn weiter misstrauisch an. »Er sieht aus, als ob er mich umbringen wollte.«

»Das kann schon sein«, sagte ich, woraufhin Dolan mich verwirrt ansah und ich lachte. »Das war nur ein Scherz. Er hat einfach nur schlechte Laune. Ich werde mit ihm reden.«

Jemand reichte mir eine Tasse heißen Kakao, als ich zu Navan zurückging, und ich nippte daran. Er war lecker und sehr süß.

»Vergnügst du dich?«, fragte Navan in sarkastischem Ton. »Dein Romeo da drüben sieht aus, als ob er zwei linke Füße hätte.«

»Höre ich da etwa eine Spur von ... Eifersucht in deiner Stimme?«

Er schnaubte. »Ach, bitte.«

»Ich würde gern mit dir auf die Tanzfläche gehen, wenn du möchtest. Mein Angebot steht noch.«

Er sah mich erheitert an. Ich stellte meinen Kakao ab, nahm Navans Hand und zog ihn auf die behelfsmäßige Tanzfläche. Er war stark genug, dass er sich einfach hätte weigern können, aber er tat es nicht, was ich so auffasste, dass er nicht völlig dagegen war, mit mir zu tanzen.

Die Band spielte gerade einen langsameren Song und die Tanzpaare hörten auf, herumzuhopsen, und umarmten sich stattdessen, während sie sich langsam vor und zurück wiegten.

»War das Teil deines Plans?«, fragte Navan.

Einen Augenblick lang dachte ich, dass er mich auf der Tanzfläche stehenlassen würde, doch dann glitten seine Hände sanft zu meiner Taille. Ich legte meine Arme um seinen Hals und wir begannen, uns im Takt der Musik zu wiegen.

»Ich habe nicht damit gerechnet, dass sie etwas Langsameres spielen würden«, sagte ich. »Wirklich nicht.«

Er hob eine Augenbraue. »Ah ja. Das glaube ich dir glatt. Aber es ist gar nicht so schlimm. Wie stelle ich mich an?«

»Sehr gut.«

Er hatte recht – es war gar nicht so schlimm. Es fühlte sich wie die natürlichste Sache auf der Welt an, hier mit ihm unter dem dunklen Himmel zu stehen, während die Musik die Luft um uns herum füllte.

Ich wollte ihm sagen, wie glücklich ich mich fühlte, wie froh es mich machte, hier bei ihm zu sein, und dass ich mich noch nie so gefühlt hatte, aber ich hatte Angst davor, diese Gedanken laut auszusprechen. Die Möglichkeit, von ihm zurückgewiesen zu werden, lähmte mich und ich konnte mein Glück nicht ausdrücken. Ich konnte den Gedanken nicht ertragen, ihm meine Gefühle zu offenbaren, wenn er nicht dasselbe für mich empfand. Ein Teil von mir war sich sicher, dass er auch Gefühle für mich hatte – wie sich unsere Blicke trafen, wie er sich um mein Wohlbefinden sorgte, wie er mir das Gefühl gab, der einzige Mensch auf der ganzen Erde zu sein – aber trotzdem hatte ich Zweifel. Ich wusste, wie es war, jemanden zu lieben, und wie es sich anfühlte, wenn diese Liebe nicht erwidert wurde. Wie oft hatten meine leiblichen Eltern mich zurückgewiesen, weil der Alkohol ihnen wichtiger gewesen war?

Also lächelte ich Navan einfach nur an und genoss es, ihm nahe zu sein.

KAPITEL VIERUNDZWANZIG

Navan und ich blieben noch eine Weile auf dem Festival, aber dann flüsterte er mir zu, dass wir zum Jet zurückkehren sollten.

»Glaubst du, dass er inzwischen aufgewacht ist?«, fragte ich.

»Ja. Ich weiß, dass er nicht fliehen kann, aber ich möchte trotzdem zurückgehen, bevor er auf die Idee kommt, es zu versuchen.«

Also entfernten wir uns vom Festival, von der Musik, dem Gelächter und den wärmenden Lagerfeuern.

»Das hat Spaß gemacht«, sagte ich. »Ich bin froh, dass wir hingegangen sind.«

»Es war zwar nicht geplant, aber ja, es war unterhaltsam.«

Meine Arme baumelten beim Gehen vor und zurück und meine Hand streifte Navans Hand. Seine Finger verschlangen sich mit meinen und ein angenehmes Prickeln schoss meinen Arm hinauf. Er sah zu mir.

»Ist das okay?«

»Ja«, hauchte ich.

»Gut.« Er nickte. »Ich möchte dich in meiner Nähe behalten. Ich kann es nicht riskieren, dass Donnel dich noch einmal entführt.«

Ich lachte. »Er hieß Dolan.«

»Er war kein besonders guter Tänzer.«

»Hey, die Bühne gehört ganz dir. Wenn du mich mit deinen Tanzbewegungen beeindrucken willst, dann nur zu!«

Er drückte meine Hand. »Darauf würde ich an deiner Stelle nicht warten.«

Als wir am Jet ankamen, musste ich seine Hand loslassen und folgte ihm zu einem der Fenster. Ich presste mein Gesicht gegen die Scheibe und spähte nach drinnen.

»Er schläft noch«, sagte ich.

Navan stand neben mir und runzelte leicht die Stirn. »Nein, das tut er nicht. Er stellt sich nur schlafend.«

»Woher weißt du das? Für mich sieht er so aus, als ob er schläft.«

Navan sah ihn weiter an. »Ich spüre seine Energie. Wenn er schlafen würde, dann wäre seine Energiefrequenz viel niedriger. Aber ich spüre, dass er aufgekratzt ist, was mir sagt, dass er uns austricksen will. Bleib hier stehen, während ich die Tür öffne!«

Ich blieb am Fenster stehen und sah Navan dabei zu, wie er langsam die Tür aufzog. Der Gestaltwandler sprang plötzlich auf, aber er kam nicht weit, weil er immer noch gefesselt war. Navan versetzte ihm einen Stoß und der Gestaltwandler fiel zu Boden. Ich stieg in den Jet.

»Sieh an, sieh an, wer aufgewacht ist«, sagte Navan. »Guten Morgen, Sonnenschein. Verdammt, ihr Biester seid wirklich hässlich.«

Der Gestaltwandler knurrte und sah zu mir. Navan hatte recht – er war hässlich, wie ein riesiger neugeborener Vogel mit blasser, schrumpeliger Haut. Statt eines Schnabels und engstehender Augen hatte er eine breite, platte Nase, einen offenstehenden Mund voller haifischähnlicher Zähne und große rotgeäderte Augen, die fast nur aus Iris zu bestehen schienen.

»Gib mir das Gegenmittel«, sagte die Kreatur, »und ich verwandle mich in etwas Ansehnlicheres.«

»Ha!«, lachte Navan auf. »Ja, klar. Lass mich das Gegenmittel holen und wo wir schon dabei sind, wie wäre es mit einem Schaumbad und einer Fußmassage? Nichts werde ich dir geben. Aber netter Versuch. Wir haben ein paar Fragen an dich.«

Der Gestaltwandler verzerrte seinen Mund zu einer Geste, die vermutlich ein Lächeln sein sollte, aber eher wie eine schaurige Grimasse aussah. »Ich werde eure Fragen nicht beantworten.«

»Dann bekommst du auch das Gegenmittel nicht und bist dazu verdammt, für immer eine kleine hässliche Kanalratte zu bleiben.«

Der Gestaltwandler starrte ihn an und ich sah, wie er die Aussicht darauf, sein ganzes Leben in dieser Erscheinung verbringen zu müssen, abwog. »Nimm mir wenigstens die Fesseln ab, damit ich mich hinsetzen kann«, sagte er schließlich.

»Na schön«, sagte Navan nach kurzem Zögern. »Aber wenn du irgendeinen Trick versuchst, dann schwöre ich dir, dass du wünschen wirst, tot zu sein.«

»Gibt es dir ein Gefühl von Macht, deine Opfer wüst zu bedrohen, du Blutsauger?«

»Sei still«, sagte Navan. »Es geht hier nicht um mich. Wir sprechen über dich. Ich nehme dir die Fesseln unter der Bedingung ab, dass du meine Fragen beantwortest. Wenn du es nicht tust, dann werden diese Seile deutlich schmerzhafter für dich werden.«

Navan band die Fesseln los und der Gestaltwandler setzte sich auf. An seinen Ellbogen und Knien hing die Haut in losen Falten herab. Die Kreatur sah mich an und verzog erneut das Gesicht.

»Hey!«, fauchte Navan und versetzte ihm einen Tritt. »Sieh mich an, nicht sie. Hör zu. Hier sind die ersten Fragen: Wie viele Gestaltwandler gibt es in diesem Gebiet? Was habt ihr mit dem Verschwinden der Menschen zu tun? Was macht ihr mit den Menschen?«

»Oh … Ich würde schätzen, dass es mehrere Hundert von uns gibt«, antwortete er mit einem schaurigen Grinsen. »Ihr Kaltblüter seid nicht die Einzigen mit gutem Geschmack, was Blut angeht, weißt du? Menschenblut ist besonders köstlich.« Er sah mich an und fletschte die scharfen Zähne. Ich wollte den Blick abwenden, konnte aber nicht.

»Vielleicht sollten wir dich einfach umbringen«, sagte ich. »Dann gibt es kein Menschenblut mehr für dich.«

»Wenn ihr mich umbringt, werde ich eure Fragen nicht mehr beantworten können. Und darum geht es euch doch, oder nicht? Dein kleiner Liebhaber hier will Antworten, um hier aufzutauchen und den Helden zu spielen, hm?«

»Er ist nicht mein Liebhaber«, sagte ich mit glühenden Wangen.

Der Gestaltwandler grinste. »Ja, klar … Ein Mensch und ein Kaltblut«, feixte er. »Es tut mir leid, das zu sagen, aber ich glaube nicht, dass daraus eine langfristige Beziehung wird. Wenn man bedenkt, wie wertvoll Menschenblut für deine Art ist.«

Navan runzelte die Stirn. »Was zum Teufel weißt du darüber?«

»Aber sie ist schon hübsch«, sagte die Kreatur und ignorierte Navans Frage. »Ich verstehe, warum du dich … von ihr angezogen fühlst. Du hast wahrscheinlich schon viele Nächte damit verbracht, dir vorzustellen, wie es wäre, sie zu kosten.«

Navan holte mit dem Fuß aus und traf den Gestaltwandler in der Seite, sodass dieser wieder zu Boden fiel.

»Ihr Kaltblüter habt ein übles Gemüt«, quietschte er, als er sich wieder aufgesetzt hatte.

»Wir sind fertig mit dem Thema«, sagte Navan. Bildete ich es mir nur ein oder waren seine Wangen auch rot geworden?

Er schob dem Gestaltwandler eine Karte vor die Nase. »Wo ist euer Lager?«, fragte er brummig. »Zeig es mir auf der Karte.«

»Was ist das?«, fragte die Gestalt und schob die Karte beiseite.

»Das ist eine Karte«, fauchte Navan. »Das habe ich doch gerade gesagt.« Er stupste mit dem Finger auf das Papier. »Und du wirst uns zeigen, wo dein Lager ist.«

»Ich kann keine Karten lesen. Das alles ist für mich ein Haufen Kauderwelsch. Ich würde mich irren, wenn ich sie euch auf diesem Papier zeigen sollte.«

Navan schnaubte. »Soll das ein Scherz sein?«

»Ich bin zwar unter meinen Artgenossen als einer der lustigeren bekannt, aber das hier ist kein Witz. Ich kann diese Karte nicht lesen.«

»Wir werden dich nicht gehen lassen«, sagte ich. »Nur, weil du behauptest, dass du uns nicht sagen kannst, wo sich euer Lager befindet, heißt das noch lange nicht, dass wir dich freilassen werden.«

»Sehe ich blöd aus, oder was?«, fragte der Gestaltwandler.

Navan lachte. »Möchtest du darauf eine ehrliche Antwort?«

Der Gestaltwandler ignorierte ihn. »Es gibt nichts, was ich lieber mag als den Geschmack von Jungfrauenblut. Es scheint mir eine Folter zu sein, dass ich so dicht dran bin, aber nichts davon abbekomme. Aber ich bin trotzdem bereit, euch zu helfen. Ich kann euch zu dem Ort bringen. Vielleicht kann ich ihn nicht auf der Karte zeigen, aber ich kenne den Weg dorthin. Ich werde ihn euch zeigen.«

Navan hob eine Augenbraue. »Ach, wirklich? Und woher wissen wir, dass du uns wirklich dorthin bringst? Wahrscheinlich führst du uns in eine Falle.«

»Du kannst mir glauben, weil mein Angebot an ein paar Bedingungen geknüpft ist. Die Hauptbedingung ist, dass du mir das Gegenmittel gibst, damit ich meine Erscheinung wieder ändern kann. Was für ein einsames und schändliches Leben würde ich führen, wenn ich den Rest meiner Tage in diesem Körper verbringen müsste«, murmelte der Gestaltwandler. »In diesem Fall würde ich mich lieber gleich umbringen.«

Navan und ich sahen einander an. So sehr es mir widerstrebte, es einzugestehen, schien mir das ein fairer Vorschlag zu sein.

Navan legte dem Gestaltwandler eine lange Kette um den Hals und löste ihm dann die restlichen Fesseln.

»Okay«, sagte er. »Bring uns zu dem Ort.«

KAPITEL FÜNFUNDZWANZIG

Navan ging zur Tür und öffnete sie. Dann sah er den Gestaltwandler erwartungsvoll an. Dieser drehte sich verwirrt zu ihm.

»Du wirst nicht hier drinnen bleiben«, sagte Navan. »Du gehst nach draußen.«

»Hast du denn keine Angst, dass ich abhauen werde?«

»Oh, davor habe ich keine Angst ... Aber um sicherzugehen, wirst du an den Jet angeleint bleiben.« Er zerrte an der Kette und der Gestaltwandler stolperte nach vorn, wobei er fast gestürzt wäre. Navan zog ihn bis zur Tür und stieß ihn dann nach draußen, wo er auf den Boden fiel.

Er tat mir fast leid, aber ich wusste, dass er nicht zögern würde, mir seine ekelhaften Zähne ins Fleisch zu rammen, wenn er die Gelegenheit dazu bekäme.

Ich setzte mich neben Navan und wir flogen los. Der Gestaltwandler bewegte sich langsam unter uns. Navan flog dicht über der Erde, aber nach ein paar Minuten zog er an und stieg so hoch, dass der

Gestaltwandler vom Boden abhob und sich die Kette um seinen Hals straffte. Das Wesen hustete und würgte, wobei Speichel um es herumflog, bis Navan wieder etwas absank und die Kreatur den Boden mit den Füßen erreichen konnte.

»Du findest mich grausam«, sagte er und warf mir einen kurzen Blick zu.

»Nein«, sagte ich kopfschüttelnd, überlegte dann aber noch einmal. »Ein bisschen vielleicht. Reicht es nicht, dass er an einer Kette hängt und unter dem Jet herlaufen muss?«

»Dieses Ding hat schlimmere Sachen getan, als du dir jemals vorstellen kannst«, antwortete Navan. »Glaub nicht eine Sekunde lang, dass es dich nicht auch verletzen würde.« Sein Kiefermuskel zuckte.

»Du hast gehört, wie er davon geredet hat, dass sie sich einen Schmaus aus Menschenblut machen, nicht wahr?«

»Ja ... Das war nur schwer zu überhören.«

»Gestaltwandler sind schlau und sadistisch. Wenn sie Blut trinken, dann halten sie ihre Opfer dabei so lange wie möglich am Leben, weil sie das Blut so frisch wie möglich trinken wollen ... Aas interessiert sie nicht. Sie töten langsam und zögern den Tod so lange wie möglich hinaus. Die Menschen, die entführt worden sind, sind gefoltert worden – das kannst du mir glauben. Stell dir vor, wie eine Horde dieser Dinger dich zerfetzt und hier ein Stückchen abbeißt und dort ein Stückchen ... Diesen Gestaltwandler ein wenig umherzuzerren ist keineswegs grausam.«

Ich erschauderte.

Wir gingen langsam weiter und der Gestaltwandler rutschte plötzlich auf der vereisten Oberfläche aus. Mit einem Ruck wurden wir nach unten gezerrt, so als ob die Kreatur auf einmal übernatürliche Kräfte hätte und nun das Flugzeug herabzog.

»Was zum ...«, setzte Navan an. Er spähte aus dem Fenster und riss die Augen auf.

Ein Rudel Wölfe war scheinbar aus dem Nichts aufgetaucht und griff den Gestaltwandler an, der sich zu wehren versuchte, aber keine Chance hatte. Plötzlich verwandelte sich einer der Wölfe in einen Vogel und flog nach oben, um sich von dort mit ausgestreckten Krallen auf den Gestaltwandler herabzustürzen.

»Es ist ein Rudel Gestaltwandler«, sagte Navan und knirschte mit den Zähnen. Er schaltete den Leerlauf ein und wir schwebten über der Kampfszene. Navan öffnete die Tür und zerrte an der Kette. »Sie werden ihn in Stücke reißen, wenn wir ihn nicht hereinholen.«

Ich stand auf, um ihm zu helfen, und sah, dass sich der Vogel wieder in einen Wolf verwandelt hatte, während andere Gestaltwandler ihre natürliche Erscheinung angenommen hatten. Sie sahen nun aus wie unser Gestaltwandler und zerrten an seinem rosafarbenen Fleisch.

»Warum versuchen sie, ihn umzubringen?« Ich stand hinter Navan und zog mit all meiner Kraft an der Kette.

»Es ist ihnen egal, wen sie angreifen«, presste Navan hervor und zog weiter an der Kette. »Gib mir bitte eine meiner Waffen! Gestaltwandler sind untereinander nicht loyal. Wahrscheinlich wussten sie, dass dieser hier den Rest verraten würde, um seine Haut zu retten.« Er warf sich nach vorn und packte den Gestaltwandler, als er in Reichweite von der Flugzeugtür kam. Einer der Wölfe hatte immer noch seinen Kiefer um den Fuß der Kreatur geschlossen, aber Navan versetzte ihm einen Hieb auf die Schnauze. Der Wolf veränderte noch im Fall seine Gestalt und heulte vor Schmerz auf. Ich reichte Navan seine Waffe und er feuerte mehrere Schüsse ab.

Navan schlug die Tür zu, sobald er den Gestaltwandler nach drinnen gezogen hatte. Dieser lag stöhnend auf dem Boden. Sein ganzer Körper war mit Bisswunden übersät.

»Großartig«, sagte Navan. »Ich schätze, dass du den Rest der Strecke mit uns hier drinnen weiterfliegen musst.«

Ich sah zum Fenster hinaus und sah, dass die Gestaltwandler sich in einen Vogelschwarm mit Hakenschnäbeln und Krallen verwandelt hatten.

»Ähm, sie sind immer noch hinter uns her«, sagte ich nervös.

Navan ging dorthin, wo er die Waffen gelagert hatte, und nahm sich eines der Gewehre. Ich nahm mir eines der Wurfmesser und ging zur Tür. Es waren nur noch ein paar Vögel übrig, den Rest hatte Navan mit seinen Schüssen bereits aus dem Weg geräumt. Ich zielte und schleuderte das Messer. Es wirbelte durch die Luft und seine Klinge vergrub sich tief in der Seite eines Vogels, direkt unter seinem Flügel. Er flatterte und verwandelte sich in seine normale Gestalt, bevor er reglos zu Boden fiel.

Navan sah mich an. »Wow … Das war …« Er starrte zur offenen Tür auf den Boden hinunter, wo der tote Gestaltwandler in seiner Blutlache lag. »Beeindruckend.«

Aber uns blieb keine Zeit, mein Messerwerf-Talent weiter zu bestaunen, denn das Flugzeug stotterte und sackte mehrere Meter ab. Mir wurde flau im Magen.

»Etwas stimmt mit dem Jet nicht«, sagte ich und umklammerte das Steuerrad. Ich versuchte, es zu bewegen, aber der Jet stotterte noch einmal. »Wir werden landen müssen.«

Unsere Landung war holprig und der Jet schlitterte mehrere zig Meter über die vereiste Fläche, bevor er schließlich zum Stehen kam.

»Das war nicht wirklich Teil des Plans«, sagte Navan und fügte mit einem Blick auf den Gestaltwandler hinzu: »Du bleibst hier.«

Ich folgte Navan nach draußen. Von außen sah alles in Ordnung aus, aber ein beißender Geruch lag in der Luft und Rauch stieg aus dem hinteren Teil des Jets auf.

»Das sieht nicht gut aus«, sagte ich. »Ich frage mich, ob einer der Vögel vielleicht in den Motor geflogen ist?«

»Das scheint mir immer wieder zu passieren«, brummte Navan. »Habe ich irgendetwas getan, um mit kaputten Flugzeugen bestraft zu werden? Wir haben keine Zeit, um dieses Ding zu reparieren!«

»Aber es bleibt uns wohl nicht viel anderes übrig, oder?«, fragte ich. »Wie sollen wir uns fortbewegen, solange der Jet kaputt ist?«

Navan seufzte. »Ich schätze, dass wir die Föds um Hilfe anfunken müssen. Wer weiß, wie lange das dauern wird.«

»Vielleicht kann ich ja einen Blick darauf werfen. Immerhin werde ich Maschinenbau studieren.«

Es war zwar nicht sehr wahrscheinlich, dass ich den Sprung von einer Fahrradreparatur zum Reparieren dieses Jets schaffte, aber ich wollte es zumindest versuchen. Ich wollte das Gefühl haben, dass ich auch etwas zu dieser Mission beitrug, abgesehen davon, eine Last zu sein, um die sich Navan Sorgen machen musste.

»Du kannst es versuchen«, sagte Navan. »Aber wahrscheinlich kann nicht einmal ich es reparieren, und das, obwohl ich Erfahrung mit dieser Art von Maschinen habe. Du müsstest schon zaubern können, schließlich haben wir keine Ersatzteile. Die Föds werden uns wenigstens die Ersatzteile liefern müssen.«

Es knackte hinter uns und Navan und ich drehten uns um. Der

Gestaltwandler hatte sich aus der Tür geschleppt und hing nun halb draußen.

»Was glaubst du, wohin du gehst?«, knurrte Navan.

»Ihr zwei seid Idioten«, sagte er. »Ich kann jedes Wort eurer Unterhaltung hören.«

»Ja, aber wir haben auch keine Kette um und bluten nicht«, antwortete Navan. »Also halt besser die Klappe. Mach es dir bequem – wir hängen hier eine Weile lang fest.«

»Kaltblüter tun immer viel klüger, als sie es in Wirklichkeit sind«, sagte der Gestaltwandler. »Wir sind praktisch am Ziel. Von hier aus sind es vielleicht noch zehn Minuten zu Fuß.«

Navan kniff die Augen zusammen. »Ich glaube dir nicht.«

»Wie du meinst«, sagte der Gestaltwandler. »Aber du bist es, der wie ein Idiot aussehen wird, wenn du hier herumsitzt und wartest, wo dein Ziel direkt vor dir liegt.«

»Geh einfach wieder nach drinnen!«

Navan wartete, bis der Gestaltwandler im Jet verschwunden war, bevor er mich ansah. »Was meinst du?«, fragte er mich leise. »Glaubst du, dass er die Wahrheit sagt?«

»Ich weiß es nicht. Kann schon sein. Warum sollte er lügen?«

»Es könnte eine Falle sein. Vielleicht will er uns vom Jet weg in den Wald hineinlocken, damit die anderen uns angreifen können.« Er runzelte die Stirn. »Aber in einem hat er recht: Ich käme mir wirklich ziemlich blöd vor, wenn ich herausfände, dass wir ganz in der Nähe sind.«

»Tja«, sagte ich, »es gibt wohl nur einen Weg, um das herauszufinden.«

Navan strich sich mit der Hand über die Wangen und atmete tief durch. »Du hast recht. Aber ich gehe nicht mit leeren Händen. Ich nehme beide Waffen mit. Ich habe, glaube ich, ein Holster gesehen, in dem wir die anderen Waffen tragen können. Es ist wahrscheinlich ratsam, alle Waffen mitzunehmen.«

Es war schwer, die Miene des Gestaltwandlers zu deuten, als wir ihm sagten, dass wir den Rest der Strecke laufen würden. Er verdrehte nur kurz die Augen und nickte dann. »Vielleicht seid ihr doch nicht so dumm, wie ihr ausseht«, sagte er schließlich.

Navan zerrte an der Kette. »Die hier behältst du um«, sagte er. »Und wenn sich das als ein Trick von dir herausstellt, dann wirst du dir wünschen, dass dich diese Gruppe von Gestaltwandlern zerfleischt hätte. Das Erste, was ich tun werde, ist, dir Salz in jede deiner Wunden zu streuen und dann …«

»Okay!«, unterbrach ich ihn. »Warum gehen wir nicht los?«

Der Wind war stärker geworden und ich schlotterte jetzt schon, obwohl ich die Jacke bis oben hin geschlossen hatte. Dem Gestaltwandler schien die Kälte nichts auszumachen und es gefiel mir gar nicht, dass ich hier das schwächste Glied war, dass ich die Einzige war, die die Kälte nicht verkraftete.

»Alles in Ordnung?«, fragte Navan mit besorgter Miene.

Ich biss die Zähne zusammen, damit sie nicht klapperten. »Es geht mir gut.«

»Dir ist kalt«, sagte er. Dann sah er zu dem Gestaltwandler, der wenige Meter vor uns stand. »Du führst uns besser in die richtige Richtung«, warnte er.

Der Gestaltwandler warf lässig einen Blick über seine Schulter. »Mach dir keine Sorgen«, sagte er. »Wenn das Mädchen hier draußen stirbt, dann entsorge ich ihren Leichnam mit Vergnügen.«

Navan zog so heftig an der Kette, dass die Kreatur stolperte und röchelte. »Lauf los, sonst entsorge ich dich.«

Die Wut in Navans Gesicht verschwand etwas, als er mich ansah, und obwohl sein Beschützerverhalten mich schmeichelte, gefiel es mir doch irgendwie nicht, dass er das Gefühl hatte, mich verteidigen zu müssen. Ich versuchte, mir vorzustellen, wie ich in einer heißen Badewanne lag, einen heißen Tee trank, mir dicke Wollpullover anzog und Fußwärmer überstülpte. Alles, was mir helfen könnte, wärmer zu werden.

Zum Glück mussten wir nicht viel weiter laufen. Nach einigen Minuten blieb der Gestaltwandler stehen.

»Wir sind hier, seht ihr?«, sagte er. »Das hat etwa eine Viertelstunde gedauert. Wir wären auch in zehn Minuten hier gewesen, wenn ihr nicht so langsam laufen würdet.«

»Wo ist es?«, fragte ich und ignorierte seinen letzten Kommentar. Alles, was vor uns lag, war eine Waldlichtung.

Der Gestaltwandler schnaubte. »Wir haben den Bereich mit einem Unsichtbarkeitsschild geschützt. Ich bezweifle, dass Menschen intelligent genug sind, um über unsere Siedlung zu stolpern, aber wir wussten, dass die Föds nach uns Ausschau halten.«

Ich sah Navan an, der geradeaus starrte, so als ob er tatsächlich etwas auf der Lichtung sehen könnte.

»Er sagt die Wahrheit«, sagte er schließlich.

Der Gestaltwandler grinste und war scheinbar sehr zufrieden mit sich selbst.

»Großartig«, sagte ich sarkastisch. »Du hast also die Wahrheit gesagt. Was jetzt?«

»Jetzt«, sagte der Gestaltwandler, »werdet ihr die Chance bekommen, euch drinnen umzusehen. Ich verspreche euch, dass ihr euren Augen nicht trauen werdet.«

Navan verdrehte die Augen. »Das glaube ich kaum.«

Das Grinsen auf dem Gesicht des Gestaltwandlers verschwand und er fletschte die Zähne. Ekel packte mich und mir wurde übel, obwohl ich nicht genau wusste, woran das lag. Unsere Mission war so gut wie erfüllt – sollte ich mich nicht irgendwie erleichtert fühlen?

Der Gestaltwandler ging ein paar Schritte, blieb dann stehen und streckte die Hände aus. Er drückte sie in die Luft und obwohl ich nichts erkennen konnte, verstand ich, dass seine Hände auf einer unsichtbaren Oberfläche ruhten.

»Hier«, sagte er. Plötzlich begann die Luft, zu schimmern, und ich sah die Umrisse einer riesigen Kuppel. Der Gestaltwandler wischte mit seinen Händen in einem Bogen und es erschien ein Loch in der Kuppel. »Werft einen Blick nach drinnen.«

Ich machte einen Schritt nach vorn, aber Navan hielt mich zurück. »Lass mich vorgehen«, sagte er. »Wir wissen nicht, ob es sich um einen Trick handelt.«

Er streckte den Kopf durch die Öffnung, aber ich folgte dicht hinter ihm. Sobald unsere Köpfe die unsichtbare Grenze überwunden hatten, konnten wir alles sehen, was sich unter dem Schild verborgen hatte. Navan atmete tief ein und verkrampfte sich. Es gab jede Menge Gestaltwandler, die alle dieselbe blaue Uniform trugen, die auch der Gestaltwandler in der Gasse in New York getragen hatte. Sie alle hatten Glupschaugen und zackige Zähne. Es war ein widerlicher Anblick, aber durchaus kein unerwarteter.

Deshalb brauchte ich einen Augenblick, um zu verstehen, warum Navan so reagiert hatte.

Dann sah ich außer den Gestaltwandlern auch Kaltblüter.

Ich blinzelte, aber das Bild blieb dasselbe. Die Kaltblüter gingen zwischen den Gestaltwandlern hin und her. Ihre Flügel waren sichtbar und sie trugen ebenfalls blaue Uniformen.

»Was zum ...«, setzte Navan an, bevor er den Kopf zurückzog. Ich zog meinen Kopf ebenfalls zurück und die Lücke im Unsichtbarkeitsschild schloss sich.

»Waren das *Kaltblüter*?«, fragte ich.

Navan nickte langsam. »Meine Augen haben mir also keinen Streich gespielt«, sagte er. »Du hast sie auch gesehen.«

»Aber ... aber ...« Ich verstummte, weil ich nichts sagen wollte, was offensichtlich war, aber ich verstand trotzdem nicht, was hier vor sich ging.

»Aber angeblich gibt es keine weiteren Kaltblüter auf der Erde«, sagte Navan.

»Überraschung!«, quiekte der Gestaltwandler, stürzte sich auf Navan und zerrte an seinen Flügeln. Navan geriet ins Schwanken und schlug nach der Kreatur, aber sie hatte ihn unvorbereitet erwischt und Navans Schlag ging ins Leere. Während Navan und ich durch den Schild gespäht hatten, musste sich der Gestaltwandler von seiner Kette befreit haben, weil sie nun lose auf dem Boden lag.

»Navan!«, keuchte ich und stürzte zu ihm. Der Gestaltwandler wich zurück und entkam einem weiteren Hieb. Gackernd hüpfte er durch den Unsichtbarkeitsschild und verschwand vor unseren Augen.

»Oh mein Gott«, hauchte ich, »ist alles in Ordnung?«

Er nickte grimmig. »Wir müssen von hier verschwinden«, sagte er. »Sofort. Aktiviere deinen Anzug.«

»Aber ...«

»Tu es einfach!«

Die Dringlichkeit in seiner Stimme jagte mir einen kalten Schauer den Rücken hinab, sodass ich auf den Knopf drückte. Dann rannten wir los. In Navans rechtem Flügel klaffte eine Wunde, aus der Blut sickerte. Im Rennen sah ich, wie eine Sternschnuppe den

Himmel streifte ... Und dann noch eine. Die zweite war näher, so nah, dass ich schließlich erkannte, dass es sich gar nicht um eine Sternschnuppe handelte.

Es war ein Flugschiff.

Es ähnelte Navans Schiff. Und beide kamen direkt auf uns zu.

Oder besser gesagt auf Navan.

»Pass auf!«, schrie ich, als eines der Schiffe bedrohlich nah an uns vorbeisauste. Es schien mir unglaublich zu sein, dass es uns so schnell erreicht hatte, aber hier war es mit seiner unnatürlich glänzenden Oberfläche.

Navan versuchte, abzuheben, aber sein verletzter Flügel hinderte ihn daran.

Er setzte dumpf wieder auf dem Boden auf und versuchte, davonzulaufen, aber das Schiff hatte ihn schon eingeholt. Ich rannte zur Seite, als zwei Kaltblüter aus dem Schiff flogen und Navan packten. Er konnte noch eine seiner Waffen aus dem Holster ziehen, aber eines der Kaltblüter schlug sie ihm aus der Hand, ehe er schießen konnte. Er versuchte, sich den beiden zu entwinden, aber sie übermannten ihn mit Leichtigkeit, entwaffneten ihn und warfen ihn dann in das Schiff. Es setzte bereits dazu an, wieder abzuheben, als ich mich in letzter Sekunde an der Tür hochzog und mich nach drinnen rollte, bevor eines der Kaltblüter die Tür zuschmetterte.

Die beiden warfen Navan zu Boden und schlugen auf ihn ein. Er wehrte sich zwar, kam aber nicht gegen sie an. Ich versteckte mich unter einer Bank und sah mich im Inneren des Schiffs nach etwas um, mit dem ich ihm helfen könnte. Wenn ich doch nur mehr Messer hätte! Aber das Schiffsinnere war fest leer und es gab nichts außer meinen bloßen Händen.

Aber ich konnte nicht einfach so hier herumsitzen und zusehen.

Gerade, als mir dieser Gedanke gekommen war, sah Navan vom Boden aus zu mir herüber. Seine Sinne mussten im Vergleich zu denen der anderen beiden Kaltblüter schärfer sein, denn er schien mich trotz des Anzugs zu spüren. Er hob den Kopf und obwohl die Schläge weiter auf ihn einprasselten, schüttelte er leicht den Kopf. Die Geste war kaum merklich, aber für mich war sie eindeutig. Wenn die Kaltblüter mich erwischten, dann würden sie mich töten und Navan wäre wehrlos.

Im Augenblick hatte ich nur eine Option: Ich musste bleiben, wo ich war.

KAPITEL SECHSUNDZWANZIG

Das Schiff flog durch den Unsichtbarkeitsschild und landete vor einem Bunker, der so aussah, als ob er schon seit Jahrhunderten hier stünde. Es war ein langes Betongebäude ohne Fenster, an dessen Seiten lange Risse wie Narben hinabliefen. Die zwei Kaltblüter schleiften Navan nach draußen und ich kroch unter der Bank hervor. Angst hatte mich erfüllt. Ich folgte ihnen in den Bunker und dann einen Gang mit Neonlampen entlang.

Die Männer traten eine der Türen im Gang auf, die zu einem Raum führte, der nichts weiter als einen Tisch mit zwei Stühlen und einer Bank, ähnlich der Bank, unter der ich mich versteckt hatte, enthielt. Die beiden stießen Navan auf einen Stuhl, banden ihm die Hände auf dem Rücken mit etwas zusammen, das wie roter Zwirn aussah, aber irgendwie so wirkte, als ob es sich um etwas Organisches handelte. Ich kroch unter die Bank.

»Verlierer«, zischte einer der Kaltblüter und spuckte Navan ins Gesicht, von wo der Speichel langsam nach unten tropfte. Navan zuckte nicht zusammen, sondern reagierte kaum. Er setzte sich aufrecht und bewegte sich nicht. Nur seine Hände ballten sich zu Fäusten und öffneten sich wieder. Ich sah, wie er versuchte, die Fesseln zu lösen, aber sie lockerten sich nicht.

Die zwei Kaltblüter sahen zur Tür, als diese sich öffnete. Eine große, imposante Männergestalt stand im Türrahmen und zog die Flügel ein, um den Raum betreten zu können. Sein Haar war schlammfarben und seine dunklen Augen schienen das Licht der Lampen widerzuspiegeln.

»Es reicht«, sagte er.

»Können wir nicht bleiben?«, fragte eines der Kaltblüter.

»Nein.«

Das große Kaltblut würdigte die beiden keines Blickes und zog sich den zweiten Stuhl zurecht. Doch er setzte sich nicht, sondern begann, das Zimmer abzuschreiten. Direkt vor der Bank blieb er stehen. Er stand so dicht, dass ich nicht einmal den Arm ganz ausstrecken bräuchte, um ihn zu berühren.

»Wie heißt du?«

Navan blickte stur geradeaus. Seine Lippe war aufgeplatzt und auf seiner Wange bildete sich eine dunkle Schwellung.

»Lass uns anders anfangen«, sagte das Kaltblut. »Ich werde dir meinen Namen sagen. Ich bin Ezra und so wie du komme auch ich aus Vysanthe. Ich hoffe, dass du verstehen wirst, dass wir hier auf derselben Seite stehen können. Wir können zusammen für das gleiche Ziel arbeiten.«

Er entfernte sich von der Bank und setzte sich an den Tisch.

»Woher willst du wissen, auf welches Ziel ich hinarbeite?«, fragte Navan. Seine Stimme war leise, fast ein kehliges Knurren.

Ezra lächelte. »Tja, das ist das Problem. Ich kann nicht wissen, was dein Ziel ist, solange du es mir nicht verrätst. Darum geht es hier. Interpretiere es als gegenseitiges Kennenlernen.«

»Was soll das sein – ein Date?« Navan schüttelte den Kopf. »Danke, aber ich bin nicht interessiert.«

Ich sah Navan an, dass er Mühe hatte, die Ruhe zu bewahren. Sein verwirrter und ärgerlicher Blick verriet mir, dass er es einfach nicht fassen konnte, dass noch weitere Kaltblüter auf der Erde waren. Ich erinnerte mich daran, wie hartnäckig Navan versucht hatte, die Erde so lange wie möglich geheim zu halten, und alles zu tun, was nötig war, damit die anderen Kaltblüter nichts von unserer Existenz erfuhren – und nun stellte sich heraus, dass sie uns längst entdeckt hatten.

»Was machst du hier?«, fragte Ezra.

»Urlaub.«

Ezra atmete tief durch. »Ich werde dich noch einmal fragen. Was machst du hier?«

Navan verdrehte die Augen zur Decke, so als ob dort die Antwort stünde. »Ich bin falsch abgebogen. Ich wollte an der Andromeda-Galaxie eigentlich links abbiegen und bin stattdessen nach rechts geflogen. Dann bin ich in einen starken plasmapherischen Sturm geraten und wurde auf die Erde geschleudert.«

»Glaubwürdige Geschichte.«

»Wenn du denkst, dass es mich interessiert, ob du mir glaubst oder nicht, dann täuschst du dich.«

Ein Teil von mir wollte zu Navan rennen, ihn durchschütteln und ihn anflehen, einfach die Fragen zu beantworten. Er musste ihnen ja nicht alles verraten, aber er musste sie irgendwie bei Laune halten – andernfalls würden sie ihn wahrscheinlich umbringen. Ezra war im Augenblick vielleicht noch umgänglich, aber wer garantierte, dass sich das nicht innerhalb der nächsten Sekunde änderte? Wer konnte sagen, wann seine Geduld am Ende war und er schlussfolgerte, dass Navan ihm wohl nichts verraten würde? Was würde ihn dann noch davon abhalten, ihn auf der Stelle zu töten?

»Hör zu«, sagte Ezra, »ich verstehe, dass du nicht begeistert darüber bist, hier zu sein. Damit du dich öffnest, muss ich dein Vertrauen gewinnen. Also fange ich wieder an.«

»Du tust so, als ob es mich interessieren würde, wer du bist oder was du hier machst.«

Ezra lachte. »Es interessiert dich«, sagte er. »Du bist sehr neugierig – und sehr erstaunt – was all diese Kaltblüter auf diesem Planeten tun. Wir haben dein Lager in Alaska gefunden, weißt du? Wir haben irreguläre Frequenzen aufgenommen – Frequenzen, die auf Technologie aus Vysanthe hinwiesen. Das war unsere erste Spur, dass ein Kaltblut auf eigene Faust hier gelandet war, nicht mit einer Rebellenfraktion. Also haben wir einen unserer Verbündeten der Gestaltwandler losgeschickt, um dich zu untersuchen ... und wenn nötig zu töten.«

Navan schluckte. »Rebellenfraktion? Du meinst die Leute, die von einer der Schwestern von Vysanthe verbannt wurden?«

»Genau die. Brisha und Gianne hätten uns besser umgebracht, aber sie waren so mit ihrer Herrschaft beschäftigt, dass sie sich nicht um die Feinheiten der Demokratie geschert haben.«

»Nun, in einer Demokratie werden Dissidenten nicht umgebracht.«

»Ah, natürlich werden sie das. Du scheinst ein gebildeter Landsmann zu sein und noch dazu ein kluger, wenn ich bedenke, dass du eine Formel entwickelt hast, um deine Hautfarbe zu tarnen.« Er musterte Navans menschengleiche Hautfarbe. »Welche Demokratie basiert nicht auf Blutvergießen und Tyrannei? So werden die Dinge nun einmal geregelt. Auf diesem Planeten und auf jedem anderen. Und von all diesen unzähligen Planeten ist Vysanthe zweifellos der überlegene.«

Navan prustete. »Ich kenne Leute, die das anders sehen.«

»Vysanthe verdient es, wieder vereint zu werden«, sagte Ezra. »Schluss mit diesem Unfug von Herrscherin über den Süden und Herrscherin über den Norden. Es sollte einen einzigen Anführer geben, hinter dem alle Vysanthiner stehen. Das ist nicht nur der Wunsch eines Einzelnen – es ist ein Wunsch für das Gemeinwohl.«

»Und was wirst du von hier aus ausrichten?«

»Wir hatten schon immer den Plan, wieder nach Vysanthe zurückzukehren, sobald wir uns formiert haben, stärker sind und unsere Fraktion organisiert ist. Wir wollen beim ersten Versuch sofort erfolgreich sein.«

»Das scheint ja in der Vergangenheit schon prima geklappt zu haben.«

»Genau darauf will ich hinaus. Die Dinge sind für diejenigen in Vysanthe, die sich eine Demokratie gewünscht haben, nicht so gut gelaufen, deshalb müssen wir dieses Mal mehr darauf achten, dass unsere Vision umgesetzt wird. Das braucht Zeit und Ressourcen. Möchtest du nicht gern ein vereintes, friedliches Vysanthe sehen?«

»Natürlich würde ich das«, antwortete Navan. »Aber die Wahrscheinlichkeit, dass das passiert, liegt bei ... hm, ich weiß nicht ... Vielleicht Null?«

»Die Wahrscheinlichkeit liegt deutlich höher. Die Chancen steigen mit jedem Individuum, das wir für unsere Sache gewinnen. Wir wollen keinen Schaden anrichten und wir sind nicht bösartig. Die Gewalt wird auf ein nötiges Minimum reduziert.«

»Ach ja? Das solltest du aber mal den beiden Schlägern sagen, die mein Gesicht als Sandsack benutzt haben.«

Ezra lächelte schwach. »Rey und Xander sind manchmal ein wenig übereifrig, das gebe ich zu. Sie hätten das nicht tun sollen oder sie hätten zumindest aufhören sollen, nachdem sie dich an Bord ziehen konnten. Aber wir sind ja nicht hier, um philosophische Debatten zu führen, nicht wahr? Warum sagst du mir nicht einfach deinen Namen.«

»Navan Idrax. Mein Vater ist Jareth Idrax.«

Ezra blinzelte und sah ihn dann noch einmal an. »Dein Vater ist Jareth Idrax? Einer von Königin Giannes Beratern? *Der* Jareth Idrax?«

Ein bitteres Lächeln legte sich um Navans Mund. »Er wäre begeistert zu hören, dass du so ein brennender Fan bist. Ja, genau der. Mein guter alter Herr. Wenn du mich gehen lässt, kann ich dir vielleicht sein Autogramm besorgen.«

Ich sah, dass Ezra überlegte, ob er ihm glauben sollte oder nicht. Er faltete seine Finger zusammen und sah Navan an. »Wenn das stimmt, dann würde es Sinn ergeben, dass du gut im Rezepturenmischen bist … Und dann ist heute wirklich dein Glückstag. Ich bin froh, dass unser Gestaltwandler es nicht geschafft hat, dich zu töten. Dein Vater würde sicher einige Anstrengungen unternehmen, um dich heil zurückzubekommen … entschuldige mich einen Augenblick«, sagte er, schob den Stuhl zurück und stand auf. Dann verließ er schnell den Raum und schloss die Tür hinter sich.

Das war meine Gelegenheit. Ich wusste nicht, wie lange er fortbleiben würde, aber ich huschte unter der Bank hervor und drückte auf den Knopf des Anzugs. Ich wusste nicht, ob es nicht klüger gewesen wäre, unsichtbar zu bleiben, aber ich hatte mich umgesehen und keine Kameras entdeckt. Ich wusste zwar, dass Navan mich auch so hören konnte, aber ich wollte, dass er mich auch sah und nicht nur meine körperlose Stimme hörte. Ich tauchte hinter ihm auf und er zuckte zusammen, als er mich sah.

»Riley!«, zischte er. »Was machst du hier?«

»Ich werde dir helfen, hier herauszukommen.«

»Solange du nicht herausgefunden hast, wie dieser Unsichtbarkeitsanzug Stahl schmilzt, wirst du das nicht tun«, sagte er. »Und jetzt mach dich wieder unsichtbar, bevor Ezra zurückkommt und dich sieht. Wir haben schon genug Schwierigkeiten, ohne dass sie wissen, dass auch noch ein Mensch in der ganzen Sache steckt.«

»Ich werde dich nicht alleinlassen«, beharrte ich. »Und du kannst nichts sagen, um mir das auszureden.« Ich berührte seine Wange. »Sie haben dir wehgetan«, flüsterte ich und trocknete mit meinen Fingerspitzen die Stelle, an der das Kaltblut ihn angespuckt hatte.

»Das ist schon okay.«

»Es ist nicht okay. Ich habe alles gehört, was Ezra gesagt hat! Hast du seinen Gesichtsausdruck gesehen, als du ihm gesagt hast, wer dein Vater ist?«

»Wie könnte ich das übersehen haben? Der Ruf meines Vaters eilt ihm voraus, selbst bis hier auf die Erde. Ich habe es ernst gemeint, als ich Ezra gesagt habe, dass mein Vater begeistert wäre, wenn er davon erführe.«

»Mich interessiert das Ego deines Vaters nicht! Sie werden dich als Spielfigur einsetzen, Navan. Hast du gehört, was er darüber gesagt hat, dass dein Vater sich für dich einsetzen würde? Du bist ihnen egal. Sie werden versuchen, zu bekommen, was sie wollen, und wenn du dabei stirbst, interessiert sie das kein bisschen. Also müssen wir dich hier herausholen.« Ich bückte mich und versuchte, seine Fesseln zu lösen, aber es war, als ob die Fäden miteinander verwachsen waren. Es gab kein loses Ende, an dem ich hätte ziehen können.

»Du vergeudest deine Zeit«, seufzte Navan. »Du kannst den Knoten nicht lösen.«

»Was zum Teufel ist das?«

»Es ist Inselodarm.«

Ich stand auf. »Es ist was?«

»Es ist der behandelte Darm eines Inselo. Das ist ein Tier wie eine Leopardenrobbe. Wenn der Darm in einer bestimmten Weise behandelt und mit einem speziellen Bindemittel bestrichen wird, dann wird er zu einem ‚lebendigen Draht', was bedeutet, dass er nur von der Person gelöst werden kann, die ihn behandelt hat. In meinem Fall wahrscheinlich Ezra.«

»Wie soll ich dich dann befreien? Was soll ich tun?« Ich warf einen Blick zur Tür, die immer noch fest verschlossen war, und sah dann wieder Navan an.

Er sah erschöpft aus und das machte mir zu schaffen. »Wenn sie mich als Pfand einsetzen wollen, müssen sie mich am Leben halten. Vielleicht tröstet dich das ein wenig. Aber wenn sie dich finden – wer weiß, was sie mit dir tun werden.« Er erschauderte. »Ich will nicht einmal daran denken. Du musst diesen Knopf drücken und dich wieder unsichtbar machen. Und dann musst du dich verstecken. Vielleicht haben sie die nötige Technologie, um dich trotzdem aufzuspüren, und dann kann ich dir nicht mehr helfen.«

»Ich werde einen Weg finden, um dich hier herauszuholen«, versprach ich. »Ich weiß, dass du mir nicht glaubst, aber ich werde es tun.«

Wir sahen einander einen Augenblick lang schweigend an, dann noch einen und die Spannung zwischen uns stieg, bis ich mich plötzlich wie ein Magnet von ihm angezogen fühlte.

»Du musst auf diesen Knopf drücken«, wiederholte Navan.

»Das werde ich«, flüsterte ich. »Aber zuerst muss ich das tun.«

Die Worte verließen meinen Mund, ohne dass mein Gehirn sie ganz verstanden hatte. Es fühlte sich an, als ob jemand meinen Körper steuerte und ihn nach vorn drängte, so als ob ich in diesem Augenblick nichts anderes wollte. Wir waren hier, als Gefangene, und ich konnte an nichts anderes denken als daran, ihn zu küssen. Um ehrlich zu sein, wollte ich das schon seit einer ganzen Weile, aber ich hatte mich aus Angst zurückgehalten, weil ich fürchtete, dass er vielleicht einfach lachen und mich zurückweisen könnte. Ein kleiner Teil von mir fürchtete sich immer noch davor, aber eine viel größere Angst übertraf dieses Gefühl: dass einer von uns oder wir beide es nicht lebend hier herausschaffen würden. Ich legte meine Hände auf seine Schultern, lehnte mich vor, mein Gesicht dicht vor seinem, bis unsere Lippen nur noch einen Millimeter davor waren, sich zu berühren.

Er atmete langsam ein. »Was für ein Zeitpunkt, um die Hände auf den Rücken gefesselt zu haben«, sagte er leise.

Mein ganzer Körper stand unter Strom, als sich unsere Lippen schließlich berührten und ich seinen Geruch einatmete. Meine Hand fuhr zu seinem Hinterkopf, so als ob ich ihn noch näher an mich heranziehen könnte. Die andere Hand blieb auf seinem kühlen Gesicht liegen und meine Fingerspitzen strichen über die raue Haut seiner stoppeligen Wange. Sein Mund antwortete mir leidenschaftlich – so sehr, dass er mich überraschte. Seine Zunge öffnete meine Lippen und ich spürte sein Verlangen in jeder Bewegung. Sein Atem stockte.

Als seine festen Lippen meine liebkosten, fühlte ich mich wie schwerelos. Er erwiderte meinen Kuss und verzehrte sich genauso nach mir wie ich nach ihm. Im Geiste trat ich mich dafür in den Hintern, dass ich es mir nicht früher erlaubt hatte, seinen Geschmack zu kosten, sondern es so lange hinausgezögert hatte.

Alles andere schien zu verschwinden und nichts schien mehr wichtig zu sein. Ich ließ mich von diesem Kuss völlig ausfüllen. Wir waren in diesem Bunker gefangen, aber die Glückswelle, die über mir hereinbrach, gab mir das Gefühl, als ob mein Herz explodieren würde. Ihn zu küssen war, wie nach Hause zu kommen, wie endlich den Ort zu finden, nachdem ich mich schon immer gesehnt, den ich aber nie gefunden hatte. Ich hätte ewig so weitermachen können, wenn Navan sich nicht von mir gelöst und mich mit immer noch halb geschlossenen Augen ängstlich angesehen hätte.

»Wir müssen aufhören«, flüsterte er stöhnend. »Glaub mir, dass es das Letzte ist, was ich tun will.« Er neigte den Kopf und wir küssten uns noch einmal. »Aber wir müssen es tun.« Seine Lippen streiften meine, als er sprach. »Du musst dich in Sicherheit bringen. Wenn sie dich erwischen, dann werden wir das hier nie wieder tun können.«

Ich war hin- und hergerissen. Ich wusste, dass er recht hatte, dass ich den Anzug wieder aktivieren und mich verstecken musste, weil wir nicht wussten, wann Ezra oder ein anderes Kaltblut den Raum betrat. Aber der Gedanke daran, Navan zu verlassen, war unerträglich.

»Riley.« Er zog den Kopf zurück und sah mir in die Augen. »Bitte drück den Knopf und versteck dich.«

»Okay«, hauchte ich. Ich küsste ihn noch einmal und schmeckte ihn hoffentlich nicht zum letzten Mal.

Dann löste ich mich von ihm und drückte den Knopf auf meinem Arm, um den Anzug zu aktivieren. Mit rasendem Herzen kroch ich wieder unter die Bank, als sich der Türknauf gerade drehte und Ezra zusammen mit einem anderen Kaltblut, das ich vorher noch nicht gesehen hatte, den Raum betrat.

»Dies ist Jareths Sohn«, sagte Ezra. Mein Verstand war immer noch mit unserem Kuss beschäftigt und ich musste mich zwingen, mich auf die Worte zu konzentrieren, die gesprochen wurden, und mich in die Gegenwart zu versetzen.

Dieses neue Kaltblut war größer und sah feiner aus, von der tiefen Narbe abgesehen, die sich über sein Gesicht vom Auge bis zum Mundwinkel hinunterzog. Seine Augen waren fast ganz schwarz. Er sah nicht viel älter als Ezra aus, aber ihn umgab eine Art weise Aura.

»Das ist ja noch besser, als wir es uns erhofft haben«, sagte er und schaute Navan mit einer Mischung aus Staunen und Misstrauen an. Kannte Navan ihn?

Die beiden kannten offensichtlich Navans Vater und der Art nach, wie Navan das neue Kaltblut ansah, kannte er ihn auch. »Du musst eine Rolle in dieser Sache spielen, Sohn. Du wirst ein wichtiges Pfand sein.« Er machte eine Bewegung, als ob er Navans Haar zerwuscheln oder ihm den Kopf tätscheln wollte, doch dann erstarrte er und seine Hand schwebte im Leeren. Sein Blick huschte im Zimmer umher und er legte den Kopf in den Nacken und schnüffelte. Sein Blick fiel auf die Bank und langsam verzogen sich seine Mundwinkel zu einem Lächeln.

»Was ist?«, fragte Ezra.

Das Lächeln auf dem Gesicht des Kaltbluts wurde breiter und er entblößte ein Paar scharfer Reißzähne. Ich versuchte, mich so gut wie möglich gegen die Wand zu pressen. »Hier ist noch jemand«, sagte er.

BEREIT FÜR DIE FORTSETZUNG VON RILEYS UND NAVANS GESCHICHTE?

Liebe Leser,

zuerst einmal möchte ich mich bei euch dafür bedanken, dass ihr euch auf die *Heißblüter* eingelassen habt. Ich hoffe, dass euch das Buch gefallen hat!

Sicher freut es euch zu hören, dass ihr nicht lange auf den zweiten Teil der Reihe, ***Kaltblüter***, warten müsst. Er erscheint am **2. März 2018**.

Bestell jetzt dein Exemplar vor:

www.bellaforrest.de/bella

Liebe Grüße,

Bella x

P.S. Tragt euch in meine VIP-Mailingliste ein und ich schicke euch eine Erinnerungsmail, sobald mein nächstes Buch erscheint!: www.bellaforrest.de (Eure E-Mail wird vertraulich behandelt und ihr könnt euch jederzeit wieder abmelden.)

LIES MEHR VON BELLA FORREST!

HEIßBLÜTER

Heißblüter (Buch 1)

Kaltblüter (Buch 2)

MACHTSPIEL DER GESCHLECHTER

(The Gender Game)

Machtspiel der Geschlechter (Buch 1)

Geheimnis der Geschlechter (Buch 2)

Die Geschlechterlüge (Buch 3)

Krieg der Geschlechter (Buch 4)

Untergang der Geschlechter (Buch 5)

Die Geschlechterstrategie (Buch 6)

Jenseits der Geschlechter (Buch 7)

DAS MÄDCHEN, DAS ZU DENKEN WAGTE

Das Mädchen, das zu denken wagte

DIE SCHATTENREICH-SAGA

Die Geschichte von Derek und Sofia:

Das Schattenreich der Vampire (Buch 1)

Ein Schattenreich voller Blut (Buch 2)

Eine Burg aus Sand (Buch 3)

Im Schatten des Lichts (Buch 4)

Der Glanz der Sonne (Buch 5)

Der Tor zur Nacht (Buch 6)

Der Anbruch des Tages (Buch 7)

Die Geschichte von Rose und Caleb:

Ein Hauch von Novak (Buch 8)

Blutsbande (Buch 9)

Der Zauber der Zeit (Buch 10)

Beutejagd (Buch 11)

Schatten des Zweifels (Buch 12)

Zeitenwende (Buch 13)

Das Erwachen der Macht (Buch 14)

Enthüllungen (Buch 15)

Das Ende der Nacht (Buch 16)

Die Geschichte des Schattenreichs geht weiter…

Wind der Veränderung (Buch 17)

Der Hall des Echos (Buch 18)

Der Krieger der Schatten (Buch 19)

Der Held der Reiche (Buch 20)

Die Ampulle des Lebens (Buch 21)

Die Wegkreuzung (Buch 22)

Fliehende Seelen (Buch 23)

Die Sternenbrücke (Buch 24)

Der Novak-Klan

Der Novak-Klan (Buch 25)

Eine neue Welt (Buch 26)

Das Lügennetz (Buch 27)

Ein Hauch von Wahrheit (Buch 28)

Die Stunde der Not (Buch 29)

Ein riskantes Spiel (Buch 30)

Schicksalswende (Buch 31)

Ein glorreicher Tag (Buch 32)

Die Ära der Hüter

Die Ära der Hüter (Buch 33)

Das Glücksschwert (Buch 34)

Der Wettkampf (Buch 35)

Der Schattenkönig (Buch 36)

Das Reich der Steine (Buch 37)

Eine alte Macht (Buch 38)

Der Riss der Reiche (Buch 39)

Die aktuelle Liste von Bellas Büchern:

www.bellaforrest.de/bella

Tragt euch außerdem auf ihrer Mailingliste ein, um stets über ihre aktuellen Veröffentlichungen informiert zu werden:

www.bellaforrest.de

Printed in Poland
by Amazon Fulfillment
Poland Sp. z o.o., Wrocław

49969755R00207